国家社科基金项目"商周文学语言的演变"成果
本书受到广东外语外贸大学科研处资助

# 商周文学语言因革论

陈桐生 著

科 学 出 版 社
北 京

## 内 容 简 介

本书是一项关于中国早期文学语言形态发展的探索性成果。中国文学史上有两次语言大变革：第一次是商周时期"文言"取代"殷商古语"，第二次是 1917 年"白话"取代"文言"。本书集中探讨商周时期第一次中国文学语言变革。中国文学语言在殷商起步并定型，形成了"殷商古语"艰深古奥的特色。西周时期，"殷商古语"继续占据文坛主流地位，但亦有部分作品尝试运用周人的"文言"。随着历史文化条件的变迁，周人"文言"逐渐取代具有七八百年历史的"殷商古语"，成为自春秋战国至中国现代文学语言革命以前的文学语言。

本书可为中国古代文学以及汉语研究者和爱好者提供参考。

---

图书在版编目（CIP）数据

商周文学语言因革论 / 陈桐生著. —北京：科学出版社，2022.10
ISBN 978-7-03-073259-0

Ⅰ. ①商… Ⅱ. ①陈… Ⅲ. ①文学语言 – 语言演变 – 研究 – 中国 – 商周时代 Ⅳ. ①I206.23

中国版本图书馆CIP数据核字（2022）第 177366 号

责任编辑：常春娥 / 责任校对：贾伟娟
责任印制：师艳茹 / 封面设计：蓝正设计

科 学 出 版 社 出版
北京东黄城根北街 16 号
邮政编码：100717
http://www.sciencep.com
北京通州皇家印刷厂 印刷
科学出版社发行 各地新华书店经销

\*

2022 年 10 月第 一 版　开本：720×1000　1/16
2022 年 10 月第一次印刷　印张：17 3/4
字数：300 000

**定价：118.00 元**
（如有印装质量问题，我社负责调换）

# 前　　言

本书是一项关于中国早期文学语言形态发展的探索性成果。

商周时期，中国文学语言经历了一次意义重大、影响深远的形态变革。中国文学语言的起点是在殷商，"殷商古语"是中国文学语言的最早形态，特点是古奥艰深。西周时期"殷商古语"与"文言"两种语言形态并存，春秋时期中国主流文学语言实现了由"殷商古语"向"文言"的转变，从春秋战国到中国现代文学语言革命以前，中国文学语言就是沿着"文言"的路子走下来的。全书共分四章。

第一章"中国文学语言的起点：'殷商古语'"研究"殷商古语"的形成。殷商是中国文学语言的起点，殷商甲骨文、青铜器铭文、《尚书·商书》（以下简称《商书》）是殷商文学语言的文献载体，这些文献语言可以称为"殷商古语"，特点是古奥艰深。虽然殷商甲骨文、铭文、《尚书》典诰誓命各类文体语言都有自己的特色，但"殷商古语"在语音、文字、词汇、语法、修辞等方面存在着共同的形态特征。"殷商古语"是中国文学语言的最早形态。

第二章"西周对'殷商古语'的因袭和新变"研究"殷商古语"在西周的传承情形。西周时期存在"殷商古语"和"文言"两种语言形态，西周铭文、周原甲骨文、《尚书·周书》、《诗经》雅颂语言因袭"殷商古语"，而《易经》、《国语》西周散文、《诗经》西周风诗、西周史官格言则采用相对平易的"文言"。前者沿袭殷商文学语言，后者则是周人通过扬弃"殷商古语"并提炼周人口语而形成的新形态书面语言。这两种语言形态，一主一次，一雅一俗，一难一易，一因一革，区分十分明显。西周沿袭"殷商古语"的原因是：文学语言本身有它的稳定性和延续性；商周之际，以尹伊、辛甲为代表的一批殷商史官因不满纣王的残暴统治而由商奔周,直接将"殷商古语"带到西周;周初文化水平远逊于"大邑商",因此周人对殷商文化有一种仰慕心理;西周统治者对殷纣王与其他殷商先王采取区别对待的态度,他们彻底否定的是殷纣王一人,而肯定从成汤至帝乙等殷商先王。西周初年重要文体都是来自殷商,按照文体形式要求,西周作家必须运用"殷商古语"进行创作。周人在沿袭"殷商古语"过程中并非完全照抄,而是有自己的新变,如西周文诰、雅颂诗歌、铭文语言互渗,某些殷商文体语言(如铭文)在周人手中得到高度发展。本书将"殷商古语"从"文言"划分出来,这样中国文学语言的发展就经历了"殷商古语""文言""白话"三种历史时态。本书"文言"指《易经》、《诗经》西周风诗、《国语》西周散文、西周史官格言这几类文献语言以及春秋战国以后至新文学革命以前的文献语言。

第三章"西周的非主流文学语言:'文言'"研究处于次要地位的周人"文言"。"文言"是继"殷商古语"之后又一种新的语言形态。《周易》卦爻辞、《诗经》西周风诗、《国语》西周散文、西周史官格言这几类作品是用"文言"创作的。"殷商古语"与"文言"的根本区别在词汇难易方面,此外,在语音、文字、语法、修辞方面也有所差别。虽然"文言"在西周属于非主流文学语言,但它接近民众口语,作者易写,读者易懂。"文言"用语生动形象,自然灵活,长于叙述和描写,文学艺术性要远远高于"殷商古语",因而它比"殷商古语"有着更旺盛的生命力。无论从哪个方面来看,"文言"都有取代"殷商古语"的优越条件。

第四章"历史性的巨变:'文言'取代'殷商古语'"探讨春秋时期中国文学语言所经历的深刻变革。春秋文学语言的发展大趋势,是"殷商古语"走向没落衰亡,而"文言"方兴未艾,中国文学史上第一次文学语言大因革——"文言"取代"殷商古语"——在此时宣告完成,中国文学语言实现了第一次大解放。从春秋铭文可以看出"殷商古语"在春秋时期式微,从《诗经·鲁颂》可以看出颂诗语言由"殷商古语"向"文言"转化,从鲁国《春秋》可以看出"文言"艺术的提升,这三个春秋时期语言范本展现了"殷商古语"与"文言"此消彼长的大势。"文言"取代"殷商古语",有着宗教、政治、审美风尚以及作家创作心理、社会接受心理等多方面原因。

据此，中国文学语言发展形态应该重新划分。在此之前，中国文学语言发展以 1917 年文学语言革命为界，分为"文言""白话"两种形态。本书将中国文学语言发展分为"殷商古语""文言""白话"三种形态。从"殷商古语"到"文言"，从"文言"到"白话"，中国文学语言经历了两次大解放。

陈桐生<br>
2021 年 8 月

# 目 录

前言

绪论 ················································································ 1
  第一节　为什么要探讨商周文学语言的因革 ················· 1
  第二节　如何研究商周文学语言的因革 ························ 5
  第三节　本书的八点创新 ············································· 7
  第四节　几点说明 ····················································· 10

## 第一章　中国文学语言的起点："殷商古语" ··················· 16
  第一节　甲骨文："殷商古语"中难度最大的语言 ········· 18
  第二节　殷商青铜器铭文语言 ···································· 48
  第三节　《商书》文诰语言 ········································ 53
  第四节　"殷商古语"的形态特征 ································ 83

## 第二章　西周对"殷商古语"的因袭和新变 ····················· 87
  第一节　西周为什么因袭"殷商古语" ··························· 88
  第二节　周人对"殷商古语"的因袭 ··························· 100
  第三节　周人因袭"殷商古语"中的新变 ···················· 153

## 第三章　西周的非主流文学语言："文言" ···················· 174
  第一节　《易经》语言 ············································ 176
  第二节　《诗经》西周风诗语言 ······························· 185
  第三节　《国语》西周散文语言 ······························· 199
  第四节　西周史官格言语言 ······································ 234

第五节 "文言"特点及语言优势 …………………………… 238

## 第四章 历史性的巨变："文言"取代"殷商古语" ………… 240
第一节 春秋战国铭文语言的蜕变 …………………………… 241
第二节 《鲁颂》借名为颂而体实国风 ……………………… 246
第三节 《春秋》对"文言"的提升 ………………………… 256
第四节 "文言"取代"殷商古语"的原因 ………………… 265

## 几点结论 …………………………………………………………… 271

## 主要参考文献 …………………………………………………… 274

# 绪　　论

绪论讨论四个问题：一是为什么要探讨商周文学语言因革问题；二是如何具体研究商周文学语言因革问题；三是本书提出了哪些新的学术观点；四是就商周文献语言能否称为"文学语言"、研究商周文学语言是按照文体还是根据时代划界以及课题研究方法等问题作一些说明。①

## 第一节　为什么要探讨商周文学语言的因革

本书探讨商周文学语言的因革。这一论题的提出，来源于我对商周文学语言诸多未解之谜的反思。我在阅读商周文献时发现，商周文学语言存在不少未解之谜：

---

① 目前国内外还没有专门论述商周文学语言发展演变的论著，但有三类论著与本书所作研究相关：一是汉语发展史研究，如王力在《汉语史稿》（中华书局1980年版）中对商周语言发展史作了经典论述；二是商周文献语言个案研究，如罗振玉、王国维《殷墟书契考释》（1915年手书石印本）、郭沫若《殷契粹编》（科学出版社1965年版）、管燮初《殷虚甲骨刻辞的语法研究》（中国科学院1953年版）、于省吾《甲骨文字释林》（中华书局1979年版）、李孝定《甲骨文字集释》（台北"中央研究院"历史语言研究所1970年版）、张玉金《甲骨文语法学》（学林出版社2001年版）、张玉金《20世纪甲骨语言学》（学林出版社2003年版）、杨逢彬《殷墟甲骨刻辞词类研究》（花城出版社2003年版）、钱宗武《今文尚书语言研究》（岳麓书社1996年版）、张再兴《西周金文文字系统论》（华东师范大学出版社2004年版）、管燮初《西周金文语法研究》（商务印书馆1981年版）、顾颉刚、顾廷龙《尚书文字合编》（上海古籍出版社1996年版）、臧克和《尚书文字校诂》（上海教育出版社1999年版）、周玉秀《〈逸周书〉的语言特点及其文献学价值》（中华书局2005年版）等都是这方面的成果；三是商周文学语言艺术个案研究，其中尤以研究《诗经》语言艺术的成果最多，代表性成果如夏传才《诗经语言艺术新编》（语文出版社1998年版）等。国外汉学界也有一些与之相关的论著，如加拿大杜百胜（W. A. C. H. Doboson）《诗经的语言》（The Language of the *Book of Songs*）、美国保罗·塞昌 Paul L.-M. Serruys 对《诗经》语言的研究等，都对《诗经》语言艺术作了独到的论述。国内外与本书所作研究相关的成果都是商周时期某一文体个案语言研究，诸如甲骨文研究、铭文研究、《尚书》语言研究、《诗经》语言研究等，虽然相关研究资料汗牛充栋，但至今尚未有人从整体上揭示商周时期文学语言的起步、定型及因革巨变。

先看第一个层次——同一本书中的语言之谜。以《尚书》为例,《尚书》现存二十八篇文章[①],其中最早的文章是《虞书·尧典》,篇中所记故事大约发生在公元前 22 世纪,最晚的是《周书·秦誓》,作于公元前 627 年,前后历时一千五百多年,为什么《尚书》全书语言既看不到任何与时俱进的痕迹,也看不到地域语言差异[②],几乎处于稳定、静止、凝滞状态?以"誓"这一文体为例,《尚书》中收入了《甘誓》《汤誓》《牧誓》《费誓》《秦誓》五篇文章,《甘誓》是公元前 21 世纪夏启讨伐有扈氏的誓词,《汤誓》是公元前 16 世纪商汤讨伐夏桀的誓词,《牧誓》是公元前 11 世纪周武王伐纣的誓词,《费誓》是西周前期鲁侯伯禽征伐徐戎、淮夷的誓词,《秦誓》为公元前 627 年秦穆公千里偷袭郑国失败之后发表的悔过之词,五篇誓词前后相隔一千四百多年,而语言风貌若出同一时代作者之手。这种语言静止、停顿现象究竟是什么原因导致的?同一本书中语言之谜的现象也见于《诗经》。如果说《尚书》语言谜团在于历千年而不变,那么《诗经》语言之谜则体现在风雅颂三类作品语言的不同。或有前人以为雅颂是贵族作品,而风诗都是民歌,雅颂与风诗语言的差异即是当时贵族语言与庶民语言的差别。但是,早有学者明确指出,《诗经》风诗并非都是民歌,其中有相当多的贵族作品。[③]这说明从作者身份上无法解释《诗三百》中雅颂与风诗的语言差异。也有人从创作年代上解释风雅颂之间的语言差别,以为雅颂多作于西周前期,而风诗多写于春秋时代。其实,风诗中也有西周甚至更早的作品,风雅颂的语言差别也存在于同一时代作品之间,将作于西周初年的《周颂》与作于商周之际的《周南》《召南》《豳风》相比,就可以发现两者之间的语言差距,雅颂语言的艰深与风诗语言的浅易形成鲜明的对比。

---

[①] 本书所论《尚书》语言,限于二十八篇今文《尚书》。伪古文《尚书》和清华简《尚书》均不在讨论之列。

[②] 商朝的活动中心在今天的河南安阳,而周朝人自称西土之人,他们的活动中心是在今天的陕西。虞、夏虽为传说中的王朝,但后代史官既然根据传说追记虞、夏帝王言论事迹,他们应该顾及虞、夏语言的地域特色。尧、舜的中心活动区域大约在今天山西的南部,夏朝的中心活动区域大约在今天河南登封一带。《尚书》二十八篇文章所涉及的空间地域大约在今天的陕西、河南、山西、山东一带。从《尚书》虞夏商周四代文章中看不出地域语言差异。

[③] 朱东润:《国风出于民间论质疑》,载朱东润:《诗三百篇探故》,上海:上海古籍出版社,1981年,第1—46页。

为什么同一部《诗三百》之中，各体诗歌语言会有如此大的差异？造成《诗经》语言差异的原因是什么？

再看第二层次——同一时代两种文献之间的语言之谜。一般情况下，同一时代的文献，书面语言虽因作者创作个性不同而呈现不同特色，但在语言难易程度上应该不会有多大差别。但在西周春秋时期，同一时代不同文献语言难易程度差异甚大。《国语·周语上》"祭公谏穆王征犬戎"记载周王室卿士祭公谋父劝谏周穆王征伐犬戎的言论，它出于周穆王时期史官之笔。《尚书·周书》中也有周穆王时期的文章，这就是《吕刑》。[①]将《国语·周语上》"祭公谏穆王征犬戎"与《尚书·周书·吕刑》语言进行比较，就可以发现两者之间难易程度存在较大差异。同为周穆王时期作品，为何两者语言竟有如此悬隔？更为典型的例子是，《尚书·周书·秦誓》与《左传·僖公三十三年》同载秦穆公对千里偷袭的悔过之语，前者语言古奥而后者要平易得多，为什么记载同一历史事件，不同典籍的文辞风貌悬殊如此之大？

第三层次的语言之谜是，商周同一作者在不同的文体中，使用不同形态的语言。典型的例子是史佚。史佚是由商奔周的史官，是西周初年官方应用文的代表作家。《尚书·周书·洛诰》就是出于史佚之手，《洛诰》"王命作册逸祝册""王命周公后，作册逸诰"，"逸"通"佚"，这两处的"逸"都是指史佚。《洛诰》是《尚书·周书》中语言极为艰深的篇章之一。史佚是商周之际著名的史官格言代表作家，著有《史佚之志》。春秋时期，史佚的政治格言在政治、军事、外交界广为流传。例如，《国语·周语下》载："昔史佚有言曰：'动莫若敬，居莫若俭，德莫若让，事莫若咨。'"[②]《左传·僖公十五年》："且史佚有言曰：'无始祸，无怙乱，无重怒。'"《左传·襄公十四年》："史佚有言曰：'因重而抚之。'"《左传·成公四年》载："《史佚之志》有之曰：'非我族类，其心必

---

[①] 《吕刑》为周穆王时期作品，其说出于《书序》："吕命穆王训夏赎刑，作《吕刑》。"后代部分学者对这一说法提出怀疑。
[②] 上海师范大学古籍整理研究所校点：《国语》，上海：上海古籍出版社，1998年，第114页。

异。'"《左传·昭公元年》载史佚之言:"非羁,何忌?"①与《洛诰》相比,史佚这些格言的语言要平易好懂得多。如果说商周甲骨文、金文因为书写工具不同而与简帛文献呈现出不同语言风貌,那么《尚书》文诰与史官格言同样都是简帛文献,两者之间不存在书写工具差别问题,为什么同一作者在不同文体中会呈现出不同的语言风貌?

第四层次的语言之谜是关于商周春秋时期文学语言形态问题。②目前学术界将中国文学语言形态划分为"文言"与"白话",这两种语言形态的划分是以 1917—1919 年新文学革命为界:在此之前的语言形态为"文言",在此之后的语言形态为"白话"。按照这种划分,从商周到 1917 年的文学语言都属于"文言"形态。可是我们读商周甲骨文、青铜器铭文、《尚书》、《诗经》雅颂,明显感觉到这些文献的语言比春秋战国以后文言作品要艰深得多。这不是现代人才有的阅读感受,实际上早在春秋时期,卿士大夫就已经感受到阅读《诗》《书》的困难。《国语·周语下》载晋国大夫叔向逐字解说《周颂·昊天有成命》和《大雅·既醉》第六章。《左传·昭公二十八年》载成鱄解释了《大雅·皇矣》诗句中的九个关键字。这两条材料传达出一个信息,就是春秋时期士大夫已经感到《周颂》《大雅》艰深难读,叔向和成鱄怕别人听不懂,才将《诗经》雅颂诗句逐字解释。《诗经》雅颂语言难懂,而《尚书》语言难度更在《诗经》雅颂之上。据《孔丛子·居卫》记载,战国初年,年仅十六岁的孔子之孙子思到宋国游学,宋大夫乐朔对子思抱怨《尚书》"故作难知之辞"③。乐氏是宋国著名世家大族,乐朔应该受到了良好的贵族文化教育,像他这样的人尚且读不懂《尚书》,其他士大夫和庶民就可想而知了。到了汉初,偌大的中国只有一个济南伏生能讲《尚书》,如果没有伏生亲口传授,《尚书》就会成为中国真正的绝学。唐代大文豪韩愈在《进学解》中抱怨"周诰殷盘,佶屈聱牙"。宋

---

① 杨伯峻:《春秋左传注》,北京:中华书局,1981 年,第 359、360、1019、818、1224 页。
② "语言形态学"本是印欧语系关于构词法的理论。汉语有没有形态?朱德熙、高名凯、吕叔湘认为汉语缺乏形态,方光焘、胡裕树则认为汉语具有广义的形态。本书所说的语言形态,不是指传统意义上的构词法,而是在语言历史发展意义上而言的,主要指文学语言纵向发展的异质状态。中国文学语言的不同形态主要体现在语汇方面,在语音、文字、语法、修辞等方面也有所体现。
③ 孔鲋:《孔丛子》,上海:上海古籍出版社,1990 年,第 22、23 页。

代理学家朱熹讲《尚书》，倡导能够讲通的就讲，讲不通的就阙疑。朱熹是他那个时代学问很高的人，他对《尚书》尚且有不能讲通的地方，可见要想读懂《尚书》谈何容易！近代博学如王国维者，也声称"于《书》所不能解者殆十之五，于《诗》亦十之一二"[①]。我们将商周甲骨文、铜器铭文、《尚书》、《诗经》雅颂与《国语》、《左传》以及春秋战国以后文言文对读，可以深切地感受到两者语言的差别是多么巨大。如果把《尚书》与《论语》《孟子》的语言都一律视为"文言"，那么"文言"这一形态也显得太宽泛了。难道1917年以前所有文献语言都是同一形态的"文言"么？检视先秦文献，就可以发现在商周时期，其实发生过一次重要的文学语言形态的演变——由"殷商古语"向"文言"的演变[②]。那么这种语言形态的演变是如何发生的呢？

商周这些文学语言之谜，其实早就客观存在，但是长期以来，人们对此习焉而不察，以为这些中国早期文学语言现象天然如此，毋庸惊异。虽然有学者关注到商周与春秋战国文学语言的不同，但很少有人去叩问为什么《尚书》语言历千年而不变，很少有人对《诗经》风雅颂语言差异作出令人信服的说明，很少有人去思考为什么秦穆公同一篇演讲在不同文献中呈现出如此巨大的语言差异，很少有人深入思考商周春秋时期中国文学语言变革的内在机制，很少有人从宏观上思考商周文学语言形态问题。这些问题切切实实地存在，在先秦文学研究中是无法回避的，必须给予正面的解答。

本书就是基于上述这些思考而设计的。

## 第二节 如何研究商周文学语言的因革

商周文学语言形态因革问题提出来了，那么如何开展这个课题的研究

---

① 王国维：《与友人论〈诗〉、〈书〉中成语书》，载王国维：《观堂集林（外二种）》，石家庄：河北教育出版社，2001年，第40页。
② 学术界已有学者关注到先秦文学语言的变革，郭沫若曾经提出春秋战国文献语言为"新文言"，傅道彬将商周文献语言称为"早期文言"。

呢？本书的设计是，分四步研究商周文学语言形态的发展演变。①

第一步，研究中国文学语言的最早形态——"殷商古语"。以殷商作为中国文学语言的起点，以殷商甲骨文、铜器铭文、《商书》作为研究殷商文学语言的文献载体，②本书将这些殷商文献语言以及后来西周时期仿古的文学语言称为"殷商古语"，在分别探讨殷商甲骨文、铭文、《尚书》文诰各类文体语言特色的基础上，提炼出"殷商古语"在语音、文字、词汇、语法、修辞等方面的共同形态特征。

第二步，探讨西周文学语言的因革。本书将西周文坛语言分为"殷商古语"和"文言"两种形态，西周的"殷商古语"是从殷商沿袭而来，而"文言"则是周人自己的语言创新。所谓"文言"，是指从周民族兴起，通过扬弃"殷商古语"并提炼周人口语而形成的新形态书面语言。这个"文言"概念，与此前学界所说的"文言"有两点不同：一是从时间上看，此前学界所说的"文言"是指现代文学语言革命以前文献中的语言，本书所说的"文言"则从西周算起（包括一些先周文献语言，如《易经》语言）③；二是从时间顺序上看，此前学界所说的"文言"是中国最早的文学语言时态，本书则把"文言"视为继"殷商古语"之后的另一种文学语言时态。本书从文学语言自身继承性、西周初年周人文化心态、西周史官构成及其语言素养，以及周人对殷商王朝看法几个方面，剖析西周沿袭"殷商古语"的原因，结合文献语言实例，重点阐述西周如何继承"殷商古语"，以及在继承"殷商古语"过程中的两大新变：铭文语言大发展和各种文体之间的语言互渗。

第三步，研讨西周"文言"创新的情形。本书将"殷商古语"与"文言"两种书面语言进行多方面比较，说明"文言"是继"殷商古语"之后又一种新的语言形态。本书选择《周易》卦爻辞、《诗经》西周风诗、《国语》西周散文、西周史官格言作为西周运用"文言"的文献范本，具体分析

---

① 本书所说的商周，包括殷商、西周和东周（春秋战国）三个时段。
② 现存殷商文献还有《诗经》中的五首《商颂》。从汉代至今，历代学者就《商颂》究竟是"商诗"还是"春秋宋诗"展开激烈的争辩，迄今为止未有定论。虽然《商颂》作为"商诗"的证据比较充分，但其语言难度又远在《周颂》之下。为严谨起见，本书暂不把《诗经·商颂》作为研究对象。
③ 《易经》有两层含义：一是《周易》卦象和卦爻辞，和《易传》相对而言；二是等同《周易》，在此层意义上，二者不加区分。

各种文体作品运用"文言"的特点，从中提炼"文言"的共同形态特征，指出"文言"优势及其取代"殷商古语"的可能性。

第四步，研究春秋时期"文言"取代"殷商古语"的因革过程。为了揭示旧语言形态的消亡和新语言形态的兴盛，本书选择以春秋铜器铭文作为"殷商古语"的范本，以《诗经·鲁颂》作为由"殷商古语"向"文言"转化的范本，以鲁国《春秋》作为"文言"的范本，通过这三个语言范本的分析，来展现"殷商古语"与"文言"此消彼长的大趋势。最后对"文言"取代"殷商古语"的原因作了全方位的剖析。

通过以上四个步骤的研究，本书比较充分地论述了中国文学语言早期形态——"殷商古语"的基本特征，揭示西周时期"殷商古语"与"文言"两种语言形态并存的情形，以及春秋时期"文言"取代"殷商古语"的历史趋势，展现了中国文学史上第一次语言因革的过程。

## 第三节 本书的八点创新

本书学术创新体现在以下八个方面。

一是提出了"殷商古语"的概念。本书将殷商文学语言以及西周时期仿古的文学语言称为"殷商古语"，以"殷商古语"作为中国文学语言最早形态。本书具体分析了殷商甲骨文、铭文、《尚书》文诰各类文体语言特色，从中提炼出"殷商古语"在语音、文字、词汇、语法、修辞等方面的形态特征。

二是指出西周时期存在"殷商古语"和"文言"两种语言形态。"殷商古语"是沿袭殷商文学语言，"文言"则是周人通过扬弃"殷商古语"并提炼周人口语而形成的新形态书面语言。

三是具体分析了西周沿袭"殷商古语"的四点原因。第一，文学语言本身有它的稳定性和延续性，不会因为商周鼎革而轻易改变；第二，在商周之际，有一批殷商史官因不满纣王的残暴统治而奔周，成为西周前期文坛的主力军，直接将"殷商古语"带到西周；第三，从西周初年历史来看，"小邦周"的文化水平远逊于"大邑商"，因此周人对殷商文化有一种仰慕心理，即使是在周人夺取天下政权之后仍然如此；第四，西周统治者将殷纣王与其他殷商先王采取区别对待的态度，他们彻底否定的是殷纣王一人，而肯定从成汤至帝乙等殷商先王。由于以上诸种因素，西周前期主要文体都选用古奥的"殷商古语"。

四是赋予"文言"概念以新的内涵。此前学术界所说的"文言"是指"以先秦口语为基础而形成的上古汉语书面语言以及后来历代作家仿古的作品中的语言"[①]。按照这一"文言"概念，"殷商古语"包含在"文言"之中。本书则将"殷商古语"从传统所说的"文言"中区分开来，将殷商文献语言以及西周时期仿古的文献语言称为"殷商古语"，而将从周民族兴起并逐渐流行的书面语言称为"文言"。传统的中国文学语言形态是"文言"与"白话""两段论"，本书将"殷商古语"从"文言"划分出来之后，中国文学语言形态就由"两段论"变为"三段论"："殷商古语""文言""白话"。这是本书对中国文学语言形态的一个新的重要判断。

五是探讨了西周"文言"的发生发展状况。本书认为，《周易》卦爻辞、《诗经》西周风诗、《国语》西周散文、西周史官格言是用相对浅易的"文言"创作的。"文言"与"殷商古语"在语音、文字、语法、修辞各方面都有差别，特别是在词汇方面，两者有难易之分。

六是论证春秋时期"文言"取代"殷商古语"的历史过程。春秋时期，某些运用"殷商古语"的文体走向式微或者消亡，如甲骨卜辞不再有人写作，《尚书》文诰誓命也大幅度减少；某些文体（如《诗经·鲁颂》）本该用"殷商古语"创作，却改用"文言"创作；某些源于西周运用"文言"的文体（如《国语》春秋散文和《诗经》春秋风诗）在春秋时期得到继续发展，由此巩固并发展了西周"文言"的成就；"春秋"则是运用"文言"创作的新文体。春秋时期文学语言的总体发展大趋势，是"殷商古语"持续走向没落衰亡，而"文言"方兴未艾，中国文学史上具有重大意义的文学语言的因革——"文言"取代"殷商古语"——基本上在此时宣告完成。本书分别以春秋铜器铭文、《诗经·鲁颂》和鲁国《春秋》作为语言转化的范本，以此展现

---

① 王力：《古代汉语》，北京：中华书局，1999年，第1页。

"文言"取代"殷商古语"的大势。

七是具体剖析了"文言"取代"殷商古语"的原因。从宗教方面看,神学地位动摇直接导致甲骨卜辞刻写的终结;从政治方面看,随着西周王权由盛转衰,王朝颁布的文诰日趋减少,文诰的书写载体从简帛转移到彝器,供贵胄子孙赏玩。从平王东迁到春秋末年,东周王朝史官因对王室失望而重新演绎夏、商末年史官奔逃故事,这使"殷商古语"创作队伍趋于解体;从审美风尚来看,王侯卿士大夫的审美情趣在春秋战国之际发生重大变化,他们竞相抛弃商周古艺术,喜爱新艺术;从创作和接受心理来看,春秋以后作家不愿再用"殷商古语"写作,读者也不愿读"殷商古语"。以上各种因素的共同作用,才最终促成了中国文学史上的第一次语言因革。

八是提出中国文学语言两次解放的观点。中国文学史上有两个时期语言变化最大:第一个是在商周时期,中国文学语言在殷商起步并定型,形成了"殷商古语"艰深古奥的特色。西周时期,"殷商古语"继续占据文坛主流地位,但亦有部分作品尝试运用周人的"文言"。随着历史文化条件的变迁,周人"文言"逐渐取代具有七八百年历史的"殷商古语",成为自春秋战国至中国现代文学语言革命以前的文学语言,这是中国文学语言第一次大变革;第二个是在中国现代文学语言革命时期,"白话"取代"文言"。第二次文学语言大变革是由当时文坛领袖胡适、陈独秀等人振臂提倡,它来得迅猛而剧烈,堪称是一种"断崖式"巨变,而第一次语言变革则呈现出一个长期的、自然的、渐变的、温和的过程,它没有领袖倡导,没有任何人号召,但又确实形成一种不可逆转的语言发展趋势。唯其如此,第二次文学语言变革广为人知,而第一次文学语言巨变却少有人论及。因此,揭示商周时期中国文学语言的巨变是非常必要的。

以上八点创新,完整地勾勒出商周文学语言因革的轨迹:"殷商古语"为中国最早文学语言形态,西周时期"殷商古语"与"文言"两种语言形态并存,春秋时期中国文学语言实现了由"殷商古语"向"文言"的变革,中国文学语言第一次因革就此宣告完成。

## 第四节 几点说明

本书有几个问题需要说明。

第一个问题是：商周文献语言能否称为"文学语言"？本书所涉及的文献有商周甲骨文、青铜器铭文以及《尚书》《诗经》《周易》《国语》《春秋》等。人们或许要问：不少商周文献语言既无生动鲜明的感性形象，又无作者情感可言，这些中国早期文献语言能够称之为"文学语言"吗？称其为"文献语言"是不是要更为准确一些？

应该承认，商周甲骨文、铭文、《尚书》和《诗经》雅颂语言佶屈聱牙，枯燥艰深，识读尚且困难，遑论文学艺术美感！如果拿后世文学语言标准——诸如"形象""感性""变异""偏离""陌生化""超常搭配""隐喻""象征""复义性"等——来衡量，那么绝大部分商周文献语言确实都缺乏文学性，似不能称之为"文学语言"。但是应该看到，商周文献语言是中国文学起步阶段的语言，拿后世充分发展了的成熟的文学语言作为标准，去要求处于刚刚起步阶段的文学语言，显然是不适当的。纯粹的中国文学作品不是突然在某一天凭空诞生的，它有一个从萌芽到逐步成长的过程。处于中国文化起步阶段的商周文献是一个大全：它们既是宗教文献、历史文献、哲学文献、文学文献，又是政治文献、经济文献、军事文献、艺术文献……在学术研究中，商周文献究竟属于哪一门学科，这取决于研究者的视角，如果你从文学角度来研究商周文献，那么商周文献理所当然地被视为文学文献。事实上，各种版本《中国文学史》都将商周甲骨文、铭文、《尚书》、《诗经》雅颂以及《周易》等文献视为商周文学作品。既然它们被视为文学文献，那么理所当然地可以作为文学语言的研究对象，因而也可以称其语言为"文学语言"。

将文学语言划分为广义和狭义两个层次，有利于进一步解决商周文献语言究竟是"文献语言"还是"文学语言"的问题。"广义的文学语言，泛指在民族共同语基础上经过加工提炼而成的规范化语言，即语言学上所指称的文学语言,它包括文学作品的语言,也包括科学著作、政治论文和报刊杂志上所用的一切书面语言,以及经过加工的口头语言。""狭义的文学语言,是指具有文学性的能够给人们带来审美享受的语言,即文学上所指称的文学语言,具体地说,它是指诗歌、小说、戏剧文学、散文等文学创作中的语言,以及人民大众口头创作中经过加工的语言。"文学性和审美性是狭义文学语言的两大特性,"文学语言是对普通语言的语音、语义等的审美特性的运用、加工与升华"[①]。"文学语言是以美为标准的对语言的特殊运用,文学语言的真理性在于它揭示了作家对存在的个性化的理解和领悟。这种对真理的独特发现和命名,只有通过各种变异形式而营造的言语特殊艺术效果才能表达出来,即文学语言的真理性必须通过审美性来体现。"[②]拿这些标准来衡量,商周甲骨文、铭文、《尚书》、《诗经》雅颂以及《周易》卦爻辞显然还不能算狭义的文学语言,而只能算是广义的文学语言。

需要强调的是,本书以探讨商周文学语言的因革为宗旨,研究重点不是分析商周文学语言的审美艺术特征,不是对商周甲骨文、铭文、《尚书》、《诗经》等文本进行语言艺术鉴赏,不是研究上述文献的语言艺术成就,而是研究商周文学语言的形态,探讨"殷商古语"与"文言"的区别,揭示"殷商古语"形态的形成以及西周春秋时期"文言"取代"殷商古语"的历史性变革。

第二个问题是,研究商周文学语言应该是按时代还是按文体划界?从文体上看,商周时期有甲骨文、青铜器铭文、《尚书》文诰、《诗经》、《周易》卦爻辞、《国语》记言文、史官格言、《春秋》记事文等,每一种文体语言都有各自的特点。例如,商周甲骨文在刻写方式上自成一体,有一批独特的语汇,在行文结构上有叙辞、命辞、占辞、验辞相对固定的格式。又如,商周青铜器铭文也有自己的一套文体格式用语,铜器铭文的族徽标记也是其他文体所没有的。其他《尚书》文诰、《诗经》雅颂、《周易》卦爻辞等也都各有自己的文体用语。各种文体语言之间的横向差异要远远大于语言

---

① 李荣启:《文学语言学》,北京:人民出版社,2005 年,第 4 页。文字略有改动。
② 雷淑娟:《文学语言美学修辞》,上海:学林出版社,2004 年,第 20 页。

的纵向时代差异。例如，甲骨文与《尚书》文诰之间的语言差别，要比商周两个时代之间的语言差别大得多。这就给商周文学语言研究提出了如何划界的问题。按照文体来划界，虽然可以看到卜辞、铭文、文诰几类文体的语言发展脉络，但也有它的缺陷，有些文体因文献亡佚而失去参照物，如《连山》《归藏》的失传就使我们看不到商周筮占卦爻辞的来龙去脉，无法论证《周易》卦爻辞的纵向发展；有些文体如《国语》西周散文，属于西周中期才兴起的史官记言文字，也没有可资参照的对象。所以，按照文体来分门别类地研究商周文学语言发展演变，许多问题是讲不清楚的。更重要的是，按照文体划界，不利于从宏观层面来整体把握商周文学语言发展大势，看不到商周语言形态所经历的变革，像《诗经》雅颂语言艰深而风诗语言相对平易这种现象，就成为一个难以解开的谜。本书以研究商周语言因革为目标，按照时代划界是必然的选择。语言与时俱进，它随着社会的发展而处于不断的发展演变之中。每一个时代的历史文化都有各自的时代特色，这些时代特色最终要体现在文学语言之中。尽管商周各种文献语言各有文体特点，但作为同一时代的文献语言，仍有某些共同的时代特点，这些时代共同特点会体现在语音、文字、词汇、语法、修辞等方面。例如，殷商甲骨文、殷商铭文、《商书》文诰几大文体语言虽然各有特点，但它们都具有中国文学语言起步时期所特有的古奥、晦涩、艰深、稚嫩的时代特色。这几种殷商文体在语汇、语法方面也会或多或少地存在某些交集。如人称代词"朕"在殷商时期多用作领格，这在殷商甲骨文和《商书》文诰中可以找到证据："戊寅卜：朕出今夕？"（《甲骨文合集》22478）"朕"在此处用作领格，作为"出"的定语。①同样的例子又见于《商书·盘庚中》："明听朕言，无荒失朕命！""汝不忧朕心之攸困。""曷虐朕民！""曷不暨朕幼孙有比？""作丕刑于朕孙！"《商书·盘庚下》："历告尔百姓：于朕志。""于朕志若否。"②这几处的"朕"都是作为领格来使用。又如《汤誓》"今尔有众，汝曰"，刘起釪指出，此处在指称"尔有众"之后紧接用

---

① 对"朕出今夕"这样的句子，学界存在不同的解读，有些学者把"朕"视为主语，而不是视为领格。
② 顾颉刚、刘起釪：《尚书校释译论》（第二册），北京：中华书局，2005 年，第 904、907、912、914、919、927 页。

"汝"字，与殷代文法相合，殷商甲骨文往往在所指称的私名之后，用"汝"作为同位词。①又如《商书·盘庚上》"格汝众"之"汝"，是第二人称代词用作宾语，与甲骨文、金文用法相同。②再如《商书·盘庚中》"古我前后罔不惟民之承保"，刘起釪说，甲骨文中称生王为"王"，称死王为"后"。此处"前后"，意为"先王"，这是殷人对死王的称谓。③类似的例证，还可以举出不少。这就说明，尽管商周各种文体之间语言差别很大，但同一时代的不同文体语言仍然具备了某些共同的时代特征。一方面要揭示商周语言发展演变大趋势，另一方面又面临着商周时期各种文体语言之间的横向差异要大于语言的纵向时代差异这一客观事实，这是本书所遇到的矛盾。为了解决这一矛盾，本书在坚持纵向探讨商周文学语言发展演变趋势的前提之下，适当注意各种文体语言的不同特点，努力把握商周时期各种文体语言的共同形态。

  第三个问题是，本书运用什么研究方法？本书研究商周文学语言，而"中国文学"与"语言学"分别属于不同学科，学科不同，研究方法当然也就有别。本书论题曾在国家社科基金"中国文学"学科之下立项，属于文学研究，因此应该采用文学研究方法。本来，研究商周文学语言因革，应该运用语言统计方法，但是，由于商周甲骨文还有三千多字未能识读，商周青铜器中有一些铭文被锈蚀，铭文中还有一些族徽符号，这些族徽究竟是文字还是图形，学术界尚存在争议。如果试图对商周文献语言进行统计，那么得出的结果是会有争议的。根据研究对象的实际情况，本书采用的主要是"举例法"和"证伪法"。举例法是从相关文献中选择能够说明问题的例证。王力先生说，古今汉语在语法上并无大的差异，差别主要是在词语上面。所以，本书所举例证多为词语。《韩非子·显学》说："无参验而必之者，愚也；弗能必而据之者，诬也。"④将这两句话用到学术研究之上，就是学术观点要经得起文献资料的检验。举例法就是以具体文献资料来证明学术观点，将

---

① 顾颉刚、刘起釪：《尚书校释译论》（第二册），第 881 页。
② 顾颉刚、刘起釪：《尚书校释译论》（第二册），第 935、936 页。
③ 顾颉刚、刘起釪：《尚书校释译论》（第二册），第 904、905 页。
④ 王先慎：《韩非子集释》（诸子集成本），北京：中华书局，1954 年，第 351 页。

学术观点建立在翔实的文献材料之上。证伪法是借鉴了奥地利哲学家波普尔的思想。波普尔认为，科学理论的发展不是建立在证实原则上，而是对既有理论的证伪推动了新的理解的产生，猜测与反驳是科学理论形成的动因。他以"问题—猜想—反驳"的"试错机制"代替"观察—归纳—证实"的"实证机制"，为科学知识的成长提出新的解释。本书研究即是对一个传统学术观点——中国现代文学语言革命以前所运用的文学语言都是"文言"——进行反思，认为应该将"殷商古语"从"文言"中划分出来，"殷商古语""文言""白话"应该是中国文学语言发展的三个不同的形态。除了"举例法"和"证伪法"这两种主要研究方法之外，本书还运用了"文本细读法""归纳法"和"比较法"。

  学术论著的最高境界是提出新的学术思想。学术界曾经流行一句名言：提出一个学术问题比解决一个学术问题更为重要。如果说本书有什么学术价值，那么这本书的价值就在于提出一个重要学术问题：商周文学语言与春秋战国以后文学语言是不是同一形态的语言？先秦文学语言发展史告诉我们："殷商古语"与"文言"应该是汉语发展过程中两个形态的语言。由此又引出一个新的问题：此前学术界将中国文学语言划分为"文言""白话"两种形态，如果"殷商古语"与"文言"是两种语言形态，那么要不要将"殷商古语"从"文言"中划分出来，将中国文学语言发展史划分为"殷商古语""文言""白话"三种形态？中国文学语言三种形态之说如果成立，那么，"殷商古语"的特色是什么？"文言"的历史起点在何处？"殷商古语"与"文言"的不同之处在哪里？"殷商古语"又是如何过渡到"文言"的呢？判断两个不同形态文学语言的标准是什么？这些都是先秦文学语言研究中的重大问题，也是中国文学语言研究中的重大问题。可惜的是，这一问题至今尚无人提出，更没有人系统研究。本书提出这一学术问题，并对此做出力所能及的阐述。

  几年来，我一直都在努力思考如何做好这个题目，寒来暑往，朝朝暮暮，手胼足胝，孜孜矻矻，青灯黄卷，寻章摘句，行若遗，处若忘，字斟句酌，费尽心血。本书一千多条语言资料，都是我从商周文献中一条一条地爬梳剔抉而得来的。商周甲骨文、铭文、《尚书》、《诗经》雅颂都是中国上古非常难读的文献，识字难，解释更难，"往往读一篇竟，有如闻异邦人语，但见其唇动，闻其声响，不知其意旨终何在也。"①研究过程中处处充满识读障碍，研究难度之大是不言而喻的。尽管如此，我仍然追求让文献资料来说话，力求将学术观点构筑在翔实的文献材料基础之上。由于慧根浅薄，学力水平有限，尽管我花尽几年脑力去思考、分析、研究这个问题，尽管我希望自己能够圆满地解决这个问题，但正如刘勰《文心雕龙·神思》所说，"方其搦翰，气倍辞前；暨乎篇成，半折心始"，最终做出来的结果与自己的最初期望值仍然有一定差距。我必须承认，本书虽然提出了商周文学语言因革问题，并作了力所能及的论证，但还不能说已经把这个题目做成了"铁案"。我不奢望本书的成果能够彻底地解决这个问题，我只是将这个问题提出来，以期抛砖引玉，引起学术界方家的关注。只要学术界同仁持续关注并投入研究，相信终有一天能够做成"铁案"。

---

① 杨树达：《曾星笠〈尚书正读〉序》，载曾运乾：《尚书正读》，北京：中华书局，2015 年，第 303 页。

# 第一章　中国文学语言的起点："殷商古语"

　　中国文学语言的起点在哪里？[①]考古学家在龙山文化陶片、西安半坡彩陶、山东大汶口文化陶器、青海马家窑文化陶器、郑州商代早期文化陶器及河北商代中期文化的陶器上，发现刻画或绘有某些图形符号，一些古文字学家认为这已经是具有文字性质的符号。即便这些符号"具有文字性质"，它们仍不能算成熟的文字。[②]中国文学语言应该以1899年发现的殷商甲骨文为起点。

　　殷商甲骨文是迄今为止最早的成熟的中国文字。现存殷商文献有甲骨文[③]、青铜器铭文和《商书》，此外还有存在不少疑问的《诗经·商颂》（以下简称为《商颂》）。甲骨文与铜器铭文是可靠的第一手殷商语言资料，从中可以看到殷商语言的原貌，但要同时看到，甲骨文和青铜器铭文受到书写工具、字数篇幅、行文格式及其铭刻方法的限制，它们都是性质特殊的早期应用文体，与后代文学文献差别甚大。著于简帛的《商书》和《商

---

[①] 关于中国文字的起源，古代文献中曾有一些说法，如《荀子·解蔽》《韩非子·五蠹》《吕氏春秋·君守》《春秋元命苞》都记载仓颉造字，《说文解字·叙》《论衡·骨相》说仓颉是黄帝时期史官。

[②] 据2013年7月9日《光明日报》报道，考古工作者在浙江平湖庄桥坟遗址出土的两件石钺之上，发现排列成序的六个原始符号，每个符号的笔画不超过五笔，有两个像汉字"人"字。有些考古学家认为这是一种原始文字。庄桥坟遗址距今五千多年，比殷墟甲骨文早一千多年。

[③] "殷商甲骨文"与"殷商甲骨卜辞"是两个互相联系但又有所区别的概念："殷商甲骨文"是指所有从殷墟及其他地点发掘的甲骨文献，包括卜辞和记事文献；"殷商甲骨卜辞"则仅指记载占卜内容的文献，不包括那些记事文献。"殷商甲骨文"绝大多数记载占卜内容，但也有少数与占卜无关的记事文字。例如，"旬壬申夕，月有食。"（《甲骨文合集》11482）这是记载月食之事，与占卜无关。又如："……之日，夕有鸣鸟。"（《甲骨文合集》17366）这是记载晚上鸟鸣现象。这些甲骨文不能称为卜辞，而只是记事刻辞。记事刻辞以所刻位置不同而分为五种：甲桥刻辞、背甲刻辞、尾甲刻辞、骨臼刻辞、骨面刻辞。

颂》虽然文学性要比甲骨文和青铜器铭文高一些，但它们的文本情形要比甲骨文和青铜器铭文复杂得多，因为甲骨文和铭文保持了殷商文字旧貌，而殷商简帛文本在后世传播过程中或多或少地经过后人的改动。《商书》中的五篇文章，《盘庚》（上、中、下）是古今学者公认的殷商文献，但即便如此，《盘庚》三篇之中也有后人羼入的文字。其他四篇殷商文献——《汤誓》《高宗肜日》《西伯戡黎》《微子》——之中也有周人的文字。①例如，《汤誓》中"尔""庶""天""台""予""朕""稽事""而""则"，《盘庚》中"而""则""天""德"，《微子》中的"殷"等，都有可能是周人羼入的文字。《盘庚》上、中、下三篇用了十三个"朕"，其中两个"朕"用作主语："朕及笃敬""朕不肩好货"；两个"朕"用作宾语："汝曷弗告朕""尔谓朕"。"朕"在殷代只作定语，此处是东周以后的用法。《盘庚》上、中、下三篇用了二十个"我"，其中两个"我"用作单数主语："我乃劓殄灭之""今我既羞告尔"，这是西周才有的用法；有三个"我"用作定语："重我民""我畜民""敬念我众"，这是东周以后才有的用法。"予弗知乃所讼"中的"乃"用作宾语，这是东周以后的用法。《微子》中用了七个"殷"字，"殷"不是商人自称，而是周人对商人的称呼。因此，我们在论述殷商语言时要特别谨慎，尽量避免将《商书》中的周代语汇作为殷商语言来讨论。情况最复杂的是《诗经》中的《商颂》，古今学者对《商颂》有"商诗"和"春秋宋诗"两说。关于《商颂》最早的文献记载，见于《国语·鲁语下》："昔正考父校商之名颂十二篇于周太

---

① 既然《商书》中羼入了少数周代文字，那么它能否作为"殷商古语"文献？本书认为是可以的。理由是：（1）《商书》五篇文章约二千三百字，被专家发掘出来的周代文字只有一二十个，其中有些字（如"德""天"等）究竟是商代文字还是周代文字还存在争议。（2）论者是以殷商甲骨文和青铜器铭文为参照系来论定某一字的创造年代，如果在殷商甲骨文和铭文中没有发现该字，就断定该字是周代文字或后代文字。但殷商甲骨文还有几千个文字未被认出，目前被指认的周代文字或许存在于未被认出的殷商甲骨文字之中。（3）先秦文献记载殷商有文献典籍传到周代。《周书·多士》载周公曰："惟殷先人，有册有典。"《墨子·贵义》载："周公旦朝读《书》百篇。"这表明殷人的"册""典""《书》"是在殷商写定的。（4）《商书》部分文法虽然有与周人相合之处，但更多是与殷代文法相合。例如，《盘庚中》"汝不忧朕心之攸困"，"朕"字的用法与甲骨文用法相合。《商书》虽然在传播过程中渗入少数后代文字，但在总体上仍然可以认定为商代文献。

师，以《那》为首。"①此事发生在西周末期，正考父生活在宋襄公之前一百多年，不可能作诗歌颂春秋时期的宋襄公；《左传·隐公三年》引《商颂》"殷受命咸宜，百禄是何"来赞美宋宣公，此事是在公元前 720 年，而宋襄公是在公元前 651 年即位，早在宋襄公即位之前七十年，就有人征引《商颂》，这说明《商颂》不是歌颂宋襄公之作；《国语·晋语四》载宋国大夫公孙固征引《商颂》"汤降不迟，圣敬日跻"，以此劝谏宋襄公礼遇重耳，这说明《商颂》早在宋襄公之前就已经是传世经典。因此将《商颂》视为春秋宋诗，是不适合的。古今学者提出许多证据，力证《商颂》为商诗，但人们无法回避一个事实，这就是《商颂》的语言难度明显低于《诗经·周颂》；若要将《商颂》视为西周诗歌，文献又不足以证明。还有，《国语·鲁语下》原载《商颂》十二首，但现今《商颂》只有五首，另外七首是如何失传的，这在先秦文献中也找不到答案。为了论证的严谨和结论的可靠，本书采用疑则阙疑的方法，在正文中暂不将《商颂》作为殷商语言的文献载体。

殷商文学语言与春秋战国以后的文学语言差异甚大，这个差别就是"殷商古语"与"文言"的差别。"殷商古语"的商代文献有甲骨文、铭文和《商书》，这些文献奠定了"殷商古语"在语音、文字、词汇、语法、修辞等方面的基本格局，形成了"殷商古语"古奥艰深的共同特色。

## 第一节　甲骨文："殷商古语"中难度最大的语言

出土的殷商甲骨文始于盘庚讫于帝辛，时间跨度约两百七十三年，专家将其分为五期。②殷商甲骨文是目前发现最早的成熟的中国文

---

① 上海师范大学古籍整理研究所校点：《国语》，第 216 页。
② 董作宾在《甲骨文断代研究例》中，将两百七十三年的殷商甲骨文分为五期：第一期为盘庚、小辛、小乙、武丁二世四王；第二期为祖庚、祖甲一世二王；第三期为廪辛、康丁一世二王；第四期为武乙、文丁二世二王；第五期为帝乙、帝辛二世二王。

字，①它比殷商铜器铭文要早好多年。迄今发现的龟甲兽骨大约十六万片，②中华书局 1965 年出版的《甲骨文编》，收录四千六百七十二个字（其中有些字可以归并），可以认识的字有一千七百二十三个（一说可以认识的甲骨文有一千五百多字，得到学术界公认的大约有一千二百多字），其中见于《说文解字》的有九百四十一个字，这个数目比现存殷商青铜器铭文的字数要多得多。③殷商甲骨文是中国语言史上最难释读的文字之一，经过王懿荣、孙诒让、罗振玉、叶玉森、王国维、郭沫若、董作宾、陈梦家、唐兰、杨树达、容庚、于省吾等学者的考释，已经认出大约三分之一的字，还剩下三分之二的甲骨文字至今未能释读。已经认出的甲骨文都是比较容易的常用字，那些未能释读的甲骨文字大都是人名、地名、族名、祭名、专名、官名或物名，专家虽然大体能够根据上下文，猜测这些名词的大意，但不能确知其音读，考释难度很大。认字是殷商甲骨文研究的基础工作，文字认不得，研究也就无从谈起。④由于殷商甲骨文中还有一大批文字未能释读，所以今人对殷商甲骨文只能读个大概。

如果说殷商甲骨文是"殷商古语"中难度最大的语言，那么甲骨文语音又是难点中之难点。这是因为，传统音韵学以《诗经》音系代表先秦两汉的上古音，以《切韵》音系代表六朝至唐宋的中古音，并由《切韵》音系及等韵学上推古音，殷商甲骨文不在传统音韵学的范围之内。近几十年来一批学者尝试破译甲骨文语音难题，取得了不少成果，但从总体上说，学术界对甲

---

① 王宇信、杨升南说："甲骨文是我国迄今所见的最早有系统的文字，其构成方式主要有象形、形声、会意等三种。虽然有的文字还有一字多形的现象，但基本已趋向定型化，表现出一定的成熟性。所以甲骨文还不是我国最原始的文字。"（王宇信、杨升南："甲骨文基础知识"，载王宇信、杨升南、聂玉海：《甲骨文精粹释译》，第 1—10 页。）我国最原始的文字是什么，因缺少文献依据而不好论定，目前发现最早的成熟文字仍然是甲骨文。
② 据沈之瑜《甲骨学基础讲义》统计，中国收藏甲骨十二万七千九百零四片，加拿大、英国、美国、德国、俄罗斯、瑞典、瑞士、法国、新加坡、比利时、韩国、日本收藏甲骨两万六千七百片，国内外共有甲骨十五万四千六百零四片。沈之瑜统计的截止时间是 20 世纪 80 年代，之后，地下考古又陆续发现了一些新的甲骨资料。
③ 《殷墟甲骨刻辞类纂》收三千五百四十七个甲骨文字，可以认识的有一千三百五十一个单字，加上可隶定字形者共两千零二十八个字，其中见于《说文解字》者九百四十一个字。
④ 据悉，国家已经启动大数据、云计算破译甲骨文工程，把所有的甲骨文拓片、字、词语、考释等都输入电脑，利用现代电脑的信息储存功能，对未识别的甲骨文字形做出解释。

骨文字的读音尚处于宏观研究阶段，不仅缺少具体的微观分析，而且彼此的见解也有不小差异。①由于《诗经》音系所代表的是居于西方的周民族方言语音，它与东方的殷商民族方言应该存在一定差异，因此如果以《诗经》音系作为参照来研究殷商甲骨文语音，其实也存在一定问题。从专家标注的某些甲骨文语音来看，甲骨文读音与后世确实不同。例如："贞翌癸丑易。"（《甲骨文合集》6728）"易"意为"阴蔽"，读 xī，不读 yì。又如："己丑卜，尹，贞王宾祖丁奭妣己，亡尤。"（《甲骨文合集》23330）"奭"意为"配偶"，读 cóu，不读 shì。又如："王二曰：匃。"（《甲骨文合集》10405 正）"匃"读 xiōng，不读 gài。再如："庚辰卜，贞申亡不若。六月。"（《甲骨文合集》16347）"申"是人名，读 guàn，不读 shēn。②这些例证表明，殷商甲骨文语音与后世有所不同。

殷商甲骨文字难认的首要原因是，它有自己的特殊刻写方式。甲骨文是用刀刻在龟甲或兽骨上的文字，其文字刻划符号与当时正式的书写符号可能存在不小的差异。许倬云在《西周史》中说："商代占卜文字，属于一种有了特定功能而发展的文字，在当时必已有另一种比较正式的书写符号。"③当时"比较正式的书写符号"是什么？殷商青铜器铭文字符是不是当时"比较正式的书写符号"？因为至今没有殷商简帛文字可供参照，所以对此不得而知。除了在字符上不同于当时"比较正式的书写符号"之外，殷商甲骨文还有"合文""倒书""侧书""正反相接""相间刻辞"等特殊书法。"合文"的情形主要存在于名词、成语和数量词之中。"合文"之中绝大多数是两字合写，也有少量的三个字合在一起的情形，如武丁时期将闰月放在

---

① 专家对殷代语音系统的看法颇不相同。赵诚《商代音系探索》认为，商代音系辅音不分清浊，发音方法比较简单，存在复辅音和多音节现象，四声不分，没有入声韵，阳声韵也不如后代典型，似仅为元音的鼻化，韵部划分比周秦古音为少，声调上没有四声的区别。陈振寰在《音韵学》中，认为殷商有 16 个声母，韵母与上古后期一致。郭锡良《殷商时代音系初探》认为，殷商音系有 19 个声母、29 个韵部，有声调区别，每部分开口、合口各二等。管燮初《从甲骨文字的谐声关系看殷商语言声类》一文将甲骨文字的声母分为三十七类，《据甲骨文谐声字探讨殷商韵部》一文认为殷商韵部为二十二部。陈代兴《殷墟甲骨刻辞音系研究》认为，殷代单辅音声母有 17 个，复辅音声母 10 个；韵部 15 个；没有平上去入四个调类。
② 以上注音参见王宇信、杨升南、聂玉海主编：《甲骨文精粹释译》，昆明：云南人民出版社，2004 年；马如森：《甲骨金文拓本》，上海：上海大学出版社，2010 年。
③ 许倬云：《西周史》（增订本），北京：生活·读书·新知三联书店，1994 年，第 30 页。

年终，"十三月"这三个字就被合写在一起。"倒书"是将字倒过来刻写，有些倒书极易造成误认，如"王"字的倒书很容易被误认为是"辛"字。"侧书"多用来记载贞卜次序的兆序。"正反相接"是指有些卜辞在甲骨正面容纳不下，便刻在甲骨的背面。"相间刻辞"是指不同事占卜之辞交错排列。有些甲骨上还刻有"兆辞"，诸如"不玄""不玄冥""一告""二告""小告""弘吉"等等。殷商甲骨文中还有异字同形、一字多形、通假字等情形，如"征"通"正"，"立"通"位"，"它"通"也"，"帝"通"禘"，"易"通"锡"，"兄"通"祝"，"尸"通"人"或"夷"，"又"通"右""祐"或"侑"，"每"通"晦""悔"或"诲"，"母"通"女"（但"女"不能代替"母"）等。对于这些同形的异字或通假字，只有将它们放在该片甲骨特定的上下文语境之中才能确认。甲骨文中一字多形的情况尤多，如"王"字在甲骨文中就有四种写法，"戈"字有三种字形，"召"字有六种字形，等等。甲骨文一字多形，是因为它们出于不同贞卜者之手，更重要的原因是殷商时期甲骨文某些字形尚未稳定下来。

　　殷商甲骨文字难认的另一个原因，是后人尚未把握甲骨文抽象文字的构形规则。有一些甲骨文字形，后人能够从中看出文字创造最初的构思，这主要是指那些指事、象形、会意字。指事字如"上"字是在一条向上弯曲的曲线之上加一条横线，"下"字是一条向下弯曲的曲线之下加一条横线，"母"字是在"女"形上加上两乳，以此指明这是哺乳婴儿的女人。甲骨文中的象形字更多，如"羊"字上面两点是两只羊角的象形，"鸟"字画一只鸟形，"象"字有一个长长的鼻子，"腋"字是人形左右各加一点，"妻"字像女子出嫁时梳头之形，"登"字像双手捧盛有祭品的礼器"豆"之形，"日"是一个圆当中加一笔，"月"是画一个上弦月或下弦月形象，"火"是画一堆燃烧的火苗，"车"是一根车轴连着两个轱辘，等等。[1]会意字如

---

[1] 容庚在《甲骨文字之发见及其考释》一文中，对甲骨文象形字有很好的概括："羊角象其曲，鹿角象其歧，象象其长鼻，豕象其竭尾，犬象其修体，虎象其巨口，马象其丰尾长颈，兔象其长耳厥尾，虫象其博首宛声，鱼象其枝尾细鳞，燕象其芇口布翅，龟象其昂首被甲。且也或立，或卧，或左，或右，或正视，或横视，因物赋形，恍若与图画无异。"载《国学季刊》1923年第1卷第4期，第658页。

"休"字像一个人靠在树旁休息,"监"字像一个人俯视器皿等。这些字有一个共同特点,就是文字与它所指称的事物高度相似。像这些望形而知义的字,在殷商甲骨文中并不占多数。目前被释读出来的甲骨文字,主要是指事、象形、会意字。甲骨文中更多的是那些相对抽象的字符,这些字符往往不能从指事、象形或会意角度去理解,前文所说的甲骨文中的诸多人名、地名、族名、物名、祭名等,就属于这种情形。从造字原理来说,殷商人每造一个字,必有他们自己的构思,必有他们所依据的造字规则。可是由于时过境迁,后人已经不知道这些造字规则了。如果能够破译甲骨文的构形规则,相信会有更多的甲骨文字被释读出来。①

殷商甲骨文在词汇方面也有自己的特点。学者曾经对徐中舒主编的《甲骨文字典》所收二千七百零三个甲骨文字进行平面测查,发现甲骨文词汇呈现出"四多四少"的情形:即单义词多(占 77.2%),多义词少(占 22.8%);名词多,动词少;专名多,共名少;实词多,虚词少。②单义词多,多义词少,这意味着许多词汇被创造出来之后,尚未得到广泛的运用,因为词语的意义是在运用过程中不断丰富的。名词多,动词少,这可能是古人认为,给事物命名,比创造动作行为的词语更为重要。专名多,共名少,说明殷人语言概括能力尚有待提高。实词多,虚词少,说明殷人在创造文字时首先考虑如何表意,然后才考虑提高语言艺术水平。虚词少是甲骨文缺乏文学性的原因,因为语言的文学性在很大程度上取决于虚词的运用。"四多四少"之间有某种内在联系。例如,名词多必然导致单义词多,因为很多名词只有单一的意义,同时名词多也必然带来实词多;又如,单义词多与专名多之间也是相通的。"四多四少"是中国文学语言处于起步阶段不可避免的现象。

---

① 严一萍在《甲骨学》一书中将释读甲骨文字的方法概括为八条:一是考察文字本身的演变,从《说文解字》上溯铭文,再从铭文考释甲骨文字;二是从甲骨文本身字形进行比较而释读;三是分析偏旁点划,以求文字构成,参照音韵训诂,推测字义;四是从卜辞体例角度释读;五是从甲骨缀合角度考释;六是以地下出土文物印证;七是辨析甲骨文中的合文;八是从辨析一字重形角度考释。
② 邹晓丽等:《甲骨文字学述要》,长沙:岳麓书社,1999 年,第 102 页。

已经释读出来的殷商甲骨文词汇，绝大多数都是日常生活中的常用词。[①]今人能够大致读通甲骨文献，主要是依赖这些常用词，然后再结合上下文去猜测那些难认词的大致意义。概括地说，作为最早的中国文学语言，甲骨文容易之处非常容易，难的地方又非常难。本书所说甲骨文的容易，主要是指甲骨文中那些古今通用的日常生活词汇，这些词汇一直到今天仍在运用。殷商甲骨文虽然是官方文献，但由于它是与神明交流的工具，太难了怕神明听不懂，因此它的贞卜之辞基本接近当时的口语，不像《商书》文诰、青铜器铭文和颂诗那样，用的是难度较高的书面语言。这一点，只要将殷商甲骨文与《商书·盘庚》语言进行比较，就自然会明白。本书所说甲骨文的难，主要体现在两个方面：一是甲骨文中有一批常字古义的词汇，这些意义特殊的词汇成了阅读甲骨文的障碍；二是甲骨文中许多人名、祭名、地名和事物专有名词，因其笔画太难而无法释读，这一类词汇在甲骨文中有三千多个，估计一时还难有人释读出来。

既然殷商甲骨文中还有一些非常容易的词语，那么为什么将它列入"殷商古语"呢？主要是考虑以下三个因素：一是殷商甲骨文中容易的词语毕竟占少数，绝大多数词语都是难以释读的词语；二是在殷商甲骨文容易的词语之中，有一些词语是常字古义，不能从后世意义上去理解它们；三是即使甲骨文有一批容易的词语，但没有经过专门训练的普通读者仍然不能识读，还需要专家释读之后，才知道它们其实是非常容易的词语。

对那些没有认出的甲骨文难字，本书存而不论，这里只讨论那些已经释读的词语。在已经认出的甲骨文词汇中，有一些意义特殊的词语，这些词虽然大都见于《说文解字》，但其词义多与《说文解字》等工具书所释不同。它们一般只在殷商时期占卜时使用，而很少见于后世文献。本书重在揭示

---

① 兹以甲骨文名词为例，抽象名词如"圣""仁""义"，天象名词如"日""月""星"，官职名词如"史""巫""卜"，亲属名词如"祖""父""兄"，武器名词如"弓""矢""戈"，酒器名词如"鼎""豆""壶"，音乐名词如"鼓""乐""磬"，建筑名词如"宫""室""仓"，渔猎名词如"渔""牧""狩"，工具名词如"斧""斤""耒"，植物名词如"麦""禾""粟"，动物名词如"牛""羊""马"，人体器官名词如"身""目""耳"，地理名词如"土""山""岩"，时间名词如"年""岁""旬"，方位名词如"东""南""西""北"，等等，这些浅易词汇在后来的"文言"甚至在"白话"中仍然继续运用。

"殷商古语"与"文言"的不同，因此不再讨论那些与"文言"相同的词语。例如，甲骨文数词与文言中数词大体相同，这样本书就没有探讨的必要。本书聚焦于那些与"文言"意义不同的词语。

先看名词的例子：

（1）"贞求于九示。"（《甲骨文合集》14875）

"示"读音为 qí，意为"神主"，多指地神，"九示"是指"九位神主"。"示"的"神主"意义非常古老，可能是它的原始意义，后来凡是以"示"为偏旁的词语，大都与神灵或祭神活动有关。这条卜辞意思是"贞问行祈求之祭于九位先王神主么？"①

（2）"己亥卜，争，贞王勿立中。"（《甲骨文合集》7367）

"中"意指"战旗"，可能是一面旗帜的象形字。据此推测，殷商旗帜不是现代的横向四方形，而是竖向四方形，旗杆不是在四方形旗帜左侧，而是竖在四方形旗帜中间。旗帜上下方各有两根或三根飘带，飘带方向向右或向左。也有的"中"字在中间旗帜上有一根飘带。由于这种旗帜形状所承受风力较小，适合于骑兵或战车使用，因此它在后世少数民族中间还可以见到。《说文解字》："中，内也。"以"内"释"中"，这个"内"大约相当于"中心"，这说明汉代已经不用"中"的"旗帜"意义。这条卜辞意为："癸酉日占卜，贞问方国大举出动，商朝树立旗帜于北方边地么？"据我所知，"中"作为"战旗"的词义不见于后世文献。

（3）"乙卯卜，殷，贞今日王往于敦。之日大采雨，王不止。"（《甲骨文合集》12814）

"大采"是时间名词，指"天明时分"。卜辞大意是说："乙卯日占卜，贞人殷问卦，贞问今日商王前往敦地么？验辞是，当日天明时分下雨，商王不去敦地了。"

（4）"壬戌又雨。今日小采允大雨。"（《甲骨文合集》20397）

"小采"是时间名词，又作"少采"，指"黄昏时分"。卜辞大意是

---

① 本书对殷商甲骨卜辞的释译参考了王宇信、杨升南、聂玉海主编《甲骨文精粹释译》（云南人民出版社 2004 年版），特此说明，以下未逐一出注。

说："壬戌日占卜，兆象显示要下雨。到了黄昏时分，果然下大雨。"《国语·鲁语下》载鲁国敬姜论劳逸，使用"大采""少采"两词。春秋以后，这两个词就很少见于文献了。

（5）"郭兮至昏不雨。"（《甲骨文合集》29794）

"郭"是一个时间名词，指"太阳偏西时分"。这条卜辞是贞问："太阳偏西直到黄昏不下雨么？"后世文献很少再用"郭"表示太阳偏西时分。

（6）"大食其亦用九牛。"（《甲骨文合集》29783）

"大食"是指"中午吃饭时间"。这条卜辞是贞问："中午时分祭祀，用九头牛作为献品么？"与"大食"相应的时间名词还有"小食"，如"乙卯小食大启"（《甲骨文合集》21021），"小食"是指下午吃饭时间。午饭是中国人一天中最重要的进食，殷人用"大食"表示午饭，说明他们已经确立了午饭重要的理念。

（7）"食日至中日不雨。"（《小屯南地甲骨》42）

"食日"是指"接近中午的时候"，"中日"是指"正当中午的时候"。这两个表示时间的名词，后世都不再使用。

（8）"辛巳卜，翌日壬王叀田省，湄日亡灾。"（《甲骨文合集》28644）

"湄"音近"昧"。关于"湄日"的意义，杨树达释为"终日"，王宇信译为"整天"，杨升南则释为"早晨"。

（9）"贞翌癸亥王步。"（《甲骨文合集》67正）

"翌"意为"未来"，在句中充当未来时间名词，与春秋战国以后"翌"指"第二天"意义不同。这条卜辞是问："贞问未来的癸亥日商王步行么？"常玉芝认为，"翌"多用来指九天以内的未来某个时间，特别是指五天时期之内未来某个时间。[①]甲骨文"翌"这个意义，殷商以后不再使用。

（10）"癸巳卜，生月雨。"（《甲骨文合集》34489）

"生"多用来修饰、限定月份，常玉芝指出，"殷人称下个月为'生

---

[①] 常玉芝：《殷商历法研究》，长春：吉林文史出版社，1998年，第424页。

月'，意思就是月光再生的一个月。"① 同样的例子又如："乙亥卜，争，贞生七月王勿卒入，戠。"（《甲骨文合集》5165）"生七月"，意思是"下一个七月"。甲骨文"生"这一意义，不见于后世文献。

（11）"贞来丁酉侑于黄尹。"（《甲骨文合集》563）

"来"意为"未来"。黄尹，在殷商卜辞中多次出现，应该是已经去世的殷商名相。这条卜辞大意是说："贞问在未来的丁酉日行侑求之祭于旧老名臣黄尹么？"常玉芝认为，"来"所指的日期是未来四日至二十四日。② 甲骨文"来"这一特定含义是后世文献所没有的。

（12）"之夕皿乙巳。"（《甲骨文合集》137 正）

"皿"表示介于前后两天之间的一段时间，此处"皿"是指当晚到第二天乙巳日之间的一段时间。"皿"本为盛放东西的器皿，器皿的中间部分是虚空的，殷商人用"皿"表示中间一段时间，确实富有想象力。

（13）"己卯卜，贞今夕小子有雪。"（《甲骨文合集》3266）

"小子"意为"小王子"，与春秋以后"小子"一词指"年轻人"、门生弟子或蔑称意义不同。这条卜辞是说："己卯日占卜，贞问今夜小王子会遇到雪天么？"

（14）"贞弜勿。"（《甲骨文合集》23217）

"勿"通"物"，指祭祀时用的杂色的牛。"物"的这一意义与后来作为事物共名的"物"有很大不同。这条卜辞贞问："不用杂色的牛祭祀么？"

（15）"戊申卜，贞：其品司于王出？"（《甲骨文合集》23712）

"品"是商代祭名③，"司"是神名。这条卜辞贞问：在商王出去的时候，以品祭方式来祭祀司神好不好？

以上所举都是殷商甲骨文中具有特殊意义的名词。有学者发现，殷商甲骨文的名词运用处于动态发展过程之中。例如，武丁以前清晨称"旦"，武

---

① 常玉芝：《殷商历法研究》，第 329 页。
② 常玉芝：《殷商历法研究》，第 425 页。
③ 殷商时期有多种祭名，诸如"御""禘""告""协""宜""衣""哭""岁（刿）""飨""酒""肜""龠""协""福""报""汽""求""益""兄（祝）""弹（禅）""卯""米""马（祃）""幼""翌""寻""傧""升""伐""杏""步""即""舌"等，每一种祭名都有特定的内涵。

丁以后称清晨为"妹旦"（即"昧爽"或"妹晨"）；武丁时期称天明为"明"，或称"大采"，武丁以后称天明为"朝"；武丁时期接近黄昏时分称"小采"，武丁以后接近黄昏时分称"暮""昏"或"落日"。①殷商时期名词多变，我认为一个合理解释是殷商时期尚处于中国文学语言发展的起步阶段，某些词语的运用尚不够稳定，人们对事物的称谓尚未统一。其中应有地域因素，不同地区对同一事物的命名不同。

再看殷商甲骨文中的动词：

（1）"翌日王其令右旅眔左旅䎽见方，灾，不雉众。"（《小屯南地甲骨》2328）

"䎽"意为"攻打"，"雉"意为"伤害"。这条卜辞意思是说："未来的日子，商王命令右旅之军和左旅之军攻打见方国，有所捷伐，不会伤害平民队伍么？""䎽"的"攻打"意义和"雉"的"伤害"意义都是后世不再使用的。

（2）"𣪊，贞勿登人五千。"（《甲骨文合集》6541）

这是一条残缺的卜辞，"𣪊"是贞问者之名，"登"意为"征集"。《说文解字》："登，上车也。"段玉裁注："引伸之，凡上升曰登。"《说文》"上车"和段注"上升"显然都不是甲骨文"登"的"征集"意义。

（3）"戊辰卜，在羌贞，王田，衣逐，亡灾。"（《甲骨文合集》37564）

"衣"意为"合围"，②"衣逐"意为"合围逐兽"。这条卜辞大意是说："戊辰日占卜，在羌地贞问，商王田猎，合围逐兽，没有灾难吧？"

（4）"癸亥卜，争，贞旬亡祸。……来艰。五日丁卯王狩……亦仄在车……"（《甲骨文合集》7139）

---

① 赵诚：《甲骨文词义系统探索》，载胡厚宣主编《甲骨文与殷商史》，上海：上海古籍出版社，1986年，第6—23页。
② 学者们对甲骨文"衣"字的词性有不同看法：李学勤《殷代地理简论》、赵诚《甲骨文简明词典》认为"衣"是副词，陈炜湛《甲骨卜辞田猎考》认为"衣"是田猎地点，朱歧祥《殷墟卜辞句法研究》认为"衣"是形容词。本书采用王宇信之说。

这是一条残缺的卜辞，"仄"意为"歪倒"。卜辞记载一位名叫争的卜官贞问："下一个十天商王有无灾祸，卦象表明有危艰之事发生。验辞记载，在五天之后的丁卯日，商王田猎，歪倒在车上。"用"仄"来表示"歪倒"意义，非常生动形象。

（5）"己丑卜，争，贞吴叶王事。"（《甲骨文合集》177）

"叶"意为"勤劳"，"叶王事"意为"勤劳王事"。"叶"的"勤劳"意义，在后世文献中很少见到。

（6）"丁巳卜，㱿，贞王学众，髳方，受有又。"（《甲骨文合集》32正）

"学"意为"训教"，与《盘庚上》"盘庚敩于民"之"敩"意义相同，与春秋战国以后文言文中"学"意义不同。这条卜辞意思是说："丁巳日占卜，贞人㱿问卦，贞问商王武丁关于征讨髳方国的训教民众活动中，会受到保佑么？"

（7）"贞，呼妇往，有得？贞，呼妇往，无得？"（《甲骨文合集》2652）

甲骨文中有大量的"呼"字，意为"命令"。商周铭文中也有大量的表示"命令"意义的"乎（呼）"字。《说文解字》："呼，外息也。"意思是"向外吐气"。甲骨文"呼"与《说文解字》的"外吸"之说意义差别甚大。这条卜辞贞问："命令妇人前往，有没有所得？"

（8）"辛巳卜，㱿，贞呼雀敦鼓。"（《甲骨文合集》6959）

"敦"是表示"攻击"意义的动词，"雀"为人名，"鼓"为地名。《说文解字》："敦，怒也，诋也，一曰谁何也。"段玉裁说这三条解释"皆责问之意"。甲骨文"敦"的意义与《说文解字》关于"责问"的解释显然有很大区别。这条卜辞是贞问："命令雀攻击鼓地么？"

（9）"丁未，贞，王令卯达危方。"（《甲骨文合集》32229）

"达"的意义与"敦"相近，都是表达"攻击"的意思。"卯"是人名。《说文解字》以"行不相遇"释"达"，与甲骨文"达"意不同。这条卜辞是贞问："商王命令卯攻打危方么？"

（10）"王其往逐鹿隻。"（《甲骨文合集》10292）

"隻"在甲骨文中是个象形字，象以手抓隹（鸟）之形，意为"捕获"。这条卜辞贞问："商王将举行逐捕麋鹿活动，会有所捕获么？""隻"在"文言"中是"只"的繁体字。

（11）"今夕雨沚。"（《甲骨文合集》34801）

"沚"意同"止"，用作动词，不是《说文解字》"小渚曰沚"之意。这条卜辞贞问："今晚雨会停止么？"

（12）"行甾王事。"（《甲骨文合集》5454）

"行"是人名，"甾"是"处理""从事"的意思，不是《说文解字》"东楚名缶曰甾"之意。这条卜辞贞问："行去处理商王交办的政事么？"

（13）"王其各于大乙勺伐，不遘雨。兹用，不雨。"（《甲骨文合集》27000）

"各"意为"到达"，"大乙"是地名。《说文解字》释"各"为"异辞"，与甲骨文"各"意不同。这条卜辞贞问："商王将到大乙征伐，不会遇到下雨么？结果商王出征，没有遇到下雨。"

（14）"呼见羊于西土由。"（《甲骨文合集》8777）

"见"意为"献"。《说文解字》释"见"为"视"。这条卜辞大意是问："命令西土的人献羊么？"

（15）"己未卜，殻，贞缶其禀我旅。"（《甲骨文合集》1027正）

"禀"意为"禀食"，即提供食物。这条卜辞是说，己卯日，一个名叫殻的卜官贞问："缶会提供粮食给师旅么？"

（16）"今日雨，庚引。"（《甲骨文合集》12015）

此处"引"有"延续""延长"之意。它与《说文解字》所释的"开弓"不尽相同。甲骨文"引"字像持箭拉弓、引而未发之状，以此推测，《说文解字》所说的"开弓"，应该是"引"字本义。甲骨文"庚引"之"引"，可能用的是引申义。《说文解字》释义比甲骨文更为古老，这是一个很有意思的现象。这条卜辞是说："今日下雨，未来庚日还会继续下雨么？"

（17）"乙丑，贞王令圣田于京。"（《甲骨文合集》33209）

"圣"有"修筑""开垦"之意。①这条卜辞意思是说："乙丑日占卜，贞问商王会下令在京地垦田么？"

（18）"洹不涎。"（《甲骨文合集》8317）

"涎"意为"泛滥"。《说文解字》释"涎"为"慕欲口液"，指一个人因羡慕而流口水。此处甲骨文"涎"可能用的是引申义。这条卜辞贞问："洹河不会泛滥么？"

（19）"贞：帝其乍我孽？"（《甲骨文合集》14184）

"乍"通"作"，此处有"降"意。这条卜辞贞问："天帝会给我降下罪孽吗？"

（20）"贞：父乙刍王？"（《甲骨文合集》2222）

"刍"有"取悦"之意。《说文解字》释"刍"为"刈草"。草可以作为牛羊的饲料，人们遂以"刍"指代牛羊，而牛羊肉是古人美食。此处"刍"用作动词。《孟子·告子上》有"理义之悦我心，犹刍豢之悦我口"之说。此处甲骨文"刍"或许用的是"刍"字的引申义。这条卜辞贞问："父乙会取悦商王吗？"

（21）"戊寅卜，亘贞：王若？"（《甲骨文合集》2373正）

"若"意为"应允"。《说文解字》释"若"为"择菜"，与此意义不同。这条卜辞记载一个名叫亘的人在戊寅日贞问："商王会答应吗？"

（22）"败牛。"（《甲骨文合集》1824正）

"败"意为"杀"，"败牛"即"杀牛"。《说文解字》释"败"为"毁"，与甲骨文"败牛"之"败"不尽相同。

（23）"贞，徝侑于黄尹。"（《甲骨文合集》6209）

"徝"意为"征伐"。"侑"是祭名。这条卜辞贞问："征伐之前要向已故名臣黄尹施行侑祭么？"

（24）"贞其驭釐。"（《甲骨文合集》27385）

"驭"意为"来"。"釐"意为"福"。按，"驭"即古文"御"字，

---

① "圣"与"聖"在先秦是两个字，由于两个字音义相近，唐宋以后人们遂以"圣"代"聖"。

甲骨文"驭"之"来"义,是"御"所没有的。这条卜辞贞问:"会有幸福降临么?"

(25)"贞氏牛五十。"(《甲骨文合集》8968 正)

"氏"音通"致",意为"进致""进献"。这条卜辞贞问:"向神灵进献五十头牛么?"

(26)"癸巳卜,殻,贞旬亡祸。王占曰:乃兹亦有祟。若偁,甲午王往逐兕,小臣叶车马硪,驭王车,子央亦坠。"(《甲骨文合集》10405 正)

"硪"意为"歪倒"。"硪"本是用人力砸地基或打桩等用的工具,此处"硪"可能是形容小臣像木杵砸地一样从车上栽倒下来。《说文解字》中没有"硪"字。这条卜辞大意是说:"癸巳日占卜,贞人殻问卦,贞问下一个十天有没有灾祸。商王看了卜兆说:这次也有灾祸。如同繇辞所称,甲午日商王去追逐兕牛,小臣协调车马时歪倒,驾驭商王车子时,子央也坠落下来。"

(27)"卯宙羊小示。"(《甲骨文合集》14835)

"卯"是动词,意为"对剖","卯"字应该是对剖杀牛羊的形象描绘。"宙"是表示疑问语气的副词。"小示"指先王旁系。"卯"本是十二地支之一,代表农历二月,《说文解字》释"卯"为"冒",取"万物冒地而出"之意。甲骨文"卯"的"对剖"之意,为《说文解字》所无。这条卜辞贞问:"对剖一头羊祭祀旁系祖宗神灵么?"

(28)"贞王令多羌衷田。"(《甲骨文合集》33213)

"衷"意为"开垦","衷田"即开垦荒地。"多羌"是指众多羌奴。"衷"字为《说文解字》所无。这条卜辞是说:"贞问商王是否下令众多羌奴去开垦荒地。"

(29)"戊寅卜,王陷,易日。允。"(《甲骨文合集》33374 反)

"陷"意指"陷猎"。"陷"字为《说文解字》所无。这条卜辞是说:"戊寅日占卜,商王陷猎,天气会阴蔽吗?结果天气真的阴了。"

(30)"丙戌卜,争,贞父乙术多子。"(《甲骨文合集》2940)

"术"意为"祸害""祟害"。《说文解字》释"术"为"邑中道",即都邑中的大道。"术"的繁体字为"術"。甲骨文"术"的"祸害"意义,为《说文解字》所无。这条卜辞记载:"丙戌日占卜,一位名叫争的人贞问：先王父乙会祸害多位王子么？"

（31）"癸亥卜，殻，贞，翌乙丑多臣灾缶？"（《甲骨文合集》6834正）

"灾"意为"征伐""打仗"，"缶"是殷商方国名。这条卜辞说："癸亥日占卜，一个名叫殻的卜官贞问，未来乙丑日派多位大臣征伐缶国么？"

（32）"王二曰：匄。"（《甲骨文合集》10405正）

"匄"意为"灾害"。

（33）"癸亥卜，亘弗月雀？"（《甲骨文合集》20383）

"亘"和"雀"都是殷商时期的方国。"月"意为"骚扰"。"亘弗月雀"是贞问："亘国不会骚扰雀国么？"

殷商甲骨文中具有特殊意义的动词还有一些，不再一一列举。这些动词或者不见于《说文解字》，或者虽见于《说文解字》但意义与《说文解字》释义不同，将这些动词与《说文解字》所释意义做比较，自然可以看出殷商词义与汉代词义的差异。

下面再看形容词的例子。究竟甲骨文中哪些词是形容词，学者们有不同的意见。①本书认为，形容词表示人或事物的性质或状态，只要符合形容词这一定义的词语，都可以认定为形容词。

（1）"乙丑卜，内，翌寅启。丙允启。"（《甲骨文合集》13140）

这条卜辞中两个"启"②，意为"天气晴好"。《说文解字》："启，开也。"殷人以"启"形容天气晴好，可能是取其云开日出之意。殷商以后很少

---

① 学者们对甲骨文形容词的看法不尽相同：管燮初《殷虚甲骨刻辞的语法研究》认定的形容词有：吉、若、足、大、小、白、黄、幽、高、有、敏（晦）。陈梦家《殷虚卜辞综述》认定的形容词有：大、小、多、少、白、黄、赤、新、旧、终。向熹《简明汉语史》认定的形容词有：吉、利、大、小、新、旧、足、赤、白、启、敏。徐中舒主编《甲骨文字典》认定的形容词有：幽、黄、白、赤、大、小、多、少、新、旧、高、先、后、宁、嘉、吉。杨逢彬《关于殷甲骨刻辞的形容词》认定的形容词有：幽、黄、黑、白、赤、大、小、多、少、新、旧、高、嘉、吉。张玉金《甲骨文语法学》认定的形容词有：新、旧、大、小、白、黑、幽、黄、利、嘉、凄、若、吉、安、高、鲁、疾、宁、引、及、物、埴、正等。梁银峰《甲骨文形容词研究》认定的形容词有：吉、臧、鲁、利、嘉、艰、永、宁、安、谧、少、小、多、足、疾、大、引、弘、及、新、旧、生、勿、幽、黑、白、赤、黄、戠。从总体上看，专家对甲骨文形容词的认定非常谨慎，数量非常有限。本书认为，凡是形容人或事物性质、特征、属性、状态的词，都可以认定为形容词。

② "启"是不是形容词，或许不同学者有不同看法。本书认为"启"形容天气状况，可被视为形容词。

有人用"启"字形容天气晴好。卜辞大意是说："乙丑日占卜，一个名叫内的卜人贞问，下一个寅日天气会晴好吗？到了丙日，天气真的转晴了。"

（2）"丁巳卜，殷，贞黍田年鲁。"（《甲骨文合集》10133）

"鲁"意为"丰盈""嘉善"。甲骨文"鲁"字形状，上面是一条鱼，下面是一个"口"。鱼味鲜美，故殷人以"鲁"表示"嘉善"之意。这表明甲骨文"鲁"是一个会意字。"贞黍田年鲁"，意思是贞问："种满黍子的田地，年成会丰收么？"《史记·周本纪》"周公受禾东土，鲁天子之命"之"鲁"，是运用"鲁"字的殷商古义，即赞美天子的命令。《说文解字》："鲁，钝词也。"以"鲁"为"钝"，应该是"鲁"字后起的词义，《论语》"参也鲁"之"鲁"，就是在后起的意义上而言的。

（3）"戊申卜，马其先王兑从。"（《甲骨文合集》27945）

"兑"意为"紧紧"①。这条卜辞大意是说："戊申日占卜，马官先行开路，商王紧紧随行么？"《说文解字》："兑，说也。"这可能是"兑"后起的意义。

（4）"贞王作邑，帝若。"（《甲骨文合集》14201）

卜辞中的"若"，可以释为"顺"，引申为"保佑"。这条卜辞大意是说："贞问商王建造城邑，上帝会保佑么？""若"训为"顺"，这个意义在《尚书》文诰中可以看到，但在后世就很少见到了。《说文解字》："若，择菜也。"此义与甲骨文"若"字不同。

（5）"己丑卜，殷，贞翌庚寅其宜，不其易日。"（《甲骨文合集》15888）

这个"易"意为"阴蔽"。"易""翳"音近相通，这可能是殷人以"易"表示阴天的原因。这条卜辞大意是说："己丑日占卜，贞人殷问卜，贞问未来的庚寅日把牲体放在俎上之祭，天气不阴蔽么？"《说文解字》以"蜥易"释"易"，与此处甲骨文"易"义不同。

（6）"壬戌卜，令周宓若。"（《甲骨文合集》4885）

"宓"意为"安定"，"宓若"意为"安定顺利"。后人用"密"字代

---

① 有人认为"兑"通"锐"，为副词。本书以"紧紧"释"兑"，是采用王宇信之说。

替"宓"字，"宓"字就很少被人运用了。这条卜辞意思是说："壬戌日占卜，令周人安定顺利么？"

（7）"王占曰，其亦卤雨。"（《甲骨文合集》14468 反）

"卤"意为"绵长"。"卤雨"指"绵绵细雨"。"卤"为古代酒器。殷商人饮酒时，先把酒从卤斟到爵、角、斝之类的饮酒器之中。斟酒时应该小心谨慎，慢慢倒入，以免泼洒。用"卤"来形容下雨，这场雨想来不会太大，也不会太急，至多是不徐不疾的细雨水平。殷人以"卤雨"形容"绵绵细雨"，可谓生动形象。这条卜辞意思是说："商王亲自卜问：上天还会继续下绵绵细雨么？"

（8）"戊寅卜，争贞，雨其蔑。"（《甲骨文合集》250）

"蔑"意为"微弱"。这条卜辞大意是："戊寅日占卜，一位名叫争的卜人贞问，雨势会减弱么？"《说文解字》："蔑，劳目无精也。"意思是说，人由于劳累而显得眼睛暗淡无光。段玉裁以为"细""无"都是"蔑"的引申义。看来此处甲骨文"蔑"字用的是引申义。

（9）"癸亥，贞，甲子……上甲三物。"（《甲骨文合集》32377）

"物"是名词，指杂色的牛。《说文解字》："物，万物也。牛为大物；天地之数，起于牵牛，故从牛。"以"物"指"万物"，可能是"物"字的后起意义。

（10）"壬寅卜，癸雨，大擻风。"（《甲骨文合集》13359）

"擻"音近"骤"，应该是"骤"的通假字，不是"擻"的"巡夜打更"或"聚集"之意。《说文解字》释"骤"为"马疾行也"。段玉裁说，《左传》《国语》中的"骤"的意思都是指"屡次"，"骤"的"暴疾"之义乃是后起义。

（11）"皿雨。"（《甲骨文合集》24892）

"皿"字读"猛"，甲骨文"皿"的字形近似"豆"，从字形上可以看出"皿"是盛放食物的器具，裘锡圭说"皿"是尊、瓿一类的食器。"皿雨"即"暴雨"。殷人以"皿雨"形容"暴雨"，可能是取其器皿泼水之意，犹如今人所说的"瓢泼大雨"。《说文解字》："皿，饭食之用器也。象形。与豆同意。"前文所举的"皿"是指一段时间，用作名词，此处的

"皿"用作形容词。

（12）"贞，其亦洌雨。"（《甲骨文合集》6589）

"洌"意为"大"，不是《说文解字》"水清"之意。这条卜辞贞问："上天还会下大雨么？"

（13）"丙辰卜，贞，今日奏舞有从雨。"（《甲骨文合集》12818）

"从"意为"大"，"从雨"意为"大雨"。甲骨文"从"的字形，像两人相随而行。有一定生活经验的人都知道，站在山上观看雨势，可以看见狂风卷刮着千万条雨线走，仿佛许多人相随而行。"从雨"就是形象地比喻这种狂风卷着大雨的情景。《说文解字》："从，相听也。"段玉裁进一步解释说："以类相与曰从。"后人改"从"为"從"。甲骨文"从雨"之"从"，不是"相听"之意。这条卜辞意思是："丙辰日占卜，贞问今日用乐舞祭天，会下大雨么？"

（14）"呼取生刍鸟。"（《甲骨文合集》116正）

"生"意为"鲜活"。《说文解字》："生，进也。象草木生出土上。"小苗破土而出曰生。甲骨文"生"的"鲜活"之意与《说文解字》"生，进也"不尽相同。

（15）"贞州臣得，不玄冥。"（《甲骨文合集》850）

"州臣"是商代一种奴隶的名称。"玄冥"意为"模糊"。"不玄冥"是指卜兆不模糊，即兆象清晰。《说文解字》对"玄""冥"二字分别有解释："玄，幽远也。黑而有赤色者为玄。"又云："冥，幽也。"可见"玄""冥"皆有"幽"义。甲骨文"玄冥"的"模糊"之义与《说文解字》"幽"义有互渗但不完全等同。

（16）"癸巳卜，争，贞侑白豕于妣癸，不左。王占曰：'吉，不左。'"（《甲骨文合集》2496）

在这条卜辞中，"侑"通"有"，是商代祭名。"左"的意思是"不吉利"。这条卜辞大意说："癸巳日占卜，贞人争问卦，贞问行侑求之祭于先妣癸用白色小猪，吉利吧？商王看了卜兆判断说，吉利，不必担心有不吉利之事发生。"《说文解字》："左，手相左助也。"段玉裁进一步解释说："以手助手是曰左。以口助手是曰右。"《说文解字》"手相左助"之说显然不是甲骨文"左"的意思。

（17）"于壬王迺田，湄日亡灾。泳。"（《怀特氏等旧藏甲骨文字》1432）

"泳"意为"长久吉利"。这条卜辞大意是说："在壬日商王才举行田猎，终日没有灾祸之事发生么？一直长久吉利。"

（18）"甲子卜不緝雨？"（《甲骨文合集》32176）

"緝"意为"连绵"。"緝雨"即连阴雨。这条卜辞贞问："甲子日占卜不会连绵下雨么？"

以上所举这些词是不是全部都是形容词，可能会有人提出不同意见。甲骨文这些形容词具有特定的含义，这些意义在《说文解字》中是找不到的。

名词、动词、形容词是殷商甲骨文的大类，甲骨文其他词类也有一批意义独特的词汇。

甲骨文的代词与后世也有某些区别，例如："戊寅卜：朕出今夕？"（《甲骨文合集》22478）"朕"在此用作领格，做主语"出"（出行）的定语，可以译为"我的"。① 这与后世"朕"用作主语有所不同。其他特殊的甲骨文代词还有"鱼""止""甾"等。

甲骨文数词与后世大体相同，但有学者指出，甲骨文字体结构中以"三"体重叠表示多数或群体，例如"众"以三人表示很多人，"森"以三木表示很多树木，以三"隹"相叠之像表示很多鸟，以三羊相叠之像表示一群羊，等等。② 这些以"三"体重叠表示多数的甲骨文数词集象形、会意为一体，是殷商甲骨文中比较特殊的表示数字的方式。

甲骨文中也有几个特殊的量词：

（1）"贞勿侑犬于多介父。"（《甲骨文合集》2340）

"介"意为"位"。这条卜辞贞问："不用犬作为牺牲侑祭诸位父辈吗？"以"介"作为量词，偶尔见于后世文献，如《尚书·秦誓》："如有一介臣。""介"意为"个"或"位"，用的就是殷商古义。《说文解

---

① 有的学者认为此处的"朕"用作主语。
② 张秉权：《甲骨文中所见的数》，《"中央研究院"历史语言研究所集刊》第46本，台北，1975年，第379—386页。

字》："介，画也。"意指人与人之间的距离或界限。此义与甲骨文"介"意义相去甚远。

（2）"……丑十屯，小臣从示。"（《甲骨文合集》5579 反）

"屯"是量词，意为"对"。"从"是"小臣"的名。"示"通"视"，意为"检视"。这条卜辞大意是说："某丑日十对牛胛骨。名叫从的小臣检视验收。"

（3）……戎多……十朋……母……（《甲骨文合集》11443）

"朋"是上古货币贝壳的单位，十贝为一朋。这条卜辞因残缺过多，语意不明。

（4）"马二十丙。"（《甲骨文合集》1098）

"丙"用作车和马的计量单位。又如："车二丙。"（《甲骨文合集》36481 正）《说文解字》："丙，位南方，万物成，炳然。"这里指的是十天干中的丙。以"丙"作为车马单位仅见于殷商。《国语》《左传》中的车马单位是"乘"。

（5）"在八月，惟王五祀。"（《甲骨文合集》37843）

根据《尔雅·释天》"夏曰岁，商曰祀，周曰年"的说法，用"祀"表示年是商代的特殊用法。

除了"介""屯""朋""丙""祀"之外，甲骨文还有"戍"等特殊量词。

甲骨卜辞中特殊的连词较少，兹举几例：

（1）"己丑卜，㱿，贞即氏刍，其五百隹六。贞氏刍，不其五百隹六。"（《甲骨文合集》93 正）

"隹"用作连词，连接前面的整数"五百"和后面的个位数"六"。"五百隹六"意为"五百零六"。不过这样例子极为少见。

（2）"令多子族从犬侯寇周。"（《甲骨文合集》6812 正）

"比"用作连词，意为"与"。"寇"意为"攻击"。

（3）"豚眔羊皆用。"（《甲骨文合集》31182）

"眔"为连词。这条卜辞贞问："小猪与羊都用来祭祀吗？"

甲骨文中还有其他特殊连词，如"有""兄""氏""此""延""乍""才""并""若"等。①

下面再看副词的例子：②

（1）"弜以万。"（《甲骨文合集》27310）

"弜"是否定副词，意为"不""弗"。"万"是人名。《说文解字》："弜，强也。"《说文解字》将"弜"视为实词，这与甲骨文"弜"义完全不同。

（2）"王其鼎有大雨。"（《甲骨文合集》30013）

"鼎"是时间副词，表示动作正在进行。这条卜辞是贞问："商王目前正遇到大雨吗？"《说文解字》："鼎，三足两耳，和五味之宝器也……昔禹收九牧之金，铸鼎荆山之下，入山林川泽，螭魅蝄蛢，莫能逢之，以协承天休。"《说文解字》视"鼎"为实词，指能够烹饪、辟邪的镇国宝器。

---

① 专家对甲骨文连词的认定不尽相同。管燮初《殷虚甲骨刻辞的语法研究》认定的连词有：叀、于、有、又、眔、以、氏、从、自、乍、则……乃。陈梦家《殷虚卜辞综述》认定的连词有：及、眔、有、又、于、兄、叀、氏、亦。向熹《简明汉语史》认定的连词有：于、以、与、眔、暨、又、有、自、母。吴浩坤、潘悠《中国甲骨学史》认定的连词有：眔、于、又、有、乍、则……乃、叀。张玉金《甲骨文语法学》认定的连词有：暨、于、有、隹、此、延、及、乍。赵诚《甲骨文简明词典》认定的连词有：眔、以、于、兄、叀、又、有、比、并、乍、才、若。李曦《殷墟卜辞语法》认定的连词有：眔、于、若、乍、以、又、并。姜宝昌《卜辞虚词试析》认定的连词有：及、眔、于、以、若、则。高明《中国古文字学通论》认定的连词有：及、眔、有、叀、于。

② 专家对甲骨文副词的认定有较大差异。陈梦家《殷虚卜辞综述》认定了13个副词：其、不、允、亦、又、大、先、勿、毋、弗、亡、隹、叀。管燮初《殷虚甲骨刻辞的语法研究》认定以下副词，其中情状副词有：又、亦、自、允、合、若兹、弘；疑问副词有：其、气、叀、隹、此、乎、不；否定副词有：勿、弗、不、亡、毋、弜。向熹《简明汉语史》认定的副词有12个：又、亦、允、乃、不、弗、勿、毋、叀、其、隹、号。姜宝昌《卜辞虚词试析》认定了10个副词，其中一般副词有：隹、允、其、亦、乃；否定副词有：不、弗、亡、毋、弜。吴浩坤、潘悠《中国甲骨学史》认定了15个副词，其中情状副词有：又、亦、乃、自、允、弘；疑问副词有：其、叀、此；否定副词有：不、弗、勿、亡、弜、号。赵诚《甲骨文简明词典》认定以下副词：兑、果、克、允、次、延、匕、自、眔、后、先、逆、弗、鼎、既、咸、毋、弗、不、勿、非、曰、气、亦、乃、其、隹、大、衣等。郭锡良《汉语史论集》认定了11个副词，其中否定副词有：不、弗、毋、勿、弜；情态副词有：亦、乃、允；语气副词有：其、隹、叀。李曦《殷墟卜辞语法》将甲骨文副词分为四类：一是否定副词，如不、弜、毋、非等；二是情状副词，如亦、允、延、先、后、从、克、迄、既、乃、自、併、遄、揪等；三是程度副词，如引、大、小、多、少、兑等；四是范围副词，如率、咸、皆、卒等。张玉金《甲骨文语法学》认定以下副词，其中语气副词有：其、隹、叀、乞、蔑、异、骨、巳；否定副词有：勿、弜、不、毋、非、妹；时间副词有：既、咸、鼎、先、后、并、延、乃、其、气；情态副词有：大、自、迟、迅、锐；频率副词有：亦、卒；范围副词有：皆、率、同、历；肯定副词有：允；程度副词有：大。

甲骨文"鼎"字之意与《说文解字》完全不同。

（3）"贞，竝来。"（《甲骨文合集》4395）

"竝"是表示动作同时进行，大致可以译为"同时"。这条卜辞是贞问："所关注的人会同时前来么？"《说文解字》："竝，併也。"后世"竝"多写作"併"。

（4）"贞，異惟其雨。"（《甲骨文合集》1096）

"異"是表示将来的副词，大致可以译为"将"。这条卜辞是贞问："未来将要下雨么？"《说文解字》："異，分也。"这个解释与甲骨文"異"的意义完全不同。

（5）"壬戌卜，争，贞叀王自往陷。"（《甲骨文合集》787）

"叀"是表示选择性疑问的副词。这条卜辞是说："壬戌日占卜，贞人争问卦，贞问还是商王武丁亲自参加陷猎么？"《说文解字》："叀，小谨也。"此解与甲骨文"叀"义不同。"叀"作为副词，仅见于商周甲骨文，春秋战国以后文言文中没有"叀"的这种用法。

（6）"于辛田，擒，王匕擒。"（《甲骨文合集》29354）

"匕"意为"连续"，用作副词。"王匕擒"意思是说商王连续捕获禽兽。《说文解字》："匕，相与比叙也。"意为互相比较而排列次第。甲骨文"匕"的"连续"义可能比《说文解字》"相与比叙"更为古老。

（7）"……在正月，王来征人方，在攸。"（《甲骨文合集》36484）

"来"在此是表示状态的副词，意为"归来""返程"，"王来征人方"是说商王正在征伐人方国之后返程途中。

（8）"辛卯卜，贞：今日延霎，妹延霎。"（《甲骨文合集》38191）

"妹"是表示否定的副词。"延霎"意为"连续小雨"。《说文解字》："妹，女弟也。"这与甲骨文"妹"义不同。

（9）"气雨……允雨。"（《甲骨文合集》12532）

"气"是表示可能语气的副词。"气雨"是说"会下雨吗"。"允雨"是说真的下雨了。《说文解字》："气，云气也。"此与甲骨文"气"义不同。

甲骨文还有其他特殊副词，如语气副词"骨""巳""羌""猷"，时间副词"延""迺""乃"，情态副词"迟""迅""锐""迄"，范围副词"同""历""衣",频率副词"水""卒",程度副词"大",连接副词"次"等,它们大多在后世不再使用。

甲骨文中也有特殊的介词,例如:"贞,王其佑曰父乙。"(《甲骨文合集》2281正)"曰"意为"向""对"。《说文解字》:"曰,词也。"这是将"曰"视为语气词。这条卜辞贞问:"商王向父乙求佑么?"甲骨文中还有其他特殊介词,如"即""后""邲""先""暨""卒""气""戠""终"等。①

甲骨文中也有特殊的助词,例如,"癸酉,贞日月有食,隹若。"(《甲骨文合集》33694)"隹"是助词。这条卜辞是说:"癸酉日贞问,发生了日食和月食,是顺若之象么?"又如,"丁丑卜,王贞:令竹求元于卜(外),肩甾朕事。"(《甲骨文合集》20333)文中的"肩"是助词,意为"克"。甲骨文其他特殊助词还有"见"等。

再看语气词。例如,"乙巳卜,王贞舲。"(《甲骨文合集》4883)"舲"是语气词,意同"吁"。又如,"壬寅卜,扶,司由羊不。"(《甲骨文合集》20098)"不"是语气词,意同"否"。甲骨文句末的"目"相当于"矣"。"舲"和"目"可以视为同音假借。甲骨文中还有其他特殊语气词,如"抑""执""以""非""丂"等。

甲骨文中有一些成语。②不过,这些成语与后世成语存在不小差异,它

---

① 专家对甲骨文介词的认定有不同观点。陈梦家《殷虚卜辞综述》认定的介词有:于、至于、自、才、从、叀、隹。高明《中国古文字学通论》认定的介词有:于、至于、自、才、从。管燮初《殷虚甲骨刻辞的语法研究》认定的介词有:于、毋、曰、之、及、从、乎、叀、隹、在、自……至于、叀……不。向熹《简明汉语史》认定的介词有:于、乎、曰、从、以、自、从、毋、及、暨。姜宝昌《卜辞虚词试析》认定的介词有:叀、隹、自、从、才、于、乎、以。李曦《殷墟卜辞语法》认定的介词有:在、于、至于、自、从、及、至。吴浩坤、潘悠《中国甲骨学史》认定的介词有:于、自、至、从、在、隹、乎。张玉金《甲骨文语法学》认定的介词有:必、在、从、至、至于、于、及、暨、即、若、终、用、先、后、自、卒等。赵诚《甲骨文简明词典》认定的介词有:自、从、气、至、于、叀、以、才。

② 胡厚宣《古代研究的史料问题》、赵诚《甲骨文简明词典》、邹晓丽等《甲骨文字学述要》、孟世凯《甲骨文小词典》都不同程度地论及甲骨文成语问题。究竟殷商甲骨文中哪些词汇是成语,专家们有不同看法。林政华《甲骨文成语集释》提出判定甲骨文成语的三条标准:一是这个词必须是甲骨卜辞中的习用语,它的意义必须代表一个完整的意义和观念;二是这个词必须是由两个以上的单字联结而成,并具有特定含义,其意义应该与其结构原义有别;三是这个词必须是一个普通名词,或成为有关卜辞之兆语。

们大都是由两个以上的单字组成，不像后世成语多由四字组成；后世成语多有文献出处，不少成语是在前人文句基础上提炼压缩而成，甲骨文中的成语则无法找到比它们更早的典故出处，专家只是根据某个词语在甲骨文中多次出现，于是就将这些固定的词语视为成语。或许，将甲骨文中的成语称之为"固定语""习用语"或"语例"，要更为准确一些。甲骨文一个成语表达一个完整的意义，其整体意义不是两个以上字义的简单相加。甲骨文中经常运用的成语有："兹卜""兹用""兹御""习卜""三告""册祝""称册""告麦""告秋""求年""受禾""受年""乞雨""求生""受生""有孕""有史""丧人""不震""亡震""弗震""三师""立中""多方""丧众""大启""下上""弘吉""延䇂""唯祸""降祸""作祸""允祸""允灾""有灾""有尤""有害""有艰""有丐""不若""亡若""弗若""不得""弗得""亡得""有古""不利""弗利""易日""大启""延启""允启""湄日""生月""终日""终夕""翌日""多工""上下""多介""往来""气至""戒福""弗克""亡克""不用""风雨""允雨"，等等。①这些成语虽然不是生僻难字，但都有特定的语言内涵，不能望文而生义。

　　殷商时期处于中国文学语言的起步阶段，语言修辞手法尚处于萌芽状态，因此甲骨文作者很难做到有意识地运用各种修辞手法，而且甲骨文是用于占卜的宗教性应用文体，其应用文性质和特殊的书写工具决定了它不可能像后世那样过多地运用修辞手法。修辞手法的运用是文章作者为了追求某种更好的艺术效果，而有意识地通过某些修辞手段对语言进行修饰。在判断甲骨文句是否运用修辞手法时，首先要看作者对笔下的语言有无修辞动机。有些卜辞在形式上看似运用了某些修辞手法，其实不然。例如，"己巳王卜，贞，□岁商受年？王占曰：吉。东土受年？□。南土受年？吉。西土受年？吉。北土受年？吉。"（《甲骨文合集》36975）这条卜辞接连用了四个相同的句式，从形式上看似乎是运用了排比手法，其实，甲骨文往往从东南西

---

① 参见林政华：《甲骨文成语集释》（上），《书目季刊》第十七卷，第四期，第63—87页。以上这些词汇究竟是不是成语，专家对此看法并不一致。

北几个方位进行贞问,构成整齐的句子排列,虽然它在客观上产生了类似排比的修辞效果,但这是占卜仪式的要求,因此不能将客观效果视为作者是在有意识地运用排比手法。再举几例:"丙寅卜,贞,王今夕亡祸。戊戌卜,贞,王今夕亡祸。庚子卜,贞,王今夕亡祸。壬寅卜,贞,王今夕亡祸。"(《甲骨文合集》38861)"癸酉,贞旬亡祸。癸未,贞旬亡祸。癸巳,贞旬亡祸。王兹马。癸卯,贞旬亡祸。癸丑,贞旬亡祸。癸亥,贞旬亡祸。癸酉,贞旬亡祸。王占:兹马。"(《甲骨文合集》34865 正)"壬辰卜,贞王其田,亡灾。丁酉卜,贞王其田,亡灾。戊戌卜,贞王其田,亡灾。壬寅卜,贞王其田,亡灾。乙巳卜,贞王其田,亡灾。戊申卜,贞王其田,亡灾。"(《甲骨文合集》33522)"甲子卜,王从东戈乎侯戋。乙丑卜,王从南戈乎侯戋。甲寅卜,王从西戈乎侯戋。丁卯卜,王从北戈乎侯戋。"(《甲骨文合集》33208)有人认为这些卜辞运用了反复的修辞手法,其实不是。这些卜辞记载连续几天的相同占卜内容,同样是出于占卜的需要,而不是作者有意地反复。在《甲骨文合集》38861 中,商王在丙寅、戊戌、庚子、壬寅这几天,都在关注自己是否遭遇灾祸,因此才命令卜人接连几天贞问同样的内容。在《甲骨文合集》33208 中,商王在甲子、乙丑、甲寅、丁卯几日,都在关注"戈乎侯"的问题,因此才有接连四天的占卜。在这些卜辞中,作者主观上没有运用反复手法的修辞动机,因此不能说这些卜辞运用了反复手法。甲骨文还有一种"对贞"方式,即从正反两个方面去贞问同一件事,例如,"庚戌卜,亘贞,王其疾骨?庚戌卜,亘贞,王弗疾骨?"(《甲骨文合集》709)在庚戌这一天,一位名叫亘的卜人两次贞问,商王会不会发生骨疼毛病。前一次是从正面贞问,后一次是从反面贞问。有人认为这是反复修辞手法,实际上也不是。如同四方占卜一样,"对贞"也是殷商占卜的一种方式,而不是作者为增添语言表达效果而有意为之。本书否定了以上几种修辞手法,这并不是说殷商甲骨文中没有修辞手法的运用。甲骨文中确有处于萌芽状态的比喻修辞手法。兹举数例:"王占曰,其亦卤雨。"(《甲骨文合集》14468)"皿雨。"(《甲骨文合集》24892)"贞,其亦洌雨。"(《甲骨文合集》6589)"丙辰卜,贞,今日奏舞有从雨。"(《甲骨文合集》12818)"贞今一月不其川雨。"(《甲骨文合集》12712）在这几条卜辞中，作者都有意识地运用了比喻手法，如"卣雨"是比喻天像以卣（酒器）斟酒一样下着绵绵细雨，"皿雨"是比喻天下着瓢泼大雨，"川雨"是比喻雨水像河水一样流个不断，"洌雨"或"从雨"也是比喻雨势甚大。甲骨文中最精彩的比喻，见于《甲骨文合集》10405 反面："王占曰：有祟。八日，庚戌，有各云自东，冒母（晦）。昃，亦有出虹，自北饮于河。"这条卜辞大意是说，商王占卜之后说，有灾祸。到了八日庚戌，东边乌云弥漫，天空昏暗。到日头偏西时，天上出现彩虹，虹的一头在天空北面，另一头直插黄河，如同巨龙饮水。殷商人可能认为虹是不好的天象，即卜兆所预示的"祟"。这条卜辞出彩之处全在验辞，作者从乌云弥漫写到彩虹出现，特别是把弧形的彩虹比作巨龙饮于黄河，充满了想像力，"饮"字尤其传神。

甲骨卜辞文法与后世"文言"大体一致，但也有一些特殊的文法。例如，主语放在动词之后："辛卯卜，扶，受年商。"（《甲骨文合集》20651）在这条卜辞中，"商"本是"受年"的主语，但却放在谓语动词之后。又如，"贞勿令王。"（《甲骨文合集》563）这条卜辞是贞问：商王不下命令吧？"王"是"令"的主语，但却放在动词"令"之后。甲骨文有的宾语放在动词之前，例如，"其惟白麋逐？"（《殷契粹编》958）宾语"白麋"放在动词"逐"之前。在有些甲骨文中，介词的宾语用在介词之前，如"十二月在"，它的正常语序是"在十二月"。卜辞以"勿"作为否定句代词宾语前置词，用"叀"提示宾语前置（如"叀旧丰用"），将副词"其"用在动词和宾语之间，例如，"己酉卜，殷贞：危方亡其祸。"（《甲骨文合集》8492）"其"在此用作副词，用在动词"亡"与宾语"祸"之间。有的甲骨文一个动词带三个宾语，例如，"癸酉卜，其祷田父甲一牛。"（《甲骨文合集》28276），动词"祷"之后带有"田""父甲""一牛"三个宾语。甲骨文有的补语出现在动词和宾语之间，例如，"乙亥卜，侑自大乙至中丁六示牛。"（《甲骨文合集》14872）补语"自大乙至中丁"出现在动词"侑"与宾语"六示牛"之间。①

---

① 参见张玉金：《甲骨文语法学》，上海：学林出版社，2001年。

殷商甲骨文是中国迄今发现的最早文献，这些专门用来记录占卜情形的文献堪称是中国记叙文之祖。甲骨卜辞在结构上包括叙辞、命辞、占辞、验辞四项内容（当然并不是每一条卜辞都具备所有这些内容），形式高度程式化。甲骨文是殷商时期特殊的应用型宗教性文体，这种宗教占卜文章由于受到书写工具和卜辞文体格式的限制，与当时写在简帛上的其他记事文章肯定存在不少差别，因此以殷商甲骨文来衡量当时记事散文实际水平的做法，肯定不够准确。但是在没有发现其他殷商记事文献的情况下，研究中国最早记事文章，还只能先从甲骨文谈起。甲骨文记事格式基本固定，其中叙辞记载占卜时间和占卜者，命辞记载所要贞问的内容，占辞记载兆纹所显示的神意，验辞记载应验情况。例如，"庚子卜，争贞：翌辛丑，启？犾贞：翌辛丑，不其启？王曰：今夕其雨，翌辛丑启。之夕允雨，辛丑启。"（《甲骨文合集》3297）这条卜辞大意是说，在庚子这一天，先是由一个名叫争的人占卜，第二天辛丑日，天会放晴吗？然后由一个名叫犾的卜人再次贞问：第二天辛丑日，天不会放晴吗？商王看了兆纹以后说，今晚要下雨，明天辛丑日，天会放晴。当天晚上，天真的下雨，第二天辛丑日，天放晴了。在这条卜辞中，"庚子卜，争贞"是叙辞，"翌辛丑，启？犾贞：翌辛丑，不其启"是命辞，"王曰：今夕其雨，翌辛丑启"是占辞，"之夕允雨，辛丑启"是验辞。四个方面内容结合在一起，构成一篇有头有尾、记事完整的文字。由于受到文体和甲骨载体的限制，甲骨文记事简洁明了，惜墨如金，作者能够用最少的文字记叙占卜的时间、地点、贞问者、问卜内容、卜兆情形以及应验情况。例如，"乙未卜，王狩禽。允获虎二、兕一、鹿十二、豕二、麂百二十七、□二、兔二十三、雉七。□月。"（《甲骨文合集》10197）这条卜辞大意是说，乙未这一天，卜人贞问：今日商王到光地狩猎，会有所收获吗？结果真的大有收获：猎到母虎二只、犀牛一头、鹿十二只、野猪两头、麂一百二十七只、□两只、兔子二十三只、野鸡七只。时在□月。这条卜辞记载商王一次大型狩猎活动，如果让后人记载，可能需要洋洋数千言，可是在卜辞作者笔下，仅用了三十二个字，就记载了商王狩猎从贞问到收获的全过程。

用词准确，是甲骨文的一个特色。尽管殷商时期词汇数量远不及后世之多，但作者尽可能做到准确用词。例如，表示用眼睛看这一动作，甲骨文中就有"目""直""省""见""监""望"等近义语汇；表示田猎这一动作，甲骨文词汇有"围""逐""牧""获""射""擒""网""畜""狩""田"等；表示征伐这一动作，甲骨文词汇有"正（征）""围""敦""焚""伐""执""射""戈"等；表示洗浴动作，甲骨文词汇有"沐""盥""洒""沫"等；表示赏赐的动词有"畀""赏""锡"等；表示俘获动作的词语有"执""俘""获""禽"等；表示告诉的动词有"言""舌""告"等；表示行走的动词有"及""步""出""入""启""行""还""肇""归""旋""遣""走""陟""降""去""逆""涉""追""逐""从""邁""遇""登""进"等；表示年岁的名词有"岁""年""祀"等；表示否定的副词有"不""弗""非""亡""勿""毋"等。其他如"闻"与"听"、"少"与"小"、"尤"与"祸"、"天"与"元"等，都是殷商甲骨文作者根据不同对象而选取的近义词或同义词。①从中可以看出，中国文学语言在它的发端阶段就体现出词汇丰富性的特点。

甲骨卜辞中有些词语的意义非常丰富。例如，甲骨卜辞把天晴称为"启"，"启"意为"开"，读者可以从"启"字中联想到天空云开日出的动态过程，这比我们今天说的"天晴"，意义要丰富得多，也要生动形象得多，它给读者创造了一个想象、体悟的空间。又如，甲骨卜辞把阴天称为"易"，"易"通"瞖"，意为阴天蔽日，晦暗不明。造成天气昏暗的原因很多：乌云、雾霾、沙尘等，都可以遮蔽日光。用"易"这个词，要比我们今天所说"阴天"或"阴到多云"，意义要丰富得多。再如，殷商人把车子倾倒侧翻说成是"仄"，"仄"意为"倾斜"，从"仄"字中可以想象得出车子因为速度太快或因为转弯而倾斜的情形，还可以想象车上的人摔下来的情况。再举一例，《甲骨文合集》10405 正："癸巳卜，殻，贞旬亡祸。王占曰：乃兹亦有祟。若偁，甲午王往逐兕，小臣叶车马硪，驭王车，子央亦坠。"卜辞中最精彩的词是"硪"，"硪"本指用人力砸实地基或打桩等用

---

① 参见陈炜湛：《甲骨文同义词研究》，载《甲骨文论集》，上海：上海古籍出版社，2003 年，第 35—58 页。

的工具,此处"硪"可能是形容小臣像木杵砸地一样,"嘭"的一声从车上栽倒下来,这一跤可真摔得不轻!一个"硪"字,不仅状写出子央坠车的情状,而且写出了人倒地时的一声闷响。

某些甲骨卜辞写出了殷商人的心理活动。例如,"王占曰:'凤其出,其隹丁;丁不出,其有疾。'"(《甲骨文合集》3945)"凤"是人名。"丁"是干支纪日。这条卜辞记载,商王占卜一位名叫"凤"的贵族是否前来纳贡,卜兆显示,如果"凤"前来纳贡,就在丁日动身;如果"凤"丁日不能前来,那就是有疾病。我们虽然不能准确判断"凤"此次朝贡的意义,但从卜辞推测,商王是迫切地希望"凤"能够顺利地前来朝贡的。卜辞廖廖数语,就把商王心中对"凤"行动的揣测写得清清楚楚。又如,"庚寅卜,辛卯奏舞雨,辰奏舞雨。庚寅卜,癸巳奏舞雨。庚寅卜,甲午奏舞雨。"(《甲骨文合集》12819)奏舞,是指殷人以乐舞形式祈雨。这条卜辞记载,在庚寅这一天,殷人三次占卜,询问在辛卯、辰、癸巳、甲午这几天,哪一天"奏舞"能够使上天降雨。从中可以看到,殷商人一日三卜,目的就是选定一个祈雨的最佳日期。他们之所以如此急切,可能是因为旱情严重,因此急于通过"奏舞"这一重大宗教活动来祈求上天降雨。又如,《甲骨文合集》5611:"贞王其有曰多尹?""贞勿曰多尹?""贞王其有曰多尹若?"这条卜辞是说,贞问商王评论了多位官员吗?贞问商王没有评论多位官员吗?贞问商王评论的多位官员顺利吗?卜辞的贞问者应该是殷商王朝的几位官员,即卜辞中的"多尹",他们内心怀有伴君如伴虎的深深恐惧,很想知道商王对自己的看法如何,而他们似乎没有朝廷"内线"向他们及时通报情况,于是只好卜问神明。"贞王其有曰多尹""贞勿曰多尹"是从正反两个方面贞问商王最近有没有谈到众位官员,十二个字,就写出"多尹"们战战兢兢、如临深渊、如履薄冰的心理。"其"表示揣测,从中见出"多尹"的惶恐情态。"曰"意为谈及、提起、说起,是一个表示言谈的动词,用在此处却有无限的意味,因为"曰"既包括说好话,也包括说坏话。在商王掌握"多尹"荣辱生杀大权的情况下,"多尹"可以因为商王一言而兴,也可以因商王一言而亡。第三句"贞王其有曰多尹若"最为关键,"若"意为顺利,这个字是"多尹"们最关心的。贞问三句话,到最后一个"若"

字,终于把"多尹"们心中的最大关切写出来了。这三句话,看似再也平淡不过,但是仔细品味,就会发现其中蕴含着不尽的意味,每一个字都是经过巫卜祝史精心锤炼的。

还有一个问题需要讨论:殷商甲骨文中究竟有没有原始歌谣?有一条问雨的卜辞常为论者所征引:"癸卯卜,今日雨?其自西来雨?其自东来雨?其自北来雨?其自南来雨?"(《甲骨文合集》12870)这条卜辞完整无损,卜者从东西南北(不同卜辞方位顺序有变化)四个方位贞问何方有雨,有些论者将这条卜辞与汉乐府《江南》比附,以为这是甲骨卜辞中的原始歌谣。其实,这条卜辞与汉乐府《江南》只是偶然的形式巧合,不能将它视为古代歌谣。这是因为,从东西南北四个方位贞问,是殷商占卜的一个基本规则,这就如同古今中外招魂词多从东南西北四方呼唤魂灵归来一样。甲骨文中可以找出不少四方贞问的例子:"贞(乎)田(从)西。贞乎田从北。贞乎田从东。贞乎田从南。"(《甲骨文合集》10903)"东方曰析,风曰协。南方曰夹,风曰微。西方曰夷,风曰彝。北方曰宛,风曰伇。"(《甲骨文合集》14294)这些卜辞都是从东南西北四方贞问,它们完全出于占卜的需要,用的都是占卜的语句,而不是原始歌谣。此类卜辞句式排列整齐,这是因为四方贞问的内容完全相同。由于贞问内容相同或相近,由此带来此类卜辞的一个共同点,就是每句最后一字相同,这种句末文字相同的现象,不能将其看作是歌谣押韵。

由于受到书写工具以及文体的限制,殷商甲骨文在定型之后,文体及其语言基本上没有多少发展演变的空间。甲骨文是殷商人敬天事神意识形态的产物,随着后世天命宗教意识的淡化,甲骨文也就失去继续生存的土壤。

普通读者面对一片有刻辞的殷商甲骨,是无法读懂的,他所看到的可能只是一些杂乱的字符刻画,如同面对一部天书,这是因为甲骨文不仅字形难认,而且它有一套特殊的书写和排序规则。即使专家将一条甲骨卜辞释读出来,如果不加以注释翻译,普通读者仍有可能读不懂,这是因为甲骨文有一套专门的术语,有些词语具有特殊的历史文化含义,还有一些句子具有特殊的文法。殷商历史文化知识也是阅读甲骨文时必须具备的。总之,殷商甲骨文在字形上与正常书写符号不同,在字音上与西周以后有所区别,不少字义也与后世"文言"有所区别。甲骨文在"殷商古语"中最为古老,也是难度最大的语言。

## 第二节　殷商青铜器铭文语言

　　铭文又称金文、吉金文、钟鼎文，是铸刻在青铜器上的文字。殷商铭文绝大多数是和青铜彝器同时铸成的，铸工通常是制作一块带铭文的范，然后将铭文范嵌入主体范中。铭文是殷商时期又一重要传世文献。

　　殷商铭文始于何时？这要根据考古文献来断定。盘庚、小辛、小乙时期的青铜器尚无铭文，现在所能见到的最早青铜器铭文是武丁晚期作品，这比殷商最早的甲骨文要晚得多。《殷周金文集成》收录有铭殷商铜器四千八百九十件。2012 年作家出版社出版的毕秀洁《商代金文全编》，收录商代有铭铜器六千二百七十一件，是收录殷商有铭铜器非常多的著作。殷商铭文的字数比甲骨文要少得多。据金河钟统计，传世殷商铭文共有一千二百六十一个字，其中八百六十个字可以隶定，不能隶定的字四百零一个，铭文与甲骨文一致的字有五百五十个，只在殷商铭文中出现的字七百一十一个。如果按词来计算，殷商铭文有七百二十五个单音词，二百五十八个复音词。[①]研究铭文的专门学问叫作金石学，这门学问从宋代就已开始，研究史较甲骨文要长得多，但研究成果较殷商甲骨文要薄弱。[②]

　　与殷商甲骨文相比，殷商铭文有一个明显的特点，这就是它有着清楚的发生发展轨迹，甲骨文虽然可以分期，每期各有特点，但它在文体上从一开始就比较成熟，自始至终变化不是太大，而铭文在其开始阶段则非常稚嫩，还不具备文体特征。从武丁晚期到文丁，是殷商铜器铭文的滥觞期。此时铭文比较简单，少则一两个字，多则三五个字，多为标记性文字。有些铭文记

---

[①] 金河钟：《殷商金文词汇研究》，山东大学 2008 年博士论文。
[②] 吴大澂认为，《说文解字》作者许慎尚未见到商周彝器铭文。铭文研究是在宋代开始成为专门学问，吕大临《考古图》、王黼《宣和博古图》、王俅《啸堂集古录》、王厚之《钟鼎款识》、王楚《钟鼎篆韵》、薛尚功《广钟鼎篆韵》等都是宋代学者研究铭文的代表作。晚清吴大澂作《说文古籀补》，按照《说文解字》体例专收彝以前钟鼎彝器文字。近人王国维《观堂古金文考》《毛公鼎考释·序》、郭沫若《两周金文辞大系图录考释》《金文丛考》《殷周青铜器铭文研究》、杨树达《积微居金文说》《积微居小学金石论丛》、容庚《金文编》、中国社会科学院考古研究所《殷周金文集成》都是研究商周铭文的力作。

第一章　中国文学语言的起点："殷商古语"　　49

载族名，如"亚舟"（《殷周金文集成》2.380）①、"亚弜"（《殷周金文集成》2.383）、"夫册"（《殷周金文集成》2.392）、"尹舟"（《殷周金文集成》3.1458）、"告宁"（《殷周金文集成》3.1368）、"戈宁"（《殷周金文集成》3.1448）、"乡宁"（《殷周金文集成》3.1362）、"龙"（《殷周金文集成》13.7534）、"鸢"（《殷周金文集成》2.359）、"专"（《殷周金文集成》2.365）、"象"（《殷周金文集成》13.7509）、"好"（《殷周金文集成》3.761）、"戈"（《殷周金文集成》3.766）、"匿"（《殷周金文集成》2.365）、"史"（《殷周金文集成》3.448）、"贮"（《殷周金文集成》2.375），等等。有些铭文记载器主之名，如"山妇"（《殷周金文集成》11.6144）、"子妥"（《殷周金文集成》3.1301）、"守妇"（《殷周金文集成》6.3082）、"妇好"（《殷周金文集成》3.1337）、"子卫"（《殷周金文集成》3.1307）、"妇旋"（《殷周金文集成》3.1340）、"子戊"（《殷周金文集成》3.1316），等等。有些铭文记载被祭者之名，如"祖丁"（《殷周金文集成》3.798）、"父己"（《殷周金文集成》3.801）、"母乙"（《殷周金文集成》3.1281）、"戈祖辛"（《殷周金文集成》3.1511）、"史母癸"（《殷周金文集成》6.3225），等等。其中"戈祖辛""史母癸"中的"戈""史"是作器者之名，"祖辛""母癸"是所祭对象之名。有些铭文标记铜器所放位置，如侯家庄西北冈 1001 号商代墓葬出土的三件盂，铭文分别为"左"（《殷周金文集成》15.9315）、"中"（《殷周金文集成》15.9316）、"又（右）"（《殷周金文集成》15.9317），这三条铭文就是标明三件盂在墓室摆放的位置。有些铭文记载作器名称，如"寝小室盂"（《殷周金文集成》16.10302）。有些铭文记载职官，如"祝册"（《近出殷周金文集录》3929.J849）。在以上几类殷商早期铭文中，最值得注意的是那些记载被祭者之名的铭文，因为它体现了殷商人孝亲尊祖的观念，此类铭文成为日后铭文的大宗。其次是从众多关于族名的铭文之中，可以看出殷商人具有非常浓厚的家族观念，后来在西周春秋高度发展的宗法思想，在殷

---

① 《殷周金文集成》后面的数字点号前面代表册数，点号后代表序号。

商青铜器铭文中就已经见出端倪。从文学语言角度来看，这些早期铭文大都是单词或词组，它们只是青铜彝器上的标记，还不能看作是一种独立文体，更谈不上有什么文学性。不过作为铭文的开端，它们为日后铭文的发展做了必要的准备，后来的铭文就是在这些片言只语的基础上发展起来的。

到帝乙、帝辛时期，铭文篇幅开始扩大，出现三四十个字的记事铭文，如《我方鼎铭》四十一字，《四祀（卲）其卣铭》四十二字，内容也从简单地记载族名、官名、器主名、被祭者名、铜器在墓室摆放位置而扩大到征伐、祭祀、田猎、赏赐、宴享、巡视、铸造等方面，铭文重点则渐渐落在记载因器主获得荣宠、功勋、赏赐而作器祭祀先祖之上。殷商末年的铭文渐渐形成记事格式：先记商王或贵族给器主的赏赐荣宠，然后记载器主为父母祖宗作器，表达孝亲尊祖思想以及世世代代珍藏彝器的愿望，前者为作器之因，后者为作器目的，并形成了"某乍（作）某彝""用乍（作）某尊彝""子子孙孙永宝用"①等套语。如《小臣缶方鼎铭》："王易（锡）小臣缶渪责（债）五年，缶用乍（作）享大子乙家祀尊。"②这条铭文是说，商王将渪地五年的赋税赏赐给小臣缶，缶为此作祭祀礼器。又如《小臣邑斝铭》："癸子（巳），王易（锡）小臣邑贝十朋，用乍（作）母癸尊彝，隹（唯）王六祀，彡（肜）日，才（在）四月。亚矣（疑）。"③这条铭文是说，癸巳日，商王赐小臣邑贝十朋。小臣邑为此铸作祭祀母癸的斝。时在帝辛六年四月，族徽是"亚疑"。再如《作册般甗铭》："王宜人方，无敄（侮），咸。王商（赏）乍（作）册般贝，用乍（作）父己尊。来册。"④商王欲对人方用兵，命作册般为此祭社占卜，结果是吉利，不会受到侮辱。

---

① 《礼记·祭统》说："夫鼎有铭，铭者，自名也。自名，以称扬其先祖之美，而明著之后世者也。为先祖者，莫不有美焉，莫不有恶焉。铭之义，称美而不称恶。此孝子孝孙之心也。唯贤者能之。铭者，论撰其先祖之有德善，功烈勋劳庆赏声名，列于天下，而酌之祭器，自成其名焉，以祀其先祖者也。显扬先祖，所以崇孝也。身比焉，顺也，明示后世，教也。夫铭者，一称而上下皆得焉耳矣。是故，君子之观于铭也，既美其所称，又美其所为。为之者，明足以见之，仁足以与之，知足以利之，可谓贤矣。贤而勿伐，可谓恭矣。"商周铭文这种称扬先祖之美的传统肇端于商末帝乙、帝辛时期，而确立于西周。
② 马承源主编：《商周青铜器铭文选》（第三卷），北京：文物出版社，1988年，第7页。
③ 马承源主编：《商周青铜器铭文选》（第三卷），第7页。
④ 马承源主编：《商周青铜器铭文选》（第三卷），第6页。

事后商王赏作册般贝壳。作册般为此铸作纪念父己的甗，族徽是"来册"。

将殷商铭文语言与殷商甲骨文相比，就可以发现两者之间有五同五异。

先谈相同一面：第一，学者总结的殷商甲骨文"四多四少"——名词多动词少，实词多虚词少，单义词多多义词少，专名多共名少——的情形在殷商铭文中同样存在，甚至比甲骨文更为明显。据学者统计，在四千五百零八片殷商铭文拓片中，有四千二百四十六片铭文是一至四字的单词或词组，占殷商铭文的94%；有两百六十二片是记事铭文，占殷商铭文的6%，名词之外的其他词类见于这些记事铭文之中。[①]这就意味着绝大多数殷商铭文语汇都是名词（特别是专名），从词类上看则多为实词。第二，一些殷商铭文词汇像甲骨文一样具有特殊意义。例如，铭文用"配"或"爽"表示"配偶"，用"由"表示"保护"，用"豆"表示"贡献"，用"畲"表示"宴饮"，用"蔑"表示"称美"，用"宾"表示"赠送"，用"光"或"光赏"表示"赐予"，用"各（格）"表示"恭敬"，用"卿"表示"宴飨"，用"遘"表示"侍奉"，用"唬"表示"命令"，用"凡"表示"巡视"，用"造"表示"会合"，用"𦱤"表示"美"，用"丰""具"做货币单位的量词，用"珏"做贝玉的量词单位，用"品"做人或事物单位的量词等，这些词义在殷商其他文献中很少运用。像铭文族徽中出现频率很高的"亚""宁""册"等词语，它们的准确含义是什么，在学术界尚未得到统一的认识。第三，殷商铭文像甲骨文一样善于用寥寥数字记载事件时间、地点、人物及制器原因、纪念对象。例如，《小臣俞犀尊铭》："丁巳，王省夔京。王易（赐）小臣俞夔贝。隹（唯）王来正（征）人方。隹（唯）王十祀又五乡（肜）日。"（《殷周金文集成》11.5990）这条铭文只用二十七个字[②]，就把商王巡视、赏赐小臣俞夔贝、征伐人方国以及事件发生时间等需要记载的内容全部写下来。这一点与它的载体以及书写工具有关，在青铜器上铭铸文字，不是一件容易的事，不允许铸铭的人多用文字。第四，在文字方面，殷商铭文像甲骨文一样多用象形文字。铭文字形距离

---

① 参见金河钟：《殷商金文词汇研究》，山东大学2008年博士学位论文。
② 括号内字为笔者所加，不计算在内。

许倬云所说的"比较正式的书写符号"可能要略近一些，但这并不等于说殷商铭文易于阅读，其中不少族名、人名、地名、官名、物名难以释读，还有四百多个字符不能隶定，能够隶定的字符也不能完全释读。第五，像甲骨文一样，殷商铭文中多用通假字和假借字。通假字如"佳"通"唯"，"彡"通"肜"，"商"通"赏"，"乍"通"作"，"才"通"在"，"衣"通"殷"，"帚"通"婦"，"又"通"右"等。假借字如"錫"借为"易"，"闻"借为"昏"，"泛"借为"凡"，等等。这是因为在殷商时代，在什么场合下应该用什么字，文化学术界尚未形成约定俗成的共识，不同铭文作者对某一字的运用有不同的理解。有的铭文作者用的字是后世约定俗成的字，在这种情况下我们就说是本字；有的作者用的是与后世约定俗成本字音近或音同的文字，在这种情况下我们就说是假借字或通假字。

再谈相异方面。第一，殷商铭文中有一批族名（或者叫作"族徽"等其他名称），[1]它们多以图像形式出现，这些图像究竟是早期文字还是图画，专家对此持有不同意见。[2]这些族名或族徽究竟具有哪些历史文化内涵，专家们对这一问题的探讨尚处于初级阶段。由于甲骨文是贞问神意，而青铜器铭文承载纪念家族的使命，两者功能不同，铭文中这些族徽图形是殷商甲骨文所没有的。第二，铭文和甲骨文是两种不同的早期文体，它们各有不同的写作宗旨，各有不同的记事重点，无论在内容上还是在形式方面都有很大差别，反映在语言上就是它们各有自己的一批语汇，语言色彩也不尽相同。甲骨文具有诸多神名和祭名，殷商铭文虽有祭名但远不及甲骨文之多；甲骨文中多有吉凶休咎词语，而青铜彝器又称吉金，它所记载的多是赏赐荣宠、祭奠对象以及征伐、巡视、田猎、宴飨等重要事件，因此铭文中多用颂德、纪勋、述荣、纪念之类的语言，基本不用凶咎言辞，称美而不称恶，是铭文语言一大特色。第三，殷商铭文与殷商甲骨文处于不同发展阶段。与殷商卜辞

---

[1] 对殷商这些族徽图形究竟如何命名？专家对此有"象形字"（吴大澂、王国维）、"文字画"（沈兼士）、"图像文字"（容庚）、"族徽"（郭沫若）、"徽号文字"（高明）、"族名金文"（裘锡圭）、"族氏铭文"（李学勤）、"家族标记"（张振林）、"图形文字"（唐兰）、"记名金文"（胡平生）、"族氏金文"（金河钟）、"特殊铭刻"（刘雨）、"早期铜器铭文"（林沄）等不同称谓。

[2] 王国维、唐兰、郭沫若、林沄认为这些族徽是文字，容庚、沈兼士、朱歧祥、张振林则认为这些族徽是符号而不是文字。

处于全盛的情形不同，殷商时期的铭文尚处于起步阶段，开始仅一个词或词组，渐渐地才形成铭文文体雏形，从中可以清晰地看到它从中心词到词组再到短句的由简到繁的发展轨迹。第四，殷商甲骨文已经有意识地运用某些比喻修辞手法，殷商铭文则由于篇幅短小，语言简朴，不重修饰和文采，基本不用修辞手法。第五，殷商甲骨文只是客观地记录占卜情况，它的语言一般不具有情感色彩，铭文则因其颂美的需要，其语言往往带有感恩、崇敬、炫耀、祈使等感情因素。如《趞父癸方彝盖铭》："癸未，王才（在）圃，蒦（观）京。王商（赏）趞贝。用乍（作）父癸宝尊。"（《殷周金文集成》16.9890）在这篇铭文中，作器者趞既有对商王赐贝的由衷感激之情，又表达了作为臣下受到商王赏赐的荣耀之感，还表达了饮水思源、不忘根本的孝心，寄托了对父癸的崇敬之情。简短的几句之中，蕴含了丰富的情感内容，语言的感情色彩非常明显。

从语言上说，今人阅读殷商铭文还存在重重障碍：我们至今不能准确地掌握某些殷商铭文的语音；至今不能说清楚殷商铭文中的族徽究竟是图形还是文字；铭文中还有不少文字至今无法辨认；有些铭文词汇意义不甚明了。至于因铜器锈蚀而造成字迹漫灭，此类情形也是经常遇到的。这表明殷商铭文与甲骨文一样，在字形、字音、字义以及语汇上都与后世文字存在较大区别。生活在春秋末年的孔子曾经感叹由于文献不足而无法徵实殷商礼制，后人对殷商宗法、政治、民族、历法、宗教、职官、军事、农牧渔业、风俗等历史文化的认识更是因存在很多盲点而不能透彻地掌握殷商历史文化，也就不能说完全读懂殷商铭文。所以，尽管殷商铭文字数比甲骨文要少得多，句式也相对简单，但阅读殷商铭文的难度仍然存在。

## 第三节 《商书》文诰语言

对后世散文影响最大、传播最广、最有代表性的"殷商古语"，还要算《商书》语言。

《尚书》问世之后，经过数千年的辗转传抄，出现脱简、增窜、讹误错漏在所难免，其间汉字字体又经历了籀文、大篆、小篆、隶书、楷书的数次变化，特别是唐代天宝三载（公元 744 年）卫包奉诏改古文《尚书》从今文，这些因素都会不同程度地影响到《商书》语言，因此我们今天所读的《尚书》肯定不是商周时期的原始面貌。我们在研究《商书》语言时，应该排除以下因素：一是要排除在传播过程中造成的讹误。《商书》讹误之处甚多，兹举数例：《盘庚上》"盘庚敩于民由乃在位"：杨筠如《尚书覈诂》说，"乃"为"厥"字之误用，吉金文中"乃""厥"形近易误。《尚书》中"乃""厥"易用之处甚多。"今予将试以汝迁，安定厥邦"，又曰"今予将试以汝迁，永建乃家"。一作"厥"，一作"乃"，尤其明证。《盘庚上》"越其罔有黍稷"："越"，《经典释文》说，本又作"粤"。刘起釪认为，"越""粤"皆为金文"雩"字的异写，"越"为音借，"粤"由形误。《盘庚上》"汝无侮老成人"：《唐石经》写作"汝无老侮成人"，《尚书正义》孔颖达疏引郑玄注："老、弱，皆轻忽之意也。"可见"侮老成人"当为"老侮成人"，"侮""老"二字次序误倒。"老侮成人"意谓"轻侮成人"。《盘庚中》"尔忱不属，惟胥以沈"：俞樾《群经平议》说，"忱"为"沈"字之误，"属"读为"独"。这两句的意思是："不独尔自沉溺，且相与共沉溺。"《盘庚中》"汝分猷念以相从"："分猷"二字，《汉石经》写作"比犹"。冯登府《汉石经考异》说，"分"误为"比"，是因为这两个字篆文字形相近。"猷"与"犹"则是古今字。《盘庚中》"各设中于乃心"："设"，《汉石经》写作"龡"，意为"合"。"各设中于乃心"，意思是说"你们的心要合于中正"。《盘庚中》"暂遇奸宄"：王引之《经义述闻》认为，"暂"为"渐"字之误，"遇"字当作"愚"，"渐""愚"都是指"奸邪"，"暂遇奸宄"意为奸诈邪恶。《盘庚下》"德嘉绩于朕邦"：刘起釪说，商代金文和甲骨文中未见"德"字，"德"字是到周代才有的。他认为"德"为"循"之误。《盘庚下》"肆上帝将复我高祖之德"：牟庭《同文尚书》说，"德"为"置"之误。牟氏举出旁证，《周易·系辞》"有功而不德"，蜀本即作"置"。《盘庚下》"乱越我家"：刘起釪认为，"乱"疑为"司"之误，其意通"嗣"。"越"意为"及"。"乱越我家"意为"嗣及我家"。《盘庚下》"朕不肩好货":杨树达《积微居读书记》疑"肩"为"屑"之误,这一释读较旧注为长。《西伯戡黎》"乃罪多参在上":注家以为"参"(參)字为"厽""絫"的误写,意为积累。"乃罪多参在上",意思是说殷纣王的罪恶积累很多,已经上闻于天。《西伯戡黎》"大命不挚":于省吾《双剑誃尚书新证》说,"挚(摯)"字乃"艺(藝)"之讹,意为"近"。"大命不挚"意为"大命不近",即天命已经离殷而去。《高宗肜日》"天既孚命正厥德":其中"孚"字,《史记·殷本纪》写作"附",《汉石经》写作"付",《汉书·孔光传》写作"付"。旧注对此有种种解释,刘起釪认为,"孚"应为"付"之误,"天既孚命正厥德",意为"上天已付与殷朝大命,端正人们的品德"。《高宗肜日》"越有雊雉":于省吾《双剑誃尚书新证》说,"雊"为"鸣"字之误,"鸣"字左从口,右似"雊"字,故讹作雊。此汉人误识古籀之一徵也。《周书》中也有不少讹误。如《君奭》:"在昔上帝割申劝宁王之德。"此句西汉今文本作"周田观文王之德",东汉今文本作"厥乱劝宁王之德",东汉古文本作"割申劝宁王之德",郭店竹简引此句作"昔才上帝割绅观文王德",可知汉代今古文都有问题。二是要考虑到《尚书》在传播过程中脱简、增窜等因素。《汉书·艺文志》载:"刘向以中古文校欧阳、大小夏侯三家经文,《酒诰》脱简一,《召诰》脱简二。率简二十五字者,脱亦二十五字,简二十二字者,脱亦二十二字,文字异者七百有余,脱字数十。"如《酒诰》篇首"王若曰",《经典释文》称"马融本作'成王若曰'",这说明汉代《尚书》作"成王若曰",后代脱一"成"字。三是要区分今古文经学,例如,《无逸》"无皇曰",此三字义不可解。《汉石经》残碑写作"毋兄曰"。段玉裁《古文尚书撰异》说,《今文尚书》作"无皇曰",《古文尚书》作"毋兄曰"。"兄"意为"益"。"毋益曰"就是"不要进一步说"。四是要区分古今字,例如,《康诰》"祗遹乃文考","遹"是古"述"字,意为继承、遵循。《大盂鼎》:"遹省先王。"《宗周钟》:"遹省文武。""祗遹乃文考"意为敬循你父亲文王的典范。《多方》"洪舒于民",戴钧衡《书传补商》说,"舒"字即"荼"。《左传》"魏舒",《史记索隐》引《世本》作"荼"。《荀子·大略》"诸侯御荼。"注:"荼,古舒字。"又《考工记》"弓人斲目必荼",《礼记·玉藻》"诸侯荼",注皆读为"舒"。薛氏季宣《书古文》作"洪荼于民",解以"大为民荼毒"。均为其确证。"洪舒于民",意为"大为荼毒于民"。五是要注意卫包对《尚书》语言原貌的改动。例如,《盘庚上》"予亦拙谋",《说文解字》"火部"云:"《尚书》曰'予亦灿谋',读若巧拙之拙。"这说明汉代《尚书》版本作"灿","拙"为卫包所误改。"灿"意为火光被烟雾笼罩而发不出来,"予亦灿谋"是说盘庚暂时没有惩治反对迁都者的打算。《盘庚》上、中、下一共有六个"曷"字,段玉裁《古文尚书撰异》说,凡"曷"字古今文《尚书》皆作"害",其作"曷"者皆后人所改。《盘庚中》"自怒曷瘳",《汉石经》"怒"作"怨",改"怒"为"怨"显然不确。以上列举了一些例子,说明《尚书》语言文字存在诸多讹误。我们在研究《商书》文诰语言时,应该尽量注意这些导致《商书》语言失真的因素,不可将后世的讹误当作商代语言材料。

传世的《商书》有五篇:《汤誓》、《盘庚》(上、中、下)、《高宗肜日》、《西伯戡黎》和《微子》。[①]王力先生曾经指出,汉语古今语法的变化其实并不大,变化大的是词语的难易深浅。《商书》的难懂,虽然也有一些语法的因素,但难懂的主要原因不是语法,也不是文字难认,而是语汇过于古老。

殷商古老语汇构成了《商书》语言的艰深底色。这些古老语汇分两种情形:一是文字生僻,如《盘庚上》中的"慁慁"(意为"拒绝善意")、"敩"(意为"体察")、"憸"(意为"小"),《微子》中的"厎"(意为"致")、"颠隮"(意为"陨坠")、"怫"(意为"违")等,这一类生僻语汇在《商书》中不是太多。二是常字古义,即词语是后世

---

[①] 应该确立《商书》在《尚书》中的最早创始地位。《尚书》二十八篇文章,前后历时1500多年,研究《尚书》文学语言的发生发展,绝不能按照虞、夏、商、周的先后顺序,不能想象《虞书》《夏书》如何对《商书》《周书》产生影响。虞、夏王朝的考古文献证据都还缺乏,目前难以断定虞、夏是否有文献传世。《尚书》中的《虞书》和《夏书》应该是后代史官根据上古传说而记载的。我认为可以遵循如下思路:把《商书》看作是《尚书》中的最早文献,将《虞书》《夏书》视为周代史官对上古传说的追述,探讨《商书》文学语言如何影响《周书》,并将《虞书》《夏书》放到《周书》一起处理,因为《虞书》《夏书》《周书》都是仿照《商书》的文体创作的。

"文言"中常见的词语，但词义却是殷商古义，读者往往识其字而不知其义。这一类语汇在《商书》中甚多，本书所说的《商书》语汇古老，主要是指这一类词语。名词如称君主为"后"（《汤誓》），称官位为"服"（《盘庚上》），称国都为"邑"（《盘庚上》），称年轻人为"冲人"（《盘庚上》），称倒仆的树木为"颠木"（《盘庚上》），称姻亲朋友为"婚友"（《盘庚上》），称枯枝上长出的新芽为"由蘖"（《盘庚上》），称百官为"百姓"（《盘庚上》），称痛苦为"恫"（《盘庚上》），称失言为"逸口"（《盘庚上》），称生死为"短长"（《盘庚上》），称诸侯为"邦伯"（《盘庚下》），称大龟为"赍"（《盘庚下》），称天子为"天胤"（《高宗肜日》）[①]，称先王为"前后""神后"或"高后"（《盘庚中》），称伤毁贼害为"戕则"（《盘庚中》），称思想念头为"猷念"（《盘庚中》），称武官之长为"师长"（《盘庚下》），称懂得天命的贤人为"格人"（《西伯戡黎》），称众位官员为"师师"（《微子》），称年老者为"耇长"（《微子》）等。动词如用"赉"（《汤誓》）表示"赏赐"，用"格"（《汤誓》）表示"告诉"，用"称"（《汤誓》）表示"举行"，用"刘"（《盘庚上》）表示"杀戮"，用"伏"（《盘庚上》）表示"隐匿"，用"格"（《盘庚上》）表示"告诉"，用"猷"（《盘庚上》）表示"谋划"，用"厎绥"（《盘庚上》）表示"安定"，用"和"（《盘庚上》）表示"宣布"，用"恐沉"（《盘庚上》）表示"恐吓"，用"败祸"（《盘庚上》）表示"制造灾祸"，用"荒失"（《盘庚中》）表示"轻视"，用"臭"（《盘庚中》）表示"枯朽"，用"弗率"（《盘庚中》）表示"不愿听从"，用"钦"（《盘庚中》）表示"忧惧"，用"宣"（《盘庚中》）表示"明白"，用"浮"（《盘庚中》）表示"违背"，用"若"（《盘庚下》）表示顺从，用"总"（《盘庚下》）表示积聚，用"共"（《盘庚下》）表示"承顺"，用"绥"（《盘庚下》）表示"告诉"，用"隐"（《盘庚下》）表

---

[①] 孙星衍《尚书今古文注疏》说："天胤，犹言天之子。言阳甲以来，先王有不永年者，既嗣天位，即为天胤，王当修敬也。"

示"依从",用"淫戏"(《西伯戡黎》)表示"沉湎",用"发出"(《微子》)表示"起身出逃"等。形容词如把"大"说成"图"(《盘庚上》)、"戎"(《盘庚上》)、"诞"(《盘庚中》)、"丕"(《盘庚中》),把"善"说成"靖"(《盘庚上》),把"正"说成"迪"(《盘庚中》),把"尽情"说成"亶"(《盘庚中》),把"痛"说成"殷"(《盘庚中》),把"勤勉"说成"閗"(《盘庚中》),把"安定巩固"说成"康共"(《盘庚中》),把"忧惧"说成"钦"(《盘庚中》),把"重"说成"崇"(《盘庚中》),把"愉快"说成"戏怠"(《盘庚下》)等。代词如把"我"说成"台"(《汤誓》),把"如何"说成"如台"(《汤誓》)。副词如用"攸"(《汤誓》)表示"所",用"胥"(《盘庚上》)表示"相互"。连词如把"于是"说成"越其"(《盘庚上》)或"丕乃"(《盘庚中》)等。

　　《商书》的语气词非常值得探讨。①首先是它的语气词与春秋战国以后语气词多不相同,春秋战国以后文言文中使用的"也""矣""已""而已""耳""而""焉""旃""夫""者""云""与""邪""乎""为""来""且""只""兮"等语气词均不见于《商书》,可见《商书》与春秋战国以后文言文确实存在较大的差异。其次是《商书》语气词所处位置与春秋战国以后文言文不一样:春秋战国以后文言文的语气词大多放在句末,而《商书》有一批语气词放在句首。例如:

　　(1)《汤誓》:"**有**夏多罪。"②
　　(2)《盘庚上》:"**猷**黜乃心。"③
　　(3)《盘庚上》:"**惟**汝自生毒。"④

---

① 古今学界对语气词称谓不一,古代注家称语气词为"辞""语辞""语助"等,今人或称为语气助词,或称为发语词、词头、词尾、语缀、语缀助词,等等,或按照所处位置称之为句首语气词、句中语气词、句尾语气词。
② 顾颉刚、刘起釪:《尚书校释译论》(第二册),第 878 页。
③ 顾颉刚、刘起釪:《尚书校释译论》(第二册),第 935 页。《商书》使用"有"的频率很高,有时放在专有名词之前,如"有夏";有时是放在普通名词之前,如"有众";有时放在动词之前,如"有比";有时放在形容词之前。有的语法论著将"有"称为"词头",有的称为附音词的前附音节。由于它没有实在意义,所以本书视为语气词。
④ 顾颉刚、刘起釪:《尚书校释译论》(第二册),第 941 页。

（4）《盘庚中》："**诞**告用亶。"①
（5）《盘庚中》："**迪**高后丕乃崇降弗祥。"②
（6）《盘庚下》："**肆**上帝将复我高祖之德。"③
（7）《盘庚下》："**式**敷民德。"④
（8）《高宗肜日》："**越**有雊雉。"⑤

"白话"中的语气词大都附着在句子末尾或别的词语后面，常常跟语调一起共同表达某种感情和语气，一般读轻音。"文言"中有"夫""盖"等少数句首语气词，绝大多数语气词位于句末，根据文义而分别采用不同的音读。为什么殷商人喜欢把语气词放在句首？《商书》这些句首语气词是起提示作用，还是为了凑足音节？它们的具体内涵是什么？由于缺少殷商语音材料，一时还难以下结论。这些句首语气词究竟如何去读，是读轻音还是读重音，这些都不得而知。惟其存在诸多不可知因素，《商书》句首语气词才显得耐人寻味。由此可以看出，殷商语句音读与后来的"文言""白话"应该有所不同，《商书》在表达语气时有自己的时代特点。

《商书》中也有一批句中语气词，例如：

（1）《汤誓》："夏王**率**遏众力，**率**割夏邑，有众**率**怠弗协。"⑥
（2）《盘庚上》："既**爰**宅于兹。"⑦
（3）《盘庚中》："具**乃**贝玉。"⑧
（4）《盘庚中》："汝分**猷**念以相从。"⑨
（5）《盘庚中》："往**哉**，生生。"⑩

---

① 顾颉刚、刘起釪：《尚书校释译论》（第二册），第 901 页。
② 顾颉刚、刘起釪：《尚书校释译论》（第二册），第 914 页。
③ 顾颉刚、刘起釪：《尚书校释译论》（第二册），第 923 页。
④ 顾颉刚、刘起釪：《尚书校释译论》（第二册），第 927 页。
⑤ 顾颉刚、刘起釪：《尚书校释译论》（第二册），第 992 页。
⑥ 顾颉刚、刘起釪：《尚书校释译论》（第二册），第 882、883 页。
⑦ 顾颉刚、刘起釪：《尚书校释译论》（第二册），第 930 页。
⑧ 顾颉刚、刘起釪：《尚书校释译论》（第二册），第 914 页。
⑨ 顾颉刚、刘起釪：《尚书校释译论》（第二册），第 916 页。
⑩ 顾颉刚、刘起釪：《尚书校释译论》（第二册），第 918 页。

（6）《盘庚中》："予丕克羞尔。"①
（7）《盘庚中》："予若吁怀兹新邑。"②
（8）《盘庚下》："今我既羞告尔。"③
（9）《微子》："今尔无指告予？"④

这些句中语气词可以起到提顿或凑足音节的作用。以《汤誓》"夏王**率**遏众力，**率**割夏邑，有众**率**怠弗协"为例，有三个语气词"率"，读起来可以节奏铿锵，语气有力。如果没有这三个"率"，阅读效果就大不一样了。

《商书》句末语气词只有一个"其"字，见于《微子》："若之何其。"《史记·宋微子世家》集解引郑玄曰："语助也。齐鲁之间声如'姬'。"⑤

除了"爰""乃""率"之外，绝大多数《商书》语气词在后世文献中都不再运用。

从以上诸例来看，《商书》语汇古老，不是个别现象，而是整个语汇系统古老。对《商书》中这些常字古义的语汇，不能从春秋战国后起的意义上去理解，更不能望文生义。有一些词语在《说文解字》中可以找到相应解释，但并不是所有的难字都能通过查阅《说文解字》《尔雅》之类的工具书来释读。

古老语汇往往成为读者阅读《商书》的语言障碍。兹举数例：《盘庚上》"则惟汝众自作弗靖"⑥：关于"靖"的涵义，孙星衍《尚书今古文注疏》说，《艺文类聚》八十七引《韩诗》，将"靖"解释为"善"。《尚书·尧典》中的"静言"，太史公在《史记·五帝本纪》中改写作"善言"。"则惟汝众自作弗靖"，意思是说"这是你们自己所做的不善"，说得更明白一点，就是"这是你们自己弄出的祸患"。《说文解字》："靖，立竫也。""立竫"是什么意思呢？段玉裁解释说："谓立容安竫也。"这是说"靖"是站立的样子安静。显然，《盘庚上》中的"靖"不是《说文解

---

① 顾颉刚、刘起釪：《尚书校释译论》（第二册），第911页。
② 顾颉刚、刘起釪：《尚书校释译论》（第二册），第904页。
③ 顾颉刚、刘起釪：《尚书校释译论》（第二册），第927页。
④ 顾颉刚、刘起釪：《尚书校释译论》（第二册），第1077页。
⑤ 司马迁：《史记》，北京：中华书局，1959年，第1609页。
⑥ 顾颉刚、刘起釪：《尚书校释译论》（第二册），第941页。

字》安静站立的意思,如果按照《说文解字》来解释,这句话就讲不通。"靖"字就是"则惟汝众自作弗靖"一句中的古语。《盘庚中》"乃话民之弗率"①:"率"意为"从","话"的意义是什么?于省吾《双剑誃尚书新证》说,"话"的籀文写作"譮",它的古义是"会合","话民之弗率",意思是"乃会聚民之弗率循者"②,即盘庚召集那些不服从迁都决定的人。《说文解字》:"话,合会善言也。"什么是"合会善言"?就是聚集在一起互相交流好话。《盘庚中》的"话"只取聚集之意,而没有交流善言的含义。《盘庚中》"曷不暨朕幼孙有比"③:关于"有比",戴钧衡《书传补商》说,"有"的意思是"为","比"的意思是"同心","有比"的意思是"为同心"。"曷不暨朕幼孙有比",盘庚是以殷商先王口吻说:"你们为何不与我的幼孙同心同德?"《说文解字》:"比,密也。二人为从,反从为比。"这是说"比"的意义是"关系密切"。从字形上说,两个人相随就是"从"字,反写"从"字就是"比"字。这个解释与《盘庚中》"比"意大体相近。《盘庚中》"汝罔能迪"④:江声、孙星衍、戴钧衡都训"迪"为"行"。"汝罔能迪",意思是说"你们无法有所行动(指逃避惩罚)"。《说文解字》:"迪,道也。""道"有导引、道路二义,《盘庚中》"迪"字用作动词,它的"行"义应该是引申义,不是"迪"字本义。以上例句中的"靖""话""有比""迪"都是难懂的上古词语。将这些古老语汇组成句子,读者便会觉得如读天书。例如,《盘庚下》"吊由灵各"⑤:吊,淑、善;灵各,神灵。"吊由灵各"意为"迁殷之善是由于上帝的神灵"。《盘庚下》"用宏兹贲"⑥:用,以;宏:发扬光大;贲,卜龟。"用宏兹贲"意为"以此发扬光大宝龟的吉示"。《微子》"多瘠罔诏"⑦:瘠,瘦,引申为疾苦;罔,无;诏,告。"多瘠罔诏"意谓"民众

---

① 顾颉刚、刘起釪:《尚书校释译论》(第二册),第901页。
② 于省吾:《双剑誃尚书新证》,北京:中华书局,2009年,第74页。
③ 顾颉刚、刘起釪:《尚书校释译论》(第二册),第912页。
④ 顾颉刚、刘起釪:《尚书校释译论》(第二册),第912页。
⑤ 顾颉刚、刘起釪:《尚书校释译论》(第二册),第925页。
⑥ 顾颉刚、刘起釪:《尚书校释译论》(第二册),第925页。
⑦ 顾颉刚、刘起釪:《尚书校释译论》(第二册),第1079页。

多有痛苦而无可告语"。《微子》:"我其发出狂,吾家耄逊于荒?"①发,起;出,出逃;狂,读为"往";吾家,我;耄,昏乱;逊,顺;荒,读为"亡"。这两句是说:"我是选择出逃呢,还是昏昏然随同殷朝一起灭亡呢?"《商书》古老语汇多如此类。有些语汇看似可以理解,但其实不能望文生义。例如,《盘庚上》"予若观火"②:此处的"观火"不是现代人们所说的"洞若观火",刘起釪说,"观(觀)"读如"爟"(guàn),郑玄在注释《周礼》"司爟"时说:"燕俗名汤熟为观(觀)。"此处的"观火"意为"热火",盘庚是说他具有火一般的威焰。③"洞若观火"是说看得一清二楚,"予若观火"是说自己握有至高无上的威权,两者意思相差太大。

　　《商书》中有些语汇是殷商成语,这些成语是由双音节或者双音节以上的多音节构成的词组,它们都有特定的含义,读者不能以单音节为单位去理解这些成语,不能望文生义,不能把成语意义看作是两个字义的相加,而要从成语的整体去理解。判断一个殷商词语是不是成语,要看它们在同时代文献中被使用的频率,成语应该在当时或前后文献中出现两次或者两次以上,有固定的结构形式和稳定的意义,只能提供孤证的词语暂时不能定为成语。在文字尚未统一的殷商时代,同一成语可能会以通假字等其他形式出现。④《尚书》《诗经》多用商周成语,这是王国维首先发现的。王国维指出:"古人颇用成语,其成语之意义,与其中单语分别之意义又不同。"⑤古代不少注家未能认识到这一点,他们往往从"单语"角度解释《商书》中的成语。例如《盘庚中》"咸造勿亵在王庭",伪造的孔安国《尚书传》(伪孔传):"众皆至王庭,无亵慢。"⑥伪孔传把"勿"解为"无",把"亵"释为"亵慢",伪孔传的解释在字面上虽然勉强可以说得通,但却与上古礼

---

① 顾颉刚、刘起釪:《尚书校释译论》(第二册),第 1076 页。
② 顾颉刚、刘起釪:《尚书校释译论》(第二册),第 938 页。
③ 顾颉刚、刘起釪:《尚书校释译论》(第二册),第 938 页。
④ "成语"是王国维的提法。于省吾将《尚书》中的成语称为"语例",杨筠如称为"习用语"。或许用"习用语"要更为准确一些。
⑤ 王国维:《与友人论〈诗〉、〈书〉中成语书》,载王国维:观堂集林(外二种)》,第 40 页。
⑥ 孔安国传,孔颖达疏:《尚书正义》,北京:北京大学出版社,1999 年,第 235 页。

俗不符：在商王掌握臣民生杀予夺大权的时代，焉有臣民敢在王庭亵慢之理？于省吾释"亵"为"执""待"，"言勿守待于王庭，盘庚乃登进厥民，盖历阶升至堂前也"①。"亵"与"执"虽然在字形上相近，但把"勿亵"解释为"勿执"或"勿待"，仍不是理想的解释。刘起釪征引杨筠如《尚书覈诂》，指出"勿亵"是上古成语，意为"不安"。"勿亵在王庭"，是指被盘庚召来的民众在商王宫庭不安地等待训话。②这个解释准确地描绘了臣民在商王宫庭紧张、惶恐、局促、不安的情态，不仅比伪孔传"无亵慢"之说强多了，也比于省吾"勿执""勿待"之说更符合商代文化背景。王国维、杨树达、杨筠如、刘节、屈万里、姜昆武、于省吾、刘起釪等人相继发掘出《商书》中一些殷商成语。兹举数例：

（1）《盘庚上》"恪谨天命"③：王国维在《观堂学书记》中说，"恪谨天命"当为"劳勤大命"，《毛公鼎铭》《单伯钟铭》都有"劳勤大命"之语，意为不懈地敬行大命。

（2）《盘庚上》"罔知天之断命"④：杨树达在《积微居小学金石论丛》中说："罔知者，古人成语，犹今人言'不保'或'难保'。此文意言：今不承于古，则不保天之将断绝其命，况能从先王之烈乎！"⑤

（3）《盘庚上》"其惟致告"⑥："致告"一词又见于《微子》"今尔无指告予"，"指告"即"致告"，意为传达、相告。"其惟致告"，就是"将国王讲话传达、相告"。

（4）《盘庚中》"古我前后罔不惟民之承保"⑦：旧注皆以"承"字断句，"保"字属下句。江声《尚书集注音疏》首次提出"承保"应该连读，此后孙星衍、俞樾、孙诒让、杨筠如、于省吾等人都认为"承保"乃古之成语，《周书·洛诰》有"承保乃文祖受命民"句，与《盘庚中》"承

---

① 于省吾：《双剑誃尚书新证》，第75页。
② 顾颉刚、刘起釪：《尚书校释译论》（第二册），第903页。
③ 顾颉刚、刘起釪：《尚书校释译论》（第二册），第930页。
④ 顾颉刚、刘起釪：《尚书校释译论》（第二册），第931页。
⑤ 杨树达：《积微居小学金石论丛》，北京：科学出版社，1955年，第206页。
⑥ 顾颉刚、刘起釪：《尚书校释译论》（第二册），第948页。
⑦ 顾颉刚、刘起釪：《尚书校释译论》（第二册），第904页。

保"意义相同。刘起釪指出,"承"与"应""膺""容"等字声近义通,《周书·康诰》"王应保殷民",《国语·周语下》"膺保明德",《周易·临卦》"容保民无疆","应保""膺保""容保"与"承保"是同一词语,意为拯救和保护。①"古我前后罔不惟民之承保",译为白话就是"从前我们先王没有一个不是只想着拯救和保护民众的"。从"应保""膺保""容保""承保"可以看出,这一组双音节词仅仅是前一个词素有"应""膺""容""承"的字形变化,后一个词素"保"字则始终不变。

（5）《盘庚中》"后胥戚鲜"②:"戚鲜"一词,诸家解释不同,刘起釪根据《周书·无逸》"怀保小民,惠鲜鳏寡"指出,《无逸》"怀保"与"惠鲜"对举,《盘庚中》"戚鲜"与上文"承保"也应该是对举关系,是表示保护、关怀之意,为古之成语。③"后胥戚鲜"意指殷朝先王保护民众。

（6）《盘庚中》"汝何生在上"④:刘起釪指出,"在上"为商周习用语,《西伯戡黎》"乃罪多参在上",《大雅·文王》"文王在上",《宗周钟铭》《秦公钟铭》中都有"在上"一词,意为"上天那里","汝何生在上"是盘庚的恐吓之语,是说"在上帝那里哪有你们的活命"。⑤

（7）《盘庚中》"故有爽德"⑥:"爽德"意为"贰德",亦即不同心,或离心离德,《国语·周语上》即有"实有爽德"之语。"故有爽德"句,是盘庚借殷朝先王之口,指责那些反对迁都的殷人不与自己同心同德。

（8）《盘庚下》"协比谗言予一人"⑦:刘起釪指出,"协比"即《诗经·正月》"洽比其邻"的"洽比",《左传·僖公十五年》征引《诗经·小雅·正月》"协比其邻",可见"协比""洽比"其实是同一成语,意为"合在一起"。⑧"协比谗言予一人",句意是盘庚指责殷人说:"你

---

① 顾颉刚、刘起釪:《尚书校释译论》（第二册）,第 905 页。
② 顾颉刚、刘起釪:《尚书校释译论》（第二册）,第 904 页。
③ 顾颉刚、刘起釪:《尚书校释译论》（第二册）,第 905 页。
④ 顾颉刚、刘起釪:《尚书校释译论》（第二册）,第 909 页。
⑤ 顾颉刚、刘起釪:《尚书校释译论》（第二册）,第 910 页。
⑥ 顾颉刚、刘起釪:《尚书校释译论》（第二册）,第 912 页。
⑦ 顾颉刚、刘起釪:《尚书校释译论》（第二册）,第 919 页。
⑧ 顾颉刚、刘起釪:《尚书校释译论》（第二册）,第 921 页。

们勾结在一起说我的坏话。"

（9）《微子》"殷罔不小大好草窃奸宄"①：刘起釪指出，"小大"为商周成语，《周书·无逸》："至于小大"，意为"从下至上许多人"。②"殷罔不小大好草窃奸宄"，是说殷朝从下到上都爱好作奸犯科。

（10）《微子》"以容将食无灾"③：杨筠如指出，"将食"为同义连用成语，"将，犹言食也。"他征引《诗经·周颂·我将》"我将我享，维牛维羊"，说明"将"字之意为"置肉几上而食之"。④"以容将食无灾"，意为偷吃祭品也不受到惩罚。

"殷商古语"中的成语与"文言""白话"中的成语有四点不同：一是"殷商古语"中的成语多为两字，而"文言""白话"中的成语多为四字；二是"殷商古语"中的成语往往用通假字或音近字表示，形成同一成语多种字符的情形，如"致告"（见《盘庚上》和《微子》，意为"传达、相告"，用刘起釪说）又作"指告"，"承保"（见《盘庚中》，意为"拯救、保护"，用孙星衍说）又作"应保""膺保""容保"，"协比"（见《盘庚下》）又作"洽比"，等等，"文言""白话"中的成语字符则基本是稳定的；三是成语来源不同，"殷商古语"中的成语是直接从口语中提炼出来的，而"文言""白话"中的成语则一般来源于文献典籍；四是"殷商古语"中绝大多数成语到秦汉以后就不再有人使用，⑤而"文言"中许多成语至今仍活在"白话"之中。

《商书》某些语句因其过于浓缩而导致理解困难。这里所说的浓缩，不是指古代汉语中正常的省略，⑥而是指那些没有规则可循的字句减省。这种字句减省，应该是殷商史官记录的产物。《商书》文诰的创作模式是：王侯

---

① 顾颉刚、刘起釪：《尚书校释译论》（第二册），第1071页。
② 顾颉刚、刘起釪：《尚书校释译论》（第二册），第1074页。
③ 顾颉刚、刘起釪：《尚书校释译论》（第二册），第1079页。
④ 杨筠如：《尚书覈诂》，西安：陕西人民出版社，2005年，第193页。
⑤ 极少数"殷商古语"中的成语传到当代，如"星火燎原""有条不紊"等。
⑥ 钱宗武在《今文尚书语法研究》一书中指出，《尚书》除了古代汉语书面语中常见的承前省、蒙后省、对话省、省略主语、省略宾语、省略兼词、省略量词、省略介词之外，还有自己的特殊省略，例如隔句隔数句数小节承前省、不依赖上下文的省略，以及省略谓语、省略连词、省略语气副词、省略句末语气助词等。

发表谈话，史官将其载于简帛。可以说《商书》文诰是殷商王侯与史官合作著述的。有记录经验的人都知道，记录速度永远赶不上谈话速度。殷商史官是用毛笔在简帛上写字，速度比现代钢笔记录慢得多，所以要想准确无误地记录王侯谈话是非常困难的。如何才能解决这个矛盾呢？殷商史官找到了一个办法，那就是记下关键词语，省略去一些句子成分。例如，《盘庚中》"康共"一语，就是"康乐与共"的浓缩。这是在一个词语之中浓缩，《商书》中更多的是句子的浓缩。本来需要两句或三句才能表达的意思，记录者却用一句加以表达，一句话的内容则可以压缩为一个字。这有点像今天人们开会、听报告时所作的记录手稿，这里省略几个字，那里省略几个字，记录手稿只有记录者自己才能看懂。以今例古，殷商史官记载王侯谈话，会面临如何在最短时间内将商王口语转换为书面语的问题。当时虽然没有录音设备，全凭史官心记手写，但从《商书》来看，史官们善于捕捉商王谈话中的关键性词语，将其组合成句，迅速转换成书面语。写成文章之后，史官们又没有将这些省略的词语或句子成分加以补充，而是直接将原始记录稿作为文诰去发布。后代"文言"中也有省略，但"文言"中的省略有规则可循，是规范的省略；而《尚书》的省略是在记录过程中形成的，它完全取决于记录者的关注点与记录技巧，其间找不到多少规则。

这种由关键词语组成的书面语往往由于过度凝练浓缩而难以理解。请看下面的例子：

（1）《盘庚上》"起信险肤"①：据江声《尚书集注音疏》说，"起"意为"兴造"，"信"意为"申说"，"险"意为"险恶"，"肤"的繁体字"膚"是"臚"（简体字是胪）的籀文，《国语·晋语》"风听胪言于市"，韦昭注："胪：传也。"所以"膚"的古义为"传语"。对"起信险肤"逐字解释，就是"兴造言论，并险恶地加以传播"。史官将这两层意思浓缩为"起信险肤"四个字，又省去了"险肤"的谓语，由此成为理解的障碍。

（2）《盘庚上》"无傲从康"②：盘庚语意是"你们不要骄傲，不要

---

① 顾颉刚、刘起釪：《尚书校释译论》（第二册），第936页。
② 顾颉刚、刘起釪：《尚书校释译论》（第二册），第935页。

放纵，不要贪图安逸"。史官本应写成"无傲，无从（纵），无康"，但他省略了后两个"无"。今人可用顿号来表明这是三层意思，写成"无傲、从、康"，但古代没有标点符号，阅读难度可想而知。这种情形也见于《尚书》其他篇章，史官往往为了精练而将几句话浓缩为一句话。

（3）《盘庚上》"乃既先恶于民"[1]：何谓"先恶"？它实际上可以分为两个词，"先"是"率先"，"恶"是"作恶"，"先恶"意为"先行作恶"。如果我们把"先恶"看作是一个词，它就会成为一个文章语言难点。"先恶"一语应该不是盘庚原有的口语，而是史官按照盘庚语意进行凝练浓缩而成的。如果没有后世经师训释，"先恶"就不好理解。

（4）《盘庚上》"予敢动用非罚"[2]：什么是"非罚"？戴钧衡《书传补商》说，"非罚"意谓"非罪而妄罚"。盘庚的原话大意应该是两句话："你们如果不犯罪，我怎敢动用惩罚手段？"这本来应该是一个假设复句，史官将假设条件浓缩为一个"非"字，省略成"予敢动用非罚"六字。

（5）《盘庚中》"予丕克羞尔，用怀尔"[3]：丕，语气词；克，能；羞，养（用蔡沈《书集传》说）；用，以；怀，怀安（用孔颖达《尚书正义》说）。这两句翻译为白话，就是"我能够养育你们，以此怀柔、安抚你们的心"。史官仅用了"羞"和"怀"这两个关键词，就提炼了盘庚丰富的语意。

（6）《盘庚中》"予迓续乃命于天"[4]：迓，迎接；续，延续；乃命，民众生命。此句意为："我要把你们的生命从天帝那里迎接回来，让你们的生命延续下去。"它本应写成"予迓乃命于天，予续乃命于天"，史官却将两句话浓缩为一句。

（7）《盘庚下》"予其懋简相尔"[5]：懋，勉励；简，挑选；相，视才而用；尔，你们。"懋简相"三字之间，应该加上顿号，表明这是三层意

---

[1] 顾颉刚、刘起釪：《尚书校释译论》（第二册），第941页。
[2] 顾颉刚、刘起釪：《尚书校释译论》（第二册），第944页。
[3] 顾颉刚、刘起釪：《尚书校释译论》（第二册），第911页。
[4] 顾颉刚、刘起釪：《尚书校释译论》（第二册），第910页。
[5] 顾颉刚、刘起釪：《尚书校释译论》（第二册），第927页。

思。但是古代不用标点符号，这就尤其难于理解。这一句意为："我将会勉励你们，从你们当中挑选人才，视你们的才能而加以任用。"三层意思被史官浓缩为一句。

（8）《盘庚下》"鞠人谋人之保居叙钦"①：从东汉郑玄到宋人蔡沈都未能把此句讲清楚，直到近人戴钧衡《书传补商》，才把这一句话意思讲通。鞠，养育；谋，谋划；保，安；居，居住；叙，任用；钦，尊敬。这一句意为："凡是那些能够养育民众的人，以及那些为民众安居谋划的人，我都会叙用他们，尊敬他们。"这些意思今天要用四句话才能表达清楚，作者将其浓缩在一个九字句之中。

（9）以上是记言句的例子，语句浓缩的情形也见于《商书》的叙述句。例如，《盘庚上》"率吁众戚出矢言"②：率，因；吁，呼；众戚，众位贵戚；出，出来；矢言，即誓言。此句因过于简略而导致注家有不同解释：伪孔传以为是盘庚对众忧之人讲话，吴澄、姚鼐以为是盘庚对不愿迁都之臣讲话，牟庭主张是不愿迁都大臣对盘庚讲话，俞樾认为是盘庚呼贵戚出来，让他们向民众传达自己的讲话。从上下语境来看，当以俞樾解释为正确。这句话有三层意思：一是盘庚呼贵戚出来；二是盘庚向贵戚发表讲话；三是盘庚要求贵戚将自己的誓言传达给民众。《盘庚上》记录者或许没有想到，他的一个简单的叙述句，竟让后人猜了三千多年。

《商书》的浓缩省略不仅体现在省略字词方面，在句与句之间也往往存在一些"失落"的环节，给人以"接不上去"的突兀之感。这种现象也是在史官记录过程中形成的。商王这一句话还没有记录下来，下面一句话又过去了。史官不可能将商王每一句话都记录下来，其中总会有一些句子漏掉，于是就出现上句与下句、上段与下段之间的"跳跃"现象，形成一段意义空白，造成语意不明。请看下面的例子：

（1）《盘庚上》："盘庚迁于殷，民不适有居，率吁众戚出矢言曰：'我王来，即爱宅于兹，重我民，无尽刘。不能胥匡以生，卜稽曰其如台？

---

① 顾颉刚、刘起釪：《尚书校释译论》（第二册），第927页。
② 顾颉刚、刘起釪：《尚书校释译论》（第二册），第930页。

先王有服，恪谨天命，兹犹不常宁；不常厥邑，于今五邦。今不承于古，罔知天之断命，矧曰其克从先王之烈！若颠木之有由蘖，天其永我命于兹新邑，绍复先王之大业，厎绥四方。'"①"我王来"这一段话究竟是谁说的？是那些不愿迁居的众戚说的？还是盘庚说的？"我王"是指盘庚，还是指殷商先王？对此，前人有种种猜测：元人吴澄《书纂言》、清人姚鼐《盘庚迁殷说》、孔广森《经学卮言》都说是民怨之辞。按照这种解释，那么这一段话就是不愿迁居的民众说的。但细绎这一段话，完全是在阐述迁都的理由，并没有反对迁都的意思。所以，这种说法并不成立。如果把这一段话看作是盘庚的训诰之辞，那么就无法解释盘庚自称"我王来"。俞樾《群经平议》提出了比较合理的意见，他把这一段话看作是盘庚让贵戚大臣向民众传达他的讲话。贵戚在传达盘庚旨意时，自然可以称呼盘庚为"我王"。盘庚呼众戚出来，对贵戚说了一段话，他要求贵戚将这一段"矢言"传达给民众。盘庚要求众戚向民众传达他的意旨这一层意思，史官未能明确地予以说明，形成一段意义上的空白，造成两千多年经师们理解的分歧。

（2）《盘庚上》："予告汝于难，若射之有志。汝无老侮成人，无弱孤有幼。"②这几句大意是：我告诉你们做事之难，如同射箭，必须先有射箭目标。不要欺侮老年人，不要轻视少年人。"予告汝于难，若射之有志"这两句之间有什么内在逻辑联系？这个"志"的具体内涵是什么？"予告汝于难，若射之有志"与"汝无侮老成人，无弱孤有幼"这两者之间又有何内在关系？盘庚是如何从前一层意思跳到后一层意思？"成人"是指谁？"有幼"又是指谁？为什么不愿迁都就是欺侮老幼？这些对于读者来说都是一个个谜团。

（3）《高宗肜日》："呜呼，王司敬民，罔非天胤，典祀无丰于昵。"③"王司敬民"意谓君王作为继嗣应当敬民，"罔非天胤"是说王者无一不是上天继嗣（即天子），"典祀无丰于昵"是说王者主持祭祀不应当丰厚那些与自己血亲关系亲近的宗庙。这三句话分别讲述三层意思。这三层

---

① 顾颉刚、刘起釪：《尚书校释译论》（第二册），第 930、931 页。
② 顾颉刚、刘起釪：《尚书校释译论》（第二册），第 946 页。
③ 顾颉刚、刘起釪：《尚书校释译论》（第二册），第 1011 页。

意思的内在关联是什么，祖己如何从第一层意思过渡到第二、第三层意思，后人无从得知。《高宗肜日》非常简短，应该不完全是祖己训王的实录，而是一个节录本或简写本。这种句与句之间的"失落"环节，无疑给后人阅读《商书》加大了难度。

读者可能会问：史官因抢记而省略字词，这完全可以理解。但是，史官为什么事后不将记录手稿进行整理后发表，而是将记录手稿直接作为文诰发表呢？这是一个难以解不开的谜。也许，将记录手稿作为文诰发表，这是殷商时代某个权威史官确立的先例，他这样做了，后来的史官不敢擅自破例，由此形成一个传统。当然，这仅仅是猜测。

大量运用通假字和假借字，①是《商书》文诰语言的一个突出现象。通假字是本有其字的临时借用，假借字是本无其字的借用。假借是《说文解字》所总结的上古六种造字方法之一。运用假借字，是由于殷商时期文字数量有限，很多文字尚未创造出来，于是史官在从事记载时不得不临时借用音同或音近的字。运用通假字，则是由于当时文字使用尚未做到约定俗成，何为本字，何为通假字，当时并无共识，于是临时借用音同或音近的字。所谓音同，是指假借字或通假字与本字读音完全相同。所谓音近，是指假借字或通假字与本字声母或韵母相同。这里所说的音同或音近，都是指殷商时期的古音，而不是后世的语音。《商书》多用通假字和假借字，这种现象在殷商甲骨文和铭文中也屡见不鲜，这说明在殷商时代，文字使用尚未统一。《商书》中通假字甚多，兹举数例：

（1）《汤誓》"格尔众庶"②：关于"格"字，汉代今文作"假"或"嘏"，古文作"格"。刘起釪说："假、嘏、格、告为双声，皆见钮，古自可通用，知此'格'即'告'。""告"是本字，这个字殷商已经有了，《盘庚上》"汝曷弗告朕"可以为证。史官不用本字"告"而用了音近字

---

① 通假字和假借字是古代两种用字现象，两者颇易混淆。许倬云在《西周史》中指出，商代已使用假借字，而通假字是到西周才出现。也有学者认为，上古多用假借字，通假字是在战国以后才有。本书根据《尚书》权威注本，将注家"某字'通'某字"视为通假字，将注家"某字'借'某字"以及"读为"视为假借字。

② 顾颉刚、刘起釪：《尚书校释译论》（第二册），第 878 页。

"格"来代替，这就是通假。"格尔众庶"意为"告诉你们众人"。①

（2）《汤誓》"舍我穑事而割正夏"②：刘起釪说，"割"当为"害"，《尚书·周书·大诰》"天降割于我邦家"，马融古文本"割"字作"害"。"害"与"曷"同属古韵曷部和古声类匣纽，故古代通用，意同"何"。③ "正"同"征"，即征伐。"舍我穑事而割正夏"，此为商汤假设民众疑问之词，意思是说："放下我们的农事，为何要去征伐夏朝？"

（3）《汤誓》"夏王率遏众力"④：杨筠如《尚书覈诂》说，"遏""竭""歇""渴"同声通假。"遏"当读为"竭"，意思为"尽"。⑤"夏王率遏众力"，意为"夏王竭尽民力"。

（4）《汤誓》"有众率怠弗协"⑥："怠"在此处不是意指"怠惰"，俞樾《群经平议》说："'怠'读为'殆'。古'怠'与'殆'通……此文'怠'字当为'危殆'之'殆'。言夏王率遏众力，率割夏邑，故其民率危殆而弗协也。"⑦ "弗协"，《史记·殷本纪》译作"不和"。

（5）《汤誓》"予及汝皆亡"⑧："皆"字通"偕"，意为"偕同"。"予及汝皆亡"，表明夏朝民众对夏桀统治恨之入骨，发誓要与夏桀同归于尽。

（6）《汤誓》"予则孥戮汝"⑨：段玉裁《古文尚书撰异》据《周礼·秋官司寇·司厉》郑众注和《汉书·王莽传》，认为"孥"字当通"奴"，此处"奴"用作动词，即把那些不听盘庚誓言者本人和家族成员罚为奴隶。"戮"字当通"僇"，意为侮辱，即对不听盘庚誓言者本人和家族成员进行羞辱。"孥"和"戮"都是通假字。⑩

---

① 顾颉刚、刘起釪：《尚书校释译论》（第二册），第879页。
② 顾颉刚、刘起釪：《尚书校释译论》（第二册），第881页。
③ 顾颉刚、刘起釪：《尚书校释译论》（第二册），第882页。
④ 顾颉刚、刘起釪：《尚书校释译论》（第二册），第882页。
⑤ 杨筠如：《尚书覈诂》，第138、139页。
⑥ 顾颉刚、刘起釪：《尚书校释译论》（第二册），第883页。
⑦ 俞樾：《群经平议》，上海：上海古籍出版社，1996年，第52页。
⑧ 顾颉刚、刘起釪：《尚书校释译论》（第二册），第883页。
⑨ 顾颉刚、刘起釪：《尚书校释译论》（第二册），第884页。
⑩ 段玉裁：《古文尚书撰异》（续修四库全书本），上海：上海古籍出版社，1995年，第141页。

（7）《盘庚上》"兹犹不常宁"①：王引之《经义述闻》说，"犹"与"由"通。由，用也。"言先王敬谨天命，兹用不敢常安也。"②"兹犹不常宁"，译为白话是说，"殷朝先王因此不敢贪图安宁"。

（8）《盘庚上》"修不匿厥指"：于省吾《双剑誃尚书新证》说，"'匿'旧均训为隐匿，非是。《孟鼎》'辟厥匿'，'匿'应读作'慝'。《洪范》'民用僭忒'，《汉书·王嘉传》作'民用僭慝'。《说文》：'忒，更也。'《尔雅·释言》：'爽，忒也。''指'本应作'旨'。'修不匿厥指'者，用不爽变其宗旨也。"③"厥指"是指殷朝先王的宗旨。"修不匿厥指"，意为不敢变更先王的旨意。④

（9）《盘庚上》"惟汝含德，不惕予一人"⑤：《白虎通·号篇》引此句作"不施予一人"。俞樾《群经平议》说："施，本字。惕，假字。言汝怀藏其德，不施及予一人也。"⑥"惟汝含德，不惕予一人"，译为白话是说"你们怀藏了旧德而不施给我"。《盘庚上》用"惕"是通假字，而《白虎通·号篇》则径用本字。

（10）《盘庚上》"古我先王暨乃祖乃父胥及逸勤"⑦："古"，杨树达在《积微居读书记》一文中认为，"古"应该读为"故"。⑧胥，相；逸勤，勤劳王事。"古我先王暨乃祖乃父胥及逸勤"意思是说，从前我们先王与你们祖父、父亲互相同心勤劳王事。

（11）《盘庚中》"诞告用亶"⑨：诞，语气词，一说为"大"；亶，马融古文本作"单"，于省吾《双剑誃尚书新证》说："单亶古通。"他列举《史记·仲尼弟子列传》"子贱为单父宰"，《吕氏春秋·具备》作"宓

---

① 顾颉刚、刘起釪：《尚书校释译论》（第二册），第 930 页。
② 王引之：《经义述闻》，南京：江苏古籍出版社，2000 年，第 80 页。除注明上海古籍出版社 2017 年版外，其余均引自此版本。
③ 顾颉刚、刘起釪：《尚书校释译论》（第二册），第 936-937 页。
④ 于省吾：《双剑誃尚书新证》，北京：中华书局，2009 年，第 71、72 页。
⑤ 顾颉刚、刘起釪：《尚书校释译论》（第二册），第 938 页。
⑥ 俞樾：《群经平议》，第 56 页。
⑦ 顾颉刚、刘起釪：《尚书校释译论》（第二册），第 944 页。
⑧ 杨树达：《积微居读书记》，上海：上海古籍出版社，2013 年，第 8 页。
⑨ 顾颉刚、刘起釪：《尚书校释译论》（第二册），第 901 页。

第一章 中国文学语言的起点:"殷商古语" 73

子贱治亶父"。他又指出《尚书》的"单"多读"殚",意思是"尽"。"诞告"是"大告","用亶"的意思是"尽情"。①"诞告用亶",意为尽情告诉。

（12）《盘庚中》"我先后绥乃祖乃父"②：俞樾《群经平议》认为,"绥"当读为"退",古称退军为"绥"。"绥乃祖乃父者,退乃祖乃父也。"③"我先后绥乃祖乃父",意为"我先王斥退乃祖乃父"。《礼记·檀弓下》"退然如不胜衣",郑玄注:"退或为妥。""妥"字即"绥"。

（13）《盘庚中》"殷降大虐"④：庄述祖《尚书古今文考证》认为,"殷"与"慇"通,意为"痛"。⑤大虐：大灾害。"殷降大虐"意即上天"痛降大灾"。

（14）《盘庚中》"我乃劓殄灭之,无遗育"⑥：劓,割鼻之刑,引申为施刑；殄,绝；育,王引之《经义述闻》指出,"育"读为"胄"。王引之据《周官·大司乐》释文"育音胄",认为"育""胄"二字同声通用。他征引《国语·周语上》"怀公无胄",说明"育""胄"相通。"无遗育"意即"无遗胄",就是不让其遗留后代。⑦

（15）《盘庚中》"汝诞劝忧"⑧：《汉石经》写作"女永劝忧"。段玉裁《古文尚书撰异》说:"诞从延声,延、永双声,皆训长也。"⑨"诞""永"二字音近通假。"长"又可以引申为"大"。"劝（勸）"为"勤"字之误。勤,勉励、促进。"汝诞勤忧"意为"你们极大地制造忧困"。

（16）《盘庚下》"朕及笃敬共承民命"⑩：江声《尚书集注音疏》认为,"及"通"汲",急于进取之意。笃,厚；共,《唐石经》写作

---

① 于省吾：《双剑誃尚书新证》,第74页。
② 顾颉刚、刘起釪：《尚书校释译论》（第二册）,第914页。
③ 俞樾：《群经平议》,第59页。
④ 顾颉刚、刘起釪：《尚书校释译论》（第二册）,第904页。
⑤ 转引自顾颉刚、刘起釪：《尚书校释译论》（第二册）,第905页。
⑥ 顾颉刚、刘起釪：《尚书校释译论》（第二册）,第916页。
⑦ 王引之：《经义述闻》,第83页。
⑧ 顾颉刚、刘起釪：《尚书校释译论》（第二册）,第909页。
⑨ 段玉裁：《古文尚书撰异》,第149页。
⑩ 顾颉刚、刘起釪：《尚书校释译论》（第二册）,第923页。

"恭";承,拯。①"朕及笃敬共承民命",意谓"我急于厚敬上帝之命,来拯救民众生命"。

(17)《盘庚下》"尚皆隐哉"②:尚,表希望之词;隐,黄式三《书启蒙》谓"隐"是"依"的同音通假,"谓依卜之灵也"。③"尚皆隐哉",意为盘庚呼吁民众依从关于迁都的灵验占卜。

(18)《盘庚下》"今我既羞告尔"④:杨筠如《尚书覈诂》说,"羞告"即《多士》《多方》中"猷告","羞"同"猷",为语气词。⑤"今我既羞告尔",意谓"今天我已告诉你们"。

(19)《盘庚下》"永肩一心"⑥:刘起釪说,"肩"字通"洁","永肩一心",意为"永远洁净你们那颗和我一致的心"。⑦

(20)《高宗肜日》"王司敬民"⑧:司,《史记·殷本纪》写作"嗣","司"与"嗣"古代可通用。"王司敬民",意为"作为商王的继嗣应该敬民"。

(21)《西伯戡黎》"天既迄我殷命"⑨:俞樾指出,当时殷朝尚未灭亡,"既"不能解为"已经",而应解为"其",意为"将要"。他认为古书中"既"与"其"经常通用,如《夏书·禹贡》"潍淄其道",《史记·夏本纪》写作"既道";《诗经·大雅·常武》"徐方既来",《荀子·议兵》引作"徐方其来";这些都是"既"与"其"通用的证据。"天既迄我殷命",意谓"上天将要终止我们殷国的大命"。⑩

(22)《西伯戡黎》"不虞天性"⑪:刘起釪征引牟庭、孙诒让、章炳

---

① 转引自顾颉刚、刘起釪:《尚书校释译论》(第二册),第 925 页。
② 顾颉刚、刘起釪:《尚书校释译论》(第二册),第 927 页。
③ 转引自顾颉刚、刘起釪:《尚书校释译论》(第二册),第 928 页。
④ 顾颉刚、刘起釪:《尚书校释译论》(第二册),第 927 页。
⑤ 杨筠如:《尚书覈诂》,第 176 页。
⑥ 顾颉刚、刘起釪:《尚书校释译论》(第二册),第 927 页。
⑦ 顾颉刚、刘起釪:《尚书校释译论》(第二册),第 930 页。
⑧ 顾颉刚、刘起釪:《尚书校释译论》(第二册),第 1011 页。
⑨ 顾颉刚、刘起釪:《尚书校释译论》(第二册),第 1049 页。
⑩ 俞樾:《群经平议》,第 63 页。
⑪ 顾颉刚、刘起釪:《尚书校释译论》(第二册),第 1049 页。

麟等人之说，认为"虞"与"娱"通，"不虞天性"意为"不乐天性"。①

（23）《西伯戡黎》"指乃功"②：于省吾《双剑誃尚书新证》说："指、稽均从旨声，古音同隶脂部。"他认为，"指"即"稽"，读为"计"。"'殷之即丧，指乃功，不无戮于尔邦'者，言殷之就于丧亡，计汝之事，不无戮于尔邦也。"③"指乃功"，译为白话就是"计算一下你的所作所为"。

（24）《西伯戡黎》"不无戮于尔邦"④："戮"通"僇"，辱也。"不无戮于尔邦"，意思是说"不辱及你的国家吗"。

（25）《微子》"天毒降灾荒殷邦"⑤：《史记·宋微子世家》写作"天笃下灾亡殷国"⑥。"毒"与"笃"通，笃，厚也。"荒"与"亡"通。"天毒降灾荒殷邦"，意谓"天厚降灾来灭亡殷国"。

（26）《微子》"我其发出狂"⑦：其，将；狂，于省吾《双剑誃尚书新证》说，"狂""往"二字在古代可以通用。⑧"我其发出狂"是箕子询问父师、少师之语，意为"我将出走吗"。

（27）《微子》"今尔无指告予"⑨：于省吾《双剑誃尚书新证》说，"指"与"稽"通，稽，计也。⑩"今尔无指告予"，意为"今尔无计告予"。

（28）《微子》"我用沈酗于酒"⑪：黄式三《书启蒙》认为，"沈"与"酖"相通，《说文》："酖，乐酒也。"⑫即贪酒之意。

---

① 顾颉刚、刘起釪：《尚书校释译论》（第二册），第1051页。
② 顾颉刚、刘起釪：《尚书校释译论》（第二册），第1053页。
③ 于省吾：《双剑誃尚书新证》，第90页。
④ 顾颉刚、刘起釪：《尚书校释译论》（第二册），第1053页。
⑤ 顾颉刚、刘起釪：《尚书校释译论》（第二册），第1079页。
⑥ 司马迁：《史记》，第1607页。
⑦ 顾颉刚、刘起釪：《尚书校释译论》（第二册），第1076页。
⑧ 于省吾：《双剑誃尚书新证》，第91页。
⑨ 顾颉刚、刘起釪：《尚书校释译论》（第二册），第1077页。
⑩ 于省吾：《双剑誃尚书新证》，第90页。
⑪ 顾颉刚、刘起釪：《尚书校释译论》（第二册），第1071页。
⑫ 转引自顾颉刚、刘起釪：《尚书校释译论》（第二册），第1073页。

（29）《微子》"乃罔畏畏"[1]：罔，无；"畏"与"威"通。"乃罔畏畏"，意谓殷纣王却不畏天威。

《商书》常用假借字。例如：

（1）《盘庚上》"修不匿厥指"[2]：孙诒让《尚书骈枝》说，"修"应该读为"攸"，为同声假借。[3] "修不匿厥指"，意谓"不改变先王的旨意"。

（2）《盘庚中》"恐人倚乃身，迁乃心"[4]：陈乔枞《经说考》说，"倚"乃"踦"的假借，"踦"的意义为"曲"，"踦乃身"意为"弄曲了你的身体"。关于"迁"，加藤常贤《真古文尚书集释》说，"迁"为"汙"的假借，意为污秽。"迁乃心"意为"玷污了你的心灵"。[5]

（3）《盘庚中》"汝有戕则在乃心"[6]："则"为"贼"的假借，王国维《观堂古金文考释·散氏盘考释》说，铭文中的"贼"从戈从则，因此则、贼二字可通用。"戕则"意即伤毁贼害。

（4）《盘庚下》"肆予冲人"[7]：肆，发语词；冲，刘起釪说，"冲"为"童"的假借，"冲人"意为"童子"，为商王的自我谦称。[8]

《商书》古注中那些"读为"某音的字也是假借字。例如：

（1）《盘庚上》"古我先王亦惟图任旧人共政"[9]：注家释"图"为"大"，这就是从古音角度注释的。"大"字古音读"吐"，至唐代"大"尚读为"吐"，如"吐蕃"即"大蕃"。"吐""图"音同，"吐"就是"大"，所以"图"也就是"大"。如果不从古音角度理解，就很难解释"图"字之义。

---

[1] 顾颉刚、刘起釪：《尚书校释译论》（第二册），第 1079 页。
[2] 顾颉刚、刘起釪：《尚书校释译论》（第二册），第 936 页。
[3] 孙诒让：《尚书骈枝》，济南：齐鲁书社，1988 年，第 10 页。
[4] 顾颉刚、刘起釪：《尚书校释译论》（第二册），第 910 页。
[5] 转引自顾颉刚、刘起釪：《尚书校释译论》（第二册），第 910、911 页。
[6] 顾颉刚、刘起釪：《尚书校释译论》（第二册），第 914 页。
[7] 顾颉刚、刘起釪：《尚书校释译论》（第二册），第 925 页。
[8] 顾颉刚、刘起釪：《尚书校释译论》（第二册），第 926 页。
[9] 顾颉刚、刘起釪：《尚书校释译论》（第二册），第 936 页。

（2）《盘庚上》"汝不和吉言于百姓"①：王引之《经义述闻》在解释《周礼》"和布"一词时说，"和当读为宣……和布者，宣布也。"②"汝不和吉言于百姓"，意思是说"你们不向百官做好的宣传工作"。"宣""和"二字读音相同，意义相同，所以殷商史官有时又以"宣"字代替"和"，如《盘庚中》"大不宣乃心"，此处"宣"字意为"和"，"大不宣乃心"意为"十分不和于心"。

（3）《盘庚上》"世选尔劳"③：旧注或释"选"为"计数"，或释为"简选"，均不准确。俞樾在《群经平议》中说，"'选'当读为'纂'。《尔雅·释诂》：'纂，继也。'《礼记·祭统篇》'纂乃祖服'，襄十四年《左传》'纂乃祖考'，《国语·周语》'纂修其绪'，其义并同。'世选尔劳'者，世继尔劳也。"④

（4）《盘庚上》"不昏作劳"⑤："昏"古音读为敏，意为"勤"，"不昏"即"不勤"。作劳，指辛勤劳作。

（5）《盘庚中》"无荒失朕命"⑥："失"读为"佚"，佚，忽也。"荒失"意为"荒忽"。"无荒失朕命"，意谓"不要轻忽我的命令"。

（6）《盘庚中》"以不浮于天时"⑦：俞樾《群经平议》认为，"浮"字当读为"佛"，如"浮屠"就读为"佛陀"，"佛"意为"违"，"不浮于天时"，就是不违背天时。⑧

（7）《盘庚中》"迪高后丕乃崇降弗祥"⑨："弗祥"二字，《汉石经》作"不永"，段玉裁《古文尚书撰异》说，"永，古音读如羊，祥亦读如羊。"⑩

---

① 顾颉刚、刘起釪：《尚书校释译论》（第二册），第941页。
② 王引之：《经义述闻》，第186页。
③ 顾颉刚、刘起釪：《尚书校释译论》（第二册），第944页。
④ 俞樾：《群经平议》，第56页。
⑤ 顾颉刚、刘起釪：《尚书校释译论》（第二册），第939页。
⑥ 顾颉刚、刘起釪：《尚书校释译论》（第二册），第904页。
⑦ 顾颉刚、刘起釪：《尚书校释译论》（第二册），第904页。
⑧ 俞樾：《群经平议》，第57页。
⑨ 顾颉刚、刘起釪：《尚书校释译论》（第二册），第914页。
⑩ 段玉裁：《古文尚书撰异》，第150页。

（8）《盘庚下》"无戏怠"①：于省吾《双剑誃尚书新证》说，"怠"读为"怡"，怪也，其义为"悦"，"无戏怠"即"无戏悦"。②

（9）《盘庚下》"懋建大命"③：《汉石经》"懋"字作"勖"，"懋"与"勖"同音通用，其义为"勉"。

（10）《盘庚下》"古我先王将多于前功"④：吴汝纶《尚书故》说，旧传"多"读为"侈"，意为"光大"，全句意思是说"要发扬光大先王的功业"。⑤

（11）《盘庚下》"德嘉绩于朕邦"⑥："嘉"字，《汉石经》写作"绥"。杨筠如《尚书覈诂》说，"绥"古音读"佗"，《诗经·小雅·小弁》"予之佗矣"，毛传释"佗"为"加"，故"嘉""绥"二字通用。⑦"德嘉绩于朕邦"，是说在我们邦国遵循先王美好的业绩。

（12）《盘庚下》"生生自庸"⑧：杨筠如《尚书覈诂》说，"庸"疑读为"封"，《汉书·司马相如传》中"庸牛"，即今文之犎牛。封，厚也。⑨"生生自庸"意为勉力谋生以自厚。

（13）《盘庚上》"古我先王暨乃祖乃父胥及逸勤"⑩：蔡邕《司空文烈侯杨公碑》引此句作"胥及肄勤"，"逸""肄"音近，《诗经·谷风》毛传：肄，劳也。"古我先王暨乃祖乃父胥及逸勤"，意谓"以前我们先王与你们祖辈父辈君臣相与勤劳王事"。

（14）《微子》"小民方兴"⑪：《史记·宋微子世家》作"小民乃并兴"。段玉裁《古文尚书撰异》说，《今文尚书》写作"旁兴"，"古音

---

① 顾颉刚、刘起釪：《尚书校释译论》（第二册），第919页。
② 于省吾：《双剑誃尚书新证》，第78页。
③ 顾颉刚、刘起釪：《尚书校释译论》（第二册），第919页。
④ 顾颉刚、刘起釪：《尚书校释译论》（第二册），第922页。
⑤ 吴汝纶：《尚书故》，载《吴汝纶全集》，合肥：黄山书社，2001年，第575页。
⑥ 顾颉刚、刘起釪：《尚书校释译论》（第二册），第922页。
⑦ 杨筠如：《尚书覈诂》，第173、174页。
⑧ 顾颉刚、刘起釪：《尚书校释译论》（第二册），第927页。
⑨ 杨筠如：《尚书覈诂》，第177页。
⑩ 顾颉刚、刘起釪：《尚书校释译论》（第二册），第944页。
⑪ 顾颉刚、刘起釪：《尚书校释译论》（第二册），第1071页。

第一章 中国文学语言的起点:"殷商古语" 79

'并'读如'傍'。"①《史记·宋微子世家》的"并兴",即《今文尚书》"旁兴","方""旁""傍""并"古音相近。

(15)《微子》"吾家耄逊于荒"②:《史记·宋微子世家》写作"吾家保于丧"。俞樾《群经平议》说,"耄"与"保"同声。"荒"读为"亡"。"逊"与"驯"通,训为"从"。联系上句"我其发出狂",微子之问有一死一去两意,"我其发出狂"为去意,"吾家耄逊于荒"为死意。"微子之意若曰:我其发出往乎?抑吾家乱而从于亡乎?"③

(16)《微子》"用乂雠敛"④:关于"雠"字,郑玄、段玉裁认为读"稠"。稠,多也,数也。⑤"雠敛"意为"重赋"。"用乂雠敛",意谓"以横征暴敛为治"。

(17)《微子》"诏王子出,迪我旧云刻子"⑥:"刻子"是什么意思,古代学者多不得其解。焦循《尚书补疏》首先指出,"刻子"就是"箕子"。他所举的例子是,《周易·明夷》"箕子之明夷",刘向、荀爽均读"箕"为"荄"。牟庭《同文尚书》进一步指出:"盖古读箕荄音同,而亥与荄音亦同。"⑦"诏王子出,迪我旧云刻子",这是太师对微子说:"告诉王子,你出走吧,就像我以前对箕子所说的那样。"

识读《商书》这些通假字和假借字,需要有足够的学力、才力和学术想象力。这是因为,殷商文献中的通假字和假借字与后世文献多有不同:后世文献中的通假字和假借字数量较少,而殷商文献中的通假字和假借字数量很多;后世文献中的通假字和假借字相对固定,很容易看出,而殷商文献中的通假字和假借字不固定。《商书》中不少通假字、假借字是在千百年之后才被那些饱学之士认出来的。

以古老语汇作为语言底色,于古语之中多用殷商成语、通假字和假借

---

① 段玉裁:《古文尚书撰异》,第159页。
② 顾颉刚、刘起釪:《尚书校释译论》(第二册),第1076页。
③ 俞樾:《群经平议》,第65页。
④ 顾颉刚、刘起釪:《尚书校释译论》(第二册),第1079页。
⑤ 段玉裁:《古文尚书撰异》,第161页。
⑥ 顾颉刚、刘起釪:《尚书校释译论》(第二册),第1079页。
⑦ 转引自顾颉刚、刘起釪:《尚书校释译论》(第二册),第1082页。

字，组合成句时又高度浓缩，保持了记录手稿的原貌，古奥艰深的《商书》文诰语言就是这样炼成的。

这些"殷商古语"因素集中在一起，就使读者感到语言困难重重，兹举《盘庚中》一段训词：

  **明**（通假字：勉）听**朕**（朕作领格，是殷代文法）言，无**荒失**（古语：轻忽）**朕**（朕作领格，是殷代文法）命！呜呼！**古**（通假：故）我**前后**（古语：先王）罔不惟民之**承保**（成语：保护），**后**（古语：先王）**胥**（古语：相）**戚鲜**（成语：关怀），以不**浮**（古音：读"拂"，违背）于天时。**殷**（通假字：慇，痛）降**大虐**（古语：大灾），先王不怀厥**攸作**（古语，指先王营建的都邑建筑），视民利用迁。汝**曷**（改用原字：如何）弗念我**古后**（古语：先王）之**闻**（古音：读敏，意为勤勉）？**承汝俾汝**（成语：保护。此句省略主语），惟**喜康共**（浓缩：康乐与共），非汝有咎；**比**（古语：相同）于罚。予**若**（语气助词）**吁**（古语：呼唤）怀兹新邑，亦惟汝故，以**丕**（古语：大，非常）从厥志。①

短短一节训词，仅八十八字（括号内字不计算在内），就有二十四个高难度关键性上古词语，涉及古语、成语、通假、古音、浓缩等方面，要读懂这些词语的意义，光靠查阅《说文解字》《尔雅》等工具书是不够的，它需要具有渊博学识的专家进行解释。尽管两千多年来一代又一代经师们皓首穷经，但《尚书》中仍有少数语句无法解释。例如，《盘庚下》"适于山用降我凶"②就不好解释。又如《高宗肜日》"典祀无丰于昵"③，《史记·殷本纪》译作"常祀毋礼于弃道"，"昵"为何释为"弃道"，后人不得其解。此后注家又将"昵"释为"祢庙""近庙""继嗣""邪慝""祭尸"等，这些解释大都不能让人接受。再如《微子》"我祖厎遂陈于上"④，前人对此句几个关键字"厎""遂""陈"做出种种解释，

---

① 顾颉刚、刘起釪：《尚书校释译论》（第二册），第 904 页。
② 顾颉刚、刘起釪：《尚书校释译论》（第二册），第 922 页。
③ 顾颉刚、刘起釪：《尚书校释译论》（第二册），第 1011 页。
④ 顾颉刚、刘起釪：《尚书校释译论》（第二册），第 1071 页。

但都不能令人满意。这些语言难点，还有待于后人继续探索，以期做出比较合理的解释。

曾经有学者认为，《商书》语言之所以难读，原因在于商周史官"照写口语"①。本书研究表明，《商书》文诰语言难懂，其原因非常复杂，需要通过还原历史语境来进行实事求是的分析。《商书》是殷商史官记录商王谈话的记录稿，商王的口语确实是《商书》文字的最初依据。《商书》中确实留下了某些殷商口语的痕迹，这主要体现在以下几个方面：其一是《商书》中某些语气词可能是来自于殷商方言口语，如"越""式""诞""迪""肆""有""乃""猷""哉""无""丕""攸""率""若""爰""羞""其"等，这些语气词的准确含义是什么，可能要从殷商语音之中寻求答案。其二是《商书》中少数语句带有口语意味，如《盘庚上》"予弗知乃所讼"②，译为现代汉语就是"我不知你们在争些什么"。其三是《商书》记载了某些口语方言，如《盘庚中》"乃有不吉不迪"③。《方言》："由迪，正也。东齐、青、徐之间相正谓之由迪。"④"不吉不迪"意指不善良的人。其四是《商书》中有些文字保留了殷商古音，如以"图"音表示"大"，以"宣"音表示"和"等，殷商史官当时按照这些字的读音来从事记载。尽管《尚书》留下了若干口语方言的印记，但从总体上说，这些口语方言在《尚书》语言中所占的比例微不足道，绝不能说《尚书》完全是"照写口语"，《尚书》语言艰深问题绝不是"太白话"或"照写口语"那样简单。本书的看法是，《商书》绝不是"照写口语"，而恰恰相反，史官要将殷商王侯发布训诰的口语转换为书面语。上面所提及的《商书》中若干口语

---

① 刘大杰在谈到《商书》难懂时说："难懂的原因，不是太文言，而是太白话。因为用的大都是当时的口语，时间过久了，后代读起来就难懂了。鲁迅说：'《书经》有那么难读，似乎正可以作为照写口语的证据。'（《门外文谈》）"。在谈到《尚书·周书》时，刘大杰又说："（《周诰》）佶屈聱牙，不容易懂，其实并非此中有奥妙的道理，也并非作者的文章特别高深。原因是《周诰》中的文辞，全是用当时的口语记录的文告和讲演。记录以后，一直没有什么变动，于是那种言语渐渐随时代而僵化了。"参见刘大杰《中国文学发展史》（上），上海：上海古籍出版社，1982年，第18、19、68页。
② 孔安国传，孔颖达疏：《尚书正义》，第229页。
③ 孔安国传，孔颖达疏：《尚书正义》，第241页。
④ 王宝刚：《〈方言〉简注》，北京：中央文献出版社，2007年，第179页。标点有改动。

痕迹，是由于殷商书面语发展不成熟、史官书面语水平有限所造成的，它们至多只是殷商口语的残存。《商书》语言之所以难读，主要是出于以下四方面的原因：第一，殷商语汇古老，这是《商书》难懂的最主要原因。这里所说的语汇，包括实词、虚词和成语。如果说殷商甲骨文、铜器铭文语汇古老多集中在名词之上，那么《商书》文诰语汇的古老要广泛得多，包括名词、动词、形容词、代词、副词、助词、语气词各类。前文已经分别列举了殷商甲骨文、铭文、《尚书》文诰诸多古老语汇的实例，这说明《商书》中这些古老语汇与后世"文言"语汇不是处于同一形态之上，"殷商古语"是比"文言"更为古老的一种语言形态。此前学术界将汉语形态分为"文言"和"白话"，本书将"殷商古语"从"文言"中划分出来，认为汉语形态是从"殷商古语"到"文言"再到"白话"。后人多用读"文言"的方法去读"殷商古语"，自然会遇到很多语言障碍。第二，《商书》难读与殷商史官记录速度有关。我们所读的《商书》文诰，其实只是殷商史官的记录手稿。殷商时期史官在记录王侯谈话时，他们不可能一字不差地将商王所说的话记下来，而王侯说话又是"一次过"，因此史官只能尽量捕捉商王谈话中的一些关键性词语，而这样的结果就是会有意或无意地漏掉很多谈话成分。我们从《商书》文诰看到，史官抢记方式多种多样：有的是将词语缩写，如把"康乐与共"压缩成"康共"；有的是把几句话压缩成一句话，如前文所举的"率吁众戚出矢言"；有的干脆只记下一两个关键字，如"鞠人谋人之保居叙钦"中的"叙钦"二字，就是两句话的浓缩。史官在完成记录之后，又未能将这些漏记的成分补上，而是直接将记录稿作为官方文诰发布，由此造成似通非通、佶屈聱牙的语言效果。这里有一个难解的问题：殷商史官原始记录手稿难懂，这是情有可原的。但是，他们事后完全可以将记录手稿进行加工润色，改成文通字顺的文诰，然后再对外发布。为什么他们要将这些没有经过加工修改的记录手稿对外公布呢？可能是最初的史官将他的原始记录稿作为文诰发布，他的无意举动后来竟成为史官发布文诰的不成文规则。当然，这仅仅是一种推测，并没有文献依据。殷商史官原始记录的这些文字不仅后人不懂，就是殷商当时人，恐怕也只能读出一个大概意思。第三，殷商时期语言运用尚处于草创时期，有些文字的意义还没有固定，文字的使用尚无约定俗成的规范可言，因此史官在记录过程中大量运用通假字和假借字，这种情况同样见于殷商甲骨文和铜器铭文。通假字和假借字的广泛运用也导致了阅读难度的增加。第四，《尚书》问世之后，在两千多年传播过程中，出现今文、古文两大学派，两个学派的经文不尽相同，字体也几经改变，这些因素都会不同程度地影响到《尚书》的语言。这些因素使《商书》阅读成为一件苦事。

## 第四节 "殷商古语"的形态特征

"殷商古语"文献包括殷商甲骨文、铜器铭文和《商书》（还有五首有争议的《诗经·商颂》），这几类文献分别属于不同的文体，每一种文体都有自己的文体特征和语言特色，各种文体之间语言差异甚大。虽然这几种文体之间都有共用的语汇，但选词用语都有自己的重点。甲骨文语言在很大程度上不同于铜器铭文、《商书》文诰语言。尽管如此，殷商甲骨文、铜器铭文和《商书》文诰都是商代文献，都有相同相近的历史文化语境，因此，这几种文献语言仍有不少共同的时代特征。"殷商古语"的时代特征往往要通过与"文言"的比较才能看出。

从语音方面说，"殷商古语"语音应该是区别于西周方言语音的东方殷商古音，甲骨文、铭文和《商书》文诰语音都应该属于这个殷商音系。西周古音因为有《诗经》音韵而为后人所知，殷商古音至今学术界仍聚讼纷纭，是一个尚待探索的学术领域。

从文字方面说，殷商文字虽然已经基本成熟，但还有某些字型还不够稳定，甲骨文和铭文之中都有一批不能隶定的文字，能够隶定的文字也不一定都能准确地解释它们的含义，还有几千个甲骨文、铭文的字符不能辨识。甲骨文、铭文和《商书》文诰中的"合文""重文"等特殊书写方法是后世所没有的。特别是殷商铭文中的"族徽"图案究竟是图画还是文字，至今聚讼纷纭。此外，甲骨文、铭文、《商书》文诰中的通假字和假借字比后世文献要多得多，至今可能还有一些通假字、假借字未被认出，这可能是因为殷商时期尚处于使用文字的早期阶段，人们对于在什么情况下应该使用什么文字尚未取得统一认识。"殷商古语"在文字上所存在的这些问题，在后来的"文言"中是没有的。

在词汇方面，语汇古老是甲骨文、铭文、《商书》文诰的共同特征，也是构成"殷商古语"形态的最主要依据。这是因为古今语法变化并不大，判断中国文学语言形态的主要依据是词汇。这里所说的古老，主要是指词语意义的古老。不少"殷商古语"的词语是常字古义，词语是后世常见的词语，但意义却与后世不同，它们的意义要比"文言"古老得多。"殷商古语"中的词汇与"文言"词汇不是处于同一语言形态水平之上。因此，对殷商文献中的词语，不能够完全按照后世读"文言"的方法去释读，也不能依靠查阅《说文解字》《尔雅》等工具书来解决问题。"殷商古语"中有一些成语，它们与后世成语在形式上也有较大的差别。这些古老语汇构成后人阅读殷商文献的最大障碍。

在语法方面，"殷商古语"文法与后世文言大体相同，但也会有一些特殊的文法。殷商甲骨文的特殊文法比铭文和《商书》文诰要多一些。

受时代、文体和书写工具等多方面因素的限制，殷商铭文较少运用修辞手法，甲骨文中仅有若干处于萌芽状态的比喻用法。《商书》中则有一些生动的比喻，诸如《盘庚上》中的"若颠木之有由蘖"（如同倒伏的树木长出新芽）、"予若观火"（我的权力如同热水一样烫人）、"若网在纲，有条而不紊。若农服田，力穑乃亦有秋"（如同网连接在纲绳上，才能有条不紊；如同农民种田，只有努力耕作秋天才能有收获）、"惰农自安，不昏作劳，不服田亩，越其罔有黍稷"（如懒惰的农民一样苟且偷安，不勤奋耕作，不从事田间劳动，于是就没有黍稷的收获）、"若火之燎于原，不可向迩，其犹可扑灭"（如同燎原大火，不能靠近，还能扑灭吗）、"若射之有志"（如同射箭要对准靶子），如《盘庚中》中的"若乘舟，汝弗济，臭厥载"（如同乘船，你们不渡过河去，所载物品就会腐败）、"无起秽以自臭"（不要搅动污秽来搞臭自己），如《微子》中的"今殷其沦丧，若涉大水，其无津涯"（如今殷国要灭亡了，如同渡过一条大河，既找不到渡口，也看不清对岸）等，这些比喻都能给人留下深刻印象。"殷商古语"修辞手法从总体上说比较单一，尚处于萌芽状态，与后来"文言"丰富多彩的语言修辞手法不可同日而语。

古音阻隔，文字难认，词汇古老，不事修辞，这就是"殷商古语"共同的时代特征。从各方面来看，"殷商古语"都体现出它的古老性和原始性，都与后来的"文言"划下一条深深的鸿沟。加上可供旁证的殷商文献不足，遂使后人在阅读殷商文献时遇到读音、识字以及词汇诸多问题，使人感到困难重重，如读天书。文学的真正意味本在语言之外，在文学欣赏过程中，读者阅读文章首先要过语言关，然后才能舍弃语言，去细心体会言外之意韵外之旨。文字的尽头才是文学的开始，如果连语言关都过不了，读者不知所云，那么也就谈不上文学艺术审美。面对殷商甲骨文、铭文、《商书》文诰，读者恰恰是过不了语言关，对不少甲骨文、铭文作品，往往只能借助专家注释而粗知大意。所以，拿文学性、审美性等标准来审视殷商甲骨卜辞、铭文和《商书》语言，显然它们都还缺乏。尽管如此，"殷商古语"奠定了书面汉语语音、文字、词汇、语法的基本格局，它们对中国文学语言的开创之功不可埋没。殷商甲骨文能以极少的语言记载所占事件发生时间、地点、人物及其结果，殷商铭文以最精练的语言记载器主作器原因以及所纪念对象，它们虽然不是标准意义上的记事散文，但却无可争议地成为中国记事文章之祖。《商书》文诰语言虽然难读，但它对此后的文学散文有重大影响：《汤誓》是中国最早的誓师之词；《微子》是中国最早的对话体散文；《盘庚下》如果去掉前面的记叙文字，就是中国最早的说理散文。

尽管"殷商古语"艰深难读，但它在中国文学语言发展史上厥功甚伟。这要归功于"殷商古语"的作家——殷商巫史，他们是中国历史上最早的文化人，他们筚路蓝缕，勇于开拓创新，在没有路的地方勇敢地走出了一条路，创造了"殷商古语"这一中国最早的文学语言形态。我们平心静气地想一想，这些可敬的殷商巫史们，具备了何等巨大的语言创造力：他们创造了中国最早的方块形文字，他们创造了一批中国最早的词汇，他们创造了与后世的"文言""白话"大体一致的文法。他们对中国文学语言所做的贡献，无论怎样估计都不为过高。

本书因重在论证商周文学语言的因革而强调"殷商古语"古奥艰深、佶屈聱牙的一面，实际上"殷商古语"中多少还有简易的另一面，"殷商古语"中有一批浅易的日常生活基本语汇在"文言"乃至"白话"中继续使用。例如，"日""月""星""天""年""东""西""南""北""中""山""土""川""人""牛""马""羊""鹿""犬""鸟""鱼""虎""豕""象""兽""车""甲""乙""丙""丁""父""母""兄""弟""妻""子""夫""妇""女""上""下""左""右""口""耳""目""心""面""京""一""二""禾""豆""田""井""戈""弓""刀""矢""网""舟""王""臣""史""见""出""步""好""大""丰"等，至今还在现代汉语中使用。"殷商古语"的文法大都被后世继承，这些都为日后"文言"替代"殷商古语"创造了必要条件。

# 第二章　西周对"殷商古语"的因袭和新变

在中国文学语言发展史上，西周是一个非常重要的阶段，文学语言在此时正经历着重要的因革。中国历史上经历多次改朝换代，但朝代更换基本不会涉及语言更替。商周鼎革，本不应该存在文学语言的选择问题。实际事实是，西周恰恰面临这种语言的选择。当时文坛存在着两套文学语言：一是从前朝沿袭的晦涩艰深的"殷商古语"；二是在周人口语基础上发展起来并适当酌取"殷商古语"而形成的相对简洁平易的"文言"。两套语言系统，一主一次，一雅一俗，一难一易，一因一革，区分十分明显。文献表明，在西周前中期，"殷商古语"占据文坛主流地位，周人的"文言"处于次要地位；西周中期之后，"殷商古语"的重要性逐渐消退，而"文言"影响力潜滋暗长。①"文言"的情形留待下文讨论，本章专论西周的"殷商古语"。周人在祭祀、誓师、训诰、册命、纪勋、占卜等重大典礼场合都运用"殷商古语"，西周重要文献如《周书》《诗经》中的《周颂》《大雅》、周原卜辞、铜器铭文的语言都是沿袭殷商。《诗经·大雅·文王》说："周虽旧

---

① 加拿大汉学家杜百胜在《语言学证据和〈诗经〉创作年代》（"Linguistic Evidence and the Dating of the *Book of Songs*"）中指出，《诗经》中有些诗歌的语法系统接近公元前十到十一世纪（商周之际）的铭文，而另一些诗歌语言则接近公元前三到四世纪（战国前期）的晚期古汉语。他认为，早期古汉语中的某些语法功能能在晚期古汉语中找到对应字，如"克"和"可"、"越、曰"和"及"、"以"和"与"、"攸"和"所"、"俾"和"使"、"胥"和"相"等，他将这些对应字称为"结对词"。他统计了"结对词"在《诗经》中的分布，以此推测《诗经》创作于四个阶段：第一阶段为《颂》，大约产生于西周初叶；第二阶段为《大雅》，大约产生于西周中叶；第三阶段为《小雅》，大约产生于西周末叶；第四阶段为《国风》，大约产生于东周初叶。杜百胜看出《诗经》语言分为早期古汉语和晚期古汉语，这表明他具有敏锐的学术目光，是值得充分肯定的。但是由于他不懂得西周存在两套语言系统——"殷商古语"和"文言"，不懂得产生这两套语言系统的历史文化背景，因此他按照线性思维来解释《诗经》各类诗语言的差异，并由此推测《诗经》四类诗的产生时代，这使他难以接近历史的真相。

邦,其命维新。"①周人既然自信以旧邦而获新命,为何不能开一代语言新风,在王朝重要文献中大胆地运用周人的"文言",而一定要沿袭深奥的"殷商古语"呢?其中的原因是多方面的。

## 第一节　西周为什么因袭"殷商古语"

西周沿袭"殷商古语",其原因大致可以归纳为以下四个方面。

第一,文学语言本身有它的稳定性和延续性,在文化诸要素之中,语言的变化最为缓慢,不会因为改朝换代而轻易改变。改朝换代可以给文学语言增添若干个新的词汇,但不会使语言形态发生质的改变。这是因为,语言只是一种交流工具,这一个政治利益集团可以用它,另一个对立的政治利益集团同样可以用它。所以,中国历史上虽有多次政权鼎革,但绝大多数政权变革都不会导致文学语言形态的根本变化。在中国五千年文明史中,只发生过两次文学语言的革命:第一次是从西周中后期到春秋,由"殷商古语"一变而为周人的"文言",从春秋战国到近代文学革命之前的"文言"就是周人这种文学语言的延续;第二次是在近现代之际,由胡适、陈独秀等人倡导文学革命,"文言"一变而成为"白话"。这两次文学语言变革的原因,都不是由于政权变更,而是由于历史文化诸方面的综合因素,导致旧的文学语言妨碍思想的表达,人们不得不寻求新的语言工具。文学语言的状态基本是稳定的,应用文因其体制需要,其语言状态稳定程度又超越了一般文学作品语言,而西周前期的几种文体——文诰、铭文、颂诗、卜辞——恰恰都具有应用文性质。当西周史官采用这一文体写作时,他们首先想到的是如何体现文体感,如何凸显作为语言专家的当行本色,如何展示只有经过文史专门训练的人才能掌握的语言专业技能,这样他们就会自觉地遵守前人确立的文体语言典范,不会因为改朝换代而轻易地改变这些文体用语。从职业心理来说,当语言文化为极少数史官所垄断的时候,这些史官必须确保文诰语言的神秘性和神圣性,必须确保只有他们极少数人能够掌握和运用文诰语言,必须确

---

① 毛亨传,郑玄笺,孔颖达疏:《毛诗正义》,北京:北京大学出版社,1999年,第957页。

保只有他们极少数人有权对文诰进行解释，因为这是他们获得厚禄高位、安身立命的保障。这样，文诰语言愈是难写难懂，对后来的巫史来说就愈是一种职业需要。如果上层社会人人都能写文诰和颂诗，那么巫史也就失去了自身价值。因此，"殷商古语"并没有因为殷商王朝的覆灭而被丢弃，反而在新生的西周政权之下重获生机。

第二，创作主体的语言素养，在很大程度上影响某一历史时期文学语言的基本面貌。西周前期文学创作的主体是史官，他们中有些人直接来自殷商。许倬云指出："周文化原系商文化的衍生，殷周共存遂使古代中国核心区的文化基本上呈现殷周同质而延续的现象。甚至在陕西的宗周，由于有大批殷遗移居，而其中又不乏担任祝宗卜史的职务，无疑对周室的典章文物也有深远的影响。"[1] "殷遗"中的"祝宗卜史"是如何影响"周室的典章文物"的呢？原来，在商周之际，有一批学养深厚、刀笔纯熟的殷商史官不满纣王残暴统治，他们预感到殷商这个罪恶王朝即将覆灭，因而毅然决然地由商奔周。这些史官不仅充当了周人灭商的智囊和得力助手，而且充分发挥他们的语言文化优势，为周人起草各种重要文献，直接成为西周文坛的主力军，他们中的有些人甚至可以称之为西周前期文坛的领袖。就是这些奔周的殷商"祝宗卜史"，直接将"殷商古语"带到西周，充当了商周语言文化传承的桥梁。例如，辛甲就是归周的殷商著名史官。《汉书·艺文志》道家类著录《辛甲》二十九篇，班固原注："纣臣，七十五谏而去，周封之。"[2] 裴骃《史记集解》在注释"辛甲大夫"时引刘向《别录》说："辛甲，故殷之臣，事纣。盖七十五谏而不听，去至周，召公与语，贤之，告文王，文王亲自迎之，以为公卿，封长子。"[3] 辛甲归周之后，被任命为周国太史，很快成为周文王的股肱之臣。《国语·晋语四》载周文王遇事"谘于蔡、原而访于辛、尹"，韦昭注："辛，辛甲；尹，尹佚：皆周太史。"[4] 《韩非子·说林上》亦载周公向辛甲咨询征奄之事，这说明辛甲是周文王、周武王

---

[1] 许倬云：《西周史》，第128页。
[2] 班固：《汉书》，北京：中华书局，1962年，第1729页。
[3] 司马迁：《史记》，第116页。
[4] 上海师范大学古籍整理研究所校点：《国语》，上海：上海古籍出版社，1998年，第387、389页。

的核心智囊人员,在推翻殷商王朝和周公东征斗争中发挥了重要作用。西周初期另一著名史官尹佚(又称史佚、史逸、尹伊)可能也是从商朝而来。商代晚期铜器有尹光鼎,应该与尹氏家族有关。尹佚归周当在文王之世,他年寿较高,历仕文、武、成三朝。据《逸周书·克殷解》记载,周人克殷之后,他在武王代殷重大仪式中宣读接受天命文书。《逸周书·世俘解》载,周武王举行献俘礼,"乃俾史佚繇书于天室"。所谓"繇书",就是宣读册书。《尚书·洛诰》载:"王命作册逸祝册,惟告周公其后。"同篇又载:"王命周公后,作册逸诰。"①这两处的"逸"通"佚","作册"是官名,"作册逸"即尹佚或史佚。年轻的成王命周公留守新建的洛邑,又命令尹佚记载成王与周公问答之语,以此诰于天下,《洛诰》因此成为《尚书》中唯一留下记录者姓名的篇章。史佚是西周史官之长,而《洛诰》是《尚书》中最难读的篇章之一,他的语言风格足以引领西周史官文风,从中可以见出西周前期史官为文崇尚艰深的时尚。《逸周书·克殷》载尹佚主持"迁九鼎三巫"之礼。《淮南子·道应训》载周成王问政尹佚。贾谊《新书·保傅》将周公、太公、召公、尹佚并称"四圣"。《礼记·曾子问》载史佚有子而死,周公、召公劝说史佚在宫中棺殓殇子,下殇用棺衣棺的礼仪,就是从史佚开始的。尹氏后人世为大官,直到周宣王之世仍然是西周的重要作家,《诗经·大雅·烝民》《大雅·江汉》就是出于尹佚后人尹吉甫之手。商周之际的著名寿星彭祖也是由商归周的史官,曾运乾《尚书正读》说:"《世本》又言彭祖姓钱名铿,在商为守藏史,在周为柱下史。然则彭祖世掌典籍,犹重黎之世序天地也。"②据《史记·太史公自序》记载,从颛顼到东周惠、襄之间,司马氏先人一直担任天官,由此可以推测商周之际司马氏先人也在自殷归周的史官之列。《吕氏春秋·先识览》载:"殷内史向挚见纣之愈乱迷惑也,于是载其图法,出亡之周。武王大说,以告诸侯。"③向挚由商归周显示了商周之际史官的人心所向,他在出逃时还携带了"图法"——殷商王朝的图册法典,这些重要的王家文献为即将到来的西周王朝

---

① 孔安国传,孔颖达疏:《尚书正义》,第419页。
② 曾运乾注,黄曙辉校点:《尚书》,上海:上海古籍出版社,2015年,第23页。
③ 高诱注:《吕氏春秋》(诸子集成本),北京:中华书局,1954年,第179页。

典章制度的建设提供了参考资料,周武王为之大悦是不难想见的。《史记·殷本纪》载:"殷之太师、少师乃持其祭乐器奔周。"①《史记·周本纪》载:"太师疵、少师强抱其乐器而奔周。"②太师、少师属于乐官,音乐在商周之际国家政治生活中的地位非常重要③,远非后代乐官可比,王朝祭祀大典所演奏的乐歌,就出于这些乐官之手。所以,乐官与史官一样,都是当时王朝文献的主创人员。1976 年在陕西扶风庄白村出土《史墙盘》,上面记载了微氏家族简史:"雩武王既戈殷,微史剌(烈)且迺(乃)来见武王,武王则令周公舍宇于周,卑(俾)处。"④这位"微史"是在周武王灭商之后,前来投奔周朝。"大约微史的祖先即是商人的史官,归顺周武王后,属于'殷士肤敏'之列,继续为周室担任史官的职务。"⑤从以上材料可见,在殷商末年,史官、乐官由商奔周,确实在当时形成一股不小的风潮。商周史官、乐官都是世代相袭,"不贰事,不移官"⑥,他们所掌握的职业知识和技能也是一代一代传下去。这就意味着,只要这些史官、乐官的祖先掌握了"殷商古语",该史官、乐官的世世代代都要把这一语言之"技"继承下来,再传递下去。语言之"技"是他们的安身立命之本,是他们家族和个人尊严之本,是他们家族世代相传的命根子。周人接收这一批殷商史官和乐官,不仅是得到他们的人,更重要的是得到他们的语言之"技"。殷商史官由商奔周,从物质条件上保证了商周文学语言的传承,因为这些殷商史官谙熟殷商典诰语言,在他们由商奔周之后,自然要将商朝的官方语言也原汁原味地带到西周。对于这些由商奔周的史官来说,他们必须使尽浑身解数,来向周朝新主展示自己的价值。他们的文诰、颂诗、铭文愈是写得艰深,就愈能证明他们具有专业水平,这样他们在周朝就愈会受到高

---

① 司马迁:《史记》,第 108 页。
② 司马迁:《史记》,第 121 页。
③ 《尚书·尧典》载帝舜草创官制,在他任命的二十二名朝廷大员中,就有乐官夔。《国语》《左传》多载春秋乐官参与朝廷论政。乐官政治地位下降,大约在战国时期。
④ 马承源主编:《商周青铜器铭文选》(第三卷),北京:文物出版社,1988 年,第 154 页。文字略有改动。
⑤ 许倬云:《西周史》,第 119 页。
⑥ 郑玄注,孔颖达疏:《礼记正义》,北京:北京大学出版社,1999 年,第 410 页。

度尊重。《周颂》写得比《商颂》还要艰深，铭文在西周进展飞速，这些文学现象或许从由商奔周的史官心理中能找到某些答案。事实上，西周初年某些重要文诰就是出于辛、尹等史官之手。《左传·襄公四年》载魏绛之语云："昔周辛甲之为大史也，命百官，官箴王阙。"①前文所说的史佚作《洛诰》也是一个明证。

第三，西周史官不用周人平易的"文言"而宁愿沿用艰深的"殷商古语"，也有深刻的历史文化原因。周本是殷商王朝主盟下的一个势力很小的西方诸侯邦国。据《史记·周本纪》记载，从后稷之子不窋奔窜戎狄以下十二代，周人都是处于戎狄之间，过着非夏非夷、亦夏亦夷的生活，长期以来文化水平非常低下。②直到后稷十三世孙古公亶父由豳迁岐，周人才开始有意识地"贬戎狄之俗，而营筑城廓室屋，而邑别居之。作五官有司"③。经过古公亶父、季历特别是文王姬昌几代人的经营拓展，到殷商末年，周人的政治、军事势力迅速扩展，达到"三分天下有其二"④的程度。尽管如此，周人的成就主要局限在政治、军事领域，他们的目标是夺取天下，尚无暇顾及文化建设，因此先周在文化上要远远落后于有着五百多年发展史的殷商。考古文献表明，在武王灭商之前，周人的青铜器铸冶水平远不及殷商。"先周文化只有陶鬲而没有陶鼎，可知周人的铜鼎是从商文化中学来的，这种铜鼎正是商代式样，与殷墟的铜鼎形制相同。周人的主要青铜礼器如鼎、甗、鬲、簋、觚、爵、斝、尊、觯、卣、瓿、盘等，都是商代流行的式样，可知周人的青铜文化，主要是继承了商代的文化，并有进一步的发展和新创造。"⑤唯其如此，周人对殷商文化抱有一份敬畏、仰慕心理。殷商末年，在记载周人向殷商进贡方物的甲骨文中，周人自称"小邦周"，对商则称

---

① 左丘明传，杜预注，孔颖达疏：《春秋左传正义》，北京：北京大学出版社，1999年，第838页。
② 《国语·周语上》载祭公谋父说："昔我先王世后稷，以服事虞、夏。及夏之衰也，弃稷不务，我先王不窋用失其官，而自窜于戎、狄之间。"
③ 司马迁：《史记》，第114页。
④ 何晏注，邢昺疏：《论语注疏》，北京：北京大学出版社，1999年，第107页。
⑤ 杨宽：《西周史》，上海：上海人民出版社，2003年，第53页。在商周青铜礼器的形制及其组合方面，考古学家都是将晚殷至西周穆王时期的青铜器断为同一期，西周前期青铜器制作风格基本上是晚殷的延续，直到周穆王末期，西周青铜器铸造才呈现出自己的独特风格。

"大邑商",这两个称呼道尽了周人面对具有深厚悠久文化传统的殷商的谦卑心理。周原卜辞载周文王为舅父帝乙修建宗庙,为外祖父文丁建立神宫。某些甲骨上有周人祭祀殷商先王的记载,如 H11:1 载祭祀成唐(汤),H11:82 载祭祀文丁或帝乙,H11:84 载祭祀太甲,H11:112 载祭祀文丁等。①《逸周书·世俘》说,周文王"修商人典,以斩纣身"②,这是周人在文化上借鉴商人祀典。《论语·泰伯》载孔子说,周文王"三分天下有其二,以服事殷"③,周文王这些举动,不能完全被看作是夺取天下的政治谋略,而是周人在自身文化建设跟不上政治斗争步伐的情况下的一种选择,也是周人仰慕殷商文化心理的曲折反映。

历史学家指出,周人以蕞尔小邦,人力物力及文化水平都远逊殷商,其能克商而建立新的政治权威,由于周人善于运用战略,能结合与国,一步一步地构成对商人的大包抄,终于在商人疲于外战时,一举得胜。④唯其如此,克商以后的周人仍然以学习、借鉴、扬弃殷商文化为务,在损益殷礼的基础之上制作周礼。⑤周人致力于钻研殷商文献,《墨子·贵义》说,"周公旦朝读《书》百篇。"⑥西周初年有没有《夏书》不好论定,据《尚书·多士》所载周公"惟殷先人,有册有典"⑦之语,周公所读的《书》应该主要是《商书》。西周初年的典礼多因袭殷商。论者指出,在周初二十种祭礼中,有十七种祭祖礼都与殷周同名。⑧即使是在周武王灭商之后,周人

---

① 关于周原卜辞中祭祀商王的记载,学界主流意见是认为周人祭祀商王,但也有人认为,周武王伐纣灭商,俘获了一批殷商甲骨,他们将这些甲骨带回周原加以掩埋。后者之说可供参考。
② 黄怀信:《逸周书汇校集注》,上海:上海古籍出版社,1995 年,第 469 页。
③ 何晏注,邢昺疏:《论语注疏》,第 107 页。
④ 许倬云:《西周史》,第 111 页。
⑤ 关于商周文化关系,王国维、郭沫若、邹衡、许倬云等人认为商周文化完全不同;徐中舒、严一萍、张光直等人则认为商周文化大同小异。从文献来看,西周前期对殷商文化有因有革。在思想文化上,周人变殷商敬天事神为敬天保民,提出"天难谌""天不可信""天命无常""皇天无亲,惟德是辅"等新思想;在制度文化上,周公制定了不同于殷商的礼乐制度。但在祭礼、青铜器制造、语言文字等方面,周人对殷商文化多有继承。周人建立自己的全面文化体系是在西周中期。参见王晖:《商周文化比较研究》,北京:人民出版社,2000 年。
⑥ 孙诒让:《墨子间诂》(诸子集成本),北京:中华书局,1954 年,第 269 页。
⑦ 孔安国传,孔颖达疏:《尚书正义》,第 426 页。
⑧ 刘雨:《西周金文中的祭祖礼》,《考古学报》,1989 年第 4 期。

仍然"祀纣先王,……焉袭汤之绪"①。据《尚书·洛诰》记载,周公在洛邑建成后曾举用殷礼:"王肇称殷礼。"郑玄注:"王者未制礼乐,恒用先王之礼乐。"孔颖达疏,"是言伐纣以来皆用殷之礼乐,非始成王用之也。"②《礼记·祭法》载"殷人禘喾",又载"周人禘喾"③;殷商甲骨卜辞载殷人多在辛日祭祀先王先公,④而周人也在辛日郊祭上帝;⑤这些不会是偶然的巧合,而是表明周人对殷礼的继承。《左传·定公四年》载成王、周公命鲁、卫始封君伯禽、康叔"皆启以商政,疆以周索",杜注:"皆,鲁、卫也。启,开也。居殷故地,因其风俗,开用其政。疆理土地以周法。索,法也。"⑥西周初年,统治殷商遗民的鲁、卫两国在启以商政的同时又运用周法,形成殷礼、周礼并存的现象。作于西周初年的《洪范》开头记载"惟十有三祀"⑦,《多方》"今尔奔走臣我监五祀"⑧,据《尔雅·释天》"夏曰岁,商曰祀,周曰年"⑨的说法,说明西周初年仍然沿用殷商的纪年法。周公制礼作乐,诗人歌咏王季、文王姬昌两代人与殷商的联姻,以此作为周民族发展史上的大事,《诗经·大雅·大明》说:"挚仲氏任,自彼殷商,来嫁于周,曰嫔于京。乃及王季,维德之行。大任有身,生此文王。"王季迎娶殷商女子太任,就是这位太任生下了文王姬昌,她在周民族文化中有着圣母一般的地位。《大明》又说:"文王嘉止,大邦有子。大邦有子,伣天之妹。文定厥祥,亲迎于渭。造舟为梁,不显其光。"⑩专家考证,这位大邦之子就是周文王之妃太姒,大邦就是"大邑商"。顾颉刚认为,《周易·泰卦》六五爻辞"帝乙归妹",讲的就是殷王帝乙嫁女给文

---

① 孙诒让:《墨子间诂》,第 95 页。
② 孔安国传,孔颖达疏:《尚书正义》,第 407、409 页。
③ 郑玄注,孔颖达疏:《礼记正义》,第 1292 页。
④ 如殷墟卜辞《甲骨文合集》63 正版载辛卯日祭夔求雨,《甲骨文合集》30402 载辛酉日祭夔,《甲骨文合集》34172 载辛亥燎夔,等等。
⑤ 《礼记·郊特牲》:"郊之用辛也,周之始郊日以至。"《逸周书·世俘》:"辛亥,荐俘殷王鼎。武王乃翼矢珪矢宪,告天宗上帝。"
⑥ 杨伯峻:《春秋左传注》,第 1538 页。
⑦ 孔安国传,孔颖达疏:《尚书正义》,第 297 页。
⑧ 孔安国传,孔颖达疏:《尚书正义》,第 464 页。
⑨ 《十三经注疏》整理委员会整理:《尔雅注疏》,北京:北京大学出版社,1999 年,第 169 页。
⑩ 毛亨传,郑玄笺,孔颖达疏:《毛诗正义》,第 967、968、970 页。

王姬昌的故事。从《大明》这些诗句可以体味到，周人认为"大邑商"血统高贵、家世显赫，即使是在灭商之后，周人仍以能够与大邦殷商联姻为莫大的荣耀，从而在国家祭典中予以歌颂。了解商周之际两个民族的文化差异和在这种特定历史情境下的周人心理，我们就能理解何以周人在起草重要文献时不用当时周人的"文言"，而刻意沿用"殷商古语"，因为运用殷商语言，代表着高贵和典雅，意味着一种深厚文化传统的积淀，表明文化素养相对薄弱的周人也像当年的"大邑商"一样文采斐然。那种感觉，如同平民披上了贵族的华丽服装一样。

第四，夺取天下政权后的周人并未全盘否定前朝政治文化成就，相反，周人给予除纣王以外的商王以积极的评价。纵观中国历史，每当改朝换代之后，新兴王朝总是要不遗余力地攻击、批判、否定甚至是抹黑前代王朝，以此表明革故鼎新的正义性与合理性。周人夺取天下之后，当然也要批判、否定殷商王朝，但是周人对殷商王朝的否定非常有限。西周初年，周公为了稳定政局而发布了一系列政令文诰。在这些文诰中，周公将成汤以来的历代商王与亡国君主殷纣王严格区分开来，他毫无保留地肯定成汤、祖乙（中宗）、武丁（高宗）、祖甲、帝乙等殷商杰出帝王明德恤祀、励精图治、畏敬上天、保治小民的政治成就，要求周人统治下的各国诸侯吸取殷商的法律和治国经验，而将批判矛头直指殷纣王一人。在周人眼中，只有殷纣王一人是坏的，是要彻底否定的，殷纣王以外的其他商王虽然也有圣明与平庸之分，但却不在彻底否定之列。武庚是对周人统治造成重大威胁的人，他几乎颠覆了新生的西周政权，但是周公在平定武庚叛乱之后，却几乎没有怎么激烈地批判武庚。在平定叛乱之后，周公"以武庚殷余民封康叔为卫君，居河、淇间故商墟"①，就如何统治殷商遗民七族问题，几次对年轻的康叔发表了语重心长的谈话，这些谈话旗帜鲜明地表明了周公对殷商政治文化的肯定态度。《康诰》载："绍（继）闻衣（殷）德言。往敷（遍）求于殷先哲王，用保（安）乂（治）民；汝丕（不）远惟商耇成人（老年人），宅心

---

① 司马迁：《史记》，第1589页。

（把他们放在心里）知训（知道听取他们训诫）。"①周公语重心长地诰教年轻的卫国始封君康叔，要继承殷商哲人优秀遗产，广泛寻求殷商古代圣王的治国之道，以此治理卫国的殷商遗民。周公谆谆告诫康叔，诸多殷商老成人就在你的身边，要把他们放在心里，听取他们的教导。周公教给康叔治殷的方法是以殷治殷，而不是以周治殷。《康诰》又载周公曰："汝陈（列，安排）时（是，这）臬（法）事（通"司"），罚蔽（断狱）殷彝（殷商常法），用其义（正当、正确）刑义杀，勿庸（用）以次（通"恣"，任从）汝封（康叔名）。"②在卫国的殷商遗民之中，有不少人参加过武庚叛乱，如何适度地运用刑罚手段来震慑这些殷商遗民，是康叔治卫面临的重要问题。为此周公叮嘱康叔，要安排、任命称职的司法人员，按照殷商常法断狱，采用正当的刑杀，而不能纯任个人主观意志。听取殷商的有德之言，尊重殷商老年人，运用殷商的常法，这就是周公对康叔治卫的忠告。殷纣王失政表现之一是君臣酗酒，有鉴于此，周公要求康叔治卫务必戒酒。在《酒诰》中，周公历举殷商先王戒酒为例："在昔殷先哲王，迪（用，语气助词）畏天显（成语，天德）小民，经德（成语，经久有德）秉哲（秉持明哲）。自成汤咸③至于帝乙，成王（成其王功）畏相（畏敬省察）。惟（句首语气词）御事（治事大臣）厥棐（通"匪"，非）有恭（通"供"，供职），不敢自暇自逸，矧（何况）曰其敢崇（崇尚）饮？越（句首语气词）在外服（指京畿以外地区）：侯、甸、男、卫邦伯；越在内服（指朝廷官员）：百僚、庶尹、惟亚、惟服、宗工、越百姓、里居（里君）：罔敢湎于酒。不惟不敢，亦不暇。惟助成王德显（成就商王德政），越（与）尹人（治理民众）、祗（敬）辟（法）。"④周公告诉康叔，从前殷商英明的帝王，上畏天德，下畏小民，奉行明德，保持明智。从成汤到帝乙，都能做到成就王功，畏敬省察。执政大臣即使是在休假的时候，也不敢私自贪图安

---

① 顾颉刚、刘起釪：《尚书校释译论》（第三册），第1309页。
② 顾颉刚、刘起釪：《尚书校释译论》（第三册），第1331页。
③ 咸，旧注或予以忽略，或解为"遍"，或以为"咸"意为"延"，或以为是商王太戊，或以为是成汤之名。
④ 顾颉刚、刘起釪：《尚书校释译论》（第三册），第1403页。

逸，更何况聚众饮酒？无论是侯、甸、男、卫等京畿之外诸侯，还是处于朝廷的正副百官、宗室及衔里君长，都不敢沉湎于酒。他们不仅是不敢，也没有空闲。他们只是帮助殷王成就王德，治理人民，谨守法度。这一节文字告诉我们，周公对成汤到帝乙期间的君德和吏治情况是充分肯定的。周公没有要求康叔效法周人先公先王，而是希望康叔借鉴殷商明哲先王，这是非常耐人寻味的。即使是面对殷商遗民，周公也坦诚地肯定殷商先王政绩。《多士》载周公曰："自成汤至于帝乙，罔不明（勉励）德恤（谨慎）祀，亦惟天丕（大）建（建立殷商天下），保乂（保佑）有殷；殷王亦罔敢失帝（失去天心），罔不配天，其泽（通"绎"，继承绪业）。"①这是说，从成汤到帝乙，殷商历代帝王无不勉励德行，谨慎祭祀。上天因此保佑殷商，商王也不敢失去天心，不敢不配合上天，所以他们能够享受上天恩泽继承王业。在这里，周公对殷商遗民称赞除纣王以外的所有商王，鲜明地表达了周人将殷纣王与其他殷商先王区别看待的态度。在《无逸》中，周公表彰了中宗（祖乙）、高宗（武丁）、祖甲几位商王："昔在殷王中宗，严恭寅畏（庄重严肃），天命自度，治民祗惧（恭敬小心），不敢荒宁（懈怠）：肆中宗之享国七十有五年。其在高宗，时旧劳于外，爰暨小人（与小民生活在一起）；作其即位，乃或亮阴（喑哑），三年不言，其惟不言，言乃雍（可以观止）；不敢荒宁，嘉靖（安定）殷邦，至于小大，无时或怨：肆高宗之享国五十有九年。其在祖甲，不义（拟）惟（为）王，旧为小人；作其即位。爰知小人之依，能保惠于庶民，不敢侮鳏寡：肆祖甲之享国三十有三年。"②从这节文字可以看出，周公对殷中宗（祖乙）、殷高宗（武丁）、祖甲持充分肯定态度。周公还将殷中宗（祖乙）、殷高宗（武丁）、祖甲、周文王（姬昌）四人相提并论："自殷王〔太宗及〕中宗及高宗（及祖甲）及我周文王，兹四人迪哲（圣明）。"③周公认为，殷中宗（祖乙）庄重严肃，

---

① 顾颉刚、刘起釪：《尚书校释译论》（第三册），第 1512 页。
② 顾颉刚、刘起釪：《尚书校释译论》（第三册），第 1532 页。按，《尚书校释译论》认为《无逸》有错简，作者在"昔在殷王"之下，插入"〔太宗，不义惟王，旧为小人，作其即位。爰知小人之依，能保惠于庶民，不敢侮鳏寡；肆太宗之享国三十有三年。其在〕"一节文字，并在下文"其在祖甲……三十有三年"一节文字前后加上括号。
③ 顾颉刚、刘起釪：《尚书校释译论》（第三册），第 1542 页。

以自助取得天助，治理民事十分小心，不敢有丝毫懈怠，因此他享国七十五年。殷高宗（武丁）是从民间入主朝廷，他曾患喑哑的毛病，三年不能说话，可是一开口说话便成为四方的法则，他不敢懈怠，安靖殷国，大小人物都为他感动，由此高宗（武丁）享国五十九年。祖甲也是从民间即位的，他深知民间疾苦，因此能够施惠于庶民，不敢欺侮鳏寡孤独之人。祖甲享国三十三年。《礼记·中庸》说："大德者必得其位，必得其禄，必得其名，必得其寿。"[1]周公对周成王反复讲述的就是这一道理。他所列举的"大德者"，周人先王仅有文王一人，而殷商先王就有中宗（祖乙）、高宗（武丁）、祖甲三人。周人所肯定的不止是殷商先王，也包括那些杰出的殷商名臣。《君奭》是周公与召公的谈话，周公列举了殷商时期贤臣辅佐明君的历史事实："我闻在昔成汤既受命，时则有若（当其时有如此人）伊尹，格（升）于皇天。在太甲，时则有若保衡。在太戊，时则有若伊陟、臣扈，格于上帝；巫咸乂（治）王家。在祖乙，时则有若巫贤。在武丁，时则有若甘盘。率（大率）惟兹（指上述贤臣）有陈（有位列），保乂（治）有殷，故殷礼陟配天（商王升格配祀于天），多历年所（经历了很多年岁）。天惟（语助词）纯（贤良）佑（辅佐）命，则商实（有）百姓（百官）、王人（商王族人），罔不秉德（秉持美德）明恤（勉力政事）。小臣（重臣）、屏（并）侯（内服）、甸（外服），矧（语助词）咸奔走（都奔走供职）。惟兹（指以上七位贤臣）惟德称（惟举用有德人才），用乂（相，辅佐）厥辟（商王）。故一人（商王）有事（政事）于四方，若卜筮（如同相信卜筮之灵验），罔不是孚（信）。"[2]伊尹辅佐成汤，保衡辅助太甲，伊陟、臣扈、巫咸辅佐太戊，巫咸辅佐祖乙，甘盘辅佐武丁，每一位成功的商王背后都有贤臣辅佐。周公在此以殷人君臣相得的历史勉励召公，希望周、召二人像殷商名臣一样忠心辅佐年轻的成王。《多方》载周公曰："乃惟（语助词）成汤克（能）以尔多方（多国）简（语气词）代夏作民主。慎（谨慎）厥丽（法）乃劝（民众勉而向善），厥民刑（用刑于有罪之人）用劝（民众

---

[1] 郑玄注，孔颖达疏：《礼记正义》，第 1435 页。
[2] 顾颉刚、刘起釪：《尚书校释译论》（第三册），第 1560 页。

因此勉而向善）。以至于帝乙，罔不明德慎罚，亦克用劝（也能使民众勉而从善）。要囚（幽囚罪犯），殄戮（杀死）多罪，亦克用劝。开释无辜（释放无罪者），亦克用劝。"①这一节大意是说，成汤依靠诸多诸侯国支持而代替夏朝为民之主，他谨慎用刑，民众受到感化而从善。从成汤到帝乙，都能做到明德慎罚，使人民勉于从善。囚禁罪犯，处决罪大恶极者，释放无罪者，都能使民众勉而从善。《立政》载周公曰："亦越（承上之词）成汤，陟（升）丕（语气词）釐（治理）上帝之耿（光辉）命。乃用三有宅（选用三大臣），克即宅（能就位）。曰三有俊（所用三大臣），克即俊（能用俊才）。严（严谨）惟丕（语气词）式（取法），克用三宅三俊。其在商邑，用协（协和）于厥邑；其在四方，用丕（大）式（取法）见（通"现"）德（彰显成汤之德）。"②周公指出，成汤能够禀受上帝之命，很好地处理择用常伯、常任、准人三大臣的问题，他能够选取俊德之士，严谨地取法贤俊。成汤以其用人之道协和国内，四方之人都效法成汤，由此彰显了成汤的圣德。在这些诰辞中，周公历举从成汤到帝乙诸位商王的政治成就，要求周人取法殷商先王明德、慎罚、恤祀、勤政的风范。显然，周人并没有因为自己获得天命而全面抛弃殷商文化，恰恰相反，周人希望择取前代优秀文化遗产，在继承殷商文化的基础之上建设自己的文化。

最后，文体也是一个重要的制约因素。一种文体从酝酿到最后形成，往往需要几十年甚至几百年、上千年的努力，新文体不可能在短时期内被创造出来。西周初年的几种最重要文体——卜辞、铭文、颂诗、文诰都是来自殷商。西周其他文体如格言，也是从殷商而来；《周易》卦爻辞，因《连山》《归藏》亡佚，其文体来源不好论定；《诗经》中的风诗文体也不好下结论；《国语》的"语"体散文，则是到西周中期才有的。从总体上看，周初文体是以继承殷商为主。继承了前人文体，就必须按照文体要求进行创作，在格式、语言、表现手法、风格各方面都要符合该文体形式特征，以具备该文体的文体感。周人继承了殷商文体，这就决定了周初作家必须要用"殷商

---

① 顾颉刚、刘起釪：《尚书校释译论》（第四册），第1610页。
② 顾颉刚、刘起釪：《尚书校释译论》（第三册），第1666页。

古语"从事创作。

以上五点原因，既有文学语言自身传承的因素，又有创作人员由商归周的物质因素，还有历史文化的制约以及由此产生的周人特定文化心理因素，此外还有文体的制约和要求，正是在这些因素的合力作用之下，"殷商古语"才得以继续雄踞西周文坛，成为西周前中期官方重要文献的用语。

## 第二节 周人对"殷商古语"的因袭

周人卜辞、铭文、雅颂歌词和文诰都在不同程度上因袭"殷商古语"。周原卜辞的刻写风格接近帝乙、帝辛时期的殷人卜辞，以至于有些学者怀疑它们就是出于殷人之手。①西周铭文是沿着殷商铭文的路子走下来的，甚至在字形上也可以看出商周铭文相承的踪迹，西周早期铭文字形与殷商铭文字形近似。某些殷商铭文套语在西周得到沿用，如"用乍（作）某尊彝""佳王某祀"等，西周铭文也像殷商一样多用通假字和假借字。②《诗经》雅颂语言像殷商文献一样晦涩艰深，难以读懂。《国语·周语下》载晋国大夫叔向逐字解说《周颂·昊天有成命》："其诗曰：'昊天有成命，二后受之，成王不敢康。夙夜基命宥密，於，缉熙！亶厥心肆其靖之。'是道成王之德也。成王能明文昭，能定武烈者也。夫道成命者，而称昊天，翼其上也。二后受之，让于德也。成王不敢康，敬百姓也。夙夜，恭也。基，始也。命，信也。宥，宽也。

---

① 周原卜辞自20世纪50年代起才陆续面世，比较重要的是1975年在北京昌平白浮西周墓葬出土的一万多片龟甲；1977年陕西岐山凤雏遗址和2004至2008年陕西岐山周公庙出土的一万七千多片甲骨，有刻辞的甲骨大约千片，其中有武王克商以前的作品。有人猜测周原卜辞是周武王灭商之后，殷商俘虏向周人献出庙祭甲骨，周人将这些甲骨当作战利品，带回岐山故里加以掩埋。此说如果成立，则所谓周原卜辞仍然是殷商作品。（参见李学勤《西周甲骨的几点研究》，《文物》1981年第9期；王宇信《周原出土商人庙祭甲骨来源刍议》，《史学月刊》1988年第1期；高明《略论周原甲骨文的族属》，《考古与文物》1984年第5期等）但是，周原卜辞中有少量成、康、昭、穆时期之作，显然这些甲骨卜辞不是商人作品。周原甲骨上刻写的文字较少，字迹纤小。
② 西周铭文中的通假字非常丰富：有的通假字是以偏旁代替合体，有些通假字是采用与本字音同、音近或声母、韵母相近的字，有些通假字则是采用与本字形近的字，有些是上古因音近或形近而形成的通假字，等等。具体举例见第二章第三节。

密，宁也。缉，明也。熙，广也。亶，厚也。肆，固也。靖，和也。"①叔向是春秋中后期的人，他之所以要对《周颂·昊天有成命》逐字训释，是因为到春秋时期，人们就已经读不懂《周颂》歌词了。再以《周颂·小毖》为例："予其惩而毖后患。莫予荓蜂，自求辛螫。肇允彼桃虫，拚飞维鸟。"惩，惩戒。毖，慎防。荓，毛传解为"掣曳"，即扰动。辛螫，毒螫，郑笺以为比喻"将有刑诛"。肇，始。允，信。拚飞，翻飞。郑玄对这五句诗的解释是："始者，管叔及其群弟流言于国，成王信之，而疑周公。至后三监叛而作乱，周公以王命举兵诛之，历年乃已。故今周公归政，成王受之，而求贤臣以自辅助也。曰：我其创艾于往时矣，畏慎后复有祸难。群臣小人无敢我掣曳，谓为谲诈诳欺，不可信也。女如是，徒自求辛苦毒螫之害耳，谓将有刑诛。""始者信以彼管、蔡之属，虽有流言之罪，如鹪鸟之小，不登诛之，后反叛而作乱，犹鹪之翻飞为大鸟也。"②如果没有经师的解释发挥，这几句诗对于读者来说不知所云。《诗经》雅颂有一些专门用于正式礼仪场合和朝廷文诰的词汇，如"对越""奔走""不（丕）显""缉熙""昭假""无射""陟降"等，它们都有特定的含义，并用于西周文诰及铭文之中。

  《尚书·周书》语言尤其深得《商书》的神髓。《周书》今存十九篇文章，其中《大诰》《康诰》《酒诰》《梓材》《召诰》《洛诰》《多士》《君奭》《多方》《立政》《顾命》十一篇文字非常艰深古涩，而《牧誓》《洪范》《金縢》《无逸》《吕刑》《文侯之命》《费誓》《秦誓》八篇文字相对平易一些。为什么同为周代文诰，语言深浅难易程度不一？从时代上说，《吕刑》《文侯之命》《秦誓》分别是西周中期、东周初年和春秋中期作品，此时"殷商古语"已经呈现式微态势，因此文诰语言不及西周前期古奥，这是可以理解的。但是《牧誓》《洪范》《金縢》《无逸》《费誓》五篇作品都作于西周前期，它们的语言平易现象又该如何解释呢？为什么同为西周文诰，语言难易程度会有如此巨大的差别呢？有人怀疑《洪范》《金縢》作于后世，或者说它们经过后人的语言加工。这里是否存在另外一种可

---

① 上海师范大学古籍整理研究所校点：《国语》，第 116 页。
② 毛亨传，郑玄笺，孔颖达疏：《毛诗正义》，第 1350、1352 页。

能：西周前期史官远不止一人，[1]他们的语言水平并非处于同一层次，不同史官对文诰语言的造诣有深浅之别。从出身来看，有些史官来自周国本身，有些史官则来自殷商，他们的语言素养是不一样的。像史佚、辛甲等由商归周的史官尤其擅长起草文字艰深的文诰，史佚所作的《洛诰》就是明证。《牧誓》《洪范》《金縢》《无逸》这些语言相对浅易的文章是不是作于那些文字功夫稍逊的史官之手，特别是作于对"殷商古语"造诣不深的周人史官之手？当然这只是本书的一点推测而已，现在还拿不出任何文献证据。讨论西周文诰对"殷商古语"的继承，应该以《大诰》《康诰》《酒诰》《梓材》《召诰》《洛诰》《多士》《君奭》《多方》《立政》等篇为主。《尚书》中的《虞书》《夏书》应该是在《商书》的影响之下，由后代史官根据上古传说加以追记，因此本书将《虞书》《夏书》放在《周书》之后讨论。

《周书》中某些语汇与《商书》相同或相近。例如：

（1）《商书·盘庚下》："肆予冲人，非废厥谋。"《周书·金縢》："惟予冲人弗及知。"《周书·大诰》："洪惟我幼冲人，嗣无疆大历服。"[2]《商书》《周书》这几处的"冲人"意思完全相同。刘起釪说，"冲"是"童"的假借。"冲人"从字面上说就是"童子"，这是商周年轻之王的自我谦称。《周书·召诰》和《周书·洛诰》中周王称"冲子"，其意义与"冲人"相同。

（2）《商书·盘庚下》："用宏兹贲。"《周书·大诰》："敷贲。"[3]《商书》《周书》这两处的"贲"都是指占卜所用的"大宝龟"。

（3）《商书·盘庚上》："先王有服。"《周书·大诰》："嗣无疆大历服。"[4]《商书》《周书》这两处的"服"，都是指"职位""职事"

---

[1] 现存《周书》文诰可能出于多位史官之手，对此可以从各篇文诰语言的不同个性中看出。如《大诰》多用"冲人""天命""愍"等语汇，《康诰》多用"时叙""裕民""康乂""爽惟"等语汇，《召诰》多用"敬德""元子""无疆""面稽天若"等语汇，《洛诰》多用"受命""万年""文武"等语汇，《多士》多用"致罚""多逊"等语汇，《无逸》多用"荒宁""稼穑""小人""丕则"等语汇，《君奭》多用"保乂""有若""天威"等语汇，《多方》多用"猷告""庸释""民主"等语汇。不同的史官在语言运用中，会倾向于选择不同的语汇。

[2] 顾颉刚、刘起釪：《尚书校释译论》，第925、1240、1262页。

[3] 顾颉刚、刘起釪：《尚书校释译论》，第925、1265页。

[4] 顾颉刚、刘起釪：《尚书校释译论》，第930、1262页。

"官职"。

（4）《商书·盘庚上》："乃奉其恫。"《周书·康诰》："恫瘝乃身。"①《商书》《周书》这两处的"恫"都是指"病痛"。

（5）《商书·微子》："卿士师师非度。"《周书·梓材》："我有师师：司徒、司马、司空、尹、旅。"②《商书》《周书》这两处"师师"都是指"诸位官长"。以上是名词的例子。

（6）《商书·盘庚上》："不惕予一人。""听予一人之作猷。""惟予一人有佚罚。"《商书·盘庚中》："钦念以忱动予一人。""暨予一人猷同心。"《商书·盘庚下》："协比谗言予一人。"《周书·金縢》："能念予一人。"《周书·康诰》："则予一人以怿。"《周书·多士》："予一人惟听用德。"③以上材料中的"予一人"是商周王的自称，相当于后代文献中的"孤家""寡人"。

（7）《商书·汤誓》："非台小子，敢行称乱。"《周书·大诰》："天棐忱辞。"④于省吾说，"天棐忱辞"中的"辞"是"台"字之误。《商书》《周书》这两处的"台"都是指代"我"。以上是代词的例子。

（8）《商书·盘庚中》："暂遇奸宄。"《商书·微子》："殷罔不小大好草窃奸宄。"《周书·牧誓》："以奸宄于商邑。"《周书·康诰》："寇攘奸宄。"《周书·吕刑》："罔不寇贼，鸱义，奸宄，夺攘，矫虔。"⑤《商书》《周书》这几处的"奸宄"意为"作奸犯科"。

（9）《商书·盘庚中》："古我前后，罔不惟民之承保。"《周书·康诰》："汝惟小子，乃服惟弘，王应保殷民。"《周书·洛诰》："予乃胤保大相东土。""公，明保予冲子。""承保乃文祖受命民。"⑥《商书》《周书》中这些"承保""明保""应保""胤保"都是同一个词，是"保护""辅助"的意思。

---

① 顾颉刚、刘起釪：《尚书校释译论》，第 941、1313 页。
② 顾颉刚、刘起釪：《尚书校释译论》，第 1071、1422 页。
③ 顾颉刚、刘起釪：《尚书校释译论》，第 938、946、947、907、912、919、1223、1341、1517 页。
④ 顾颉刚、刘起釪：《尚书校释译论》，第 878、1275 页。
⑤ 顾颉刚、刘起釪：《尚书校释译论》，第 916、1071、1098、1331、1901 页。
⑥ 顾颉刚、刘起釪：《尚书校释译论》，第 904、1313、1456、1468、1492 页。

（10）《商书·盘庚上》："重我民，无尽刘。"《周书·君奭》："咸刘厥敌。"①《商书》《周书》这两处的"刘"都是"杀"的意思。以上是动词的例子。

（11）《商书·盘庚下》："吊由灵各。"《周书·大诰》："弗吊天降割于我家。"②《商书》《周书》这两处的"吊"字意都是"淑、善"。

（12）《商书·盘庚上》："相时憸民。"《周书·立政》："国则罔有立政用憸人。"③《商书》《周书》这两处"憸"都是"小"的意思，"憸民"犹言"小民"，"憸人"是指与"君子"相对的"小人"。

（13）《商书·盘庚上》："古我先王亦惟图任旧人共政。"《周书·极大诰》："以于敉文、武图功。""不可不成乃文考图功。""予不敢不极卒文王图事。"④《商书》《周书》这几处的"图"意思都是指"大"。以上是形容词的例子。

（14）《商书·盘庚上》："不能胥匡以生。"《周书·大诰》："惟大艰人诞以胥伐于厥室。"⑤《商书》《周书》这两处"胥"意为"相"。以上是副词的例子。

（15）《商书·盘庚上》："丕乃敢大言。"《商书·盘庚中》："高后丕乃崇降罪疾。""乃祖乃父丕乃告我高后。""迪高后丕乃崇降弗祥。"《周书·立政》："丕乃俾乱。"⑥《商书》《周书》这几处的"丕乃"意为"于是"。这是连词的例子。

（16）《商书·盘庚下》："乱越我家。"《周书·康诰》："杀越人于货。"（《孟子》赵岐注，谓"越"意为"于"）⑦《商书》《周书》这两处"越"是介词，意为"于"或"及"。以上是介词的例子。

（17）《商书·盘庚中》："诞告用亶。""汝诞劝忧。"《周书·大

---

① 顾颉刚、刘起釪：《尚书校释译论》，第 930、1574 页。
② 顾颉刚、刘起釪：《尚书校释译论》，第 925、1262 页。
③ 顾颉刚、刘起釪：《尚书校释译论》，第 941、1687 页。
④ 顾颉刚、刘起釪：《尚书校释译论》，第 936、1266、1272、1275 页。
⑤ 顾颉刚、刘起釪：《尚书校释译论》，第 930、1279 页。
⑥ 顾颉刚、刘起釪：《尚书校释译论》，第 939、912、914、1686 页。
⑦ 顾颉刚、刘起釪：《尚书校释译论》，第 923、1331 页。

诰》:"肆朕诞以尔东征!"①《商书》《周书》这几处"诞"字都是语气词。

(18)《商书·高宗肜日》:"高宗肜日,越有雊雉。"《周书·大诰》:"越予小子考翼。""越予冲人不卬自恤。"《周书·酒诰》:"越在外服。"②《商书》《周书》这四个"越"字都是语气词。

(19)《商书·盘庚中》:"迪高后丕乃崇降弗祥!"《周书·酒诰》:"又惟殷之迪诸臣惟工乃湎于酒。"③《商书》《周书》这两处"迪"字都是语气词。

(20)《商书·盘庚下》:"肆上帝将复我高祖之德。"《梓材》:"肆亦见厥君事戕人宥。"④《商书》《周书》这两处的"肆"字都是语气词。以上是语气词的例子。

从这些商周文诰共用的语汇中,可以看出《周书》与《商书》在语汇方面确有比较亲密的亲缘关系。甚至在文诰语句上,从《周书》中也能见到某些《商书》语句的影子。如《周书·牧誓》"今予发惟共行天之罚"⑤,语近《商书·汤誓》"致天之罚"⑥;《周书·牧誓》"其于尔躬有戮"⑦,语近《商书·汤誓》"予则孥戮汝"⑧。上述材料表明,《周书》记录者应该谙熟《商书》语言,对"殷商古语"文诰用语有很深的造诣。

传世的《商书》仅有五篇,还有大量商代文诰在后世亡佚,这使我们难以看到《商书》全貌,因此本书所列举的《周书》沿用《商书》语汇的例子非常有限。不过,《周书》继承《商书》语言不是停留在若干词汇方面,而是在语言形态意义上沿袭《商书》。《商书》语言的几大核心要素——古老语汇、成语、通假、假借、浓缩——都在《周书》中得到完满的继承。

《周书》语言底色一如《商书》古老。让我们先看《周书》中的名词。

---

① 顾颉刚、刘起釪:《尚书校释译论》,第901、909、1280页。
② 顾颉刚、刘起釪:《尚书校释译论》,第992、1271、1272、1403页。
③ 顾颉刚、刘起釪:《尚书校释译论》,第914、1410页。
④ 顾颉刚、刘起釪:《尚书校释译论》,第923、1422页。
⑤ 顾颉刚、刘起釪:《尚书校释译论》,第1098页。
⑥ 顾颉刚、刘起釪:《尚书校释译论》,第884页。
⑦ 顾颉刚、刘起釪:《尚书校释译论》,第1102页。
⑧ 顾颉刚、刘起釪:《尚书校释译论》,第884页。

《周书》把"至理名言"说成"敷言"（《洪范》），把"人质"说成"功"（《金縢》），把"政权长久"说成"大历"（《大诰》），把"高官厚禄"称作"大服"（《大诰》），把"大龟"说成"敷贲"（《大诰》），把"官长"说成"尹氏"（《大诰》），把"诸侯"说成"邦君"（《大诰》），把"孝友"说成"考翼"（《大诰》），把"殷商旧贵族"说成"民献"（《大诰》），把"仆隶"说成"民养"（《大诰》），把"农夫"称为"穑夫"（《大诰》），把"诸侯之长"说成"孟侯"（《康诰》），把"殷商遗民"说成"播民"（《康诰》），把"华夏"说成"区夏"（《康诰》），把"法"说成"彝"（《康诰》），把"老年人"说成"耇成人"（《康诰》），把"病痛"说成"恫瘝"（《康诰》），把"司法人员"说成"臬事"（《康诰》），把"稚子"说成"鞠子"（《康诰》），把"大法"说成"大戛"（《康诰》），把"官长"说成"正人"（《康诰》），把"官位职事"说成"服命"（《康诰》），把"小官"称为"少正"（《酒诰》），把"法"说成"辟"（《酒诰》），把"贱妾"说成"属妇"（《梓材》），把"有司"说成"御事"（《梓材》），把"许多意见"说成"咠"（《召诰》），把"百官"说成"百工"（《洛诰》），把"诸侯"说成"百辟"（《洛诰》），把"贤才"说成"俊民"（《多士》），把"远方"说成"遐逖"（《多士》），把"国王宗族"说成"王人"（《君奭》），把"重臣"说成"小臣"（《君奭》），把"邪人"说成"义民"（《立政》），把"百官之长"说成"尹伯"（《立政》），把"小人"说成"憸人"（《立政》），把"长子"说成"元子"（《顾命》），把"帏帐"说成"缀衣"（《顾命》），把"大君"说成"皇后"（《顾命》），把"老成之臣"说成"耇寿"（《文侯之命》），等等。① 《周书》中这些古老名词在春秋战国以后文献中很少使用。

《周书》中的古老动词更多，例如，《周书》用"农"表示"勉力"（《洪范》），用"敹"表示"败坏"（《洪范》），用"阴骘"表示"荫

---

① 本书对《周书》词语的解释，主要根据顾颉刚、刘起釪《尚书校释译论》、于省吾《双剑誃尚书新证》、曾运乾《尚书正读》、俞樾《群经平议》、杨筠如《尚书覈诂》、段玉裁《古文尚书撰异》、王引之《经义述闻》、孔安国、孔颖达《尚书正义》等古籍。

庇"(《洪范》),用"伋遗"表示"谴责"(《大诰》),用"迪"表示"引导"(《大诰》),用"绍"表示"卜问"(《大诰》),用"敉"表示"完成"(《大诰》),用"于伐"表示"征伐"(《大诰》),用"化诱"表示"教化"(《大诰》),用"绥"表示"劝告"(《大诰》),用"棐忱"表示"谓辅助诚信的人"(《大诰》),用"閟毖"表示"告诉"(《大诰》),用"考"表示"成全"(《大诰》),用"畮"表示"翻土除草"(《大诰》),用"见士"表示"效事、效力"(《康诰》),用"诰治"表示"训话"(《康诰》),用"怙冒"表示"极大勉励"(《康诰》),用"冒闻"表示"上闻"(《康诰》),用"时叙"表示"承顺"(《康诰》),用"宅"表示"安定"(《康诰》),用"眚"表示"省察"(《康诰》),用"式"表示"用"(《康诰》),用"康乂"表示"安治"(《康诰》),用"勑懋"表示"勉励"(《康诰》),用"罚蔽"表示"断狱"(《康诰》),用"字"表示"爱"(《康诰》),用"播敷"表示"发布"(《康诰》),用"放"表示"背弃"(《康诰》),用"盡"表示"伤痛"(《酒诰》),用"诰毖""劼毖"表示"诰教"(《酒诰》),用"洗腆"表示"洁美"(《酒诰》),用"蠲"表示"开导"(《酒诰》),用"尹"表示"治理"(《酒诰》),用"享"表示"劝勉"(《酒诰》),用"效"表示"督导"(《梓材》),用"旅"表示"赞美"(《召诰》),用"諴"表示"和"(《召诰》),用"乂"表示"治"(《召诰》),用"伻"表示"使"(《洛诰》),用"笃弼"表示"督辅"(《洛诰》),用"覆"表示"勉力"(《洛诰》),用"戾"表示"至"(《洛诰》),用"侮"表示"慢易"(《洛诰》),用"典"表示"录用"(《洛诰》),用"笃叙"表示"厚待"(《洛诰》),用"迓衡"表示"谓迎太平之政"(《洛诰》),用"弋"表示"占有"(《多士》),用"引逸"表示"收引放纵"(《多士》),用"念闻"表示"考虑"(《多士》),用"勑"表示"宣告"(《多士》),用"甸"表示"治理"(《多士》),用"简"表示"选择任用"(《多士》),用"畀矜"表示"哀怜"(《多士》),用"亮阴"表示"喑哑"(《无逸》),用"诪张"表示"造谣说谎"(《无逸》),用"庸释"表示"厌弃"(《君奭》),用"格"表示"嘉美"(《君奭》),用

"图"表示"败坏"(《多方》),用"降格"表示"谴告"(《多方》),用"灵承"表示"妥善接受"(《多方》),用"舒"表示"荼毒"(《多方》),用"间"表示"取代"(《多方》),用"须暇"表示"等待"(《多方》),用"忱裕"表示"开导"(《多方》),用"熙"表示"光显"(《多方》),用"屑播"表示"抛弃"(《多方》),用"谋面"表示"黾勉"(《立政》),用"宅"表示"选择"(《立政》),用"奄甸"表示"抚治"(《立政》),用"洮"表示"沐发"(《顾命》),用"敿"表示"缝缀"(《费誓》),用"敜"表示"填塞"(《费誓》),等等。《周书》中这些古老动词在春秋战国以后文献中都被其他词语所替代。

再看《周书》中的古老形容词。《周书》用"冢"表示"大"(《牧誓》),用"遏"表示"远"(《牧誓》),用"彝"表示"常"(《洪范》),用"燮"表示"和"(《洪范》),用"丕显"表示"伟大、光辉"(《康诰》),用"戎"表示"大"(《康诰》),用"耉"表示"老"(《康诰》),用"能"表示"善"(《康诰》),用"荒腆"表示"犹沉湎"(《酒诰》),用"疾很"表示"强狠"(《酒诰》),用"厉"表示"恶"(《梓材》),用"穆穆"表示"和敬美好"(《洛诰》),用"遐逖"表示"遥远"(《多士》),用"谚"表示"任性不恭"(《无逸》),用"寅畏"表示"敬畏;恭敬戒惧"(《无逸》),用"荒宁"表示"懈怠"(《无逸》),用"迪哲"表示"圣明"(《无逸》),用"雍"表示"和"(《无逸》),用"叨"表示"贪婪"(《多方》),用"简"表示"大"(《多方》),用"竞"表示"强盛"(《立政》),用"几"表示"危殆"(《顾命》),等等。

《周书》中的古老代词不多,但也有少数例子。《周书》用"卬"表示第一人称"俺"(《大诰》),[1]用"辞"表示"台"或"我"(《大诰》),用"徂"表示"此"(《梓材》)。

《周书》中的连词也与后世不同。例如,《周书》用"越"(《大

---

[1] 《诗经·邶风·匏有苦叶》有"招招舟子,人涉卬否。人涉卬否,卬须我友"诗句,"卬"字后来被"俺"替代。

诰》)、"惟""于"(《康诰》)表示"与",用"丕则"(《康诰》)、"否则"(《无逸》)表示"于是"(《康诰》),用"丕惟"表示"不过"(《酒诰》),用"矧惟"表示"以及"(《酒诰》),用"肆"表示"则"(《梓材》),用"亦越"表示"接着"(《立政》)。

《周书》中也有少数不同于后世的介词。例如,仅表示"于"这一介词的,《周书》中就有"言"(《大诰》)、"由"(《康诰》)、"在"(《康诰》)、"越"(《康诰》)等。

《周书》中的古老叹词很少,《吕刑》中的"吁"是一个例子,《康诰》中"已"应该是"噫"的通假字。

《周书》中有一批古老的语气词。与《商书》一样,《周书》中的语气词与"文言"语气词多不相同,"文言"中最典型的语气词"之""乎""者""也",在"殷商古语"文献中基本看不到。在语气词所处位置方面,"殷商古语"与"文言"既有区别又有相同之处:区别是"殷商古语"语气词多用于句首,而"文言"语气词则绝大多数用于句末;相同之处是它们在句中都使用语气词,"殷商古语"极少数语气词也会用于句末。像《商书》一样,《周书》不少语气词用于句首,让我们举实例予以说明:

(1)《金縢》:"**惟**尔元孙某。"[1]
(2)《金縢》:"**体**,王其罔害。"[2]
(3)《大诰》:"**大**投艰于朕身。"[3]
(4)《大诰》:"**越**兹蠢殷小腆,**诞**敢纪其叙。"[4]
(5)《大诰》:"**肆**予大化诱我有邦君。"[5]
(6)《大诰》:"**若**昔朕其逝。"[6]
(7)《大诰》:"**诞**受厥命越厥邦厥民。"[7]

---

[1] 顾颉刚、刘起釪:《尚书校释译论》(第三册),第1223页。
[2] 顾颉刚、刘起釪:《尚书校释译论》(第三册),第1223页。
[3] 顾颉刚、刘起釪:《尚书校释译论》(第三册),第1272页。
[4] 顾颉刚、刘起釪:《尚书校释译论》(第三册),第1266页。
[5] 顾颉刚、刘起釪:《尚书校释译论》(第三册),第1275页。
[6] 顾颉刚、刘起釪:《尚书校释译论》(第三册),第1277页。
[7] 顾颉刚、刘起釪:《尚书校释译论》(第三册),第1300页。

（8）《酒诰》："**迪**畏天显小民。"①

（9）《梓材》："**后**式典集。"②

（10）《召诰》："**丕**若有夏历年。"③

（11）《多方》："**猷**告尔四国多方惟尔殷侯尹民。"④

（12）《顾命》："**思**夫人自乱于威仪。"⑤

（13）《文侯之命》："**曰**惟祖惟父。"⑥

（14）《费誓》："**徂**兹淮夷徐戎并兴。"⑦

于省吾说，"后"是"司"的反文，"徂"即"虘"字。除"体""大""曰""思""徂""后"以外，"惟""肆""诞""越""若""迪""猷"这些句首语气词都见于《商书》，从中可以见出商周文诰语言的传承。

《周书》句中语气词有：

（1）《大诰》："予**惟**小子若涉渊水。"⑧

（2）《大诰》："惟大艰人**诞**以脋伐于厥室。"⑨

（3）《大诰》："厥考**翼**其曰。"⑩

（4）《大诰》："敢弗于从**率**文人有旨疆土。"⑪

（5）《酒诰》："尔大克羞耇**惟**君。"⑫

（6）《召诰》："其丕能諴于小民。"⑬

---

① 顾颉刚、刘起釪：《尚书校释译论》（第三册），第 1403 页。
② 顾颉刚、刘起釪：《尚书校释译论》（第三册），第 1424 页。
③ 顾颉刚、刘起釪：《尚书校释译论》（第三册），第 1442 页。
④ 顾颉刚、刘起釪：《尚书校释译论》（第三册），第 1610 页。
⑤ 顾颉刚、刘起釪：《尚书校释译论》（第四册），第 1712 页。
⑥ 顾颉刚、刘起釪：《尚书校释译论》（第三册），第 2114 页。
⑦ 顾颉刚、刘起釪：《尚书校释译论》（第三册），第 2138 页。
⑧ 顾颉刚、刘起釪：《尚书校释译论》（第三册），第 1265 页。
⑨ 顾颉刚、刘起釪：《尚书校释译论》（第三册），第 1279 页。
⑩ 顾颉刚、刘起釪：《尚书校释译论》（第三册），第 1277 页。
⑪ 顾颉刚、刘起釪：《尚书校释译论》（第三册），第 1280 页。
⑫ 顾颉刚、刘起釪：《尚书校释译论》（第三册），第 1396 页。
⑬ 顾颉刚、刘起釪：《尚书校释译论》（第三册），第 1438 页。

（7）《召诰》："我不敢知曰有夏服天命惟有历年。"①
（8）《洛诰》："公无困哉我。"②
（9）《多方》："不肯戚言于民。"③

"翼"字通"翳"，它在后来文言文中偶尔被人使用。"大""知""言"④作为语气词，不见于《商书》，应该是《周书》的创造。

《周书》句末语气词有：
（1）《牧誓》："逖矣！西土之人！"⑤
（2）《牧誓》："乃止，齐焉。"⑥
（3）《康诰》："今民将在（哉）！"⑦
（4）《君奭》："多历年所。"⑧

"矣""焉""哉"在后世文献中常用，"所"则偶尔用于后世文献。

值得注意的是，《周书》中往往出现连用两个语气词的情形。例如：
（1）《大诰》："猷大诰尔多邦越尔御事。"⑨
（2）《大诰》："洪惟我幼冲人嗣无疆大历服。"⑩
（3）《康诰》："乃洪大诰治。"⑪
（4）《康诰》："爽惟天其罚殛我。"⑫
（5）《酒诰》："丕惟曰。"⑬
（6）《酒诰》："诞惟厥纵淫泆于非彝。"⑭

---

① 顾颉刚、刘起釪：《尚书校释译论》（第三册），第1441页。
② 顾颉刚、刘起釪：《尚书校释译论》（第三册），第1469页。
③ 顾颉刚、刘起釪：《尚书校释译论》（第三册），第1610页。
④ "言"作为语气词，多见于《诗经》，如《诗经·周南·葛覃》："言告师氏，言告言归。"
⑤ 顾颉刚、刘起釪：《尚书校释译论》（第三册），第1094页。
⑥ 顾颉刚、刘起釪：《尚书校释译论》（第三册），第1102页。
⑦ 顾颉刚、刘起釪：《尚书校释译论》（第三册），第1309页。
⑧ 顾颉刚、刘起釪：《尚书校释译论》（第三册），第1560页。
⑨ 顾颉刚、刘起釪：《尚书校释译论》（第三册），第1262页。
⑩ 顾颉刚、刘起釪：《尚书校释译论》（第三册），第1262页。
⑪ 顾颉刚、刘起釪：《尚书校释译论》（第三册），第1292页。
⑫ 顾颉刚、刘起釪：《尚书校释译论》（第三册），第1350页。
⑬ 顾颉刚、刘起釪：《尚书校释译论》（第三册），第1396页。
⑭ 顾颉刚、刘起釪：《尚书校释译论》（第三册），第1407页。

（7）《酒诰》："**辞惟**我一人弗恤、弗蠲乃事。"①
（8）《召诰》："**越若**来三月。"②
（9）《召诰》："**肆惟**王其疾敬德。"③
（10）《召诰》："**其惟**王勿以小民淫用非彝。"④
（11）《召诰》："**乃惟**孺子颁。"⑤
（12）《多方》："**越惟**有胥伯小大多正。"⑥
（13）《立政》："古之人**迪惟**有夏。"⑦

在双语气词连用的句子中，"惟"字与其他语气词组合率最高，其次是"越""大""洪"字。双语气词多用于句首，偶尔用于句中，《周书》没有发现句末运用双语气词的情形。

"文言""白话"中的语气词多用来表示陈述、询问、感叹、祈使、猜测等各种语气，它们一般读轻音，有时候也会用重音以表示特别强调。由于没有原始的商周语音资料，我们不知道《尚书》中这些位于句首的语气词怎么读，不知道它们在语调上究竟是读轻音还是读重音。但有一点似乎是可以肯定的，就是"殷商古语"的音调读法与"文言"一定会有所不同。《论语·述而》载："子所雅言，《诗》《书》，执《礼》，皆雅言也。"⑧什么是"雅言"？"雅言"怎么读？论者们看法不一。可以推测的是，"雅言"与孔子平时生活用语以及教学用语都有所不同。这个不同，是不是也包括《诗》《书》中这些句首语气词？对此不好凭空推论。有人说商周文献之所以佶屈聱牙，就是因为商周文献中没有"之""乎""者""也"这些读起来让人感到回肠荡气的句末语气词。其实，"殷商古语"句首这些"惟""诞""越""肆""迪"等语气词，当年读起来一定别有风味，它们在句

---

① 顾颉刚、刘起釪：《尚书校释译论》（第三册），第1410页。
② 顾颉刚、刘起釪：《尚书校释译论》（第三册），第1432页。
③ 顾颉刚、刘起釪：《尚书校释译论》（第三册），第1442页。
④ 顾颉刚、刘起釪：《尚书校释译论》（第三册），第1442页。
⑤ 顾颉刚、刘起釪：《尚书校释译论》（第三册），第1468页。
⑥ 顾颉刚、刘起釪：《尚书校释译论》（第三册），第1638页。
⑦ 顾颉刚、刘起釪：《尚书校释译论》（第三册），第1665页。
⑧ 何晏注，邢昺疏：《论语注疏》，第91页。

首所起的语气作用，或许正如同"文言"句末语气词一样，只是我们后人不知道用什么语调去读而已。

由于商周文诰大量失传，可供比较的文献材料有限，因此，从现存的二十几篇商周文诰中，很难证明以上《周书》中这些古老语汇都是取自《商书》，它们可能绝大多数是出于西周史官的创造。这些古老语汇的运用，需要文诰作者具备深厚的"殷商古语"素养。实际上中国上古文史人员都是世代相传，子承父业，他们从小耳濡目染，接受前代语言文化熏陶，饱读上古文献，毕生修炼文诰语言技艺。需要说明的是，语言的因袭承传并不局限于一字一词的沿用，它更多的是体现在语言文风的承传方面。《周书》沿袭《商书》语言，主要是继承《商书》古老语汇的文风。虽然商周时期还没有出现《说文解字》之类的词典，也不会有殷商语料库之类的文献，[1]但是西周史官可以通过反复阅读背诵，揣摩殷商文献语言，从中掌握殷商语汇，并按照殷商构词方式来自铸新词。词汇是句子的基本单位，词汇古老，这是《周书》文诰佶屈聱牙的根本原因。

《周书》运用了不少成语。经王引之、孙诒让、王国维、杨筠如、于省吾、刘起釪等人发掘的成语有：

（1）《牧誓》"时甲子昧爽"[2]：刘起釪举《小盂鼎铭》"昧爽，三左三右多君人服酉，明，王格周庙"和《诗经·郑风·女曰鸡鸣》"士曰昧旦"，指出"昧爽"即"昧旦"，指早晨天快亮的时候。[3]

（2）《牧誓》"昏弃厥肆祀弗答，昏弃厥遗王父母弟不迪"[4]：王引之《经义述闻》认为，"昏弃"与《左传·昭公二十九年》之"泯弃"、《国语·周语》"不共神祇而蔑弃五则"之"蔑弃"相通，"泯""蔑"一声之转。[5]

---

[1] 《汉书·艺文志》说："《史籀篇》者，周时史官教学童书也，与孔氏壁中古文异体。"《史籀篇》是童蒙识字课本，不是殷商语料库。
[2] 顾颉刚、刘起釪：《尚书校释译论》（第三册），第 1091 页。
[3] 顾颉刚、刘起釪：《尚书校释译论》（第三册），第 1092 页。
[4] 顾颉刚、刘起釪：《尚书校释译论》（第三册），第 1098 页。
[5] 王引之：《经义述闻》，第 84 页。

（3）《金縢》"敷佑四方"①：王国维指出，《盂鼎铭》有"匍有四方"，"敷""匍"义为"普"，"佑"是"有"的假借，"普有"是当时成语。②

（4）《大诰》："弼我丕丕基。"《立政》："以并受此丕丕基。"③ 刘起釪指出，"丕丕基"一词当为成语，意为"伟大的基业"。④

（5）《大诰》"爽邦由哲"⑤：刘起釪指出，"由哲"即《无逸》"兹四人迪哲"之"迪哲"，为上古成语，意为"昌明"。⑥

（6）《大诰》"惟大艰人诞以脀伐于厥室"⑦"肆朕诞以尔东征"⑧：关于这两处"诞以"，刘起釪说，"诞以"是古人成语，"以"意为"用"。⑨

（7）《大诰》"亦惟十人迪知上帝命越天棐忱"、《君奭》"迪知天威"、《立政》"迪知忱恂于九德之行"⑩："迪知"为成语，意为"用知"。

（8）《康诰》"和见士于周"⑪：于省吾《双剑誃尚书新证》说，"见士"即"见事"，"士""事"古通，金文中"卿士"之"士"作"事"，如《匽侯旨鼎铭》"匽侯旨初见事于宗周"。"见事"为周人成语，意为"效事"。⑫

（9）《康诰》"我时其惟殷先哲王德用康乂民作求"⑬：王国维说，"作求"是周人成语，他举《诗经·大雅·下武》"王配于京，世德作求"为例，"求"是"仇"的假借字，"作求"意为"作配"，"作匹配"。

---

① 顾颉刚、刘起釪：《尚书校释译论》（第三册），第1223页。
② 王国维：《与友人论〈诗〉、〈书〉中成语书二》，第43页。
③ 顾颉刚、刘起釪：《尚书校释译论》，（第三册）第1274页、（第四册）第1675页。
④ 顾颉刚、刘起釪：《尚书校释译论》（第三册）第1274页。
⑤ 顾颉刚、刘起釪：《尚书校释译论》（第三册），第1279页。
⑥ 顾颉刚、刘起釪：《尚书校释译论》（第三册），第1279页。
⑦ "以"字原作"邻"，据于省吾考证，"邻"字据云窗本当作"以"。
⑧ 顾颉刚、刘起釪：《尚书校释译论》（第三册），第1279、1280页。
⑨ 顾颉刚、刘起釪：《尚书校释译论》（第三册），第1280页。
⑩ 顾颉刚、刘起釪：《尚书校释译论》（第三册），第1279、1574、1665、1666页。
⑪ 顾颉刚、刘起釪：《尚书校释译论》（第三册），第1292页。
⑫ 于省吾：《双剑誃尚书新证》，第122页。
⑬ 顾颉刚、刘起釪：《尚书校释译论》（第三册），第1348页。

"《康诰》言与殷先王之德能安治民者为仇匹,《大雅》言与先世之有德者为仇匹,故同用此语。"①

（10）《康诰》"惟乃丕显考文王克明德慎罚"②："丕显"多见于先秦文献,如《大盂鼎铭》"丕显玟（文）王",《宗周钟铭》"丕显祖考先王",《左传·僖公二十八年》"奉扬天子之丕显休命",可见"丕显"为周人成语,意为"伟大光辉"。

（11）《康诰》"不敢侮鳏寡"③：老而无妻曰鳏,老而无夫曰寡。"鳏寡"连用,为周人成语,多见于其他文献,如《无逸》"不敢侮鳏寡""怀保小民,惠鲜鳏寡"。《诗经·大雅·烝民》"不侮矜寡",《左传·昭公元年》"不侮鳏寡",等等。鳏寡孤独,是古代穷苦无助者的代表。

（12）《康诰》"惟时怙冒闻于上帝"④："冒闻"一词又见于《君奭》"冒闻于上帝",可见它是周人成语,意为"上闻"。

（13）《康诰》"民情大可见"⑤：于省吾《双剑誃尚书新证》认为,"情""静"二字古通用。《广雅·释诂》："情,静也。"《礼记·表记》"文而静"注："静,或为情。""民情"犹言"民静",《康诰》又有"今惟民不静",《大诰》"民不静",说明"民静"是古人成语,意指"民众安静"。⑥

（14）《康诰》"于弟弗念天显"⑦：杨筠如《尚书覈诂》说："'天显',古语。《多士》'罔顾于天显民祇',《酒诰》'迪畏天显小民',皆其例也。《诗·敬之》：'敬之敬之,天维显思。''天显',犹天明、天命也。"⑧

（15）《康诰》"用保乂民",《多士》"保乂有殷",《顾命》"保

---

① 王国维：《与友人论〈诗〉、〈书〉中成语书二》,载王国维：《观堂集林（外二种）》,第42页。
② 顾颉刚、刘起釪：《尚书校释译论》（第三册）,第1299页。
③ 顾颉刚、刘起釪：《尚书校释译论》（第三册）,第1299页。
④ 顾颉刚、刘起釪：《尚书校释译论》（第三册）,第1300页。
⑤ 顾颉刚、刘起釪：《尚书校释译论》（第三册）,第1313页。
⑥ 于省吾：《双剑誃尚书新证》,第130、131页。
⑦ 顾颉刚、刘起釪：《尚书校释译论》（第三册）,第1336页。
⑧ 杨筠如：《尚书覈诂》,第269页。

乂王家"[1]:《诗经·小雅·南山有台》"保乂有后",可见"保乂"是周人成语,"保"意为"保有","乂"意为"治理"。"用保乂民"意为"以保有、治理人民"。

（16）《康诰》"裕民惟文王之敬忌"[2]:杨筠如《尚书覈诂》说,"敬忌"是古语。如《顾命》"眇眇予末小子,其能而乱四方以敬忌天威",《吕刑》"敬忌罔有择言在身"。"敬忌"意为"敬畏""敬戒"。[3]

（17）《康诰》"迪屡未同"[4]:《多方》中有"尔乃迪屡不靖","迪屡"犹言"屡迪",意为"屡次兴作"。

（18）《康诰》"要囚,服念五六日,至于旬时,丕蔽要囚",《多方》"要囚,殄戮多罪","我惟时其战要囚之"[5]:王国维指出,"要囚"为当时成语,意为"幽囚",古代"要""幽"同音。[6]

（19）《康诰》"乃其速由文王作罚","汝乃其速由兹义率杀"[7]:日本学者加藤常贤指出,《诗经·大雅·假乐》中有"率由旧章",《周书·文侯之命》中有"罔不率从",《周书·大诰》中有"率从宁人",《孟子·离娄》中有"率由先王旧章",可见"速由""率由""率从"为同一周人成语,"由"意为"从"。[8]

（20）《康诰》"丕则敏德",《无逸》"时人丕则有愆","民否则厥心违怨,否则厥口诅祝"[9]:"丕则"为当时成语,意为"于是","时人丕则有愆"意为"此人于是有过"。"民否则厥心违怨,否则厥口诅祝"两个"否则"即"丕则","民否则厥心违怨,否则厥口诅祝",意为"民众于是其心怨恨,于是其口诅咒"。

---

[1] 顾颉刚、刘起釪:《尚书校释译论》（第三册）,第1309、1512、1839页。
[2] 顾颉刚、刘起釪:《尚书校释译论》（第三册）,第1341页。
[3] 杨筠如:《尚书覈诂》,第272页。
[4] 顾颉刚、刘起釪:《尚书校释译论》（第三册）,第1350页。
[5] 顾颉刚、刘起釪:《尚书校释译论》,第1327、1610、1633页。
[6] 王国维:《与友人论〈诗〉、〈书〉中成语书二》,载王国维:《观堂集林（外二种）》,第45页。
[7] 顾颉刚、刘起釪:《尚书校释译论》（第三册）,第1336、1341页。
[8] 转引自顾颉刚、刘起釪:《尚书校释译论》（第三册）,第1340页。
[9] 顾颉刚、刘起釪:《尚书校释译论》（第三册）,第1351、1539、1542页。

第二章　西周对"殷商古语"的因袭和新变　　117

（21）《康诰》"庸庸祗祗威威显民"①：于省吾《双剑誃尚书新证》根据金文、石鼓文及隶古定《尚书》重文成例认为，此句应该读作"庸祗威，庸祗威显民"，庸，用也，威，同"畏"，"祗威"为周人成语，《金縢》有"罔不祗畏"。②

（22）《酒诰》"嗣尔股肱"③："股肱"为古代成语，《左传·昭公九年》："君之卿佐，是谓股肱。""股"为大腿，"肱"为手臂，"股肱"是以手足比喻辅佐力量。

（23）《君奭》"天难谌，乃其坠命"④：《诗经·大雅·大明》有"天难忱斯，不易维王"诗句，"天难谌"即"天难忱"，为西周成语，意谓"天不可信"，这是西周初年上层统治阶级对上天的新认识。

（24）《酒诰》"经德秉哲"⑤：于省吾《双剑誃尚书新证》认为，"经德"是周人常语，《齐陈曼簠铭》："肇勤经德。"《孟子·尽心下》："经德不回。""经德"意谓"常德"。⑥

（25）《酒诰》"在今后嗣王酣身厥命"⑦：于省吾《双剑誃尚书新证》说，"酣"是"刚"的语音讹变，"身""申"二字上古通用，"酣身"即"刚申"。"刚申厥命"，意为"强申其命令"，"意谓好以威权蛮轹人民"。《多士》有"予惟是命有申"，这说明"申命"是周人成语。⑧

（26）《洛诰》"公，明保予冲子"⑨：于省吾《双剑誃尚书新证》说，"明保"为周人成语，《多方》有"大不克明保享于民"，《诗经·周颂·访落》"以保明其身"，"保明"也就是"明保"。⑩《令彝铭》及《矢尊铭》都有"王命周公子明保"之句。"明保"意为"保护"。

---

① 顾颉刚、刘起釪：《尚书校释译论》（第三册），第1299、1300页。
② 于省吾：《双剑誃尚书新证》，第123、124页。
③ 顾颉刚、刘起釪：《尚书校释译论》（第三册），第1388页。
④ 顾颉刚、刘起釪：《尚书校释译论》（第三册），第1554页。
⑤ 顾颉刚、刘起釪：《尚书校释译论》（第三册），第1403页。
⑥ 于省吾：《双剑誃尚书新证》，第142页。
⑦ 顾颉刚、刘起釪：《尚书校释译论》（第三册），第1407页。
⑧ 于省吾：《双剑誃尚书新证》，第143、144页。
⑨ 顾颉刚、刘起釪：《尚书校释译论》（第三册），第1468页。
⑩ 于省吾：《双剑誃尚书新证》，第189页。

（27）《洛诰》"殷乃引考"①：于省吾《双剑誃尚书新证》认为，"引"是"弘"之讹伪，"考"读为"孝"，此句应该读为"殷乃弘孝"，他举《毛公旅鼎铭》"亦弘唯孝"为证，说明"弘孝"为周人成语。②

（28）《无逸》"君子所其无逸"③：于省吾《双剑誃尚书新证》说，金文"启"（繁体字写作"啓"）字或不从"口"，与"所"字字形相近。"所其"即"启其"，"君子所其无逸者，君子启其无逸也。""启其"在金文中多见，属于周人成语，意为"开始"。④《康诰》"周公初基作新大邑于东国洛"中的"初基"，应该是"初其"，金文作"启其"，与《无逸》"所其"是同一个词，意为"开始"。

（29）《无逸》"不敢荒宁"⑤：于省吾《双剑誃尚书新证》说，金文写作"妄宁"，如《毛公鼎铭》"女毋敢妄宁"，《晋姜鼎铭》"不叚妄宁"，"荒""妄"同声相假。⑥"荒宁"意为"懈怠"。

（30）《无逸》"嗣王其监于兹"⑦：于省吾《双剑誃尚书新证》引《梓材》"自古王者若兹监"，"已若兹监"，《君奭》"肆其监于兹"，《吕刑》"监于兹详刑"，《诗经·周颂·敬之》"日监在兹"，说明"监兹"是周人成语，"古人之惕厉自省盖如此，亦可觇其为德无叚之有由然也。"⑧"监兹"意为"鉴戒"。

（31）《君奭》"惟纯佑命，则商实百姓、王人，罔不秉德明恤"⑨：于省吾《双剑誃尚书新证》引《舀鼎铭》"王人"一词，以为"王人"为周人成语，指"国王同姓之臣"。"惟纯佑命，则商实百姓、王人，罔不秉德明恤"的意思，"言惟纯厚佑助其命，则商之百官王人，罔不秉德明

---

① 顾颉刚、刘起釪：《尚书校释译论》（第三册），第 1493 页。
② 于省吾：《双剑誃尚书新证》，第 196 页。
③ 顾颉刚、刘起釪：《尚书校释译论》（第三册），第 1530 页。
④ 于省吾：《双剑誃尚书新证》，第 209 页。
⑤ 顾颉刚、刘起釪：《尚书校释译论》（第三册），第 1532 页。
⑥ 于省吾：《双剑誃尚书新证》，第 211 页。
⑦ 顾颉刚、刘起釪：《尚书校释译论》（第三册），第 1542 页。
⑧ 于省吾：《双剑誃尚书新证》，第 217、218 页。
⑨ 顾颉刚、刘起釪：《尚书校释译论》（第三册），第 1560 页。

恤也。"①

（32）《君奭》"厥乱明我新造邦"②：于省吾《双剑誃尚书新证》引《颂鼎》铭文，以为"新造"为周人成语，意为"新建"。"新造邦谓平武庚之叛所新造之邦也。"③

（33）《君奭》"前人敷乃心"④：于省吾《双剑誃尚书新证》引《尚书·盘庚下》"今予其敷心"，《弓鎛铭》"余既専乃心"，认为"敷心"是古之成语，⑤意为"展布心臆""推心置腹"。

（34）《君奭》"其汝克敬德"⑥：于省吾《双剑誃尚书新证》引《尚书·召诰》"不可不敬德"和《班彝铭》"唯敬德亡逌违"，指出"敬德"是周人成语，意为"敬重德行"。⑦

（35）《君奭》"让后人于丕时"⑧：孙诒让《尚书骈枝》说，"丕时"犹"丕承"，《诗经·周颂·清庙》"丕显丕承"，《孟子·滕文公》引《尚书》曰："丕承哉，武王烈。""时"训"承"。如此"丕时""丕承"为周人成语，意为"大承"。⑨王国维征引《周颂·般》"裦时之对"、《大雅·文王》"帝命不时"指出，"裦时""不时""丕时"当是同一成语。⑩孙诒让、王国维对"丕时"解说不尽相同，但他们共同认为"丕时"是成语。

（36）《君奭》"我则鸣鸟不闻"⑪：刘起釪引《诗经·小雅·伐木》

---

① 于省吾：《双剑誃尚书新证》，第 224 页。
② 顾颉刚、刘起釪：《尚书校释译论》（第三册），第 1560 页。
③ 于省吾：《双剑誃尚书新证》，第 228 页。
④ 顾颉刚、刘起釪：《尚书校释译论》（第三册），第 1586 页。
⑤ 于省吾：《双剑誃尚书新证》，第 232 页。
⑥ 顾颉刚、刘起釪：《尚书校释译论》（第三册），第 1586 页。
⑦ 于省吾：《双剑誃尚书新证》，第 235 页。
⑧ 顾颉刚、刘起釪：《尚书校释译论》（第三册），第 1586 页。
⑨ 孙诒让：《尚书骈枝》，第 45 页。
⑩ 王国维：《与友人论〈诗〉、〈书〉中成语书二》，载王国维：《观堂集林（外二种）》，第 45 页。
⑪ 顾颉刚、刘起釪：《尚书校释译论》（第三册），第 1574 页。刘起釪将"鸟鸣"解释为"求其友声"，按殷商时期以鸟鸣为不祥之兆，《甲骨文合集》522 载"有鸣鸟"，《甲骨文合集》17366 反面载"之日，夕有鸟鸣"，《商书·高宗肜日》载野鸡飞到鼎耳上鸣叫，这些都被视为不祥之兆，从而引发人们警惕。周公曰"我则鸣鸟不闻"，似应解为听不到警戒之声。

"伐木丁丁,鸟鸣嘤嘤。……嘤其鸣矣,求其友声",以为《伐木》以鸟鸣求友比喻求得友声,周公以"鸣鸟不闻"喻自己听不到诤言。①

(37)《多士》"今惟我周王丕灵承帝事",《多方》"不克灵承于旅""惟我周王灵承于旅"②:杨筠如《尚书覈诂》说,"灵承"为古之成语。《多士》"惟我周王丕灵承帝事",《多方》"惟我周王灵承于旅",都是"灵承"的例子。③于省吾《双剑誃尚书新证》进一步指出,"灵承"意为"善受","灵承帝事言善受上帝之事","不克灵承于旅者,不克善受于嘉休也。惟我周王灵承于旅者,惟我周王善受于嘉休也","灵承语例为自下奉上之词"。④

(38)《君奭》"天不庸释于文王受命",《多方》"非天庸释有夏,非天庸释有殷"⑤:"庸释"为古之成语,于省吾《双剑誃尚书新证》说,"庸"意为"用","释"与"泽""择""斁"古通。斁,厌也。"天不庸释于文王受命者,天不用厌于文王受命也。""非天庸释有夏者,非天用厌有夏也。非天庸释有殷者,非天用厌有殷也。"⑥

(39)《君奭》"海隅出日,罔不率俾"⑦:王引之说:"今案:《尔雅》:'俾,从也。''罔不率俾',犹《文侯之命》言'罔不率从'也。'海隅出日,罔不率俾',犹《鲁颂》言'至于海邦,莫不率从'也。"⑧"率俾"意即"率从",为周人成语。

(40)《立政》"谋面用丕训德"⑨:于省吾《双剑誃尚书新证》引《诗经·小雅·十月之交》,认为"谋面"即"黾勉"。又引《诗经·大雅·下武》"应侯顺德"诗句,指出"训德"通"顺德"。"谋面""顺

---

① 顾颉刚、刘起釪:《尚书校释译论》(第三册),第1584、1585页。
② 顾颉刚、刘起釪:《尚书校释译论》(第三册、第四册),第1517、1610、1611页。
③ 杨筠如:《尚书覈诂》,第340、341页。
④ 于省吾:《双剑誃尚书新证》,第250页。
⑤ 顾颉刚、刘起釪:《尚书校释译论》(第三册、第四册),第1554、1610页。
⑥ 于省吾:《双剑誃尚书新证》,第220页。
⑦ 顾颉刚、刘起釪:《尚书校释译论》(第三册),第1586页。
⑧ 王引之:《经义述闻》,上海:上海古籍出版社,2017年,第131页。
⑨ 顾颉刚、刘起釪:《尚书校释译论》(第四册),第1666页。

德"均为周人成语。"谋面用丕训德者,黾勉用以顺德也。"①

（41）《立政》"奄甸万姓"②：于省吾《双剑誃尚书新证》引《秦公钟铭》"万生是敕",指出"万生"即"万姓","万生"为周人成语。"万姓为万民。奄甸万姓者,抚治万民也。"③

（42）《立政》"继自今我其立政：立事、准人、牧夫""继自今文子文孙""继自今立政""继自今后王立政"④：杨筠如《尚书覈诂》说："继自今,此篇凡四见,盖系当时成语,意谓自今以后也。"⑤

（43）《洛诰》"叙弗其绝厥若。彝及抚事如",《立政》"我其克灼知厥若",《顾命》"用奉恤厥若"⑥："厥若"一词多次出现在《周书》之中,显然"厥若"为周人成语。"厥若"内涵是什么,学者们对此有不同解读。王国维在《与友人论〈诗〉、〈书〉中成语书二》中说："《洛诰》云'叙弗其绝厥若',《立政》云'我其克灼知厥若',《康王之诰》云'用奉恤厥若'。'厥若'亦当是成语,此等成语,无不有相沿之意义在,今日固无以知之,学者姑从盖阙可矣。"⑦曾运乾《尚书正读》说,"厥若"是指示代词。《立政》"我其克灼知厥若",是指代上文"三有宅心,三有俊心"。《康王之诰》"用奉恤厥若","厥若"是指代王室。《洛诰》"无若火始焰焰,厥攸灼叙,弗其绝厥若","厥若"指代上文焰焰之火。⑧杨筠如《尚书覈诂》说,"厥若"犹言"厥善""厥道"。⑨

（44）《尧典》《顾命》《文侯之命》中都有"柔远能迩"⑩：此词当为商周成语,意为"安抚绥柔远者,和协相善近者"。

---

① 于省吾：《双剑誃尚书新证》,第263页。
② 顾颉刚、刘起釪：《尚书校释译论》（第四册）,第1666页。
③ 于省吾：《双剑誃尚书新证》,第265页。
④ 顾颉刚、刘起釪：《尚书校释译论》（第四册）,第1686、1687页。
⑤ 杨筠如：《尚书覈诂》,第404页。
⑥ 顾颉刚、刘起釪：《尚书校释译论》（第三册）,第1468、1686、1839页。
⑦ 王国维：《与友人论〈诗〉、〈书〉中成语书二》,载王国维：《观堂集林（外二种）》,第45页。
⑧ 曾运乾：《尚书正读》,北京：中华书局,1972年,第204页。
⑨ 杨筠如：《尚书覈诂》,第322页。
⑩ 顾颉刚、刘起釪：《尚书校释译论》（第三册）,第191、1712、2114页。

（45）《顾命》"用答扬文武之光训"①：刘起釪说，"答"字，《白虎通·爵篇》引此句作"对"，故此处"答扬"亦作"对扬"。《克鼎铭》《无惠鼎铭》《颂鼎铭》《师望鼎铭》等皆作"敢对扬天子丕显鲁休"，《善鼎铭》《康鼎铭》则作"对扬天子丕显休"，《毛公鼎铭》作"对扬天子皇休"，《大夫始鼎铭》作"对扬天子休"，《剌鼎铭》《井鼎铭》《吕鼎铭》《不寿鼎铭》等彝器铭文中有"对扬王休"之语，皆表示答谢颂扬之意，可知"答扬""对扬"是周人成语。②

（46）《多士》"弗吊旻天大降丧于殷"③：《诗经》中的《雨无正》《召旻》皆有"弗吊旻天"之句，可见"弗吊旻天"是周人成语，且都与上天惩罚联系在一起，意为"不善的老天"。

（47）《尧典》"寇贼奸宄"，《牧誓》"以奸宄于商邑"，《康诰》"寇攘奸宄"，《梓材》"肆往奸宄"，《吕刑》"鸱义、奸宄"④："奸宄"为商周成语，意为"作奸犯科"。

（48）《多士》"惟帝降格向于时"，《多方》"惟帝降格于夏"，《吕刑》"罔有降格"⑤：可见"降格"为周人成语，意谓"神来享佑"。

（49）《文侯之命》"追孝于前文人"⑥："文人"一词多见于先秦文献，《诗经·大雅·江汉》"告于文人"，《兮仲钟铭》"其用追孝于皇考己伯，用侃喜前文人"，《追敦铭》"用追孝于前文人"，可知"前文人"为周人成语，意为"有文德之人"，用来指称已故先人。⑦于省吾《双剑誃尚书新证》引《兮仲钟铭》"其用追孝于皇考己伯"，《诗经·大雅·文王有声》"遹追来孝"，《礼记·祭统》"祭者所以追养继孝也"，指出"追孝"一词是古人成语。⑧"追孝"意为"追养继孝"。

---

① 顾颉刚、刘起釪：《尚书校释译论》（第四册），第 1803 页。
② 顾颉刚、刘起釪：《尚书校释译论》（第四册），第 1822、1823 页。
③ 顾颉刚、刘起釪：《尚书校释译论》（第三册），第 1512 页。
④ 顾颉刚、刘起釪：《尚书校释译论》（第三册），第 192、1098、1331、1422、1901 页。
⑤ 顾颉刚、刘起釪：《尚书校释译论》（第三册），第 1512、1610、1901 页。
⑥ 顾颉刚、刘起釪：《尚书校释译论》（第四册），第 2114 页。
⑦ 顾颉刚、刘起釪：《尚书校释译论》（第四册），第 2121 页。
⑧ 于省吾：《双剑誃尚书新证》，第 298 页。

（50）《文侯之命》"昭升于上，敷闻在下"①：据段玉裁说，"昭升"一词，今文《尚书》写作"昭登"。王国维指出，"陟降""陟恪""登假""登遐""昭登"都是古之成语，其基本义是"往来"，不应该解释为"上下"。《诗经·周颂·闵予小子》"念兹皇祖，陟降庭止"，《诗经·大雅·文王》"文王陟降，在帝左右"，《诗经·周颂·访落》"绍庭上下，陟降厥家"，《诗经·周颂·闵予小子》"念兹皇考，陟降庭止"，《诗经·周颂·敬之》"陟降厥土，日监在兹"，《诗经·大雅·烝民》"天命有周，昭假于下"，《诗经·大雅·云汉》"大夫君子，昭假无赢"，《左传·昭公七年》"叔父陟恪，在我先王之左右"，《庄子·德充符》"彼且择日而登假"，《墨子·节葬》"熏上则谓之登遐"。"古人言陟降，犹今人言往来，不必兼陟与降二义。"与"陟降"相通的又有"陟各""登假""昭登""昭假"等成语。②

（51）《酒诰》"惟天降命，肇我民"，《多士》"昔朕来自奄，予大降尔四国民命"，《多方》"我惟大降尔命，尔罔不知"，"乃大降显休命于成汤"，"我惟大降尔四国民命"，"乃有不用我降尔命，我乃其大罚殛之"③：这些文诰中都有"降命"一词，可见这是西周成语。关于"降命"含义，王国维解释说："天降命于君，谓付以天下；君降命于民，则谓全其生命。"④

（52）《康诰》《多方》《吕刑》《文侯之命》等篇都有"明德慎罚"之语，这是周人区别于殷商敬神重刑而采取的新国策，提倡德政和慎刑，因此"明德慎罚"也可以看作是周人成语。

（53）《尧典》"乃言厎可绩"⑤：杨筠如《尚书覈诂》说："厎可绩"是"可厎绩"之倒，《禹贡》中有"覃怀厎绩"，"和夷厎绩"，"原隰厎绩"，并以"厎绩"连文。⑥可知"厎绩"是上古成语，意为"致功"。

---

① 顾颉刚、刘起釪：《尚书校释译论》（第四册），第 2114 页。
② 王国维：《与友人论〈诗〉、〈书〉中成语书》，载王国维：《观堂集林（外二种）》，第 41、42 页。
③ 顾颉刚、刘起釪：《尚书校释译论》（第三册），第 1381、1517、1610、1633 页。
④ 王国维：《与友人论〈诗〉、〈书〉中成语书二》，载王国维：《观堂集林（外二种）》，第 42 页。
⑤ 顾颉刚、刘起釪：《尚书校释译论》（第一册），第 98 页。
⑥ 杨筠如：《尚书覈诂》，第 26、27 页。

（54）《洛诰》"王如弗敢及，天基命定命"①："基命"一词又见于《诗经·周颂·昊天有成命》"夙夜基命宥密"，可见"基命"是西周初年一个成语，意为"始命"。

《周书》中的这些成语，少数来自殷商，如《牧誓》中的"昧爽"，与殷商甲骨文中的"昧旦"实为同一成语；《君奭》中的"鸣鸟"多见于殷商甲骨文，意指不好的征兆，"奸宄"一词也见于《盘庚中》和《微子》。更多的《周书》成语则是出于周人自己创造的语例。有些《周书》成语与西周意识形态及其王朝政策有关，如"明德慎罚""经德""敬德""训德""天棐忱""保乂""新造""柔远能迩""敷佑""率俾"等词语，都是西周前期上层集团常用话语，它们在周初文诰中多次出现，由此成为《周书》中反复运用的成语。有些成语是周人在镇抚殷商遗民过程中创造的，如"降命""降格""弗吊旻天"等成语，都是周人借助天命来说明周人取代殷商的正当性与合理性，从心理上消除殷商遗民对新朝的抗拒情绪。有些成语则是在西周初年成王年幼、周公摄政的特定政治形势下创造的，如"明保"这一成语就是多用于周公保护成王。其他《周书》成语虽然不能一一确指其创造背景，但它们都是在西周重要文献中使用频率较高，因而成为成语。虽然绝大多数《周书》成语是出于周人的创造，但是这些成语大都由两个字组成，而不像春秋战国以后"文言"中成语的四字结构。《周书》成语也像《商书》成语一样多用通假字，如"酣身"又写作"刚申"，"丕则"又写作"否则"等等。《周书》成语大多是由于在文诰中反复运用而形成周人语例。还有，《周书》成语的古老色彩，也是不难体味的。这些因素表明，《周书》成语在语言历史形态上属于"殷商古语"，而不属于"文言"。

《周书》较多地运用通假字。

（1）《洪范》"念用庶徵"②：刘起釪指出，"念"通"验"，即应验。"念用庶徵"意为"以各种徵兆来应验君主的行为"。③

---

① 顾颉刚、刘起釪：《尚书校释译论》（第三册），第1456页。
② 顾颉刚、刘起釪：《尚书校释译论》（第三册），第1148页。
③ 顾颉刚、刘起釪：《尚书校释译论》（第三册），第1150、1151页。

（2）《洪范》"威用六极"①：刘起釪指出，周代金文皆以"畏"作"威"，"威""畏"二字通用。"威用六极"意为"以六极畏罚之"。②

（3）《洪范》"用敷锡厥庶民"③：刘起釪指出，"敷""傅"二字同音通用，其意为"布"。"用敷锡厥庶民"意为"把五福散布给庶民"。④

（4）《洪范》"予攸好德"⑤：俞樾在《群经平议》中说，古字"攸"通"修"。秦始皇《会稽刻石》"德惠攸长"，《史记》作"德惠修长"。"予攸好德"意为"我修饰美德"。⑥

（5）《金縢》"植璧秉圭"⑦：刘起釪指出，今文作"戴"，古文作"植"，"植"同"置"。"植璧秉圭"意为"放置好璧，手执玉圭"。⑧

（6）《金縢》"予仁若考"⑨：《史记·鲁周公世家》作"旦巧"，王念孙说，"考""巧"古字通。俞樾在《群经平议》中说，"仁"当读为"佞"，古人谓才为佞，"佞"与"巧"义相近。⑩

（7）《大诰》"弗吊天降割于我家"⑪：刘起釪指出，"割"与"害"通。马融古文本作"害"。"弗吊天降割于我家"，意为"不善的老天降下灾害给我们王家"。⑫

（8）《大诰》"若兄考"⑬：刘起釪指出，"兄"在金文、甲骨文中多作"贶"，"贶""皇"音近通用，"兄考"即"皇考"。⑭

（9）《康诰》"乃洪大诰治"⑮：杨筠如《尚书覈诂》说，"治"与

---

① 顾颉刚、刘起釪：《尚书校释译论》（第三册），第1148页。
② 顾颉刚、刘起釪：《尚书校释译论》（第三册），第1151页。
③ 顾颉刚、刘起釪：《尚书校释译论》（第三册），第1163页。
④ 顾颉刚、刘起釪：《尚书校释译论》（第三册），第1164页。
⑤ 顾颉刚、刘起釪：《尚书校释译论》（第三册），第1163页。
⑥ 俞樾：《群经平议》，第71页。
⑦ 顾颉刚、刘起釪：《尚书校释译论》（第三册），第1223页。
⑧ 顾颉刚、刘起釪：《尚书校释译论》（第三册），第1227页。
⑨ 顾颉刚、刘起釪：《尚书校释译论》（第三册），第1223页。
⑩ 俞樾：《群经平议》，第71、72页。
⑪ 顾颉刚、刘起釪：《尚书校释译论》（第三册），第1262页。
⑫ 顾颉刚、刘起釪：《尚书校释译论》（第三册），第1264页。
⑬ 顾颉刚、刘起釪：《尚书校释译论》（第三册），第1278页。
⑭ 顾颉刚、刘起釪：《尚书校释译论》（第三册），第1278页。
⑮ 顾颉刚、刘起釪：《尚书校释译论》（第三册），第1292页。

"辞"相通。《礼记·檀弓》郑玄注:"辞,犹告也。"《酒诰》"乃不用我教辞","教辞"意为"教告"。《周礼·小司徒》"听其辞讼",《周礼·小宰》"听其治讼",证明"治""辞"相通。①

(10)《康诰》"今民将在"②:刘起釪征引朱骏声、于省吾之说,以为"将"通"戕",戕,伤也。"在"通"哉"。"今民将在",即"今民伤哉",是为视民如伤之意。③

(11)《康诰》"绍闻衣德言"④:于省吾《双剑誃尚书新证》说,"衣"通"殷",《庚嬴鼎》"衣祀"即"殷祀"。"绍闻衣德言"意为"续闻殷之德言"。⑤

(12)《康诰》"别求闻由古先哲王"⑥:王引之《经义述闻》称,古字"别"通"辩",遍也。《礼记·乐记》"其治辩者其礼具",郑玄注曰:"辩,遍也。"《康诰》同篇下文"乃别播敷造民大誉"之"别",王引之认为也读作"辩","辩""遍"解。⑦"别求闻由古先哲王"意为"遍求殷商古代圣王治国之道"。

(13)《康诰》"惠不惠,懋不懋"⑧:段玉裁《古文尚书撰异》说,古"懋"与"茂"通用。⑨茂,勉也。"惠不惠,懋不懋"意为"施惠于不驯服之人使之驯服,勉励不勤勉之人使之勤勉"。

(14)《康诰》"人有小罪,非眚"⑩:段玉裁《古文尚书撰异》引《释文》曰,"眚"本作"省"。古"省""眚"通用。⑪省,察也。"人有小罪,非眚"意为"有人犯小罪而不知反省"。

---

① 杨筠如:《尚书覈诂》,第255页。
② 顾颉刚、刘起釪:《尚书校释译论》(第三册),第1309页。
③ 顾颉刚、刘起釪:《尚书校释译论》(第三册),第1310页。
④ 顾颉刚、刘起釪:《尚书校释译论》(第三册),第1309页。
⑤ 于省吾:《双剑誃尚书新证》,第127页。
⑥ 顾颉刚、刘起釪:《尚书校释译论》(第三册),第1309页。
⑦ 王引之:《经义述闻》,第93页。
⑧ 顾颉刚、刘起釪:《尚书校释译论》(第三册),第1313页。
⑨ 段玉裁:《古文尚书撰异》,第211页。
⑩ 顾颉刚、刘起釪:《尚书校释译论》(第三册),第1319页。
⑪ 段玉裁:《古文尚书撰异》,第212页。

第二章　西周对"殷商古语"的因袭和新变　　127

（15）《康诰》"汝陈时臬司""汝陈时臬事"[1]：王国维指出，古代"司""事"通用，他征引《诗经·小雅·十月之交》"择三有事"，《毛公鼎铭》"粤三有嗣"，认为"臬司"即"臬事"。[2] "汝陈时臬司"，"汝陈时臬事"意为"你布置司法人员"。

（16）《酒诰》"尔乃自介用逸"[3]：旧注或释"介"为"大"，或释为"副"，或释为"助"，或释为"因"。杨筠如《尚书覈诂》说，"介"与"匄"通。如《诗经·豳风·七月》"以介眉寿"，《诗经·小雅·楚茨》"以介景福"，《克鼎铭》"用介"，《大司工簠铭》作"用匄"。《广雅》"匄，求也""'尔乃自介用逸'者，尔乃自求用逸也"。[4]

（17）《酒诰》"成王畏相"[5]：于省吾《双剑誃尚书新证》说："'相'不应训'辅相'。《说文》：'相，省视也。''相''省'二字义同古通。"[6] "成王畏相"，意为"成就王业并畏敬省察"。

（18）《酒诰》"辜在商邑越殷国灭无罹"[7]：于省吾《双剑誃尚书新证》说，"辜"与"故"通，"罹"与"丽"通，意为附丽。[8] "辜在商邑越殷国灭无罹"，意为"故在商之国都与全国灭亡而无所附丽"。

（19）《召诰》"其惟王位在德元"[9]：于省吾《双剑誃尚书新证》说，"位"与"立"古代相通，金文"位"字没有人字旁。他列举《颂鼎铭》《克鼎铭》中的例子，说明"立"即"位"。[10] "王位在德元"，意谓"王立于德之首"。

（20）《召诰》"天迪从子保"[11]：王引之《经义述闻》说，"子"当

---

[1] 顾颉刚、刘起釪：《尚书校释译论》（第三册），第1327、1331页。
[2] 王国维：《与友人论〈诗〉、〈书〉中成语书二》，载王国维：《观堂集林（外二种）》，第42页。
[3] 顾颉刚、刘起釪：《尚书校释译论》（第三册），第1396页。
[4] 杨筠如：《尚书覈诂》，第281页。
[5] 顾颉刚、刘起釪：《尚书校释译论》（第三册），第1403页。
[6] 于省吾：《双剑誃尚书新证》，第142页。
[7] 顾颉刚、刘起釪：《尚书校释译论》（第三册），第1407页。
[8] 于省吾：《双剑誃尚书新证》，第145、146页。
[9] 顾颉刚、刘起釪：《尚书校释译论》（第三册），第1442页。
[10] 于省吾：《双剑誃尚书新证》，第175页。
[11] 顾颉刚、刘起釪：《尚书校释译论》（第三册），第1438页。

读为"慈",古字"子"与"慈"通,《国语·周语》有"慈保庶民,亲也"之语。"天迪从子保者,言天用顺从而慈保之也。"[1]

(21)《洛诰》"我二人共贞"[2]:王国维说:"贞当为鼎,当也,谓卜之休吉,王与周公共当之也。"[3]"贞""鼎"二字古代通用。

(22)《洛诰》"丕视功载"[4]:于省吾在《双剑誃尚书新证》中指出,"载""哉"古通。《诗经·大雅·文王》"陈锡哉周",《国语》作"陈锡载周";《吕氏春秋·知分》"夫善哉",陈昌齐说,据《淮南子》,"善哉"当作"善载"。"丕视功载,言斯视事哉"。[5]

(23)《洛诰》"作周孚先"[6]:刘起釪征引章炳麟《古文尚书拾遗》之说,以为"孚"通"郛",意为"外城"。"作周孚先",意为"修筑东周外城作为王城先导"。[7]

(24)《多士》"允罔,固乱弼我"[8]:于省吾《双剑誃尚书新证》说,"罔"通"亡","固"通"故"。[9]"允罔,固乱弼我",意为"上天真心让殷国灭亡,因而就连续扶助我们"。

(25)《多士》"肆不正"[10]:孙诒让《尚书骈枝》说,"正"是"征"的通假字。[11]"肆不正"是周公表示上天已经惩罚殷朝,因此他决定不再征伐殷商遗民了。

(26)《多士》"予惟四方罔攸宾"[12]:刘起釪征引江声《尚书音疏》之说,以为"宾"与"摈"相通,意为摈弃。[13]"予惟四方罔攸宾",是周

---

[1] 王引之:《经义述闻》,上海:上海古籍出版社,2017年,第221页。
[2] 顾颉刚、刘起釪:《尚书校释译论》(第三册),第1457页。
[3] 王国维:《洛诰解》,载王国维:《观堂集林(外二种)》,第15页。
[4] 顾颉刚、刘起釪:《尚书校释译论》(第三册),第1468页。
[5] 于省吾:《双剑誃尚书新证》,第184页。
[6] 顾颉刚、刘起釪:《尚书校释译论》(第三册),第1493页。
[7] 顾颉刚、刘起釪:《尚书校释译论》(第三册),第1494页。
[8] 顾颉刚、刘起釪:《尚书校释译论》(第三册),第1512页。
[9] 于省吾:《双剑誃尚书新证》,第199、200页。
[10] 顾颉刚、刘起釪:《尚书校释译论》(第三册),第1517页。
[11] 孙诒让:《尚书骈枝》,第37页。
[12] 顾颉刚、刘起釪:《尚书校释译论》(第三册),第1521页。
[13] 顾颉刚、刘起釪:《尚书校释译论》(第三册),第1521页。

公表示对四方无所摈却,言下之意是,周朝对于殷商遗民也不会摈弃。

（27）《无逸》"古之人犹胥训告,胥保惠,胥教诲"①:刘起釪征引王引之之说,认为"犹"与"由"通,由,用也。"言古之人用相道告、相安顺、相教诲也。"②

（28）《君奭》"用乂厥辟"③:刘起釪征引戴钧衡《书传补商》之说,以为"乂"古通"艾",相也。"用乂厥辟",意为"以相其君"。④

（29）《君奭》"则有固命"⑤:于省吾《双剑誃尚书新证》说,"固"通"故"。"'故命',谓先王所受之命。"⑥

（30）《君奭》"汝明勖偶王在"⑦:于省吾《双剑誃尚书新证》说,"在"通"哉"。"偶"与"耦"通,耦,辅佐。"汝明勖偶王在"的意思是,"言汝孟勉侑王哉"。⑧

（31）《君奭》"亶乘兹大命"⑨:于省吾《双剑誃尚书新证》说,"亶"通"单",读"殚",尽也。"乘"与"承"相通。"亶乘兹大命",意为"尽承此大命"。⑩

（32）《君奭》"惟时二人弗戡"⑪:孙诒让《尚书骈枝》说,"戡"与"堪"通。⑫堪,承受。"惟时二人弗戡",意为"我们二人（周公、召公）不能单独承受上天休美"。

（33）《多方》"崇乱有夏因甲于内乱"⑬:郑玄、王肃、戴均衡、杨筠如等人皆以为,"甲"通"狎","崇乱有夏因甲于内乱",意为"夏桀

---

① 顾颉刚、刘起釪:《尚书校释译论》（第三册）,第1541、1542页。
② 王引之:《经义述闻》,第80页。
③ 顾颉刚、刘起釪:《尚书校释译论》（第三册）,第1560页。
④ 顾颉刚、刘起釪:《尚书校释译论》（第三册）,第1571页。
⑤ 顾颉刚、刘起釪:《尚书校释译论》（第三册）,第1560页。
⑥ 于省吾:《双剑誃尚书新证》,第228页。
⑦ 顾颉刚、刘起釪:《尚书校释译论》（第三册）,第1586页。
⑧ 于省吾:《双剑誃尚书新证》,第232、233页。
⑨ 顾颉刚、刘起釪:《尚书校释译论》（第三册）,第1586页。
⑩ 于省吾:《双剑誃尚书新证》,第232、233页。
⑪ 顾颉刚、刘起釪:《尚书校释译论》（第三册）,第1586页。
⑫ 孙诒让:《尚书骈枝》,第45页。
⑬ 顾颉刚、刘起釪:《尚书校释译论》（第四册）,第1610页。

给有夏增添祸乱,狎习淫乱政治"。

（34）《多方》"乃惟以尔多方之义民,不克永于多享"①:于省吾《双剑誃尚书新证》说,"谊""义""仪""宜""且""俎""阻""祖"这几个字古代相通,此处"义民"当为"阻民",意为"难民"。这一句意思是"惟天不与以善,乃惟与尔多之难民不克永于多享也"。②

（35）《多方》"非天庸释有夏"③:于省吾《双剑誃尚书新证》说,"释""泽""择""敓"几个字古代相通,敓,厌也。"非天庸释有夏",意为"非天用厌有夏"。④

（36）《多方》"越惟有胥伯小大多正"⑤:于省吾征引王国维之说,以为"胥""楚""伯""赋"几个字古代同声通用,"胥伯"是指徭役贡赋。"正",读为"征"。⑥"越惟",语气词。"越惟有胥伯小大多正",意为"各种大小徭役赋税的征调"。

（37）《立政》"庶狱庶慎"⑦:于省吾《双剑誃尚书新证》说,"慎"应该读"讯"。"讯""训""慎""顺"古代通用,"庶狱庶慎"意为"庶狱庶讯",指的是诸多刑狱和刑罚讯问。⑧

（38）《顾命》"既弥留"⑨:刘起釪征引戴钧衡之说,以为"弥"与"靡"相通,"弥留"即"靡留",此处周成王自谓不久于人世。⑩

（39）《顾命》"用克达殷,集大命"⑪:"集",《汉石经》写作"就","集""就"二字古代通用。"用克达殷,集大命",意为"周人战胜殷朝,获得上天大命"。

---

① 顾颉刚、刘起釪:《尚书校释译论》（第四册）,第 1610 页。
② 于省吾:《双剑誃尚书新证》,第 251-255 页。
③ 顾颉刚、刘起釪:《尚书校释译论》（第四册）,第 1610 页。
④ 于省吾:《双剑誃尚书新证》,第 219-221 页。
⑤ 顾颉刚、刘起釪:《尚书校释译论》（第四册）,第 1638 页。
⑥ 于省吾:《双剑誃尚书新证》,第 256、257 页。
⑦ 顾颉刚、刘起釪:《尚书校释译论》（第四册）,第 1675 页。
⑧ 于省吾:《双剑誃尚书新证》,第 269 页。
⑨ 顾颉刚、刘起釪:《尚书校释译论》（第四册）,第 1712 页。
⑩ 顾颉刚、刘起釪:《尚书校释译论》（第四册）,第 1723、1724 页。
⑪ 顾颉刚、刘起釪:《尚书校释译论》（第四册）,第 1712 页。

第二章　西周对"殷商古语"的因袭和新变　　131

（40）《顾命》"在后之侗"①：杨筠如《尚书覈诂》说："古'侗''童'通，童蒙为幼稚之义，亦为蒙昧不明之意也。'在后之侗'，成王自谦之词。"②

（41）《顾命》"无敢昏逾"③：于省吾《双剑誃尚书新证》说，"俞""踰""逾""渝""输"在古代相通，此处"逾"通"渝"，意为"改变"。④"无敢昏逾"，意为"不敢昏乱改变"。

（42）《顾命》"哉生魄"⑤："魄"通"霸"，"生魄"即"生霸"，指每月十六日。哉，始也。

（43）《顾命》"无遗鞠子羞"⑥：王引之《经义述闻》说，"鞠""育"同声同义，育子，稚子也。⑦"无遗鞠子羞"，是刚继位的周康王所表达的希望，意为"不要让我这个稚子遗羞于先王"。

（44）《吕刑》"鳏寡无盖"⑧：杨筠如《尚书覈诂》引洪颐煊之说，以为"盖"犹"害"，"盖""害"古通。⑨"鳏寡无盖"，意为"鳏寡之人未受伤害"。

（45）《文侯之命》"有绩予一人永绥在位"⑩：于省吾《双剑誃尚书新证》指出，"绩""责"古通，此句言"有责予一人永安在位"。⑪

（46）《秦誓》"我皇多有之"⑫：蔡沈《书集传》说，"皇"通"遑"，意为"遑暇"。⑬"我皇多有之"，意为"我哪有闲暇去多理会他们"。

---

① 顾颉刚、刘起釪：《尚书校释译论》（第四册），第1712页。
② 杨筠如：《尚书覈诂》，第413、414页。
③ 顾颉刚、刘起釪：《尚书校释译论》（第四册），第1712页。
④ 于省吾：《双剑誃尚书新证》，第277、278页。
⑤ 顾颉刚、刘起釪：《尚书校释译论》（第四册），第1712页。
⑥ 顾颉刚、刘起釪：《尚书校释译论》（第四册），第1839页。
⑦ 王引之：《经义述闻》，第74页。
⑧ 顾颉刚、刘起釪：《尚书校释译论》（第四册），第1901页。
⑨ 杨筠如：《尚书覈诂》，第449页。
⑩ 顾颉刚、刘起釪：《尚书校释译论》（第四册），第2114页。
⑪ 于省吾：《双剑誃尚书新证》，第297页。
⑫ 顾颉刚、刘起釪：《尚书校释译论》（第四册），第2169页。
⑬ 蔡沈：《书集传》，南京，凤凰出版社，2010年，第259、260页。

（47）《尧典》"平章百姓"①：《史记·五帝本纪》写作"便章百姓"，"便"通"辨"，"平章"意为"辨别彰明"。

（48）《尧典》"试可乃已"②：《史记·五帝本纪》写作"试不可乃已"，加了一个"不"字。俞樾《群经平议》说，"已""以"通用。《礼记·檀弓下》"则岂不得以"，郑玄注：以，已字。又曰："以""已"字本同。以，用也。"试可乃已"，意思是说，"试之而可乃用之也"。③

（49）《皋陶谟》"徯志以昭受上帝"④：杨筠如《尚书覈诂》认为，"昭"，古通"绍"。《文侯之命》"用克绍乃显祖"，《唐石经》作"昭"，即其证。⑤"徯志以昭受上帝"，意为"以清新的意志承受上帝之命"。

《周书》多用假借字，例如：

（1）《洪范》"强弗友，刚克"⑥：刘起釪指出，"强"是"犟"的假借，表示"强项固执"。"强弗友，刚克"，意为"对强项固执不肯亲近的人，意即倔强的人，要以强硬的方式对待"。⑦

（2）《金縢》"敷佑四方"⑧：杨筠如《尚书覈诂》认为，"敷佑"即"匍有"。古"敷"与"溥"通，"溥"与"匍"为一字。"佑"与"有"通。杨筠如举《盂鼎铭》"匍有四方"为例。⑨此外我们还可以举出《秦公钟铭》有"匍有四方"、1976年出土的《史墙盘铭》有"匍有上下"为旁例，可知"匍有"是西周以来周人的习用语。"匍有四方"即"抚有四方"。有的传世文献即写作"抚有"，如《左传·襄公十三年》"抚有蛮夷"，《左传·昭公元年》"抚有尔室"，《左传·昭公三年》"抚有晋国"。

---

① 顾颉刚、刘起釪：《尚书校释译论》（第一册），第2页。
② 顾颉刚、刘起釪：《尚书校释译论》（第一册），第77页。
③ 俞樾：《群经平议》，第38页。
④ 顾颉刚、刘起釪：《尚书校释译论》（第一册），第440页。
⑤ 杨筠如：《尚书覈诂》，第63页。
⑥ 顾颉刚、刘起釪：《尚书校释译论》（第三册），第1172页。
⑦ 顾颉刚、刘起釪：《尚书校释译论》（第三册），第1173页。
⑧ 顾颉刚、刘起釪：《尚书校释译论》（第三册），第1223页。
⑨ 杨筠如：《尚书覈诂》，第229页。

（3）《大诰》"用文王遗我大宝龟绍天明"①：刘起釪说，"绍"为"召卜"的假借，"明"是"命"的假借，"绍天明"即"卜问天命"。②

（4）《大诰》"天棐忱辞"③：刘起釪指出，"棐"是"匪"的假借，意为"非"，"棐忱"即"不信"。"天棐忱辞"，意思是说"天不会随便信任我"。④

（5）《大诰》"若昔朕其逝"⑤：刘起釪说，"逝"是"誓"的假借，意为"诰教"。⑥"若昔朕其逝"，意为"如我前面所说"。

（6）《康诰》"汝惟小子"⑦：孙诒让《尚书骈枝》引《召诰》"有王虽小，元子哉"，认为"惟"疑为"虽（雖）"之假借字。⑧

（7）《康诰》"师兹殷罚有伦"⑨：刘起釪说，"罚"为"法"的同音假借。⑩"师兹殷罚有伦"，意为"取法殷朝刑罚中之有条理者"。

（8）《康诰》"瞽不畏死"⑪：《孟子·万章下》引此句作"闵不畏死"，"瞽""闵"同部假借。

（9）《康诰》"矧惟外庶子、训人惟厥正人越小臣诸节"⑫：刘起釪指出，"越"为金文"霁"的同音假借，意为"与"。⑬

（10）《酒诰》"弗惟德馨香、祀登闻于天"⑭：俞樾《群经平议》说，"祀"为"已"的假借，已者，以也。⑮"弗惟德馨香、祀登闻于天"，意为"没有明德的馨香上达于天"。

---

① 顾颉刚、刘起釪：《尚书校释译论》（第三册），第 1266 页。
② 顾颉刚、刘起釪：《尚书校释译论》（第三册），第 1267 页。
③ 顾颉刚、刘起釪：《尚书校释译论》（第三册），第 1275 页。
④ 顾颉刚、刘起釪：《尚书校释译论》（第三册），第 1276 页。
⑤ 顾颉刚、刘起釪：《尚书校释译论》（第三册），第 1277 页。
⑥ 顾颉刚、刘起釪：《尚书校释译论》（第三册），第 1277 页。
⑦ 顾颉刚、刘起釪：《尚书校释译论》（第三册），第 1313 页。
⑧ 孙诒让：《尚书骈枝》，第 21 页。
⑨ 顾颉刚、刘起釪：《尚书校释译论》（第三册），第 1327 页。
⑩ 顾颉刚、刘起釪：《尚书校释译论》（第三册），第 1329 页。
⑪ 顾颉刚、刘起釪：《尚书校释译论》（第三册），第 1331 页。
⑫ 顾颉刚、刘起釪：《尚书校释译论》（第三册），第 1341 页。
⑬ 顾颉刚、刘起釪：《尚书校释译论》（第三册），第 1343 页。
⑭ 顾颉刚、刘起釪：《尚书校释译论》（第三册），第 1407 页。
⑮ 俞樾：《群经平议》，第 81 页。

（11）《洛诰》"惟命曰：汝受命笃弼"①：孙诒让《尚书骈枝》说，"笃"为"督"之同声假借字，意为"督辅"。"惟命曰：汝受命笃弼"，意为"又惟命我曰：汝受先王命督辅我"。②

（12）《洛诰》"彝及抚事如"③：于省吾《双剑誃尚书新证》指出，周初"如"即"女"。如，往也。因此此句"如"应读为"汝"。彝，常。抚，循，顺。"彝及抚事如"意为"常及顺事汝"。④

（13）《无逸》"乃或亮阴"⑤：旧解为"居丧"，郭沫若在《驳〈说儒〉》一文中指出，"阴"亦作"闇"，假借为"瘖"，"亮阴"就是不言症。⑥

（14）《立政》"用咸戒于王曰王左右常伯、常任、准人、缀衣、虎贲"⑦：刘起釪说，"曰"为"越"之同音假借，越，及也。此句谓周公"告诫于王及王左右诸臣"。⑧

（15）《立政》"谋面用丕训德"⑨：于省吾《双剑誃尚书新证》说，"谋面"为"黾勉"之同音假借，为周人成语。"训"通"顺"。"谋面用丕训德"，意为"黾勉用以顺德"。⑩

（16）《吕刑》"其审克之"⑪：段玉裁说，"克""核"古音同在第一部。《古文尚书》作"克"，《今文尚书》作"核"，"克"当为"核"之假借。⑫"其审克之"，意为"其审核之"。

（17）《尧典》"寅宾出日"⑬：刘起釪说，"寅"是"夤"的假借

---

① 顾颉刚、刘起釪：《尚书校释译论》（第三册），第1468页。
② 孙诒让：《尚书骈枝》，第33页。
③ 顾颉刚、刘起釪：《尚书校释译论》（第三册），第1468页。
④ 于省吾：《双剑誃尚书新证》，第185、186页。
⑤ 顾颉刚、刘起釪：《尚书校释译论》（第三册），第1532页。
⑥ 郭沫若：《驳〈说儒〉》，载《郭沫若文集》第一卷，北京：人民出版社，1982年，第434—462页。
⑦ 顾颉刚、刘起釪：《尚书校释译论》（第四册），第1662页。
⑧ 顾颉刚、刘起釪：《尚书校释译论》（第四册），第1662、1663页。
⑨ 顾颉刚、刘起釪：《尚书校释译论》（第四册），第1666页。
⑩ 于省吾：《双剑誃尚书新证》，第263页。
⑪ 顾颉刚、刘起釪：《尚书校释译论》（第四册），第1994页。
⑫ 段玉裁：《古文尚书撰异》，第274页。
⑬ 顾颉刚、刘起釪：《尚书校释译论》（第一册），第32页。

字，其义为"敬"。"寅宾出日"，意为"恭敬地主持对初出之日的宾祭之礼"。①

（18）《尧典》"汝能庸命巽朕位"②：《史记·五帝本纪》写作"践朕位"，俞樾《群经平议》说，"巽"是"践"的假借字，"践"从戋声，古音与"巽"相近。③

（19）《皋陶谟》"俞，师汝昌言"④：《史记·夏本纪》译为："然，此而美也。"江声《尚书集注音疏》说，"师"当为"斯"。刘起釪指出，不能改字解经，可以视为"师"为"斯"之假借。⑤

那些"读为"某音的字也是假借字，例如：

（1）《大诰》"弗吊天降割于我家"⑥：刘起釪据吴大澂《字说》，认为"淑"字在金文中字形似"吊"，汉人借"叔"为"淑"，又误"淑"为"吊"，因此"吊"仍读"淑"，意为"善"。⑦

（2）《大诰》"予不敢不极卒文王图事"⑧：刘起釪说，"极"读为"亟"，意为"迅速"。⑨"予不敢不极卒文王图事"，意为"我不敢不尽快完成文王的大事"。

（3）《康诰》"若有疾，惟民其毕弃咎"⑩：孙诒让认为，"毕弃咎"意为"攘除弃去疾病"⑪。杨树达进一步指出，"毕"读"祓"。"若有疾，惟民其毕弃咎"，意谓"像有疾病一样，人们就以祭禳来驱除它"。

（4）《康诰》"于父不能字厥子"⑫：俞樾《群经平议》，以为

---

① 顾颉刚、刘起釪：《尚书校释译论》（第一册），第 38 页。
② 顾颉刚、刘起釪：《尚书校释译论》（第一册），第 86 页。
③ 俞樾：《群经平议》，第 38 页。
④ 顾颉刚、刘起釪：《尚书校释译论》（第一册），第 433 页。
⑤ 顾颉刚、刘起釪：《尚书校释译论》（第一册），第 440 页。
⑥ 顾颉刚、刘起釪：《尚书校释译论》（第三册），第 1262 页。
⑦ 顾颉刚、刘起釪：《尚书校释译论》（第三册），第 1263 页。
⑧ 顾颉刚、刘起釪：《尚书校释译论》（第三册），第 1275 页。
⑨ 顾颉刚、刘起釪：《尚书校释译论》（第三册），第 1276 页。
⑩ 顾颉刚、刘起釪：《尚书校释译论》（第三册），第 1323 页。
⑪ 孙诒让：《尚书骈枝》，第 19 页。
⑫ 顾颉刚、刘起釪：《尚书校释译论》（第三册），第 1336 页。

"于"读曰"为"。① "于父不能字厥子",意为"为父不能爱其子"。②

(5)《酒诰》"辞惟我一人弗恤"③:于省吾说,"辞""司"二字在金文中通用,此处"辞"当读为"司",为语气词。④ "辞惟我一人弗恤",意为"我不会去顾惜他们"。

(6)《酒诰》"尔乃自介用逸"⑤:前人对"自介用逸"有种种解释:"自大用逸"(孔安国《古文尚书传》)、"自副而用宴乐"(蔡沈《书集传》)、"自助而用逸"(林之奇《尚书全解》)、"自介景福,用以逸乐"(吴澄《书纂言》)等。杨筠如认为,"介"与"匄"通。于省吾《双剑誃尚书新证》指出,"介",应读为"匄"。他举《诗经·豳风·七月》"以介眉寿"、《诗经·小雅·楚茨》"以介景福"、《召叔山父簠铭》"用匄眉寿"为例,说明"介""匄"同声相假。⑥ "尔乃自介用逸",意为"你们自己求福于神,然后以此得到逸乐"。

(7)《酒诰》"有斯明享"⑦:孙诒让《尚书骈枝》说,"享"当读为"嚮","嚮""享"二字声近义通。"嚮"有"赏劝"之意。"有斯明享",意为"他们受到这些明显的劝勉"。⑧

(8)《梓材》"亦厥君先敬劳,肆徂厥敬劳"⑨:孙诒让《尚书骈枝》说,"徂"读为"且",此也。此句意为"谓其君能敬慎勤劳民事,则此诸臣亦法之而敬慎勤劳民事"。⑩

(9)《洛诰》"祀于新邑,咸秩无文"⑪:王引之《经义述闻》说,"文"读为"紊",意为"紊乱"。"咸秩无文",意谓"自上帝以至群

---

① 俞樾:《群经平议》,第 79 页。
② 顾颉刚、刘起釪:《尚书校释译论》(第三册),第 1338 页。
③ 顾颉刚、刘起釪:《尚书校释译论》(第三册),第 1410 页。
④ 于省吾:《双剑誃尚书新证》,第 151 页。
⑤ 顾颉刚、刘起釪:《尚书校释译论》(第三册),第 1396 页。
⑥ 于省吾:《双剑誃尚书新证》,第 140 页。
⑦ 顾颉刚、刘起釪:《尚书校释译论》(第三册),第 1410 页。
⑧ 孙诒让:《尚书骈枝》,第 26 页。
⑨ 顾颉刚、刘起釪:《尚书校释译论》(第三册),第 1422 页。
⑩ 孙诒让:《尚书骈枝》,第 28 页。
⑪ 顾颉刚、刘起釪:《尚书校释译论》(第三册),第 1468 页。

第二章 西周对"殷商古语"的因袭和新变

神，循其尊卑大小之次而祀之，无有淆乱也"。[1]

（10）《洛诰》"惇宗将礼"[2]：刘起釪征引戴钧衡《书传补商》之说，以为"惇"读为"崇"。"惇宗将礼"，意谓"厚崇大典"。[3]

（11）《多士》"惟尔王家我适"[4]：刘起釪征引江声《尚书集注音疏》说，"适"（繁体字写作"適"）应该读为"敌"（繁体字写作"敵"），"敌"意为敌对。"惟尔王家我适"，意为"你们殷朝王家与我们周人为敌（指武庚反叛）"。[5]

（12）《多士》"尔乃尚有尔土，尔乃尚事宁干止"[6]：于省吾《双剑誃尚书新证》说，这两个"尚"字应该读"常"。"止"即"之"。"干"与"翰"通。这两句意思是说"尔乃常有尔土，尔乃常安宁有以屏翰之也"。[7]

（13）《无逸》"其惟不言，言乃雍"[8]：《史记·鲁周公世家》写作"言乃欢（讙）"，《礼记·檀弓》《坊记》引此句均写作"言乃欢（讙）"。于省吾《双剑誃尚书新证》说，"欢（讙）"应该读为"观（觀）"，意为"观（觀）示"。这两句意思是说"其惟不言，言乃有所观示，谓其动静语嘿之不苟也"。[9]

（14）《无逸》"以庶邦惟正之供"[10]：王引之《经义述闻》说，"以"犹"与"也。"正"当读为"政"。供，奉也。"以庶邦惟正之供"，意为"惟与庶邦奉行政事"。[11]

（15）《君奭》"又曰"[12]：孙诒让《尚书骈枝》说，"又曰"读为

---

[1] 王引之：《经义述闻》，第98页。
[2] 顾颉刚、刘起釪：《尚书校释译论》（第三册），第1468页。
[3] 顾颉刚、刘起釪：《尚书校释译论》（第三册），第1485页。
[4] 顾颉刚、刘起釪：《尚书校释译论》（第三册），第1517页。
[5] 顾颉刚、刘起釪：《尚书校释译论》（第三册），第1518页。
[6] 顾颉刚、刘起釪：《尚书校释译论》（第三册），第1521页。
[7] 于省吾：《双剑誃尚书新证》，第206、207页。
[8] 顾颉刚、刘起釪：《尚书校释译论》（第三册），第1532页。
[9] 于省吾：《双剑誃尚书新证》，第215、216页。
[10] 顾颉刚、刘起釪：《尚书校释译论》（第三册），第1539页。
[11] 王引之：《经义述闻》，第99页。
[12] 顾颉刚、刘起釪：《尚书校释译论》（第三册），第1574页。

"有曰",意谓"有言曰"。①

（16）《君奭》"咸刘厥敌"②：旧注"咸刘"为"皆杀"。王引之《经义述闻》："咸者,灭绝之名,《说文》曰,'俄,绝也,读若咸。'声同而义亦相近……咸刘,皆灭也。"③

（17）《君奭》"予不允惟若兹诰"④：于省吾《双剑誃尚书新证》说,"允"为"兄"之讹,"兄"读为"皇",皇,暇也。"予不允惟若兹诰",意为"予不暇惟若此诰","犹言无暇多诰"。⑤

（18）《多方》"我惟时其战要囚之"⑥：于省吾《双剑誃尚书新证》说,"战",应该读如《洛诰》"乃单文祖德"之"单","盖单、殚、战、惮古并通","单"训"尽"。"我惟时其战要囚之",意为"我惟是其尽幽囚之也"。⑦

（19）《多方》"越惟有胥伯小大多正"⑧：于省吾《双剑誃尚书新证》说,"正"读为征调之"征"。"越惟有胥伯小大多正",意谓"有小大胥役帛赋各种征调"。⑨

（20）《顾命》"尔尚明时朕言"⑩：杨筠如《尚书覈诂》说,"时"当读为"承","时""承"一声之转。⑪"尔尚明时朕言",意为"你们要明白承顺我的话"。

（21）《顾命》"用克达殷,集大命"⑫：杨筠如《尚书覈诂》说,"达"疑读"挞",意为"打垮",《诗经·商颂·殷武》有"挞彼殷武"

---

① 孙诒让：《尚书骈枝》,第43页。
② 顾颉刚、刘起釪：《尚书校释译论》（第三册）,第1574页。
③ 王引之：《经义述闻》,第100页。
④ 顾颉刚、刘起釪：《尚书校释译论》（第三册）,第1586页。
⑤ 于省吾：《双剑誃尚书新证》,第233、234页。
⑥ 顾颉刚、刘起釪：《尚书校释译论》（第四册）,第1633页。
⑦ 于省吾：《双剑誃尚书新证》,第255、256页。
⑧ 顾颉刚、刘起釪：《尚书校释译论》（第四册）,第1638页。
⑨ 于省吾：《双剑誃尚书新证》,第256、257页。
⑩ 顾颉刚、刘起釪：《尚书校释译论》（第四册）,第1712页。
⑪ 杨筠如：《尚书覈诂》,第414页。
⑫ 顾颉刚、刘起釪：《尚书校释译论》（第四册）,第1712页。

之句，《经典释文》引《韩诗》："挞，达也。"①

（22）《吕刑》"惟讫于富"②：王引之《经义述闻》说，讫，竟也，终也。"富"读为"福"。③"惟讫于富"，意为"以为民造福为终极目标"。

（23）《吕刑》"罔有择言在身"④：王引之《经义述闻》说，"择"读为"斁"，训为"败"。"罔有择言在身"，意思是说"罔或有败言出于身也"。⑤

（24）《吕刑》"哲人惟刑"⑥：王引之《经义述闻》说，"哲"当读为"折"，折，制也。"哲人惟刑"，意谓"制民人者惟刑也"。⑦

（25）《文侯之命》"汝多修"⑧：于省吾《双剑誃尚书新证》说，"修"读为"休"，休，美也。"汝多修"，意为"汝多休美"。⑨

（26）《秦誓》"我尚有之"⑩：于省吾《双剑誃尚书新证》说，"尚"应读"常"。"有"，当按王国维之说，读为"友"。⑪

（27）《尧典》"汤汤洪水方割"⑫：戴震、江声、孙星衍、王念孙都认为，"方"当读为"旁"，旁，溥也，意为"普遍"。"割"，通"害"。"汤汤洪水方割"，意为"滔滔洪水造成普遍祸害"。

（28）《尧典》"播时百谷"⑬：刘起釪征引郑玄、孔颖达、段玉裁之说，认为"时"读为"莳"，意为"种植"。⑭

（29）《尧典》"五刑有服"⑮：刘起釪征引清人吴昌莹《经词衍释》

---

① 杨筠如：《尚书覈诂》，第413页。
② 顾颉刚、刘起釪：《尚书校释译论》（第四册），第1901页。
③ 王引之：《经义述闻》，第104页。
④ 顾颉刚、刘起釪：《尚书校释译论》（第四册），第1901页。
⑤ 王引之：《经义述闻》，第104页。
⑥ 顾颉刚、刘起釪：《尚书校释译论》（第四册），第2055页。
⑦ 王引之：《经义述闻》，第105页。
⑧ 顾颉刚、刘起釪：《尚书校释译论》（第四册），第2114页。
⑨ 于省吾：《双剑誃尚书新证》，第298页。
⑩ 顾颉刚、刘起釪：《尚书校释译论》（第四册），第2169页。
⑪ 于省吾：《双剑誃尚书新证》，第307页。
⑫ 顾颉刚、刘起釪：《尚书校释译论》（第一册），第76页。
⑬ 顾颉刚、刘起釪：《尚书校释译论》（第一册），第192页。
⑭ 顾颉刚、刘起釪：《尚书校释译论》（第一册），第225页。
⑮ 顾颉刚、刘起釪：《尚书校释译论》（第一册），第192页。

之说，并据《唐韵正》，"有"在古代读为"以"。①"五刑有服"，意为"墨、劓、剕、宫、大辟五种刑罚都有人服刑"。

（30）《尧典》"五流有宅，五宅三居"②：《史记·五帝本纪》写作"五流有度，五度三居"。刘起釪指出，《尚书》古文作"宅"，今文作"度"，"宅""度"二字同读。③"五流有宅，五宅三居"，意为"五种流刑者都要安置处所，按照距离远近分为三等"。

（31）《皋陶谟》"日、月、星辰、山、龙、华虫、作会"④：孔颖达疏引郑玄注："会读为绘。"⑤"日、月、星辰、山、龙、华虫、作会"，意为"以日、月、星辰、山、龙、华虫等图案作成的彩绘"。

《周书》文诰多用通假字和假借字，这种情形在商周甲骨文、铜器铭文中同样存在。"殷商古语"文献中的通假字、假借字与春秋战国以后"文言"文献中的通假字、假借字存在两点不同：一是在数量上，"殷商古语"文献中的通假字、假借字要比春秋战国以后"文言"文献中的通假字、假借字多得多；二是春秋战国以后"文言"文献中的通假字、假借字相对稳定，如"蚤"通"早"、"说"通"悦"、"见"通"现"、"信"通"伸"等等，具有一般文言功底的人见到通假字大都能够辨认，而"殷商古语"文献中的通假字、假借字则具有很大的随机性，几乎是任何字都有可能以通假字、假借字的面目出现。很多通假字、假借字的运用出人意料，非融会贯通的饱学之士不能辨认。为什么会出现这种现象呢？这需要从历史的角度来分析。今天的作者可以根据语言规范来运用文字，在什么场合下用什么字，一般不会出错，不符合规范的字就是错别字。但语言规范不是自古以来就有的，它是在长期的历史过程中形成的。秦王朝实行"书同文"制度，其作用不仅是统一字形，对于确立文字运用的规范也很有帮助。商周时期的作者则缺少这样的历史条件。文献表明，商周时期对于文字运用虽然或多或少存在

---

① 顾颉刚、刘起釪：《尚书校释译论》（第一册），第 243 页。
② 顾颉刚、刘起釪：《尚书校释译论》（第一册），第 192 页。
③ 顾颉刚、刘起釪：《尚书校释译论》（第一册），第 247 页。
④ 顾颉刚、刘起釪：《尚书校释译论》（第一册），第 441 页。
⑤ 孔安国传，孔颖达疏：《尚书正义》，第 119 页。

某些不成文的约定俗成的共识，但还远远没有建立统一的规范，在某种场合，应该运用什么文字，随机性较大，不同的作者会有不同的认识，没有人就文字运用的对与错做出评判。更重要的是，没有关于文字运用对与错的评判标准，这就使商周文献中的通假字、假借字大量涌现。《周书》文诰的创作，都是出于史官对周王讲话的现场笔录，史官必须用最快的同声记录速度，将周王讲话由口头语转换成书面语，并将其书之于简帛。仓促之下，史官找不到合适的字，应该是常有的事情，于是他们就临时用同音或音近的字来替代，由此导致文诰中出现诸多通假字、假借字。

《周书》中有较多的没有任何规则可循的浓缩或省略的句子，例如：

（1）《大诰》："今蠢今翼日民献有十夫予翼。"①伪孔传："今天下蠢动，今之明日，四国人有十夫来翼佐我周，用抚安武事，谋立其功。"②按照伪孔传，则此句应该断为："今蠢，今翼日，民献有十夫，予翼，以于敉文武图功。"刘起釪对此句的翻译是："如今他们就像虫豸一般地蠢动着，像恶鸟一般地飞扑着。最近，幸好就在归顺我们的殷人里，也有一批有力量的殷人出来辅助我们。"③按照刘起釪这个译文，此句可以划分五句："今蠢，今翼，日，民献有十夫，予翼。"五句话被浓缩到一句之中，像"蠢""翼"的主语都被省略了，"近日"被缩减为一个"日"字，"予翼"是"翼予"的颠倒，这样的句子焉能不造成后人异解歧见！

（2）《康诰》："惟时叙乃寡兄勖。"④伪孔传："惟是次序，皆文王教。汝寡有之兄武王，勉行文王之道。"⑤惟，句首语气词。王引之在《经义述闻》中，将"时叙"解释为"承顺"。如此"时叙"就是当时一个成语，成语是不能分拆的，也不能望文生义。乃，汝。寡兄，大哥，指康叔之兄周武王。勖，勉励。刘起釪将此句译为"现在你延续你大兄武王所奋勉的任务"⑥。此句难解的原因有二：一是如果不知道"时叙"一词是商周成

---

① 顾颉刚、刘起釪：《尚书校释译论》（第三册），第 1266 页。
② 孔安国传，孔颖达疏：《尚书正义》，第 344 页。
③ 顾颉刚、刘起釪：《尚书校释译论》（第三册），第 1282 页。
④ 顾颉刚、刘起釪：《尚书校释译论》（第三册），第 1300 页。
⑤ 孔安国传，孔颖达疏：《尚书正义》，第 360 页。
⑥ 顾颉刚、刘起釪：《尚书校释译论》（第三册），第 1309 页。

语,就难免望文生义,如伪孔传就将"时叙"释为"是次序";二是作者将"你大哥武王毕生所勉力从事的工作"浓缩成"乃寡兄勖"四个字,"勖"的宾语被省略了。

（3）《康诰》:"有叙时,乃大明服。"①伪孔传:"叹政教有次叙,是乃治理大明,则民服。"②按照伪孔传,此句应断为:"有叙,时乃大明服。"但是,《左传·僖公二十三年》:"《周书》有之,'乃大明服。'"《荀子·富国》:"诚乎上,则下应之如影响,虽欲无明达,得乎哉?《书》曰:'乃大明服。'"这两处所引都是"乃大明服",说明先秦读法就是"乃大明服",伪孔传的断句是不对的。俞樾《群经平议》怀疑"叙时"是"时叙"的误倒。刘起釪将此句译为:"如果你能照着这样做,就显示出你是很公正严明的,自然使人心悦诚服。"③"有叙时"三字省略了主语,"叙时"二字可能还颠倒了顺序,"乃大明服"本应分为两句,即"汝治理大明,民众是乃信服"。《康诰》记录者将这几句的主语全都省略了,又将"汝治理大明,民众是乃信服"压缩为"大明服"三个字,由此导致全句语意不明。

（4）《康诰》:"用其义刑义杀,勿庸以次汝封。乃汝尽逊,曰时叙,惟曰未有逊事。"④《荀子·致仕》:"《书》曰:'义刑义杀,勿庸以即汝,惟曰未有顺事。'言先教也。"按《荀子》所引,中间没有"乃汝尽逊,曰时叙"七个字。伪孔传:"宜于时世者以刑杀,勿用以就汝封之心所安。乃使汝所行尽顺,曰是有次序,惟当自谓未有顺事。"⑤义,通"宜"。"义刑义杀",即按照法律应该判刑杀头。庸,通"用"。次,通"恣",任从。逊,读"训",教训。时叙,承顺。刘起釪将这几句译为:"该杀掉的就要杀掉,切不可凭你个人的意志断案。但你应尽力施加指教,当大家都已承顺你的指教时,你就不要夸自己。"⑥这几句有三层意思:

---

① 顾颉刚、刘起釪:《尚书校释译论》（第三册）,第 1323 页。
② 孔安国传,孔颖达疏:《尚书正义》,第 364 页。
③ 顾颉刚、刘起釪:《尚书校释译论》（第三册）,第 1360 页。
④ 顾颉刚、刘起釪:《尚书校释译论》（第三册）,第 1331 页。
⑤ 孔安国传,孔颖达疏:《尚书正义》,第 365 页。
⑥ 顾颉刚、刘起釪:《尚书校释译论》（第三册）,第 1360 页。

"用其义刑义杀，勿庸以次汝封"为第一层，周公告诫康叔根据刑罚来断案杀人而不要任凭己意；"乃汝尽逊"为第二层，是说尽管依法行事，但康叔作为君主，应该尽到教训之责，做到教化在先，以免不教而诛。第二层应该有一个语气转折，这一点记录者没有在文字上体现出来；"曰时叙，惟曰未有逊事"为第三层，是说等到民众都做到承顺了，康叔就不要夸耀自己教训之事。"曰时叙"的主语是民众，"惟曰未有逊事"的主语是康叔，这两句的主语都被省略了。以上这些复杂的思想都被作者浓缩在廖廖数语之中，尤其是语意中的几层转折都未能在文字上体现，需要研究者认真品味，才能体会出来。

（5）《酒诰》："饮惟祀，德将无醉。"①孔安国传："于所治众国，饮酒惟当因祭祀，以德自将，无令至醉。"②"将"，旧训为"持"。这七个字有三层意思：第一层说，只有在祭祀时才饮酒，如果用文言表达，应该写成"惟祀饮酒"或"饮酒惟祀"，《酒诰》作者将"惟祀"这一状语移到谓语动词"饮"之后，成为"饮"的补语；第二层说，饮酒时要用德来把持自己，作者不仅省略了主语"饮者"，而且省略了状语"饮时"和介词"以"，仅抓住"德将"两个关键字，给人以没头没脑的感觉；第三层说，饮酒不要喝醉。"德将"与"无醉"应该是两句话，中间应该断开，这样才便于读者理解。

（6）《梓材》："引养、引恬。"③《释诂》："引，长也。"养，养育。《说文解字》："恬，安也。"从字面上看，"引养、引恬"意为"生长养育，生长安定"。由于作者省略了"引养、引恬"的主语"王"和宾语"庶民"，所以尽管将四个字逐一训释，仍然令读者难懂。"引养、引恬"的被省略的主语和宾语需要读者自己根据上下文义补上，这两句译为白话就是："国王养育人民，安定人民。"史官将这两层意思斩头去尾，浓缩成四个字，令人不知所云。

---

① 顾颉刚、刘起釪：《尚书校释译论》（第三册），第1388页。
② 孔安国传，孔颖达疏：《尚书正义》，第375页。
③ 顾颉刚、刘起釪：《尚书校释译论》（第三册），第1424页。

（7）《酒诰》："尔乃自介用逸。"①据于省吾《双剑誃尚书新证》说，"介"读为"匃"，意为"求"。求什么呢？结合历史背景及上下文来看，应该是"自己求福于神"。记录者将"介"的宾语省略了。用，因。逸，安逸。这六个字实际上是浓缩了两句话："你们应该自己求福于神，这样你们就会得到安逸。"

（8）《梓材》："肆亦见厥君事戕人宥。"②肆，句首语气词。"见"的主语省略，结合上文可知"见"的主语应当是"臣下"。据孙诒让《尚书骈枝》，"事"意为"任用"，"戕人"是指戕害他人者。"宥"意为"宽宥其罪"。此句是指臣下看到君主任用戕害人者，且宽宥其罪。"事戕人"与"宥"本是两件事，应当用两句话来表达，作者却将它们浓缩成"事戕人宥"四个字。

（9）《梓材》："为夹庶邦享作。兄弟方来，亦既用明德，后式典集，庶邦丕享。"③这是根据孙诒让、王国维、于省吾等人读法的断句。如果按照伪孔传、孔疏，则这几句断为："怀为夹，庶邦享，作兄弟，方来，亦既用明德，后式典集，庶邦丕享。"伪孔传："言文武已勤用明德，怀远为近，汝治国当法之。众国朝享于王，又亲仁善邻为兄弟之国，方方皆来宾服，亦已奉用先王之明德，君天下能用常法，则和集众国，大来朝享。"④夹，近。方，国。后，伪孔传解为"君"，于省吾则认为是语气词"司"。式，用。典，常。集，伪孔传释为"和集"，于省吾则解为"就"。丕，伪孔传释为"大"，于省吾释为"斯"。关于"庶邦享作"，孙诒让《尚书骈枝》曰："此言周达庶国皆来享献而任役也。作，谓兴作任劳役之事。'享'与'作'二事平列。"⑤享献与服役二事本来应该用两句话分别表达，此处却浓缩为一句。"庶邦"与"兄弟方"是不是同一内涵，因作者没有说明而不得知。前面已经有"庶邦享作"，意为各诸侯国已经向天子享

---

① 顾颉刚、刘起釪：《尚书校释译论》（第三册），第1396页。
② 顾颉刚、刘起釪：《尚书校释译论》（第三册），第1422页。
③ 顾颉刚、刘起釪：《尚书校释译论》（第三册），第1424页。
④ 孔安国传，孔颖达疏：《尚书正义》，第387页。
⑤ 孙诒让：《尚书骈枝》，第29页。

献，并为天子服役，下面又写"兄弟方来"，这些兄弟方国又来干什么？"亦既用明德"的主语究竟是周人，还是"庶邦"，抑或是"兄弟方"，这些都由于过度省略而难知。伪孔传将"后式典集"解释为"君天下能用常法，则和集众国"，如此则"集"是"和集众国"一句话的浓缩。几句话之中，存在着多处意义空白。

（10）《召诰》："智藏，瘝在！"①"智"指智者。"藏"，隐藏。"瘝"，病。"在"，于省吾认为通"哉"。关于这四个字的意义，伪孔传说："贤智隐藏，瘝病者在位，言无良臣。"②刘起釪则译为："所有贤智的人都隐藏起来了，造成多么大的痛苦！"③对"瘝在"的解释，以上两种说法都可以讲通。究竟哪一种说法符合作者原意，究竟是生病者在位，还是朝野上下都感到痛苦，由此作者记言过于简略，难以得知。

（11）《召诰》："徂，厥亡出执！"④徂，往。结合上下文，注家将"往"解释为"逃亡"。伪孔传："往其逃亡，出见执杀，无地自容，所以穷。"⑤如果按此解释，则这五个字应该断为："徂厥亡，出执。"于省吾《双剑誃尚书新证》释"亡"为"罔"，罔，无也。厥，其，为表示祈使语气的副词。他认为这两句意思是："言有所往，其无出而见执也。"⑥就是说希望不要在逃亡途中被官府抓回来。按照于省吾的解释，此二句是写殷末小民面对上天的哀号。作者用了一个"徂"字来表示他们结伙逃亡的愿望。"厥亡"二字，伪孔传释为"其逃亡"，于省吾则释为表祈使语气的"其无"。之所以出现分歧见解，盖出于作者用词过于简略。

（12）《洛诰》："王如弗敢及，天基命定命。"⑦伪孔传将此十字连读："如，往也。言王往日幼少，不敢及知天始命周家安定天下之命，故己

---

① 顾颉刚、刘起釪：《尚书校释译论》（第三册），第1434页。
② 孔安国传，孔颖达疏：《尚书正义》，第395页。
③ 顾颉刚、刘起釪：《尚书校释译论》（第三册），第1446页。
④ 顾颉刚、刘起釪：《尚书校释译论》（第三册），第1434页。
⑤ 孔安国传，孔颖达疏：《尚书正义》，第395页。
⑥ 于省吾：《双剑誃尚书新证》，第167页。
⑦ 顾颉刚、刘起釪：《尚书校释译论》（第三册），第1456页。

摄。"①"及"是这两句的关键动词,伪孔传以"及"为"及知",以"天基命定命"作为"及"的宾语。于省吾《双剑誃尚书新证》认为,这十个字应该分为两句,"王如弗敢及"为一句,"天基命定命"为一句,"及"是指年轻的周成王赶上先王。②刘起釪根据于省吾之说将此二句译为:"我王如果自谦不能赶上先王,其实上天已开始赐给您安定天下的大命。"③由于作者省略了"及"的宾语,导致后人各种猜测。

(13)《洛诰》:"享多仪,仪不及物,惟曰不享。"④伪孔传:"奉上谓之享。……奉上之道多威仪,威仪不及礼物,惟曰不奉上。"孔颖达疏:"言汝为王当敬识百官诸侯之奉上者,亦识其有违上者,察其恭承王命如法以否……奉上者当以礼接之,违上者当以刑威之,所谓赏庆刑威。为君之道,奉上之道,其事非一,故云'多威仪'。威仪既多,皆须合礼,其威仪不及礼物,惟曰不奉上矣。谓旁人观之,亦言其不奉上也。郑云:'朝聘之礼至大,其礼之仪不及物,所谓贡筐多而威仪简也。威仪既简,亦是不享。'"⑤结合伪孔传、郑注、孔疏来看,"享多仪"是说百官诸侯向天子享献,应该有诸多礼仪。"仪不及物"有丰富的潜台词:第一,礼仪象征着天子的威严,丝毫不能缺少;第二,在诸多礼仪之后,实际上蕴含着上下尊卑的礼义;第三,如果百官诸侯献给周王的礼物丰盛,但礼仪简约,那就有损于周王的威严,进而损害上下尊卑的礼义。"惟曰不享"是说如果发生"仪不及物"的情形,那么就等于百官诸侯没有向周王享献,或者说,还不如不向周王享献。如此丰富的思想内涵,作者仅用十一个字来表达,其中许多省略的文字内容,都需要读者自己来填补。

(14)《洛诰》:"乃惟孺子颁,朕不暇听。"⑥伪孔传释此句为:"我为政常若不暇,汝为小子,当分取我之不暇而行之。"⑦按此解释,则

---

① 孔安国传,孔颖达疏:《尚书正义》,第404页。
② 于省吾:《双剑誃尚书新证》,第179页。
③ 顾颉刚、刘起釪:《尚书校释译论》(第三册),第1501页。
④ 顾颉刚、刘起釪:《尚书校释译论》(第三册),第1468页。
⑤ 孔安国传,孔颖达疏:《尚书正义》,第410页。
⑥ 顾颉刚、刘起釪:《尚书校释译论》(第三册),第1468页。
⑦ 孔安国传,孔颖达疏:《尚书正义》,第410、411页。

"颁"字属下句读。孙诒让《尚书骈枝》说:"言王以恩惠颁赐群臣,使记其功也。'朕不暇听'句,言我不暇听王记功之命,即不敢受命之意。"①按照孙氏之说,前一句是周公要求成王颁赐群臣,后一句则为周公自己谦让不受奖赏。这样丰富的意思,却用如此简略的语言表达,不仅省略了"颁"的宾语"群臣",而且省略了"朕不暇听"的宾语"王记功之命",至于"朕不暇听"的潜台词——谦不受奖,也是后人在反复涵咏之后才体会出来的。用语如此简略,宜乎后人之不解也。

(15)《洛诰》:"公定,予往已公功肃将祗欢。"②伪孔传:"公留以安定我,我从公言,往至洛邑已矣。公功以进大,天下咸敬乐公功。"③伪孔传释"肃"为"进",释"祗"为"敬",释"欢"为"乐"。按照伪孔传之说,应该读为"公定,予往已,公功肃,将祗欢"。于省吾《双剑誃尚书新证》则认为,"已"即"祀","已公功"即"祀公功","祭祀以公功告庙也",意谓成王在祭祀宗周祖庙时汇报周公之功。"肃",敬。"将",奉。"欢(歡)"即"灌"。祗,敬。于省吾《双剑誃尚书新证》认为,这几句意为:"公其留止,予往祀以公功告庙,谨恪将事,敬恭灌礼。"④按照于省吾解释,"公定"是第一层意思,意为成王劝周公留在洛邑主持政事;"予往"是第二层意思,意为成王将返回宗周镐京;"已公功"是第三层意思,意为成王在祭祀时将周公摄政之功向宗周祖庙汇报;"肃将"为第四层意思,意为成王恭谨地祭祖;"祗欢"为第五层意思,意为成王将在宗周举行盛大的灌礼。五层意思,被作者压缩为十一个字。

(16)《洛诰》:"惠笃叙。"⑤关于这三个字,伪孔传云:"汝为政当顺典常,厚行之使有次序。"⑥伪孔传释"惠"为"顺",顺什么呢?伪孔传补充"典常"作为"顺"的宾语;释"笃"为"厚行",释"叙"为"次序"。刘起釪据朱骏声之说,将此句视为祝嘏之辞,译为"祝成王顺厚

---

① 孙诒让:《尚书骈枝》,第34页。
② 顾颉刚、刘起釪:《尚书校释译论》(第三册),第1469页。
③ 孔安国传,孔颖达疏:《尚书正义》,第414页。
④ 于省吾:《双剑誃尚书新证》,第191-193页。
⑤ 顾颉刚、刘起釪:《尚书校释译论》(第三册),第1493页。
⑥ 孔安国传,孔颖达疏:《尚书正义》,第417页。

叙文武之道"①。不过,刘起釪译语"顺厚叙"三字仍然不好理解,需要第二次翻译。究其原因,是由于《洛诰》作者将周公三句诰语压缩成三个字,而当时语境已经难以还原。

(17)《洛诰》:"王宾,杀禋、咸格。"②伪孔传:"王宾异周公,杀牲精意以享文武,皆至其庙亲告也。"③伪孔传将"王"解释为"周成王",释"宾"为"宾异",以"周公"作为"宾"的宾语,意即周成王不敢以周公为臣,而是待以宾客之礼。又释"杀"为"杀牲",释"禋"为"精意以享",释"咸"为"皆",释"格"为"至",以"庙"作为"格"的地点。蔡沈《书集传》则释"宾"为"虞宾",指宋国等异姓助祭诸侯。罗振玉、王国维引殷墟卜辞中"王宾",以为卜辞中"王宾",祭者是王,所祭者是宾。《洛诰》中"宾"应该指的是周文王、周武王。据此"王宾,杀禋、咸格"意为"周成王祭祀周文王、周武王,宰杀牺牲,精意以享,周文王、周武王在天之灵都来享受禋祀"。这六个字之所以长期以来困扰学者,是因为《洛诰》作者省略了"王宾"的宾语,又将"宰杀牺牲,精意以享"两句话浓缩为"杀禋"二字,并省略了"咸格"的主语和宾语。

(18)《无逸》:"继自今嗣王则其无淫于观,于逸,于遊,于田。"④"于逸,于遊,于田"三句承前省略谓语动词"无淫"。完整的句子应该是:"继自今嗣王则其无淫于观,无淫于逸,无淫于遊,无淫于田。"

(19)《君奭》:"君已曰时我。"⑤伪孔传:"叹而言曰:君已!当是我之留。"⑥据此,这五个字应该断为:"君已!曰:时我。"蔡沈《书集传》:"周公叹息言召公已尝曰:是在我而已。"朱骏声则解释为"叹息言君曾曰:辅成周业,是我之责"。章炳麟则将"君已"释为"君止",将"时"读为古"待"字,释"时我"为"待我政成,然后去位"。吴闿生则将"君"断为一句,释"已曰时我"为"今时命已归我有周"。以上五花八

---

① 顾颉刚、刘起釪:《尚书校释译论》(第三册),第1504页。
② 顾颉刚、刘起釪:《尚书校释译论》(第三册),第1497页。
③ 孔安国传,孔颖达疏:《尚书正义》,第419页。
④ 顾颉刚、刘起釪:《尚书校释译论》(第三册),第1539页。
⑤ 顾颉刚、刘起釪:《尚书校释译论》(第三册),第1554页。
⑥ 孔安国传,孔颖达疏:《尚书正义》,第440页。

门的解释，盖出于此五字过于简略，"已"是不是释"止"，抑或是"已经"，"曰"是语气词还是动词，"时我"究竟作何解释，都有广阔的阐释空间。五个字都是简单的常见字，但它们构成句子之后，就令人不知所云。

（20）《君奭》："天寿平格。"[1]伪孔传释为"天寿有平至之君"，孔疏释为"有平至之德，则天与之长寿"[2]。伪孔传将"平格"训为"平至"，"平至"是什么意思，仍然令人费解，且将"平格"释为"平至之君"，与"天寿平格"的下句"保乂有殷"不合。林之奇将此句释为"平治天下以至于天"，"天特使其寿考"。孙诒让释为"天锡诸贤臣，以寿考平顺而自至"。于省吾译为"大寿大福"。杨筠如释"寿"为"畴"，释"平"为"丕"，释"格"为"嘉"，认为此句意为"上天畴昔对殷国大为嘉善"。以上诸说虽然勉强可以讲通，但有不适当之处。"天寿平格"是什么意思，因作者用词过于简略而令后人不得其解。

（21）《立政》："桀德惟乃弗作往任，是惟暴德罔后。"[3]伪孔传："桀之为德，惟乃不为其先王之法、往所委任，是惟暴德之人，故绝世无后。"[4]伪孔传在"弗作"之后补充了"先王之法"，将"往任"补充为"往所委任"。按照伪孔传，此二句应该断为："桀德惟乃弗作，往任是惟暴德，罔后。"蔡沈《书集传》说："夏桀恶德，弗作往昔先王任用三宅，而所任者，乃惟暴德之人，故桀以丧亡无后。"[5]蔡沈将"桀德"补充为"夏桀恶德"，将"弗作往任"补充为"弗作往昔先王任用三宅"，将"是惟暴德"扩展为"所任者，乃惟暴德之人"，将"罔后"补充为"故桀以丧亡无后"。显然伪孔传与蔡沈所释有所不同，他们都是通过补充省略成分而将句子读通顺，究竟哪一个对，后人殊难评判。通过这些补充，《立政》这两句话才勉强可读懂。

（22）《立政》："克由绎之，兹乃俾乂。"[6]伪孔传："能用陈之，

---

[1] 顾颉刚、刘起釪：《尚书校释译论》（第三册），第1560页。
[2] 孔安国传，孔颖达疏：《尚书正义》，第444页。
[3] 顾颉刚、刘起釪：《尚书校释译论》（第四册），第1666页。
[4] 孔安国传，孔颖达疏：《尚书正义》，第468页。
[5] 蔡沈：《书集传》，第218页。
[6] 顾颉刚、刘起釪：《尚书校释译论》（第四册），第1687页。

此乃使天下治。"①第二句"兹乃俾乂"不难理解，但"克由绎之"究竟是什么意思，古今经师众说纷纭。蔡沈《书集传》将此句释为"能绅绎用之"。吕祖谦《书说》则将此句发挥为"由其外而绎其中，由其言而绎其心，由其才而绎其德"。于省吾释"由"为"用"，释"绎"为"择"，将此句译为"克用择之"，刘起釪据此译为"都能妥为择任其官长"②。"克由绎之"四字，不仅"由""绎"两个关键字难解，而且省略了主语，"之"字所代表的内容也很模糊。

（23）《多士》："上帝引逸。"③伪孔传将此句释为"言上天欲民长逸乐"④。据俞樾《群经平议》，此句的意思是："言上帝不纵人逸乐，有逸乐者则收引之，勿使大过也。"⑤对此句的理解关键是"引"字，伪孔传释"引"为"长"，俞樾则释"引"为"敛""引收"。按照俞樾解释，此句有两层意思，第一层是"上帝不纵人逸乐"，第二层是"有逸乐者则引收之"。作者只用两个字表达两层思想，真是惜墨如金。对"引逸"二字，伪孔传和俞樾的解释完全相反。

（24）《尧典》："眚灾肆赦，怙终贼刑。"⑥据顾颉刚说，"眚灾肆赦"是《康诰》"乃有大罪，非终，乃惟眚灾，适尔，既道极厥辜，时乃不可杀"（有的虽然犯有大罪，但不是坚持错误到底，而能认罪悔过，这是偶然犯罪，既已对他用了适当的责罚，这就不该杀了）的缩写；"怙终贼刑"是《康诰》"人有小罪，非眚，乃惟终，自作不典，式尔，有厥罪小，乃不可不杀"（有人犯的是小罪，但他自己不认罪，始终要错到底，自觉地做不法的事，这是故意犯罪，那么他的罪虽小，是不可不杀的）的缩写。《康诰》的语言本身就难懂，《尧典》还要进一步在它的基础上缩写，对读者来说，语句难度就更大了。

---

① 孔安国传，孔颖达疏：《尚书正义》，第 477 页。
② 顾颉刚、刘起釪：《尚书校释译论》（第四册），第 1705 页。
③ 顾颉刚、刘起釪：《尚书校释译论》（第三册），第 1512 页。
④ 孔安国传，孔颖达疏：《尚书正义》，第 423 页。
⑤ 俞樾：《群经平议》，第 89 页。
⑥ 顾颉刚、刘起釪：《尚书校释译论》（第一册），第 163 页。

（25）《皋陶谟》："皋陶方祗厥叙，方施象刑惟明。"①祗：敬；厥：其，指代禹；叙：业，引申为德；方：大；施：施行；象刑：象征之刑。以上训释了句中的关键字，不过读者即使理解了每一个字义，仍不能读懂这两句话，因为它有不少被省略的字句。例如，皋陶为什么要对庶民施象刑？为什么皋陶施象刑之后就"惟明"了？这些被省略的地方，太史公给它补齐了，《史记·夏本纪》将《皋陶谟》这两句译为："皋陶于是敬禹之德，令民皆则禹。不如言，刑从之。舜德大明。"②"方祗厥叙"被太史公译为"敬禹之德"，"令民皆则禹"是太史公补充的。"方施象刑"被译为"不如言，刑从之"，使人明白皋陶施行象刑的对象是那些不愿意敬禹之德的人。"惟明"二字被译为"舜德大明"，确认"惟明"的主语是"舜德"。如果没有太史公补充的这些句子，读者几乎不可能读懂《皋陶谟》这两句话。

以上这些浓缩句，或者是一句话只用一个关键字来表示，或者是省略了许多本不应该省略的句子成分，加上古人不用标点符号，由此使文句变为不可理解。令人头痛的是，《周书》这些浓缩或省略都没有规则可循。《周书》文诰中这种语句浓缩情形的出现，应该与史官记录速度有关。周王说话速度快，史官记录速度慢，记录的速度赶不上说话的速度，尤其是毛笔运笔的速度比钢笔要慢，在简帛上写字比在纸上写字要慢。此外史官在记录时还面临着将口语转换为书面语的问题，史官就只好抓住周王谈话中的关键字眼，记下周王话语要点。

人们或许会问：史官抓住关键字来记录周王文诰，这一点可以理解，问题在于，史官在事后完全可以从容地在记录手稿基础之上，将省略的句子成分补齐，使之成为文通字顺的官方文献。为什么史官将记录手稿原封不动地作为官方正式文诰发布呢？保持语句完整性，这在当时史官是完全可以做到的。我们可以将《尚书》中商周文诰与商周甲骨卜辞以及铜器铭文进行比较，商周甲骨卜辞以及铜器铭文中的难字虽然比《尚书》文诰要多，但就其

---

① 顾颉刚、刘起釪：《尚书校释译论》（第一册），第463页。
② 司马迁：《史记》，第81页。

语句完整性而言，其中不完整不成句的现象要比《尚书》文诰少得多（这里要排除三种情形：一是甲骨残缺断裂所导致的文字残缺；二是青铜器锈蚀磨损造成文字消失；三是殷商青铜器早期铭文本身只是一些词或词组）。之所以出现这种差异，是因为甲骨卜辞以及铜器铭文是在铭刻之前作者就已经想好了的，作者已经宿构在胸，然后从容地将文字铭刻在甲骨或铜器之上，这样甲骨卜辞以及铜器铭文的创作就不存在记录速度问题。《尚书》文诰则是记录王侯讲话的手稿，它不是事先就有底稿，周王要讲什么，他自己心中应该有个想法，但具体的语言组织，仍需要现场口头发挥，况且周王讲话的内容不会事先告诉史官，这样史官就是在高度紧张的情况之下从事记录。西周史官之所以不加修改就将原始记录手稿发布，或许是因为殷商和西周前期还没有修改文稿的习惯，更重要的原因可能是受殷商文诰语言风格的影响。从《商书·盘庚》诸篇可以知道，殷商史官是直接将记录手稿作为王朝文诰予以发布的。第一个殷商史官这样做，或许完全是无意的，但是，他的做法对此后的史官确立了一种典范，即以后的史官必须像他那样，以原汁原味的记录手稿作为王朝文诰对外发布。对西周史官而言，殷商文诰是他们写作文诰的范本，从"王若曰"之类的文体格式到语言文风，西周史官都要遵从殷商文诰的风范。西周史官不修改记录手稿，也是出于同样的思考，既然殷商史官是拿记录手稿作为王朝文诰直接发布，那么西周史官也要照着做。每一种文体都有自己的文体感，古老的语言底色，佶屈聱牙的语句，半通半不通的文风，正是商周文诰这一文体的当行本色。西周史官所追求的，正是这种文诰的文体感，而他们现场记录的周王文诰手稿，也最能体现这种文体感。如果西周史官将文诰记录手稿改得语言浅易畅通，那就反而不像文诰了。

将《周书》与《商书》进行比较，就可以发现，周初诸诰的语言难度并不在《商书·盘庚》诸篇之下，无论是语汇的古老，还是成语及浓缩句的运用，抑或是大量使用通假字和假借字。商周文诰在语言上都是一脉相承，在某些方面（如成语及浓缩）周初文诰甚至有过之而无不及。韩愈在《进学解》中将"周诰"与"殷盘"并称，是有充分理由的。

第二章　西周对"殷商古语"的因袭和新变　153

## 第三节　周人因袭"殷商古语"中的新变

　　周人对"殷商古语"并非亦步亦趋，而是在因袭基础上锐意开拓，使"殷商古语"在西周呈现出两大新变。

　　新变之一，是某些殷商文体语言在周人手中得到全面发展。典型的例子是铭文。铭文在殷商起步，殷商早期铭文尚未形成文体，殷末铭文虽然已经在文体上成形，但篇幅小，语句短，文字简单，几乎不用什么修饰语，文风极为简朴。铭文的真正黄金时代是在西周。新生的西周政权如同旭日东升光芒万丈，给西周王侯贵族们带来无比的希望和憧憬，他们以极大的热情，在吉金彝器上铭刻下他们的功烈荣宠，以此纪念祖先，满足他们光宗耀祖的人生抱负，表达他们对更多福禄的祈求和世世代代珍藏彝器的愿望。从篇幅来看，西周铭文较殷商有一个跨越式的进展。殷商帝乙、帝辛时期开始出现三四十个字的记事铭文，如《我方鼎铭》四十一字，《四祀邲其壶铭》四十二字，不过最长仍不超出五十字。进入西周以后，铭文的篇幅得到很大扩展，如成王时期的《何尊铭》一百一十九字，康王时期的《沈子也簋盖铭》一百四十九字，同期的《麦方尊铭》一百六十七字，《大盂鼎铭》二百九十一字，《小盂鼎铭》可辨识的字有二百九十个左右，昭王时期的《作册令方彝铭》一百八十七字。到了西周中晚期，铭文篇幅继续扩展，长篇铭文相继涌现，如《曶鼎铭》三百八十个字，《毛公鼎铭》有四百九十七个字。篇幅长短虽然不是衡量铭文语言艺术的唯一尺度，但铭文太短，内容就不可能写得厚重，语言艺术也缺少创造空间。郭沫若在《两周金文辞大系图录考释》初序中说："传世两周彝器，其有铭者已在三四千具以上，铭辞之长有几及五百字者，说者每谓足抵《尚书》一篇，然其史料价值殆有过之而无不及。""而彝器除少数伪器触目可辨者外，则虽一字一句均古人之真迹也，是其可贵，似未可同例而论。"[①]西周铭文一般都具备作器时间、作器缘由、作器纪念对象、作器目的等基本要素。有些铭文记事非常详细，如武王时期的

---

① 郭沫若：《两周金文辞大系图录考释》，上海：上海书店出版社，1999年。

《天亡簋铭》详细地记载了周武王举行大礼、泛舟大池、祀于天室、大宴宾客等一系列活动，记述的重点是名叫天亡的器主辅助武王祭祀文王和上帝，这是天亡一生中最大的功烈和荣耀，所以天亡要将这一勋业勒于吉金。康王时期的《麦方尊铭》先记载麦国君主被改封于邢以及邢侯辅助周王祭祀、乘舟行礼、入寝等行程，然后记载邢侯赐金于作册麦，最后以麦祝颂作结。绝大多数西周铭文都是一铭记载一事，但亦有少数铭文记载两件事，如《曶鼎铭》前半篇载周王册命曶继承祖考卜事，后半篇记载曶为五名奴隶诉讼之事，前者内容是曶的荣宠，后者是案讼，可能器主因客观条件限制而不能制作两件彝器，因此将两件事铸于一鼎。《大克鼎铭》前半段赞美其祖师华父服事周恭王的功德，后半段记载周孝王对克的册命。从内容来看，殷商晚期铭文有祭祀、征伐、狩猎、铸造、赏赐、宴享等内容，西周铭文内容远比殷商广泛，举凡祭祀、赏赐、训诰、燕飨、田猎、出巡、征伐、册命、纪勋、诉讼、盟誓、嫁女、订契、买奴等，都见于彝器铭文。器主们相信，在青铜彝器上铸铭，具有崇孝、纪勋、求寿、求吉、不朽、备忘、传世、示后等多重功能，而崇孝与纪勋则是西周贵族铸器刻铭的首要宗旨，他们将作器意旨授给史官，而其铭文则由史官拟定。①

　　铭文篇幅与内容的拓展，自然会带来语言变化。西周铭文中有不少难字，这些难字多集中在人名、地名、官名、祭名、物名之中，有些难字至今未被认出。如果将经过后人传抄整理的简帛文献与青铜器铭文做一比较，就会发现两者在文字使用上明显不同。简帛文献的文字经过历代后人整理，不少通假字、假借字可能在传抄过程中被后人改为本字，特别是在秦始皇推行书同文政策之后，简帛上的文字多被改为规范的本字。商周时期由于文字数量比后世少，文字使用又没有统一规定，因此铭文中尤多通假字或假借字。西周铭文通假字中存在各种情形。有的通假字是以偏旁代替合体，此类通假字在铭文中最多。例如，"隹"通"唯"，"正"通"征"，"彡"通"肜"，"乍"通"作""诈""祚"，"各"通"格"，"兄"通

---

① 清代龚自珍《商周彝器文录序》说："三代以上，无文章之士，而有群史之官。群史之官之职，以文字刻之宗彝，大抵为有土之孝孙，使祝嘏告孝慈之言，文章亦莫大乎是，是又宜为文章家祖。"龚自珍：《龚自珍全集》，上海：上海人民出版社，1975年，第267页。

"贶","豊"通"禮","每"通"敏","白"通"伯","專"通"薄","古"通"姑","苟"通"敬","谷"通"裕","或"通"国（國）","土"通"社","立"通"位","生"通"姓","工"通"功","厤"通"曆","女"通"汝","古"通"故","田"通"甸","酉"通"酒","匿"通"慝","辰"通"晨","孚"通"俘","登"通"鄧","冬"通"终","禽"通"擒","义"通"仪","两"通"辆","襄"通"懷","妥"通"绥","乞"通"讫","者"通"诸","中"通"仲","措"通"藉","史"通"使","且"通"祖","匕"通"妣","帝"通"禘","司"通"祠","名"通"铭","录"通"禄","申"通"神","石"通"祏","北"通"邶","氐"通"祇","益"通"谥","朝"通"廟","卑"通"俾","共"通"恭","屯"通"纯","寿"通"俦","正"通"整","雁"通"膺","见"通"觐","麃"通"镳","曾"通"增","易"通"陽""場","蘿"通"觀","巩"通"恐","右"通"佑","疋"通"胥","畐"通"鄙","内"通"纳","乎"通"呼","吴"通"虞"等。有些通假字是采用与本字音同、音近或声母、韵母相近的字。如"子"通"巳","商"通"赏","才"通"在","友"通"有""佑","衣"通"殷","又"通"有""右","匍"通"溥","逌"通"攸","噩"通"鄂","哀"通"爱","邵"通"昭","義"通"宜","寮"通"僚","獸"通"狩","事"通"使","柞"通"作","竟"通"竞","望"通"忘","客"通"格","宝"通"保","首"通"手","静"通"靖","凡"通"泛","妹"通"昧","瀍"通"废","匽"通"燕","倗"通"朋","眚"通"省""生","玟"通"文","珷"通"武","鄉"通"向","爵"通"恪","異"通"翼","考"通"孝","亡"通"无","啻"通"敵","井"通"型""邢","刺"通"烈","昏"通"闻"等。有些通假字则是采用与本字形近的字。如"母"通"毋","肄"通"肆","不"通"丕","也"通"它"等。有些是上古因音近或形近而形成的通假字。如"尸"通"夷","述"通"坠","弔"通"叔","某"通"诲","兄"通"荒",等等。

在词汇方面,西周武王、成王时期铭文虽然篇幅有所拓展,但用词沿袭殷末铭文风气,文风比较简单朴素,以单音节词汇为主。大约从西周康王时期开始,铭文中的双音节语汇渐渐增多,词汇呈现出逐步丰富的趋势。以《大盂鼎铭》为例,文中就有"不(丕)显""四方""妹辰(昧晨)""朝夕""奔走""召夹""罚讼""人鬲"等双音节词。此后,西周铭文的词汇越来越丰富,并且特别注意词语修饰,力求用词典雅,富有文采。例如,西周铭文把隆重的祭祀说成"衣祀"(《天亡簋铭》),把美好德行说成"恭德"(《何尊铭》)、"正德""元德"(《番生簋盖铭》),把高寿长命说成"无冬(终)命"(《邢侯簋铭》)、"终终"(《麦方尊铭》)、"永令"(《克盨铭》)等,把上司命令说成"明令"(《麦方尊铭》),把死亡称为"不禄"(《作册嗌卣铭》),把伟大基业说成"不其(丕基)"(《盠驹尊铭》),把没有灾谴说成"亡遣"(《遹簋铭》),把辽阔的疆土说成"亿疆",把远大的谋略说成是"宇诲"(訏谟)(《墙盘铭》),把喜乐说成"喜侃"(《昊生钟铭》),把美盛说成"懋偁"(《卯簋盖铭》),把继承说成"肇踵"(《善鼎铭》),把忠臣说成"畯臣"(《克盨铭》),把恭敬保卫说成"恭保",把统治说成"畯尹"(《大克鼎铭》)。西周铭文运用了殷商铭文中所没有的词汇。名词如"生霸"(《曶鼎铭》)、"死霸"(《令簋铭》)、"妹晨""朝夕"(《大盂鼎铭》)、"大采"(《小盂鼎铭》)、"天君"(《尹姞鼎铭》)、"邦宾"(《小盂鼎铭》)、"夙夕"(《麦盉铭》)、"爪牙"(《师克盨铭》)等。动词如"事喜(糦)""每(敏)扬""作眚(省)"(《天亡簋铭》)、"畯正""异(翼)临""废保""奔走""召夹"(《大盂鼎铭》)、"旅服"(《小盂鼎铭》)、"逆受""追孝"(《麦方尊铭》)、"出入"(《小臣宅簋铭》)、"干害"(《师克盨铭》)、"遗祐"(《作册嗌卣铭》)、"干吾(扞御)"(《师询簋铭》)、"不刜(不受挫折)"(《作册嗌卣铭》)、"敬德"(《班簋铭》)、"恺伐""孝友"(《墙盘铭》)、"敕乂(整治)""保乂(安治)""经念"

(《大克鼎铭》)等。形容词如"不（丕）显""不（丕）肆"(《天亡簋铭》)、"晏晏""渊克""慈爱"(《沈子也簋盖铭》)、"休善"(《员方鼎铭》)、"穆穆"(《遹簋铭》)、"鲁休"(《克盨铭》)、"冲襄""淑哲"(《大克鼎铭》)、"懿釐"(《班簋铭》)、"巩狄（恐惕）""柔会"(《墙盘铭》)、"恭纯"(《善鼎铭》)等等。周人在铸造铭文非常注意运用新词，尽量避免语言单调乏味。铭文中仅表示"给予""赏赐"意思的单章节动词，就有"畀""复""宾""出""兄（贶）""赍""付""归（馈）""商（赏）""易（锡）""釐""赣""即""禀""降""友（贿）""曾（赠）""割""遗""绥""惠""匄""进""令""内（纳）""入""舍""受（授）""献""享""休"等。表示"给予""赏赐"意义的双章节动词有"册赐""赐畀""赐匄""赐休""怀授""授釐""羞畀""宦授""赐畀"等。①其他如"对扬"和"答扬"、"皇休"与"鲁休"，都是用不同词语来表达相同意思。颂扬性语汇在西周铭文中大量涌现，如颂扬王侯时多用"不（丕）显""休善""穆穆""懿釐""恭德谷（裕）天"，称颂天命时用"冬（终）命"，赞美祖考时称"文人""文祖""文考""文母""文姑"，赞美先祖美德时用"渊克""竞敏""休宕""恭纯"，祝福天子时用"鲁天子受厥濒福"，祝福尊者长寿用"万年寿考""黄耇""黄发台背"等语。孝王时期的《克钟铭》歌颂其祖师华父："冲襄厥心，宁静于猷，淑哲其德。"意谓其祖师华父心地虚空而谦逊，宁静于心，具备美善明智之德。周恭王时期的《史墙盘铭》历颂文、武、成、康、昭、穆等先王功绩，作者对每一位周王都用了一个修饰语，用"强圉"修饰武王，用"宪圣"修饰成王，用"睿哲"修饰康王，用"宏鲁"修饰昭王等。有些铭文运用叠字，诸如"冬冬（终终）""晏晏""丰丰""异异（翼翼）""鎗鎗""徵徵""鏓鏓""雔雔""桓桓"等，给铭文带来一定的音乐效果。作者还将"繇（猷）""已（噫）""呜呼""叡""哉""遹（聿）""率""不（丕）"等语气词写入铭文。

---

① 寇占民：《西周金文动词研究》，首都师范大学 2009 年博士学位论文。

西周铭文语法结构与后世大体相同，但也有少数特殊语法现象。有些铭文用补语承担定语功能，如《御正卫簋铭》："懋父赏御正卫马匹自王。"①此句意思是说，伯懋父将王赏赐的马转赐给御正卫。铭文中的补语"自王"放在双宾语"御正卫""马匹"之后，而按照后世汉语语法，"自王"应该是"马匹"的定语。铭文中被动句的结构也与后世不尽相同，如《臣卿鼎铭》："臣卿易（锡，赐）金。"②此句意为公赐臣卿金。臣卿是此句的受赐者，此句可以视为意念被动句。再如《应侯见工钟铭》："应侯见工遗王于周。"③此句意谓应侯见工在宗周受到周王馈赠。应侯见工的"遗王"实际上是被王遗。与此类似的还有《井鼎铭》："攸易鱼。"④这是说周王将所打的鱼分赐给井，"攸易"实际上是"攸被易"。《麦方尊铭》："乍（作）册麦易（锡）金于辟侯。"⑤此句中赐予者为"辟侯"，作册麦是受赐者。铭文还有倒文现象，如《王臣簋铭》："不（丕）敢显天子对扬休。"⑥正常的语序是"敢对扬天子不（丕）显休"。《克盨铭》："敢对天子不（丕）显鲁休扬。"⑦这句话本应写为"敢对扬天子不（丕）显鲁休"，作者将"扬"字置于句后。西周铭文还增加了不少新的格式套语，如答谢语"对扬天子不（丕）显休"，表敬语"拜手稽首"，祝福语"万年寿考黄耇"，祈使语"子子孙孙万年永宝用"等，甚至出现"某拜稽首，对扬王休，用乍某尊彝，其眉寿万年，子子孙孙永宝用"之类的组合性套语。西周铭文语言从片言只语起步，迅速发展成一种独立文体语言，遣词造句日趋丰富，逐步凝练成博约温润的语言风格。它以简练的语言形式来记载事件，表达情感，显得古奥典雅，内涵厚重，在语言风格上略近《尚书》而又自成一体，其艺术成就明显超越殷商。

新变之二，是《周书》《周颂》《大雅》《小雅》以及西周铭文几种文

---

① 马承源主编：《商周青铜器铭文选》（第三卷），第 84 页。
② 马承源主编：《商周青铜器铭文选》（第三卷），第 88 页。
③ 马承源主编：《商周青铜器铭文选》（第三卷），第 164 页。
④ 马承源主编：《商周青铜器铭文选》（第三卷），第 232 页。
⑤ 马承源主编：《商周青铜器铭文选》（第三卷），第 46 页。
⑥ 马承源主编：《商周青铜器铭文选》（第三卷），第 177 页。
⑦ 马承源主编：《商周青铜器铭文选》（第三卷），第 221 页。

体语言互相渗透。这一点首先可能与周初官方文献作者——史官有关,当时官方重要文献都是出于史官之手,不仅王室和各诸侯国有史官,而且卿士大夫采邑中也有史官。由于周初史官著述是一种职务行为,是在履行王事职责,作者没有愿望也没有必要在作品上署名,因此我们很难断定周初哪些作品是出于某位史官之手,但是,这些史官长期受到"殷商古语"的浸润,具有很高的"殷商古语"造诣,这一点则是没有疑问的。周初作者可能尚无明确的文体分工,同一位史官,可能既是文诰的作者,又是铭文和颂诗的作者。从作品主旨来看,《诗经·周颂》是颂德之作,而周初很多铭文也是为答扬、颂美君主而制作的,这样,颂诗与铭文就有机会使用共同的语汇。

西周文诰、雅颂诗歌、铭文语言互渗,首先表现在语汇的运用方面,某些语汇同时用于雅颂、文诰、铭文之中。对此可以举出很多例子:

(1)《周颂·清庙》:"骏奔走在庙。"[1]"奔走"一词意为"效劳""效力",多见于西周铭文,如《大盂鼎铭》"享奔走",《邢侯簋铭》,"克奔走上下帝无冬令(终命)于有周",《效尊铭》"效不敢不万年凤夜奔走扬公休",《麦方尊铭》"享奔走令",《麦盉铭》"井侯征事,用奔走夙夕",《召卣铭》"奔走事皇辟君"[2]。"奔走"也见于《周书》文诰,如《多士》"亦惟尔多士攸服,奔走臣我,多逊",《君奭》"矧咸奔走",《多方》"今尔奔走臣我监五祀"[3]。从这些文献材料来看,"奔走"一词在西周各类文献中使用频率很高。为王侯效力奔走,既是贵族们的职责,也是他们的荣耀,所以贵族们特别爱用"奔走"这个词。

(2)《周颂·清庙》:"济济多士。"[4]"多士"一词又见于《周书·大诰》:"越尔多士。"《周书·多士》:"尔殷遗多士。"[5]"多士"犹言"众多人士""诸位""各位"。

(3)《周颂·清庙》:"不显不(丕)承。"《周颂·维天之命》:

---

[1] 毛亨传,郑玄笺,孔颖达疏:《毛诗正义》,第1282页。
[2] 马承源主编:《商周青铜器铭文选》(第三卷),第38、45、153、46、49、72页。
[3] 顾颉刚、刘起釪:《尚书校释译论》(第三册),第1521、1560、1638页。
[4] 毛亨传,郑玄笺,孔颖达疏:《毛诗正义》,第1282页。
[5] 顾颉刚、刘起釪:《尚书校释译论》,第1512、1272页。

"於乎不（丕）显。"《周颂·烈文》："不（丕）显维德。"《周颂·执竞》："不（丕）显成康。"①"不（丕）显"一词在西周时期使用频率很高，它又见于《周书·康诰》："惟乃丕显考文王克明德慎罚。"《文侯之命》："丕显文武，克慎明德。"②"丕显"一词又广泛见于西周铭文，如《天亡簋铭》"王衣祀于王不（丕）显考文王"，《大盂鼎铭》"不（丕）显文王，受天有（佑）大令（命）"，《师遽方彝铭》"敢对扬天子不（丕）显休"，《利鼎铭》"敢对扬天子不（丕）显皇休"，《师訇簋铭》"不（丕）显文武，雁（膺）受大令（命）"③。"不（丕）显"意为"伟大光辉"，不是任何人都配得上用"不（丕）显"一词，周人多用这个词来歌颂周文王和周武王。

（4）《周颂·清庙》："对越在天。"④《大雅·江汉》在记载召公虎接受周王赏赐之后写道："虎拜稽首，'天子万年！'虎拜稽首，'对扬王休，作召公考，天子万寿！'"⑤"对越"即西周铭文屡次出现的"对扬"，如《庚嬴卣铭》"庚嬴对扬王休"，《盂卣铭》"盂对扬公休"，《令鼎铭》"令对扬王休"，《荣簋铭》"对扬天子休"，《耳尊铭》"耳对扬侯休"⑥。"对扬天子不（丕）显休令"是西周铭文中常见用语。"对越"一词又见于《周书·顾命》："用答扬文武之光训。"⑦"对越""对扬""答扬"是同一个词的不同写法。"对越"意为"报答颂扬"。

（5）《周颂·清庙》："无射于人斯。"《周颂·振鹭》："在此无斁。"《大雅·思齐》："古之人无斁。"⑧"无射"又写作"无斁"，多见于西周铭文，如《静簋铭》："静学无斁。"《繁卣铭》："衣事亡罢（无斁）。"《梁其钟铭》："降余大鲁福亡斁。"《毛公鼎铭》："肆

---

① 毛亨传，郑玄笺，孔颖达疏：《毛诗正义》，第1282、1284、1292、1307页。
② 顾颉刚、刘起釪：《尚书校释译论》（第三册），第1299、2114页。
③ 马承源主编：《商周青铜器铭文选》（第三卷），第14、38、130、133、174页。
④ 毛亨传，郑玄笺，孔颖达疏：《毛诗正义》，第1282页。
⑤ 毛亨传，郑玄笺，孔颖达疏：《毛诗正义》，第1246、1247页。
⑥ 马承源主编：《商周青铜器铭文选》（第三卷），第37、44、80、84、93页。
⑦ 顾颉刚、刘起釪：《尚书校释译论》（第四册），第1803页。
⑧ 毛亨传，郑玄笺，孔颖达疏：《毛诗正义》，第1282、1325、1015页。

第二章 西周对"殷商古语"的因袭和新变　161

皇天亡斁。"①"无射"意为"无厌""不厌倦"。

（6）《周颂·雍》："天子穆穆。"《大雅·文王》："穆穆文王，於缉熙敬止。"②"穆穆"一词又见于《周书·洛诰》："旁作穆穆。"《多方》："亦则以穆穆在乃位。"③"穆穆"又见于西周铭文，如《遹簋铭》："敢对扬穆穆王休。"《师望鼎铭》："穆穆克盟厥心。"《大克鼎铭》："穆穆朕文且（祖）师华父。"《番生簋盖铭》："不（丕）显皇且（祖）考穆穆克哲厥德。"《梁其钟铭》："不（丕）显皇且（祖）考穆穆异异（翼翼）。"④"穆穆"意为"厚美的样子"。

（7）《周颂·雍》："绥我眉寿。"《周颂·载见》："以介眉寿。"⑤"眉寿"一词多见于西周铭文，例如，《应侯见工钟铭》："用易眉寿永命。"《智壶盖铭》："智用匄万年眉寿。"《师遽方彝铭》："用匄万年无疆。"《伯克壶铭》："克用匄眉寿无疆。"《白公父簠铭》："用祈眉寿多福无疆。"《追簋铭》："用祈匄眉寿永令。"《师奂钟铭》："用匄眉寿无疆。"《蔡姞簋铭》："用祈匄眉寿。"《梁其簋铭》："用匄眉寿，眉寿无疆。"《追簋铭》："用祈匄眉寿永令（命）。"⑥"眉寿"意为"长寿"，老年人眉毛长，故以"眉寿"指称"长寿"。

（8）《周颂·烈文》："念兹戎功。"《毛传》："戎，大。"《大雅·江汉》："肇敏戎公。"《毛传》将"戎公"释为"大事"。⑦"戎功"一词又见于《虢季子白盘铭》："庸武于戎工。"⑧"工"通"功"，"戎工"即"戎功"。"戎功"意为"大功"。

（9）《周颂·昊天有成命》："夙夜基命宥密。"《周颂·我将》：

---

① 马承源主编：《商周青铜器铭文选》（第三卷），第 111、125、273、316 页。
② 毛亨传，郑玄笺，孔颖达疏：《毛诗正义》，第 1334、961 页。
③ 顾颉刚、刘起釪：《尚书校释译论》（第三册），第 1468、1469、1638 页。
④ 马承源主编：《商周青铜器铭文选》（第三卷），第 104、146、216、225、273 页。
⑤ 毛亨传，郑玄笺，孔颖达疏：《毛诗正义》，第 1335、1338 页。
⑥ 马承源主编：《商周青铜器铭文选》（第三卷），第 104、130、215、218、219、228、238、239、240、275 页。
⑦ 毛亨传，郑玄笺，孔颖达疏：《毛诗正义》，第 1291、1929 页。
⑧ 马承源主编：《商周青铜器铭文选》（第三卷），第 309 页。

"我其夙夜。"《周颂·振鹭》:"庶几夙夜。"《周颂·闵予小子》:"夙夜敬止。"①"夙夜"一词又见于《尚书·尧典》:"夙夜惟寅。""夙夜出纳朕命。"《皋陶谟》:"夙夜浚明有家。"《洛诰》:"予冲子夙夜毖祀。"②"夙夜"一词更多地见于西周铭文。例如,《师望鼎铭》:"虔夙夜出内(入)王命。"《效卣铭》:"效不敢不迈(万)年夙夜奔走扬公休。"《墙盘铭》:"史墙夙夜不坠。"铭文中"夙夜"又写作"夙夕",如《乖伯簋铭》:"享夙夕。"③"夙夜"意为"从早到晚",西周王侯贵族用这个词表示他们勤劳王事。

(10)《周颂·昊天有成命》:"夙夜基命宥密。"④"基命"一词又见于《周书·洛诰》:"天基命定命。"⑤注家对"基命"有不同解释,于省吾释为"始予"。

(11)《周颂·载见》:"绥以多福。"《大雅·文王》:"自求多福。"⑥"多福"一词又见于《智壶盖铭》:"永令多福。"⑦这是周人祈福用语。

(12)《周颂·闵予小子》:"闵予小子,遭家不造。"⑧《周书·文侯之命》:"闵予小子嗣,造天丕愆。"⑨《毛公鼎铭》:"惧余小子溷湛于艰。"⑩这三条材料中的"闵予小子",句法和语意彼此相近,都是自我悼伤之词。

(13)《周颂·噫嘻》:"噫嘻成王,既昭假尔。"《鲁颂·泮水》:"允文允武,昭假烈祖。"《商颂·长发》:"昭假迟迟,上帝是祗。"《大雅·云汉》:"大夫君子,昭假无赢。"《大雅·烝民》:"天监有

---

① 毛亨传、郑玄笺、孔颖达疏:《毛诗正义》,第1297、1302、1325、1345页。
② 顾颉刚、刘起釪:《尚书校释译论》,第192、193、400、1469页。
③ 马承源主编:《商周青铜器铭文选》(第三卷),第146、152、154、140页。
④ 毛亨传、郑玄笺、孔颖达疏:《毛诗正义》,第1297页。
⑤ 顾颉刚、刘起釪:《尚书校释译论》(第三册),第1456页。
⑥ 毛亨传、郑玄笺、孔颖达疏:《毛诗正义》,第1338、964页。
⑦ 马承源主编:《商周青铜器铭文选》(第三卷),第214—215页。
⑧ 毛亨传、郑玄笺、孔颖达疏:《毛诗正义》,第1344页。
⑨ 顾颉刚、刘起釪:《尚书校释译论》(第四册),第2114页。
⑩ 马承源主编:《商周青铜器铭文选》(第三卷),第316页。

周，昭假于下。"①1992 年出土的《晋侯苏钟铭》有"用昭格前文人"②之语，"昭格"即"昭假"，意为"明告"。

（14）《大雅·文王》："永言配命。"《毛传》释"配命"为"长配天命而行"③。王国维征引《毛公鼎铭》"皇天弘厌厥德，配我有周，膺受大命""丕巩先王配命"，他指出："配命谓天所界之命，亦一成语。'永言配命'，犹云'永我界命'，非我长配天命之谓也。"④

（15）《大雅·文王》："世之不（丕）显，厥犹翼翼。"⑤"翼翼"一语又见于《梁其钟铭》："不（丕）显皇且（祖）考穆穆异异（翼翼）。"⑥"翼翼"意为"恭敬的样子"。

（16）《大雅·皇矣》："帝作邦作对。"⑦"作邦"一语又见于《大盂鼎铭》："在珷（武）王嗣玟（文）乍（作）邦。"⑧"作邦"意谓"建国"。

（17）《大雅·荡》："天生烝民，其命匪谌。"《大雅·大明》："天难忱斯，不易维王。"⑨"匪谌"又写作"棐忱"，多见于《周书》。例如，《周书·大诰》："天棐忱辞。""亦惟十人迪知上帝命越天棐忱。"《周书·康诰》："天畏棐忱。"《周书·君奭》："若天棐忱。""天难谌。"⑩"匪"通"棐"，"谌"通"忱"，"匪谌"即"棐忱"，言天命难信。

（18）《大雅·荡》："靡不有初，鲜克有终。"⑪《周书·君奭》："亦罔不能厥初，惟其终。"⑫《诗》《书》所表达的思想完全相同，只是

---

① 毛亨传，郑玄笺，孔颖达疏：《毛诗正义》，第 1318、1400、1455、1204、1218 页。
② 田建文：《晋侯苏钟》，《山西档案》（太原）2012 年第 2 期。
③ 毛亨传，郑玄笺，孔颖达疏：《毛诗正义》，第 964 页。
④ 王国维：《与友人论〈诗〉、〈书〉中成语书二》，载王国维：《观堂集林（外二种）》，第 44 页。
⑤ 毛亨传，郑玄笺，孔颖达疏：《毛诗正义》，第 960 页。
⑥ 马承源主编：《商周青铜器铭文选》（第三卷），第 273 页。
⑦ 毛亨传，郑玄笺，孔颖达疏：《毛诗正义》，第 1024 页。
⑧ 马承源主编：《商周青铜器铭文选》（第三卷），第 38 页。
⑨ 毛亨传，郑玄笺，孔颖达疏：《毛诗正义》，第 1154、966 页。
⑩ 顾颉刚、刘起釪：《尚书校释译论》（第三册），第 1275、1279、1313、1553、1554 页。
⑪ 毛亨传，郑玄笺，孔颖达疏：《毛诗正义》，第 1154 页。
⑫ 顾颉刚、刘起釪：《尚书校释译论》（第三册），第 1586 页。

在文字上略有区别。

（19）《大雅·卷阿》："俾尔弥尔性。"①王国维征引《龙姞敦铭》："用蕲眉寿，绾绰永命，弥厥生。"《齐子仲姜镈铭》："用求考命弥生。"他指出"弥性"即"弥生"，犹言"永命"。②

（20）《大雅·韩奕》："榦不庭方。"③王国维征引《毛公鼎铭》："率怀不庭方。"又征引《左传·隐公十年》"以王命讨不庭"，认为"不庭方"意为"不朝之国"④。

（21）《大雅·思齐》："肆成人有德，小子有造。"⑤"小子"一词又见于《何尊铭》："尔有唯（雖）小子亡（无）识。"⑥"小子"系指年轻后生。

（22）《大雅·崧高》："周邦咸喜。"郑玄笺："周，遍也。"⑦"周邦"一词又见于《墙盘铭》："用肇彻周邦。"⑧周邦，意为"全国"。

（23）《大雅·江汉》："告于文人。"毛传："文人，文德之人也。"⑨"文人"一词又见于《周书》和西周铭文。《周书·文侯之命》："追孝于前文人。"伪孔安国传："使追孝于前文德之人。"⑩《昊生钟铭》："用喜侃前文人。"⑪"文人"是先秦人们对祖先的美称。⑫

---

① 毛亨传，郑玄笺，孔颖达疏：《毛诗正义》，第 1127 页。
② 王国维：《与友人论〈诗〉、〈书〉中成语书二》，载王国维：《观堂集林（外二种）》，第 44 页。
③ 毛亨传，郑玄笺，孔颖达疏：《毛诗正义》，第 1227 页。
④ 王国维：《与友人论〈诗〉、〈书〉中成语书二》，载王国维：《观堂集林（外二种）》，第 44、45 页。
⑤ 毛亨传，郑玄笺，孔颖达疏：《毛诗正义》，第 1014 页。
⑥ 马承源主编：《商周青铜器铭文选》（第三卷），第 20 页。
⑦ 毛亨传，郑玄笺，孔颖达疏：《毛诗正义》，第 1216 页。
⑧ 马承源主编：《商周青铜器铭文选》（第三卷），第 154 页。
⑨ 毛亨传，郑玄笺，孔颖达疏：《毛诗正义》，第 1245 页。
⑩ 孔安国传，孔颖达疏：《尚书正义》，第 558 页。
⑪ 马承源主编：《商周青铜器铭文选》（第三卷），第 166 页。
⑫ "文"字具有丰富的含义。根据《谥号》，经纬天地曰文；道德博闻曰文；慈惠爱民曰文；愍民惠礼曰文；赐民爵位曰文；勤学好问曰文；博闻多见曰文；忠信接礼曰文；能定典礼曰文；经邦定誉曰文；敏而好学曰文；施而中礼曰文；修德来远曰文；刚柔相济曰文；修治班制曰文；德美才秀曰文；万邦为宪、帝德运广曰文；坚强不暴曰文；徽柔懿恭曰文；圣谟丕显曰文；化成天下曰文；纯穆不已曰文；克嗣徽音曰文；敬直慈惠曰文；与贤同升曰文；绍修圣绪曰文；声教四讫曰文。故先秦铭文称前人为"文祖""文考""文母"等。

（24）《大雅·抑》："远犹（猷）辰告。"①"远猷"一词又见于《史墙盘铭》："远猷腹心。"②"远猷"意为"远谋"。

（25）《大雅·抑》："不遐有愆。"郑玄释"遐"为"远"，将"不遐有愆"译为"于正道不远有罪过"。③"不遐"一词又见于《盠驹尊铭》："王俩下不其。"《盠方彝铭》："天子不叚（遐）不（丕）其（基）。"④"俩下"即"不遐"。"不其"即"丕基"，《周书·大诰》有"弼我丕丕基"，《周书·立政》有"以并受此丕丕基"，"丕丕基"意为"伟大的基业"。"不遐不其"，意谓"天子不是有伟大的基业吗"？

（26）《大雅·民劳》："柔远能迩。"⑤"柔远能迩"一词又见于《尚书》和西周铭文。《尧典》："柔远能迩，惇德允元。"《顾命》："柔远能迩，安劝小大庶邦。"《文侯之命》："柔远能迩，惠康小民。"⑥《大克鼎铭》："柔远能迩。"⑦"柔远能迩"意为"安抚绥柔远者，和协相善近者"。

（27）《大雅·下武》："王配于京，世德作求。"⑧"作求"一词又见于《周书·康诰》："我时其惟殷先哲王德用康乂民作求。"⑨"作求"意为"作匹"。

（28）《大雅·江汉》："天子万年。"⑩此句又见于《剌鼎铭》："天子万年。"⑪"天子万年"是臣下拜谢周王赏赐的用语。

（29）《大雅·江汉》："文武受命，召公维翰。"⑫"文武受命"多次出现在《周书》和西周铭文之中。《周书·洛诰》："惟周公诞保文武受

---

① 毛亨传、郑玄笺、孔颖达疏：《毛诗正义》，第1163页。
② 马承源主编：《商周青铜器铭文选》（第三卷），第154页。
③ 毛亨传、郑玄笺、孔颖达疏：《毛诗正义》，第1169页。
④ 马承源主编：《商周青铜器铭文选》（第三卷），第228页。
⑤ 毛亨传、郑玄笺、孔颖达疏：《毛诗正义》，第1139页。
⑥ 顾颉刚、刘起釪：《尚书校释译论》，第191、1712、2114页。
⑦ 马承源主编：《商周青铜器铭文选》（第三卷），第216页。
⑧ 毛亨传、郑玄笺、孔颖达疏：《毛诗正义》，第1046页。
⑨ 顾颉刚、刘起釪：《尚书校释译论》（第三册），第1348页。
⑩ 毛亨传、郑玄笺、孔颖达疏：《毛诗正义》，第1246页。
⑪ 马承源主编：《商周青铜器铭文选》（第三卷），第106页。
⑫ 毛亨传、郑玄笺、孔颖达疏：《毛诗正义》，第1244页。

命。"①《何尊铭》："肆玟（文）王受兹（大命）。"《毛公鼎铭》："不（丕）显文武，皇天引厌厥德，配我有周，雁（膺）受大命。"②

（30）《大雅·既醉》："昭明有融，高朗令终。"毛传："天既助女以光明之道，又使之长。有高明之誉，而以善名终，是其长也。"③《小克鼎铭》："用匄康乐、纯右、眉寿永令、令终。"④

（31）《小雅·雨无正》："旻天疾威，弗虑弗图。"旻，唐石经作"昊"。郑玄笺："今昊天又疾其政，以刑罚威恐天下而不虑不图。"⑤"旻天疾威"一语又见于《小雅·小旻》。《周书·多士》："弗吊旻天大降丧于殷。"⑥《师訇簋铭》："今昊天疾畏（威）降丧。"《毛公鼎铭》："旻天疾畏（威）。"⑦

（32）《小雅·楚茨》："先祖是皇，神保是飨。""神保是格。""鼓鼓送尸，神保聿归。"⑧毛传释"保"为"安"，据此"神保"意为"神灵安享"。王国维征引《克鼎铭》"圣保"一语，认为"神保""圣保"为当时成语，是"祖考"的异名。⑨

（33）《小雅·祈父》："予王之爪牙。"郑玄笺："爪牙之士当为王闲守之卫。"⑩所谓闲守之卫，即警卫人员。"爪牙"一词又见于《师克盨铭》："干（扞）害（闲）王身，乍（作）爪牙。"⑪

（34）《小雅·六月》："薄伐猃狁，以奏肤功。""薄伐猃狁，至于太原。"⑫"薄伐猃狁"句又见于《虢季子白盘铭》："薄伐猃狁。"⑬

---

① 顾颉刚、刘起釪：《尚书校释译论》（第三册），第 1497 页。
② 马承源主编：《商周青铜器铭文选》（第三卷），第 20、316 页。
③ 毛亨传，郑玄笺，孔颖达疏：《毛诗正义》，第 1091—1192 页。
④ 马承源主编：《商周青铜器铭文选》（第三卷），第 222 页。
⑤ 毛亨传，郑玄笺，孔颖达疏：《毛诗正义》，第 730 页。
⑥ 顾颉刚、刘起釪：《尚书校释译论》（第三册），第 1512 页。
⑦ 马承源主编：《商周青铜器铭文选》（第三卷），第 174、316 页。
⑧ 毛亨传，郑玄笺，孔颖达疏：《毛诗正义》，第 813、815、821 页。
⑨ 王国维：《与友人论〈诗〉、〈书〉中成语书二》，载王国维：《观堂集林（外二种）》，第 44 页。
⑩ 毛亨传，郑玄笺，孔颖达疏：《毛诗正义》，第 671 页。
⑪ 马承源主编：《商周青铜器铭文选》（第三卷），第 223 页。
⑫ 毛亨传，郑玄笺，孔颖达疏：《毛诗正义》，第 635、640 页。
⑬ 马承源主编：《商周青铜器铭文选》（第三卷），第 308 页。

（35）《小雅·雨无正》："浩浩昊天，不骏其德。降丧饥馑，斩伐四国。旻天疾威，弗虑弗图。"①"疾威""降丧"二语又见于《师訇簋铭》："今昊天疾畏（威）降丧。"②

（36）《周书·召诰》："用祈天永命。""欲王以小民受天永命。""用供王能祈天永命。"③"永命"一词又见于西周铭文，如《曶壶盖铭》："永令多福。"④"永令"即"永命"，"永命"意谓"长命""永远的天命"。

（37）《周书·召诰》："有王虽小，元子哉。"⑤"元子"指嫡长子。《番匊生壶铭》："番匊生铸媵壶，用媵厥元子。"⑥此处"元子"指番匊生长女。

（38）《周书·梓材》："王启监厥乱为民。"⑦于省吾《双剑誃尚书新证》认为，此句与《宗周钟铭》"王肇遹省文武勤疆土"有相近之处：" '启'与'肇'，'监'与'省'，均同训。凡言'启'言'肇'皆古人语例，金文习见。""启监"与"肇省"是同义词。"王启监厥乱为民"，"言王启监察其所治人民。"⑧

（39）《周书·顾命》："保乂王家。"⑨"保乂"一词又见于《大克鼎铭》："保乂周邦。"⑩"保乂"意为"安治"。

（40）《周书·无逸》："治民祇惧，不敢荒宁。"⑪"荒宁"又写作"妄宁"，如《毛公鼎铭》："女（汝）母（毋）敢妄（荒）宁。"⑫"荒宁"意为"懈怠"。

---

① 毛亨传，郑玄笺，孔颖达疏：《毛诗正义》，第 730 页。
② 马承源主编：《商周青铜器铭文选》（第三卷），第 174 页。
③ 顾颉刚、刘起釪：《尚书校释译论》（第三册），第 1442、1444 页。
④ 马承源主编：《商周青铜器铭文选》（第三卷），第 215 页。
⑤ 顾颉刚、刘起釪：《尚书校释译论》（第三册），第 1438 页。
⑥ 马承源主编：《商周青铜器铭文选》（第三卷），第 224 页。
⑦ 顾颉刚、刘起釪：《尚书校释译论》（第三册），第 1424 页。
⑧ 于省吾：《双剑誃尚书新证》，第 154 页。
⑨ 顾颉刚、刘起釪：《尚书校释译论》（第四册），第 1839 页。
⑩ 马承源主编：《商周青铜器铭文选》（第三卷），第 216 页。
⑪ 顾颉刚、刘起釪《尚书校释译论》（第三册），第 1532 页。
⑫ 马承源主编：《商周青铜器铭文选》（第三卷），第 316 页。

（41）《商书·微子》："小民方兴，相为敌仇。""方兴沈酗于酒。"《周书·费誓》："徂兹淮夷、徐戎并兴。"①"方兴"一词又见于西周铭文，如《多友鼎铭》："用獫狁方兴。"②"方兴"犹言"并起"。

（42）《周书·洪范》："无虐茕独而畏高明。"伪孔传："单独者不侵虐之，宠贵者不枉法畏之。"孔颖达疏："'不枉法畏之'，即《诗》所谓'不畏强御'是也。"③《大雅·烝民》："不侮矜寡，不畏强御。"④

（43）《周书·金縢》："敷佑四方。"⑤此处的"敷佑"，即《秦公钟铭》"匍有四方"、《史墙盘铭》"匍有上下"中的"匍有"，意为"抚有"，这是周人的习用语。

（44）《周书·牧誓》："时甲子昧爽。"⑥《小盂鼎铭》："隹八月既□□□□昧丧。"⑦按："昧丧"即"昧爽"，指天将明未明之际。

（45）《周书·文侯之命》："追孝于前文人。"⑧《邢侯簋铭》："追孝对，不敢坠。"⑨"追孝"意为"追行孝道"。

（46）《周书·洪范》："恭作肃，从作乂，明作哲，聪作谋，睿作圣。"⑩《小雅·小旻》："国虽靡止，或圣或否。民虽靡腆，或哲或谋，或肃或艾。"⑪两者虽然次序不同，但所提出的"肃""乂""哲""谋""圣"五种品质完全相同。

（47）《商颂·殷武》："天命降监，下民有严。"郑玄笺："天命乃下视下民，有严明之君。"⑫王国维认为郑笺有误。他指出："'有严'一语，古人多以之斥神祇祖考。"王国维征引了若干铭文例证，诸如《齐侯镈

---

① 顾颉刚、刘起釪：《尚书校释译论》，第1071、1079页。
② 马承源主编：《商周青铜器铭文选》（第三卷），第283页。
③ 孔安国传，孔颖达疏：《尚书正义》，第308、309页。
④ 毛亨传，郑玄笺，孔颖达疏：《毛诗正义》，第1222页。
⑤ 顾颉刚、刘起釪：《尚书校释译论》（第三册），第1223页。
⑥ 顾颉刚、刘起釪：《尚书校释译论》（第三册），第1091页。
⑦ 马承源主编：《商周青铜器铭文选》（第三卷），第41页。
⑧ 顾颉刚、刘起釪：《尚书校释译论》（第四册），第2114页。
⑨ 马承源主编：《商周青铜器铭文选》（第三卷），第45页。
⑩ 孔安国传，孔颖达疏：《尚书正义》，第303页。
⑪ 毛亨传，郑玄笺，孔颖达疏：《毛诗正义》，第740页。
⑫ 毛亨传，郑玄笺，孔颖达疏：《毛诗正义》，第1464页。

第二章 西周对"殷商古语"的因袭和新变　　169

钟铭》："有严在帝所。"《宗周钟铭》："先王其严在上。"《虢叔旅钟铭》："皇考严在上，翼在下。"《番生敦铭》："不显皇祖考严在上，广启厥孙子于下。"据此他认为《殷武》"天命降监，下民有严"，句意实为"天命有严，降监下民"，作者之所以运用倒装句式，是为了诗句押韵。①

　　以上所举仅是西周雅颂、文诰、铭文共用某些词汇的若干例子，限于篇幅不能一一列举。这些材料表明，西周时期不同文体共用某些词汇，是一种常见语言现象。

　　《尚书》文诰、铭文吸收诗歌韵律，颂诗吸取文诰、铭文的散文句式，是西周时期"殷商古语"新变的又一表现形式。《周书》文诰语句一般没有韵律，但也有少数用韵情形，《洪范》全篇语句即多用韵律。例如，第二畴"五事：一曰貌，二曰言，三曰视，四曰听，五曰思。貌曰恭，言曰从，视曰明，听曰聪，思曰睿。恭作肃，从作乂，明作哲，聪作谋，睿作圣"②，"恭""从""明""聪""睿（今文作'容'）"五字为东阳合韵。又如第五畴"皇极：皇建其有极。敛时五福，用敷锡厥庶民；惟时厥庶民于汝极，锡汝保极"，"福""极"押韵。"凡厥庶民，无有淫朋，人无有比德，惟皇作极"，"德""极"押韵。"凡厥庶民，有猷有为有守，汝则念之。不协于极，不罹于咎，皇则受之"，两个"之"字押韵。"而康而色，曰'予攸好德'，汝则锡之福。时人斯其惟皇之极"，"色""德""福""极"四字押韵。"无虐茕独，而畏高明。人之有能有为，使羞其行，而邦其昌"，"明""行""昌"押韵。"凡厥正人，既富方谷，汝弗能使有好于而家，时人斯其辜"，"家""辜"押韵。"于其无好，汝虽锡之福，其作汝用咎"，"好""咎"押韵。"无偏无颇，遵王之义"，"颇""义"押韵。"无有作好，遵王之道"，"好""道"押韵。"无有作恶，尊王之路"，"恶""路"押韵。"无偏无党，王道荡荡"，"党""荡"押韵。"无党无偏，王道平平"，"偏""平"押韵。"无反无侧，王道正直。会其有极，归其有极"，"侧""直""极"押韵。"曰

―――――――
① 王国维：《与友人论〈诗〉、〈书〉中成语二》，载王国维：《观堂集林（外二种）》，第45页。
② 顾颉刚、刘起釪：《尚书校释译论》（第三册），第1155页。

皇极之敷言,是彝是训,于帝其训"①,"训""训"押韵。"凡厥庶民,极之敷言,是训是行,以近天子之光。曰天子作民父母,以为天下王","行""光""王"押韵。又如第六畴"三德:一曰正直,二曰刚克,三曰柔克。平康,正直;强弗友,刚克;燮友,柔克。沈潜,刚克;高明,柔克","德""直""克"押韵。"惟辟作福,惟辟作威,惟辟玉食。臣无有作福、作威、玉食。臣之有作福、作威、玉食,其害于而家,凶于而国。人用侧颇僻,民用僭忒"②,"福""食""国""忒"押韵。又如第七畴"曰克,曰贞,曰悔,凡七。卜五,占用二,衍忒","克""悔""忒"押韵。"汝则从,龟从,筮从,卿士从,庶民从,是之谓大同。身其康强,子孙其逢,吉"③,"从""同""强""逢"押韵。再如第八畴"王省惟岁,卿士惟月,师尹惟日","岁""月"押韵。"岁月日时无易,百谷用成,乂用明,俊民用章,家用平康","成""明""章""康"押韵。"日月岁时既易,百谷用不成,乂用昏不明,俊民用微,家用不宁","成""明""宁"押韵。"庶民惟星:星有好风,星有好雨。日月之行,则有冬有夏;月之从星,则以风雨"④,"雨""夏""雨"押韵。⑤《洪范》语句大面积地运用韵文,构成这篇文诰语言的一个突出特点。不仅文诰用韵,西周铭文也在发展过程中逐步运用韵文。成、康时期铭文以散句为主,间或出现韵语,如康王时期的《大盂鼎铭》。大约从恭王时代起,有些铭文多用带韵的四言句,如周懿王时期《史免簋铭》"史免乍旅簋,从王征行、用盛稻粱。其子子孙孙永宝用享"⑥,"行""粱""享"三字押阳韵。又如宣王时期的《虢季子白盘铭》"不(丕)显子白,壮武于戎工(功),经维四方;薄伐猃狁,于洛之阳;折首五百,执讯五十,是以先行;桓桓子白,献馘于王。……王赐(赐)乘马,是用左(佐)王。赐(赐)用弓,彤矢,其央。赐(赐)用钺,用政(征)

---

① 顾颉刚、刘起釪:《尚书校释译论》(第三册),第1163页。
② 顾颉刚、刘起釪:《尚书校释译论》(第三册),第1172、1173页。
③ 顾颉刚、刘起釪:《尚书校释译论》(第三册),第1176页。
④ 顾颉刚、刘起釪:《尚书校释译论》(第三册),第1187页。
⑤ 关于《洪范》语句韵律的划分,本书参考了顾颉刚、刘起釪《尚书校释译论》的"讨论"文字。
⑥ 马承源主编:《商周青铜器铭文选》(第三卷),第181页。

蛮方。子子孙孙，万年无疆"①，"王""央""方""疆"押阳韵。这类铭文颇似铸在彝器上的雅颂诗作。西周铭文用韵以之、幽、东、阳、真几部为主，这与《周颂》的用韵情况大致相符。②一方面是铭文运用诗歌韵律，另一方面是某些颂诗吸取铭文、文诰的散文句式。如《周颂》中的《清庙》《维天之命》《维清》《昊天有成命》《小毖》《赉》《般》等作品都有不同程度的散文化倾向。兹以《周颂·维天之命》为例："维天之命，於穆不已。於乎不（丕）显，文王之德之纯！假以溢我，我其收之。骏惠我文王，曾孙笃之。"③全诗八句，一句表达一个完整的意思，上一句与下一句之间跳跃性较大。这些作品以言志为主，不追求诗歌意象的营造，且不用韵，与文诰语言相近。

　　周初各种文体之间有互相渗透的现象，这是造成西周文诰、铭文、雅颂语言互渗的重要原因。例如，文诰和册命本是《尚书》所载内容，铭文却将训诰、册命铸于彝器，这就使铭文内容与《尚书》文诰内容产生交叉渗透现象。某些记载训诰、册命的铭文可以称之为"纸上的尚书"。兹以成王时期《何尊铭》为例："隹（唯）王初䙴宅于成周，复禀珷（武）王豊（礼）福自天。才（在）四月丙戌，王诰宗小子于京室，曰：'昔才（在）尔考公氏克弼玟（文）王，肆玟（文）王受兹 大 令 （大命）。隹（唯）珷（武）王既克大邑商，则廷告于天，曰：余其宅兹中或（国），自之乂民。呜呼！尔有唯（虽）小子亡（无）识，视于公氏有爵（恪）于天，彻令苟（敬）享哉！'叀（惟）王恭德谷（裕）天，顺（训）我不每（敏）。王咸诰，何易（赐）贝卅朋，用乍（作） 叀 公宝尊彝。隹（唯）王五祀。"④这篇铭文记载周成王对一个名叫何的王室同宗大夫（宗小子）的训诰之辞。铭文大意是说，周王在成周营建都邑。一个名叫何的同宗大夫从庙堂中得到祭祀武王的胙肉而加以颂美。在四月丙戌日，周成王在京室诰教宗小子何说："从前你

---

① 马承源主编：《商周青铜器铭文选》（第三卷），第 308 页。
② 陈致：《从〈周颂〉与金文中成语的运用来看古歌诗之用韵及四言诗体的形成》，参见陈致主编《跨学科视野下的诗经研究》，上海：上海古籍出版社，2010 年，第 17—59 页。
③ 毛亨传，郑玄笺，孔颖达疏：《毛诗正义》，第 1284、1285 页。
④ 马承源主编：《商周青铜器铭文选》（第三卷），第 20、21 页。标点和文字略有改动。

的父亲能够辅弼文王，文王接受上天大命，武王消灭殷商。周成王于是敬告于天说：我居于天下中央，从这里来治理人民。唉呀！你这小子虽未能深知天命，应该看到你父考公氏敬于上天，你要通晓命令，敬事奉上啊！周成王的功德裕容于天，对我的不敬给予教训。"周成王训诰完毕，何接受成王赐贝三十朋，何为此替父考铸作宝尊彝。事在周成王五年。《何尊铭》中关于成王营建成周的内容，与《尚书·洛诰》《逸周书·度邑》可以相互印证。铭文"肆玟（文）王受兹大令（大命）"，与《康诰》"天乃大命文王"[①]之语意义相近；铭文"隹（唯）珷（武）王既克大邑商"，与《君奭》"后暨武王诞将天威，咸刘厥敌"[②]句意相似；铭文"余其宅兹中或（国），自之乂民"之语，与《召诰》"其作大邑，其自时配皇天。毖祀于上下，其自时中乂"[③]、《洛诰》"曰其自时中乂"[④]等语思想相通。《何尊铭》不仅记载了周成王的赏赐，而且记载了周成王的训诰，因此这篇铭文在文体性质上与《大诰》《康诰》《召诰》《酒诰》等篇章形式相近，只是由于彝器体积的限制，才有意压缩了文字篇幅。西周中后期，记载训诰、册命的铭文大量涌现，如《师酉簋铭》《师虎簋铭》《颂鼎铭》《班簋铭》《师克盨铭》《膳夫山鼎铭》《即簋铭》《曶鼎铭》《卯簋盖铭》《师询簋铭》《吴方彝盖铭》《王臣簋铭》《免尊铭》《免簋铭》《扬簋铭》《牧簋铭》《弭伯师耤簋铭》《元年师兑簋铭》《三年师兑簋铭》《师晨鼎铭》《谏簋铭》《颂鼎铭》等，都记载了周王训诰和册命。某些雅颂作品以铭文语言入诗，是周初各种文体互相渗透的又一种表现形式。《大雅·江汉》在记载召公虎接受周王赏赐之后写道："虎拜稽首，'天子万年！'虎拜稽首，对扬王休，作召公考：'天子万寿！'"[⑤]《江汉》这种答扬周王之语多见于铜器铭文，如《令鼎铭》："令拜稽首曰：'小（子）乃学。'令对扬王休。"《遹簋铭》："遹拜手稽首，敢对扬穆穆王休。"《剌鼎铭》："天子万年。剌对

---

① 顾颉刚、刘起釪：《尚书校释译论》（第三册），第 1300 页。
② 顾颉刚、刘起釪：《尚书校释译论》（第三册），第 1574 页。
③ 顾颉刚、刘起釪：《尚书校释译论》（第三册），第 1438 页。
④ 顾颉刚、刘起釪：《尚书校释译论》（第三册），第 1492、1493 页。
⑤ 毛亨传，郑玄笺，孔颖达疏：《毛诗正义》，第 1246、1247 页。

扬王休。"《静簋铭》："静敢拜稽首，对扬天子不显休。"《智壶盖铭》："智拜手稽首，敢对扬天子不显鲁休令，用乍朕文考釐公尊壶。智用匄万年眉寿，永令多福。"①两相对照，可见诗人将铭文之语进入颂诗之中，这些铭文就变成诗句。《大雅·韩奕》记述了周王册命韩侯的情节："韩侯受命，王亲命之：缵戎祖考，无废朕命。夙夜匪解，虔共尔位。朕命不易，榦不庭方，以佐戎辟。四牡奕奕，孔修且张。韩侯入觐，以其介圭，入觐于王。王锡韩侯，淑旂绥章，簟茀错衡，玄衮赤舄，钩膺镂钖，鞹鞃浅幭，鞗革金厄。"②《韩奕》所描写的周王册命赏赐韩侯的情节，正是那些铭记荣宠的铭文重点表现内容。

  周人沿袭"殷商古语"的古老底色和文体风格，创作了一大批雅颂、文诰、铭文作品，促成了西周前期"殷商古语"的繁荣，由此极大地丰富了"殷商古语"的内涵。尤其是在周公摄政以及成康时期，"殷商古语"作品大量涌现，它们的作者可能就是以辛、尹为代表的由商奔周的史官。他们凭借极深的"殷商古语"造诣，以空前的热情为新生的周朝服务。西周某些文体（如铭文），其语言艺术成就要远远超越殷商。不过，"殷商古语"在西周并非长盛不衰。西周中叶是一个文化转折点。文物考古界将西周中期视为一个分界点，直到此时，西周文物才形成自己的独立风格。③这一特点，在西周官方文献语言上也有曲折的反映。西周中期以后的文诰，如《周书》中《吕刑》《文侯之命》《秦誓》等，其语言已较周初诸诰为易，特点是具有古老语义的语汇、通假、假借、语句浓缩等现象有所减少。创作于西周晚期的《大雅》中的"变雅"语言，也要较"正雅"略浅一些。这说明在西周文化变革的大背景之下，西周中后期史官对"殷商古语"的热情已经有所减退，"殷商古语"自身也在慢慢褪色。

---

① 马承源主编：《商周青铜器铭文选》（第三卷），第 70、104、106、111、215 页。
② 毛亨传，郑玄笺，孔颖达疏：《毛诗正义》，第 1227—1229 页。
③ 在商周文物考古上，西周中期是一个分界点。在商周青铜礼器的形制及其组合方面，考古学家都是将晚殷至西周穆王时期的青铜器断为同一期，西周前期青铜器制作风格基本上是晚殷的延续，直到周穆王末期，西周青铜器铸造才呈现出自己的独特风格。西周中晚期铜器铭文字形方整，结构清楚，行距明显，匀称适中，美观大方，与西周早期从殷商沿袭而来的字形明显不同。

# 第三章　西周的非主流文学语言："文言"

所谓"文言",是西周时期区别于"殷商古语"的另一种书面语言。本书所说的"文言",与此前学术界所称的"文言",内涵不完全相同。前人是把 1917 年文学革命以前书面语言都称为"文言",本书所说的"文言"则是从西周开始。既然本书所讨论的"文言"与学术界流行的"文言"内涵不尽相同,那么为什么本书沿用学术界传统的"文言"概念,而不去另造一个新的语言概念呢?这是因为,本书所讨论的"文言"与学术界流行的"文言"概念有很大的重合部分:学术界是把"白话"以前的书面语言都称为"文言",本书仅仅把殷商文献语言以及西周春秋战国时期仿古的文献语言从传统"文言"中划分出来,其余部分都是与传统"文言"内涵重合。既然本书"文言"与传统"文言"概念绝大部分重合,那么也就没有必要重新再造一个新的语言概念。本书认为,"文言"是从西周发轫,逐步从一种处于次要地位的文学语言上升为占统治地位的语言,中国封建时代所运用的"文言"是从西周开始的。

"文言"的形成,主要取决于两个因素:一是"殷商古语"的影响。先周作为商王主盟下的一个西方诸侯邦国,长期受到"殷商古语"的浸润和影响。"殷商古语"并非通体困难,它还有一批普通民众所共用的基本语汇,诸如"牛""羊""日""月""上""下""东""西"等,它的文法结构与后世"文言"基本相同。"文言"就是抛弃"殷商古语"的艰深成分,吸取其中的平易因素。二是周民族有着自己的语言文化传统。周人处于西方,有自己的方言口语,与处于东方的殷商存在着语言地域差异。尤其是周人在长期的历史发展中,形成了简洁的语言表达方式。周人在历史上曾经长期与戎狄混居，而戎狄"毋文书，以言语为约束"①，这对周人后来书面语的简约文风起到潜移默化的作用。先周文明在王季、文王时期虽然发展很快，但这一时期周人目标是与殷商争夺天下，激烈的军事政治斗争使周人在语言表达上追求准确、简洁、易懂，由此形成了周人在语言表达上追求简易的特点。一方面继承"殷商古语"中的平易因素，另一方面发挥周民族自身崇尚简易的传统，这两方面因素的结合，一种与"殷商古语"不尽相同的书面语言——"文言"应运而生。这是周民族对中国文学语言的伟大贡献。

"殷商古语"和周人"文言"都是经过提炼的书面语言，两者的区别是：在语音上，"殷商古语"以东方殷商民族方言语音（以河南安阳为中心）为主体，"文言"则是以西周民族方言语音（以陕西西安为中心）为主体；在文字上，前者有一套特殊的书写符号（如甲骨文刻符和部分铭文徽号），生僻字、通假字和假借字较多，后者使用正常的书写符号，通假字和假借字使用频率较前者要低得多；在词汇上，前者语汇底色古老，多用两字成语，后者语汇底色相对平易，初兴起时较少用成语，后来所用成语多为四字；在句式上，前者因为记录因素而高度凝练浓缩，不少句意难解，后者因其多为案头创作，不存在速记的问题，故而语言通顺流畅，虽有省略但不影响读者的理解②；在文法上，前者有若干特殊的文法，后者使用规范的文法；在用途上，前者多用于祭祀、训诰、誓师、册命、纪勋、占卜等重要典礼，后者用于燕、射等娱乐礼仪和普通政治文化生活；在风格上，前者庄重肃穆，后者轻松随意；在与口语关系上，前者远离当代口语，后者接近当代口语。

"文言"呈现出与"殷商古语"不同的语言风貌，是诸多政治文化因素使然。其中一个重要因素是时间："殷商古语"形态的形成正处于汉字、汉语的创造阶段，殷商甲骨文和铭文虽然都是成熟的文字，但仍有少数文字字形尚未稳定。这种情形到了周代基本就不存在了，这是一种历史的进步。

---

① 司马迁：《史记》，第 2879 页。
② "殷商古语"中的浓缩是殷商史官速记的结果，主要出现在《尚书》文诰之中。传世西周"文言"文献在发表之前可能经过作者修饰，在长期传播过程中也可能被后人润饰过，因此不合规范的语句浓缩现象较少。

"文言"并非周人刻意与殷商民族分庭抗礼而创造的另一种形态的书面语言,准确地说,"文言"是在无意识状态中生成并逐渐发展成熟的。周人在起草国家重要文献时运用"殷商古语"以示郑重,而在次要文献中就运用他们从日常生活口语中提炼的"文言"。周人"文言"代表文献有《易经》、《国语》中西周散文、《诗经》西周风诗和西周史官格言。

## 第一节 《易经》语言

周人"文言"可以追溯到《周易》中的"易经"。《周易》分为"易经"和"易传"两个部分,"易经"是指六十四卦的卦象和卦爻辞,"易传"包括《彖辞上》《彖辞下》《象辞上》《象辞下》《系辞上》《系辞下》《文言》《序卦》《说卦》《杂卦》十篇文字,合称"十翼"。《周易》成书有一个漫长过程,对此《汉书·艺文志》有"人更三圣,世历三古"①之说,即伏羲画八卦,周文王将八卦重为六十四卦并作卦爻辞(即《易经》),孔子作"十翼"(即《易传》)。周文王在殷末作《易经》,这是战国秦汉之际绝大多数学者的共识。《周易·系辞下》说:"《易》之兴也,其于中古乎?作《易》者,其有忧患乎?"又说:"《易》之兴也,其当殷之末世、周之盛德邪?当文王与纣之事邪?是故其辞危。"②《易传》是战国儒家的作品,这说明早在战国时代,学术界就将《易经》的写作年代定于殷周之际,其作者是周文王姬昌,其中"文王与纣之事"是指周文王被殷纣王拘囚一事,这也是"作《易》者其有忧患"的具体内容。《易传》之后,太史公多次明确地将周文王演《易》定于被殷纣王囚拘羑里期间,《史记·周本纪》载:"西伯盖即位五十年。其囚羑里,盖益《易》之八卦为六十四卦。"《史记·日者列传》载司马季主曰:"周文王演三百八十四爻而天下治。"《史记·太史公自序》说:

---

① 班固:《汉书》,第1704页。
② 王弼注,孔颖达疏:《周易正义》,北京:北京大学出版社,1999年,第312、319页。

"昔西伯拘羑里，演《周易》。"①司马迁《报任安书》说："盖西伯拘而演《周易》。"②在谈到《周易》作者与写作时代时，《易传》用的是疑问句，太史公两次用了"盖"字，这是因为商周时期著述尚无作者署名习俗，《易经》本身没有写明作者和著述时代，所以《易传》作者与太史公态度都十分审慎。尽管他们用了疑盖之词，但他们都一致认为《易经》的作者是周文王，演《易》时间是在周文王拘于羑里时期。按照《易传》和太史公的说法，周文王对《周易》有两大贡献：一是将此前的伏羲所画八卦演绎成六十四卦，二是为六十四卦写作了卦爻辞，卦象与卦爻辞合起来就被后人称《易经》。汉代其他学者也认为周文王作《易经》。例如，扬雄《法言·问神》说："《易》始八卦，而文王六十四，其益可知也。"《法言·问明》说："文王渊懿也，……重《易》六爻，不亦渊乎？"③王充《论衡·正说》说："伏羲得八卦，非作之；文王得成六十四，非演之也。"《论衡·对作》说："文王图八，自演为六十四，故曰衍。"④扬雄和王充都认同周文王演《易》之说。据此，本书将《易经》的写作年代定在殷周之际。⑤

虽然《易经》是周文王在殷商囚牢中写的，但周文王却没有运用古奥深涩的"殷商古语"，而是采用周人的书面语言——"文言"，这使《易经》

---

① 司马迁：《史记》，第 119、3218、3300 页。
② 班固：《汉书》，第 2735 页。
③ 扬雄：《法言》，北京，中华书局，1954 年，第 13、17 页。
④ 王充：《论衡》，北京，中华书局，1954 年，第 272、281 页。
⑤ 汉代贾逵、马融等人以为周文王仅演六十四卦，作卦爻辞者是周公。他们提出的理由是，《升卦》六四爻辞："王用享于岐山。"周文王生前并未称王，"文王"称号是周武王灭殷后对其父的追赠。《明夷卦》六五爻辞："箕子之明夷。"箕子被囚是在武王观兵之后，文王并不知道箕子被囚之事。《既济卦》九五爻辞："东邻杀牛，不如西邻之禴祭。"注家谓西邻是指周文王，东邻是指殷纣王。周文王以臣子身份，不会对殷天子有"东邻""西邻"之称。其实，"王用享于岐山"中的"王"不必理解为周文王，而是泛指。"西邻""东邻"也是泛指，不必落实为"周文王"和"殷纣王"。关于"箕子"，刘向、荀爽、高诱、牟庭等人读为"荄滋"，意指万物滋生。此外还有种种说法，如王弼、孔颖达认为伏羲重卦，郑玄以为神农重卦，孙盛以为夏禹重卦，皮锡瑞认为《周易》卦爻辞出于孔子。今人也有人提出新说，如顾颉刚认为《易经》出于卜筮之官（顾颉刚：《周易》卦爻辞中的故事，《燕京学报》1929 年第 6 期）；郭沫若以为《易经》作于战国初年楚人馯臂子弓（郭沫若：《周易之制作时代》，《青铜时代》，北京，科学出版社，1957 年）；董延寿、史善刚认为《易经》作于周宣王时代（参见董延寿、史善刚：《易经创作时代之辩证》，《哲学研究》2013 年第 2 期）；王世舜、韩慕君认为《易经》作于西周末年到春秋中叶（参见王世舜、韩慕君：《试论〈周易〉产生的年代》，《齐鲁学刊》1981 年第 2 期）。学术界对《易经》写作时代尽管有若干新说，但其主导意见仍主张《易经》作于殷周之际。

呈现出不同于"殷商古语"文献的语言风貌。

本书将《易经》视为"文言"的代表作，首要的理由是它的语言文字比较平易。在此前殷商甲骨卜辞、殷商铭文、《商书》以及沿袭"殷商古语"的西周文献《周书》《诗经》雅颂等文献中，语汇底色都相当古老，生僻难字是读者面临的最大障碍，其中甲骨卜辞还有一套独特的书写符号，导致绝大多数甲骨文至今无法释读。"殷商古语"文献的另一困难是常词古义，不少词语虽然可被认识，但它们的意义却非常古老，不是春秋战国以后文言文中的意义，甲骨卜辞中不少文字在《说文解字》《尔雅》中都无法查阅。与"殷商古语"文献相比，《易经》中的生僻字较少，它们的字义也没有更古老的意义。《易经》全文大约五千字，其中的生僻字有"邅"（音 zhān，意为"徘徊不前"）、"褫"（音 chǐ，意为"夺去"）、"噬嗑"（音 shì hé，意为"咬嚼"）、"挛"（音 luán，意为"捆绑"）、"胏"（音 zǐ，意为"带骨的肉"）、"畬"（音 yú，意为"开垦了两三年的田地"）、"牿"（音 gù，意为"牛角上的横木"）、"纆"（音 mò，意为"绳索"）、"脢"（音 méi，意为"背脊肉"）、"嗃嗃"（音 hè hè，嚎叫）、"夬"（音 guài，意义同"决"）、"頄"（音 qiú，意为"脸上的颧骨"）、"豶"（音 fén，意为"未发情的或经过阉割的豕"）、"窞"（音 dàn，意为"坑"）、"輹"（音 fù，意同"辐"，指车辐条）、"禴"（音 yuè，意为"春夏祭祀"）、"臲卼"（音 niè wù，意为"动摇不安"）、"衎衎"（音 kàn kàn，意为"和乐貌"）、"甃"（音 zhòu，意为"用砖砌成的井壁"）、"阒"（音 qù，意为"寂静"）、"虩虩"（音 xì xì，意为"害怕"）、"洊"（音 jiàn，意为"再，连续，屡次"）、"刲"（音 kuī，意为"刺"）、"蔀"（音 bù，意为"乌云蔽日"）、"袽"（音 rú，意为"坏絮"）等二十多个，生僻字占《易经》全书字数的千分之四，这个比例要远远低于前文所列举的"殷商古语"文献生僻难字，而且这些生僻难字在常用古代汉语词典中大都能够查询。将《尚书·周书》与《易经》进行比较，就可以发现，同样意思，两者用词的难易程度大不一样。例如，《尚书·周书》用"冲人""冲子"表示"年轻人"，《易经》用"童蒙"表示"蒙昧童子"；《周书》用"要囚"表示

"囚禁"，《易经》则用"拘系"表示同样的意思；《周书》用"敷贲"表示"大龟"，《易经》则用"灵龟"来表示；《周书》用"寿耇"表示"老年人"，《易经》则称老年人为"老夫""老妇"。从这些例子可见，"冲人""要囚""敷贲""寿耇"这些词汇在春秋以后就很少再被人使用，而"童蒙""拘系""灵龟""老夫""老妇"这些词汇在春秋战国以后"文言"文献中一直被使用，像"拘系""老夫""老妇"这些词语甚至在"白话"中仍在使用。

《易经》语言文字平易的另一原因，是其中有一批浅显易懂的占卜术语和用来指称爻的性质及爻位的词汇。占卜术语如"元"（大）、"亨"（通）、"利"（有利）、"贞"（正）、"咎"（害）、"无咎"（无害）、"无誉"（没有好处）、"贞咎"（守正而害）、"终咎"（最终有害）、"吉"（吉利）、"大吉"（大吉利）、"元吉"（大吉）、"征吉"（出外吉利）、"贞吉"（守正而吉）、"终吉"（最终吉利）、"永贞"（永远守正）、"吝"（不利）、"凶"（凶险）、"征凶"（出外凶险）、"贞凶"（守正而凶）、"终凶"（最终为凶）、"无不利"（没有不利）、"无攸利"（无所利）、"悔"（悔恨）、"有悔"（有悔恨）、"无悔"（无悔恨）、"悔无"（悔恨消除）、"无眚"（无灾）、"有眚"（有灾）、"利涉大川"（渡过大河有利）、"利有攸往"（利于前往）、"利见大人"（见到大人有利）、"无不利"（没有不利）、"厉"（危）、"贞厉"（守正而危）等，这些占卜术语时常出现于六十四卦的卦爻辞之中。这些词汇意义相对浅易，对于具有一定古文基础的读者而言，基本不构成阅读障碍。此外每卦六爻，阳爻称"九"，阴爻称"六"，每卦有"初九""九二""初六""六二"之类的十二字用来指称爻的性质及爻位，加上《乾卦》用九和《坤卦》用六，《易经》共有七百七十个字用来指称爻的性质及爻位。这些占卜术语和用来指称爻的性质及爻位的词语在《易经》中出现频率相当高，约占全书四分之一，它们的意义明确、稳定，易于理解。

《易经》语言文字平易的第三个原因，是它的词语多取材于人们习见的自然事物和社会日常生活。《周易·系辞下》说："古者包牺氏之王天下也，仰则观象于天，俯则观法于地，观鸟兽之文，与地之宜，近取诸身，远取诸物，于是始作八卦，以通神明之德，以类万物之情。"①这是说伏羲通过仰观俯察自然现象而画八卦，周文王在重卦并作卦爻辞时也贯彻了"近取诸身，远取诸物"的创作精神。《易经》义理以深奥丰富著称，但它所用的词语却非常普通。兹以《易经》中的名词为例。动物名词如"龙""马""鹿""禽""虎""牛""豕""龟""羝羊""硕鼠""狐""隼""牲""鲋""豹""鸿""鸟""雉""豚""鹤"等；自然事物名词如"天""田""渊""霜""冰""野""林""木""川""沙""泥""云""雨""月""茅茹""河""苞桑""郊""陵""石""山""黄金""丘园""鱼""果""枯杨""棘""杞""瓜""蒺藜""葛藟""泉""贝""陆""干""逵""磐"等；人体名词如"首""耳""鼻""趾""肤""肉""颐""足""拇""腓""股""脢""辅颊""舌""腹""臀""背""身""心""肱""躬""血"等；人伦名词如"父""子""母""妹""长子""弟子（次子）""夫""丈夫""夫妻""妻""家人""君""臣""朋""友""妾""君子""小人""主人""仆"等；官制名词如"天子""王""公""侯""史""巫""官"等；社会事物名词如"大人""寇""女子""童蒙""刑人""桎梏""妇""家""客""邑人""王事""师""国""德""邻""城""墉""年""岁""狱""矢""巷""帝""庙""宫""鬼""祭祀"等；地理方位名词如"西""南""东""北""上""下"等；生活事物名词如"裳""囊""膏""穴""酒""食""舆""缶""辐""门""大车""帛""床""庐""枕""樽""簋""牖""庭""圭""井""瓶""瓮""鼎""匕""鬯""袂""筐""屋""户""斧""爵""鼓""磬带""药"等。这些词汇所代表的事物对于殷周之际的人来说是在日常生活中司空见惯的，对于后人来说也并不难理解。

《易经》语言文字平易的第四个原因是，它的许多语句明白如话。兹举数例："西南得朋，东北丧朋。"②这是《周易·坤卦》的卦辞，《坤卦》

---

① 王弼注，孔颖达疏：《周易正义》，第 298 页。
② 王弼注，孔颖达疏：《周易正义》，第 25 页。

第三章 西周的非主流文学语言："文言" 181

六爻皆阴，西南又处于阴位，以阴诣阴，故曰"西南得朋"；东北处于阳位，以阴诣阳，故曰"东北丧朋"。"有不速之客三人来，敬之，终吉。"①这是《周易·需卦》上六爻辞，《需卦》乾下坎上，"有不速之客三人来"指的是初九、九二、九三这三爻，三阳务欲前进，不召而自来，上六以一阴而为三阳之主，不能不以恭敬待之，如此最终得到吉利。"舆说（脱）辐。夫妻反目。"②这是《周易·小畜卦》九三爻辞，《小畜卦》乾下巽上，九三爻以阳刚上行，遇六四阴爻而受阻，因此作者用车轮脱落辐条、夫妻反目来状写九三爻的困窘。这些句子都言浅易懂，像"不速之客""夫妻反目"还成为成语而沿用至今。再举些其他例子："见群龙无首，吉"（《乾卦》），"同人先号咷，而后笑"（《同人卦》），"谦谦君子，用涉大川"（《谦卦》），"无妄之灾，或系之牛"（《无妄卦》），"虎视眈眈，其欲逐逐"（《颐卦》），"枯杨生稊，老夫得其女妻""枯杨生华，老妇得其士夫"（《大过卦》），"三人行则损一人，一人行则得其友"（《损卦》），"利西南，不利东北；利见大人"（《蹇卦》），"可小事，不可大事"（《小过卦》），"得敌，或鼓或罢，或泣或歌"（《中孚卦》），"利西南，不利东北"（《蹇卦》）③。这些语句浅显明白，几乎不用多少解释就能读懂字面意义。从文字、词汇到语句，《易经》语言都呈现出平易、通俗的特色。

　　感性化是《易经》语言一大特征。语言感性化有助于降低语言难度，这是本书将《易经》视为"文言"代表作的又一重要理由。《易经》语言感性化，集中体现在作者运用比喻或历史故事等感性方式来表达思想。《周易·系辞下》说："其称名也小，其取类也大。其旨远，其辞文，其言曲而中，其事肆而隐。"④托象以明义，因小以喻大，言近而旨远，事显而理微，《易经》所采用的表达方式是通过形象的、细小的、身边的、明显的事物来寄寓抽象的、重大的、深远的、微妙的道理。《易经》中有一些历史故

---

① 王弼注，孔颖达疏：《周易正义》，第44页。
② 王弼注，孔颖达疏：《周易正义》，第60页。
③ 王弼注，孔颖达疏：《周易正义》，第7、75、81、117、124、126、128、174、245、243页。
④ 王弼注，孔颖达疏：《周易正义》，第312页。

事，例如《泰卦》"帝乙归妹"①，讲的就是殷商王朝第三十任君主帝乙嫁妹的故事。有人认为，帝乙所嫁的这个"妹"，就是《诗经·大雅·大明》所歌咏的"俔天之妹"②，即周文王的妃子太姒。"帝乙归妹"是《泰卦》六五爻辞，《泰卦》乾下坤上，六五以阴爻居于尊位，与九二刚柔相应，有阴阳交配之象，故作者以"帝乙归妹"予以譬喻。《归妹卦》六五爻辞再次使用了"帝乙归妹"的故事。又如《既济卦》九三爻辞"高宗伐鬼方，三年克之"③，讲的是高宗（武丁）征伐鬼方的历史故事。高宗（武丁）是殷商王朝第二十三任君主武丁的庙号，高宗（武丁）用了三年时间打败北方少数民族鬼方。《既济卦》九三为阳爻，与上六阴爻相应，堪称居得其位，因此爻辞以殷高宗（武丁）战胜鬼方的历史故事来比喻此爻建功立德之意。再如《旅卦》上九爻辞"丧牛于易"④，顾颉刚先生认为讲的就是王亥丧牛于易的历史故事。联系《竹书纪年》"殷王子亥宾于有易而淫焉，有易之君绵臣杀而放之"的记载来看，顾颉刚之说当为可信。《易经》用得更多的是比喻手法。《周易·系辞上》说："子曰：'书不尽言，言不尽意。'然则圣人之意，其不可见乎？子曰：'圣人立象以尽意，设卦以尽情伪，系辞焉以尽其言。'"⑤从伏羲画八卦，到周文王作《易经》，他们都深刻地认识到语言表达思想的局限性，因而不得不"立象以尽意"，即借助于形象的表达方法表达思想。"立象"不仅体现在运用卦象来表意，也体现在卦爻辞之中，作者以形象的语言引导读者去理解卦象、卦爻辞之后的喻义。兹举数例：《小畜卦》卦辞："密云不雨，自我西郊。"⑥《小畜卦》乾下巽上，乾以刚健上行，遇巽柔畜止，阴阳两气相薄，故以西郊密云不雨之象喻之。又如《中孚卦》九二爻辞："鸣鹤在阴，其子和之。我有好爵，吾与尔靡之。"⑦"中孚"意为"心有诚信"，卦象兑下巽上，外实中虚，九二爻以

---

① 王弼注，孔颖达疏：《周易正义》，第69页。
② 毛亨传，郑玄笺，孔颖达疏：《毛诗正义》，第970页。
③ 王弼注，孔颖达疏：《周易正义》，第251页。
④ 王弼注，孔颖达疏：《周易正义》，第230页。
⑤ 王弼注，孔颖达疏：《周易正义》，第291页。
⑥ 王弼注，孔颖达疏：《周易正义》，第58页。
⑦ 王弼注，孔颖达疏：《周易正义》，第243页。

阳刚居中，行不失信，声闻于外，故以鹤鸣在阴、其子和之以及与贤者共享美酒为喻。再如《大壮卦》上六爻辞："羝羊触藩，不能退，不能遂，无攸利，艰则吉。"①《大壮卦》乾下震上，上六爻以阴柔与九三相应，畏惧阳刚，进退不定，故爻辞以公羊抵触篱笆，羊角被篱笆卡住，进退维谷作喻。诸如此类的比喻在《易经》中不胜枚举。有些卦爻辞通篇运用比喻，如《乾卦》以龙象的演进来说明卦意的进展："初九：潜龙勿用。九二：见龙在田，利见大人。九三：君子终日乾乾，夕惕若厉，无咎。九四：或跃在渊，无咎。九五：飞龙在天，利见大人。上九：亢龙有悔。用九：见群龙，无首，吉。"②初九爻以龙潜藏深渊之象，比喻君子在条件不成熟的时候应该藏器待时，不可施用。九二爻以龙象出潜离隐、处于地上，比喻君子久潜稍出，此时有利于遇见贵人。九三爻上不在天，下不在田，处下卦之上，居上卦之下，居于险位，因此君子应该终日自强不息，保持警惕若处危境，这样才可以安全无虞。九四爻以龙象欲飞，比喻君子跃跃欲试，试图有所建树。九五爻以飞龙在天之象，比喻君子飞黄腾达，大展宏图。上九爻以龙居极高之象，比喻君子处于盛极而衰之时。用九爻以群龙无首之象，比喻君子与他人共同奋发有为。《乾卦》各爻没有抽象地下断语，而是以"潜龙勿用""见龙在田""或跃在渊""飞龙在天""亢龙有悔""群龙无首"等龙在不同环境下的形象，来比喻君子所处的不同人生阶段，形象地告诫人们要顺时而动，善于认识和把握时机，在不同的环境之下采取不同的人生策略。与此情形类似的还有《渐卦》，作者以"鸿渐于干""鸿渐于磐""鸿渐于陆""鸿渐于木""鸿渐于陵""鸿渐于逵"③作比，写出君子进身所经历的不同阶段。《周易》卦象本身就是借象言意，这是一种感性的表达方式，解释卦象的卦爻辞大量运用比喻，这又是一种感性的表达方式，卦象和卦爻辞由此形成双重譬喻，这是《周易》语言感性化的特殊之处。《周易》吉凶悔吝之"意"寄寓在"象"（卦象）和"言"（卦爻辞）之中，"意""象""言"的奇妙组合构成诗意的空间。这个诗性空间一方面降低了阅读

---

① 王弼注，孔颖达疏：《周易正义》，第151页。
② 王弼注，孔颖达疏：《周易正义》，第2—7页。
③ 王弼注，孔颖达疏：《周易正义》，第217—219页。

《周易》的难度，另一方面又给阅读《周易》和运用《周易》从事占卜的人创造了一个广阔的理解和发挥空间。

在"殷商古语"文献中，往往存在因为语言过度精练而不得其解的情形。《易经》语言虽然高度凝练，但却不像"殷商古语"那样晦涩，它的语句意义是可以理解的。兹举数例：《师卦》初六爻辞："师出以律，否臧凶。"①《师卦》是讲军旅的卦，初六爻辞大意是说，军队出征依靠纪律来统一行动，军纪不好是凶险的。这条爻辞简洁明白，被春秋军事家当作军事格言引用。②《泰卦》九三爻辞："无平不陂，无往不复。"③《泰卦》乾下坤上，九三爻处于天地相交之际，天体将上，地体将下，因此爻辞说，没有平坦的不倾斜，没有出发的不归来。这两句爻辞高度概括了自然界和人类社会的运动规律，富于哲理性。《蛊卦》上九爻辞："不事王侯，高尚其事。"④"蛊"的意义是蛊惑，卦象为巽下艮上，上刚下柔，为天下治平之象。上九爻处于最上，居于至治之位，因此不能贪恋权位，应该功成身退。"不事王侯，高尚其事"是对上古社会权贵急流勇退现象的很好概括。《大有卦》上九爻辞："自天佑之，吉无不利。"⑤《大有卦》乾下离上，乾刚健而离文明，卦象亨通，寓意富有。上九爻居富有之世，如同得到上天保佑，故能大吉大利。《复卦》卦辞："出入无疾，朋来无咎。"⑥《复卦》震下坤上，一阳爻在下，五阴爻在上，阴极盛而阳复生，有物极必反之意，因此卦辞以出入平安、朋友前来无害为喻。《恒卦》九三爻辞："不恒其德，或承之羞。"⑦《恒卦》讲恒久之道，九三爻处三阳之中，居下体之上，处上体之下，上不全尊，下不全卑，执心不定，德行无恒，故不能不蒙受羞辱。《论语·子路》载孔子征引这条爻辞，说明恒久保持德行的重要性。以上这些卦爻辞都经过作者的高度提炼，以简洁的语言表达丰富的义

---

① 王弼注，孔颖达疏：《周易正义》，第51页。
② 《左传·宣公十二年》载晋卿荀首征引《师卦》初六爻辞。
③ 王弼注，孔颖达疏：《周易正义》，第67页。
④ 王弼注，孔颖达疏：《周易正义》，第94页。
⑤ 王弼注，孔颖达疏：《周易正义》，第79页。
⑥ 王弼注，孔颖达疏：《周易正义》，第111页。
⑦ 王弼注，孔颖达疏：《周易正义》，第145页。

理，虽然语句精练，但并不显得艰深晦涩。

　　《易经》语句以短句为主，句中虽多有省略成分，但大体上不会影响句意的理解。与"殷商古语"文献相比，《易经》不像"殷商古语"那样具有少数特殊文法，它所用的基本上都是常见语法。兹以《乾卦》《坤卦》为例来看《易经》中常见句子结构：主谓句如《乾卦》初九爻辞："潜龙勿用。"①主谓宾句如《乾卦》上九爻辞："亢龙有悔。"②主谓补句如《坤卦》上六爻辞："龙战于野。"③独语句如《乾卦》卦辞："元、亨、利、贞。"④无主句如《乾卦》九四爻辞："或跃在渊。"⑤谓补句如《乾卦》九二爻辞："利见大人。"⑥谓宾句如《坤卦》六三爻辞："无成有终。"⑦这些简短的句子都符合语法规范。

　　本书将《易经》视为周人"文言"作品，认为《易经》语言较"殷商古语"要浅易得多，这并不是说《易经》是一部浅易文献，相反，阅读《易经》有不小难度，不过，它的难点在于如何结合卦象和卦爻辞去揣摩吉凶之意，而不是《周易》卦爻辞语言本身，它的难处是占卜之"术"，而不是卦爻辞之"言"。《易经》自问世以来，已经产生千百部解经著作，但仍不能说后人已经穷尽了《易经》意蕴，将来世世代代还会有人继续研究《易经》，这个事实说明，要真正读懂《易经》绝非易事！

## 第二节　《诗经》西周风诗语言

　　要探讨《诗经》西周风诗语言，首先遇到的问题是：西周时期有没有风诗？《诗三百》本身没有注明每篇作品的写作年代，后人仅能根据每篇作品内容及相关背景去推测它们的创作年代。目前学术界比较流行的看法是：大

---

① 王弼注，孔颖达疏：《周易正义》，第2页。
② 王弼注，孔颖达疏：《周易正义》，第7页。
③ 王弼注，孔颖达疏：《周易正义》，第30页。
④ 王弼注，孔颖达疏：《周易正义》，第1页。
⑤ 王弼注，孔颖达疏：《周易正义》，第5页。
⑥ 王弼注，孔颖达疏：《周易正义》，第3页。
⑦ 王弼注，孔颖达疏：《周易正义》，第28、29页。

部分《国风》是周王室东迁以后至春秋中叶的作品。①这里说的是"大部分",它意味着还有"小部分"风诗可能是西周作品。检阅先秦文献,我们发现仅有一首诗为西周所作,这就是《豳风·鸱鸮》。《周书·金滕》载:"于后,公乃为诗以贻王,名之曰《鸱鸮》。王亦未敢诮公。"②按照此说,《豳风·鸱鸮》是周公在遭到管、蔡流言之后讽喻成王之作。除此之外,《左传》记载《诗经》风诗创作情况的还有《卫风·硕人》《鄘风·载驰》《郑风·清人》《秦风·黄鸟》等几首春秋作品,其他绝大多数作品的创作情况都没有历史记载。不过,先秦文献没有记载《鸱鸮》以外的其他西周风诗,这并不意味着西周只有一首风诗。

第一,在《诗经》十五国风之中,除"秦"是东周初年平王所封诸侯国以外,其他十四国风的名称都是取自先周或西周初年的封国或采邑。"周南"之"周"与"召南"之"召"是周文王将岐周分封给周公、召公的采邑,其时间是在周武王伐纣之前。③方玉润《诗经原始》指出,"周""召"都是地名,"周南"是指周地以南,"召南"是指召地以南。毛传、郑笺都将"周南""召南"断为西周初年作品。④"邶""鄘""卫"之地本为殷纣王畿,武王灭商之后,将其地一分为三:朝歌北边是邶,东边是鄘,南边是卫。周武王分别将这三块地方封给纣子武庚以及管叔、蔡叔。《汉书·地理志》说:"周既灭殷,分其畿内为三国,《诗·风》邶、庸(鄘)、卫是也。邶,以封纣子武庚;庸(鄘),管叔尹之;卫,蔡叔尹之:以监殷民,谓之三监。故《书序》曰'武王崩,三监畔(叛)',周公

---

① 游国恩等主编:《中国文学史》(一),北京:人民文学出版社,1982年,第26页。
② 孔安国传,孔颖达疏:《尚书正义》,第337页。
③ 朱熹在《诗经集传》中说:"周国本在《禹贡》雍州境内岐山之阳,后稷十三世孙古公亶父始居其地,传子王季历至孙文王昌,辟国浸广,于是徙都于丰,而分岐周故地以为周公旦、召公奭之采邑。"
④ 后世有些学者认为,"周南""召南"是西周末年东周初年的作品。崔述《读风偶识》指出,《周南·汝坟》"王室如毁",是指骊山乱亡之事。《召南·何彼襛矣》有"平王之孙,齐侯之子"诗句,魏源《诗古微》认为诗中的"平王"就是东周的平王宜臼。章潢《诗经原体》指出,周文王时期,吕尚尚未被封为齐侯,因此诗中的"齐侯"不是指吕尚。冯沅君《中国诗史》指出,《召南·甘棠》中的"召伯",实指周宣王时期召穆公虎。按,以上三例,仅魏源之说证据充分,另外两例不足采信。用"王室如毁"来解释西周末年动乱固然可以,但西周初年武庚反叛,京师震动,同样可以用"王室如毁"来形容。说"召伯"是召虎,证据不够充分。"二南"中可能有西周末年东周初年的作品,但这只是极少数。

诛之,尽以其地封弟康叔,号曰孟侯,以夹辅周室;迁邶、庸(鄘)之民于洛邑,故邶、庸(鄘)、卫三国之诗相与同风。"①三国之中,"邶""鄘"两个诸侯国只在西周初年存在几年时间,周公平叛之后便被并入卫国。"郑"本在西都王畿之内,为周宣王封其弟姬友的采邑,史称郑桓公。平王东迁之后,郑武公尽得虢、桧之地,国名仍称为郑。"王"是指西周东都洛邑,为成王、周公所建,为周王朝的东都。②西周《何尊铭》称其为"王城"。平王东迁,定都洛邑。"齐"是西周初年太公望的封国。"魏"是西周初年的姬姓封国,后在春秋时期(公元前661年)被晋献公所灭。"唐"本为帝尧旧都。周成王封其弟叔虞为唐侯,因唐地有晋水,所以叔虞之子燮改国号为晋,"唐"这个国号仅存在于周初唐叔统治时期。"陈"为西周初年胡公满的封国。"桧"为西周初年妘姓封国,东周初年(公元前769年)被郑桓公所灭,成为郑国一部分。"曹"是周武王之弟振铎的封国。"豳"是后稷曾孙公刘的居地,至后稷十三世孙古公亶父由豳迁岐,《周礼·春官》又有"豳诗""豳雅""豳颂"之说。在十五国风之中,时间最早的是公刘时期"豳风",其后是周文王时期的"周南""召南",其后是周武王时期的"邶风""鄘风""卫风""齐风""陈风""桧风",其后是周成王时期的"唐风""王风",其后是周宣王时期的"郑风",最晚是周平王时期的"秦风"。"周""召""豳"都是先周邑名,周平王东迁之后,"周""召""豳"故地变为秦国领地。"邶""鄘""唐"是西周初年使用时间较短的国名。古今学者大都承认这些历史,只不过他们认为,《诗经》编者只是采用了"周南""召南""豳风""邶风""鄘风""卫风""唐风"等名称,或者至多只是采用了这些地方的土风乐调,至于这些风诗的歌词,则是春秋人的创作。这些说法似是而非,很难想象"周南""召南""豳风""邶风""鄘风""卫风""唐风"等只是留下了西周初年的乐调而没有留下歌词。《诗经》风诗使用这些名称,这说明风诗中

---

① 班固:《汉书》,第 1647 页。
② 朱熹在《诗经集传》中说:"周室之初,文王居丰,武王居镐,至成王,周公始营洛邑,为时会诸侯之所。以其土中,四方来者道里均故也。"

应有西周甚至是先周作品。①

第二,早在春秋前期,某些诸侯国士大夫就在评论中征引风诗。《左传·隐公三年》载君子曰"《风》有《采蘩》《采蘋》"②,《采蘩》《采蘋》是《诗经·召南》中的作品,鲁隐公三年是公元前720年,上距西周仅50年。从周太师在各诸侯国采集风诗,配乐演唱,到中央王朝将其颁发到各诸侯国,再到士大夫在言谈评论中娴熟地征引,应该有一段时间。鲁隐公三年"君子"在评论中征引《采蘩》《采蘋》,据此可以推论部分风诗作于西周。

第三,《仪礼》在乡饮酒礼、乡射礼、燕礼等礼仪中演奏《诗经》风诗诗乐。《仪礼·乡饮酒礼》载:"乃合乐,《周南》:《关雎》、《葛覃》、《卷耳》,《召南》:《鹊巢》、《采蘩》、《采蘋》。"③《乡射礼》和《燕礼》也有相似记载。《仪礼》不载撰者名字,《礼记·杂记下》透露了一点信息:"哀公使孺悲之孔子,学士丧礼,《士丧礼》于是乎书。"④《士丧礼》是今本《仪礼》中的一章,有人据此推测《仪礼》是孔子所述。这个推测不无理由,《仪礼》可能是孔子所述,孔门七十子后学所记。《仪礼》虽然为后人所记,不一定完全是西周古礼的照录,但其中应该保留了相当多的西周古礼。⑤《仪礼》合乐所用风诗音乐都在《周南》《召

---

① 《诗经》存在风诗名称来自古代而部分作品创作于后代的情形,如《豳风》有七首作品,方玉润《诗经原始》认为,《七月》是公刘时代古诗,《鸱鸮》《东山》是周公所作,《伐柯》《破斧》《九罭》《狼跋》是众人为赞美周公而作。这就意味着《豳风》中只有《七月》是豳地古歌,其余都是西周初年作品(这只是方玉润的观点,关于《豳风》七首作品的作者和创作年代,还有其他不同说法)。尽管如此,《诗经》取名《豳风》,它仍然有《七月》这样的豳地古歌作为依据,否则不会无缘无故地以豳地命名。又如《唐风》有十首作品,朱熹在《诗经集传》中说:"其诗不谓之晋而谓之唐,盖仍其始封之旧号耳。"方玉润《诗经原始》认为《唐风·蟋蟀》是"唐人岁暮述怀"之作。这就是说《唐风》中始封君唐叔时期的作品,其他九首作品仍然称《唐风》,是以唐叔古歌为依据。其他《邶风》《鄘风》可能也存在同样情形。
② 杨伯峻:《春秋左传注》,第28页。
③ 郑玄注,贾公彦疏:《仪礼注疏》,北京:北京大学出版社,1999年,第151页。
④ 郑玄注,孔颖达疏:《礼记正义》,北京:北京大学出版社,1999年,第1222页。
⑤ 《仪礼》可能是以西周古礼为底子,由于周礼本身有一个与时俱进、不断损益的过程,因此它也收录了一些西周以后的礼仪。《礼记·檀弓》上下篇记载:"士之有诔,自此(鲁庄公十年乘丘之战)始也。""鲁妇人之髽而吊也,自败于台鲐始也。""帷殡,非古也。自敬姜之哭穆伯始也。"《左传·僖公三十三年》:"子墨衰绖。……遂墨以葬文公。晋于是始墨。"这说明西周古礼是不断丰富的。古今一些学者看到《仪礼》中有一些后代礼仪,遂断定《仪礼》非西周古礼,这种做法并不科学。

南》之中，这透露出《周南》《召南》写作年代较早的信息。

第四，郑玄《诗谱》将五十首风诗定为西周作品：《周南》十一首诗作于周文王时期；《召南》十四首诗中，有十二首作于周文王时期，二首作于周武王时期；《豳风》七首诗均作于周成王时期；《齐风》中有五首作于周懿王时期；《邶风》《鄘风》《卫风》中有一首作于周夷王时期；《桧风》四首诗作于夷、厉之际；《陈风》中有二首作于周厉王时期；《唐风》中有一首作于共和时期；《齐风》一首、《陈风》三首、《秦风》一首作于周宣王时期。郑玄之说虽然不可能百分之百地精确，但绝不是信口开河，而是经过认真、深入的研究，他的学术观点在中国《诗经》学史上具有重要地位，值得后人参考。

从以上几点来看，将部分风诗的创作年代定在西周，应该是有根据的。究竟哪些风诗作于西周呢？结合风诗内容和古今学者意见，我们认为将十五国风中的《周南》《召南》《豳风》作品定在西周，是较为稳妥的做法。其他风诗中可能也有西周作品，本书暂不讨论。

在《诗经》雅颂与西周风诗语言中，可以找到某些共同点。例如，可能是出于音乐性的考虑，雅颂与风诗都喜欢运用叠音字。①但两者语言的共同点毕竟是少数，更多的是不同。将雅颂与西周风诗相比，可知风诗语言不属于"殷商古语"系统，而属于周人的"文言"。

---

① 《周颂》所用叠字如："济济""斤斤""喤喤""将将""穰穰""简简""反反""嗟嗟""雝雝""肃肃""穆穆""阳阳""央央""宿宿""信信""高高""泽泽""驿驿""厌厌""绵绵""娄娄""挃挃""栗栗""俅俅""桓桓"等等。《大雅》所用叠字有："亹亹""翼翼""济济""穆穆""明明""赫赫""洋洋""煌煌""彭彭""绵绵""膴膴""陾陾""薨薨""登登""冯冯""芃芃""峨峨""莫莫""闲闲""言言""连连""安安""芇芇""仡仡""濯濯""嚣嚣""逢逢""蓰蓰""秩秩""幪幪""唪唪""泥泥""芬芬""欣欣""熏熏""显显""皇皇""处处""语语""颙颙""卬卬""翙翙""蔼蔼""萋萋""喈喈""雍雍""嗜嗜""板板""泄泄""嚣嚣""谑谑""灌灌""蹻蹻""熇熇""荡荡""抑抑""温温""惨惨""梦梦""谆谆""藐藐""骙骙""殷殷""虫虫""兢兢""业业""炎炎""番番""啴啴""捷捷""锵锵""奕奕""訏訏""甫甫""嘘嘘""浮浮""滔滔""汤汤""洸洸""溃溃"等等。西周风诗中的叠音词有："关关""萋萋""喈喈""莫莫""采采""诜诜""振振""薨薨""绳绳""蛰蛰""夭夭""灼灼""蓁蓁""肃肃""丁丁""赳赳""翘翘""僮僮""祁祁""喓喓""趯趯""忡忡""惙惙""脱脱""迟迟""冲冲""慆慆""蜩蜩""几几"等等。

第一，西周风诗语言底色比雅颂要浅近、通俗、平易得多，这主要体现在语汇之上。风诗虽然也有一些相对难解的语汇，但总体来说，风诗语言难度比雅颂要小得多，这是任何一位读者都不难体会的。下面以《周颂·维清》与《召南·甘棠》为例，来看雅颂与风诗的语言差别：

　　维清缉熙，文王之典。肇禋。迄用有成，维周之祯。

——《周颂·维清》

　　蔽芾甘棠，勿翦勿伐，召伯所茇。
　　蔽芾甘棠，勿翦勿败，召伯所憩。
　　蔽芾甘棠，勿翦勿拜，召伯所说。

——《召南·甘棠》[1]

让我们先看《维清》，《毛诗序》："《维清》，奏《象舞》也。"郑玄笺："《象舞》，象用兵时刺伐之舞，武王制焉。"孔颖达疏："《维清》诗者，奏《象舞》之歌乐也。谓文王时有击刺之法，武王作乐，象而为舞，号其乐曰《象舞》。至周公、成王之时，用而奏之于庙。诗人以今大平由彼伐，睹其奏而思其本，故述之而为此歌焉。"[2]维，发语词；清，清明；缉熙，光明；典，典章、法则；肇，始；禋，祭祀；迄，至；用，指运用文王之典；成，成功；祯，吉祥。根据毛传、郑笺和孔疏，《维清》这五句诗大意是，周朝政治清明，是因为遵循文王法典。文王受命，开始祭祀昊天上帝。至武王运用文王之法，获得成功，此为周人获得天下的吉祥。除了《象舞》的礼乐背景难懂以外，《维清》用语古老，过于精练，导致理解困难。如"维清缉熙"是"清"与"缉熙"两个形容词的组合，如果没有经师解释，读者就不知道这是指周朝政治清明。"文王之典"是一个偏正词组，它与上句"维清缉熙"的内在逻辑关系，仅从诗句字面上是看不出来的。至于颂诗如何从"文王之典"跳跃到"肇禋"，其间的脉络也看不清楚。"迄用有成"句，"迄"和"用"字之后都省略

---

[1] 毛亨传，郑玄笺，孔颖达疏：《毛诗正义》，第78页。
[2] 毛亨传，郑玄笺，孔颖达疏：《毛诗正义》，第1286页。

了必要成分。《维清》诗句如同现代论文的几个关键词，仅仅从这几个关键词，还不明白诗人要表达什么思想感情。如果没有经师将这些关键词之间的内在逻辑关系揭示出来，读者根本不知道《维清》在讲什么内容。与《维清》相比，《甘棠》就好懂多了。据《史记·燕召公世家》载："召公之治西方，甚得兆民和。召公巡行乡邑，有棠树，决狱政事其下，自侯伯至庶人各得其所，无失职者。召公卒，而民人思召公之政，怀棠树不敢伐，哥（歌）咏之，作《甘棠》之诗。"[1]全章分为三章，采用重章复沓章法，每章三句，第一句描写棠树茂盛，第二句劝告人们不要砍伐，第三句说召公当年就在这棵树下休息听政。诗中只有"蔽芾（盛貌）""茇（草舍）""败（折）""拜（拔）"几个关键字需要解释，其余都明白如话。字与字，句与句，章与章的逻辑关系都很清楚，三章层层递进，表达了民众对召公仁政的歌颂之情。从两首诗语言对比之中，可以看出风诗语言底色要比雅颂浅近得多。

第二，西周风诗中不少诗句接近民众生活口语，有些诗句明白如话。西周雅颂与风诗的语言指向是不同的，雅颂作为庙堂乐歌指向书面语言，它们的语言典雅深奥，愈深愈好，愈雅愈好，语词往往与当时王朝文诰、贵族铭文互相渗透，而风诗的语言则指向通俗化口语化。以口语入诗，是风诗语言的一个重要特点，像"求之不得，寤寐思服""悠哉悠哉，辗转反侧"（《周南·关雎》），"汉有游女，不可求思"（《周南·汉广》），"未见君子，忧心忡忡""未见君子，我心伤悲"（《召南·草虫》），"于以采蘩，于涧之中"（《召南·采蘩》），"求我庶士，迨其吉兮"（《召南·摽有梅》），"平王之孙，齐侯之子"（《召南·何彼襛矣》），"女心伤悲，殆及公子同归""七月在野，八月在宇，九月在户，十月蟋蟀入我床下""八月剥枣，十月获稻""七月食瓜，八月断壶"（《豳风·七月》），"鸱鸮鸱鸮，既取我子，无毁我室"（《豳风·鸱鸮》），"自我不见，于今三年""其新孔嘉，其旧如之何"（《豳风·东山》），"取妻如何，匪媒不得"（《豳风·伐柯》），等等，这

---

[1] 司马迁：《史记》，第1550页。

些诗句都是诗人脱口而出，不必通过经师解释，读者就能理解其意。"求之不得""悠哉悠哉""忧心忡忡"这一类诗句至今仍活在人们口语之中，"忧心忡忡"还被凝练为成语。风诗这些口语化的诗句，在同时期的雅颂之中是找不到的。需要指出的是，我们今天所读的《诗经》在句式、章节、语言、韵律等艺术形式上应该经过周太师的整理、加工、润色，各国风诗被采集之后，也须经过周太师的艺术加工，这必然会或多或少地减少一些口语化的因素。如果没有周太师的整理加工，我们有理由相信西周风诗的口语特色会更明显一些。

第三，风诗多用比兴，而诗人用来比兴的都是人们日常生活中的常见事物，因此它能引发受众的联想和想象，加深对诗句的理解，起到浅化语言的作用。雅颂偶尔也会使用比兴手法，如《周颂·振鹭》以洁白美丽的白鹭起兴，来赞美宾客优雅的仪容；①《大雅·绵》以绵绵不断的大小瓜果，兴起周民族世代相承赓续不断；《周颂·小毖》中的"莽蜂""桃虫""飞鸟"，《良耜》中的"其崇如墉，其比如栉"；《大雅·大明》中的"其会如林""维师尚父，时维鹰扬"等，都是成功地运用了比喻手法。但从总体上说，雅颂表现手法以赋为主，它追求的是典雅肃穆，生动形象不是它的语言艺术目标。西周风诗运用比兴远较赋为多。《周南》《召南》《豳风》共三十二首作品，全篇被朱熹《诗经集传》标明为比兴手法的有十七首（不包括局部运用比兴的作品），这个比例要远远高于雅颂。西周风诗用以比兴的事物多为人们日常生活中司空见惯的草木鸟兽之类，如鸟类事物有雎鸠、鹊巢、鸤鸠；草本植物类的事物有卷耳、樛木、乔木、桃夭、唐棣、斧柯；虫鱼类事物有螽斯、罬鱼；野兽类事物有兔罝、麟趾、死麕、狼胡；自然事物有殷雷、小星、江汜；等等，这些草木鸟兽虫鱼大多为人们所常见，属于一说就懂的事物。这些用于比兴的事物不仅仅是起个开头的形式作用，同时对读者也有比喻、暗示、按照一定方向引导读者理解的意义。例如，《周南·关雎》："关关雎鸠，在河之洲。窈窕淑女，君子好逑。"②河边一对

---

① 《周颂·振鹭》开头两句是："振鹭于飞，于彼西雝。"朱熹《诗经集传》认为它是"赋"，即为真实写景。本书认为这种写法是典型的先言他物以引起所咏之词，应该是兴而不是赋。

② 毛亨传，郑玄笺，孔颖达疏：《毛诗正义》，第22页。

雎鸠关关和鸣，这自然引发人们对于伉俪深情的联想，至今画家仍然以一对鸟儿比翼双飞、交颈和鸣的形象来暗喻夫妻感情深挚。又如《周南·桃夭》："桃之夭夭，灼灼其华。之子于归，宜其室家。"①诗人以红艳艳的桃花起兴，让人联想到女子结婚的红火场面，表达人们对新人的美好祝福，全诗宛如一幅红红火火的风俗年画，使诗歌语句变得浅显易懂。又如《周南·汉广》："南有乔木，不可休息。汉有游女，不可求思。"②树木高大而没有枝叶，它不能给行人提供庇荫；汉水边的游女虽然美丽，却是可望而不可求。用不着诠释，读者透过比兴事物即可把握诗人绝望而难以自已的情思。又如《召南·鹊巢》："维鹊有巢，维鸠居之。之子于归，百两御之。"③诗人用鸠居鹊巢的意象来兴起女子出嫁，成为异姓家庭主妇。如《豳风·鸱鸮》以一只心力交瘁的母鸟的口吻哀求鸱鸮放过自己，诉说自己为养家抚雏而手足胼胝、形容憔悴，联系周初三监反叛、流言四起、周公忍辱负重的历史背景来读这首诗，自然会理解到其中的不尽情味。读者之所以能够相对轻松地阅读西周风诗，诗人多用比兴是一个重要因素。

第四，不少西周风诗采用重章复沓的章法。复沓的妙处是用字少，重复多，仅换几个词便构成优美的诗章。诗中所换的几个词，往往是近义词，只要读懂了开头一章，后面几章的意思也就基本掌握了，由此大大降低了语言的难度。《周颂》不分章，因此也就不存在重章复沓问题。《大雅》虽然分章，某些作品中有若干诗句重复出现，如《公刘》中的"笃公刘"，《民劳》中的"民亦劳止"，《卷阿》中的"俾尔弥尔性"，《荡》中的"文王曰咨，咨女殷商"，《云汉》中"旱既大甚"等，但这些重复出现的诗句充其量只能说重章复沓的萌芽，那种典型的重章复沓在《大雅》中还不曾有过。《小雅》中部分作品虽有重章复沓现象，但在数量上不及风诗。重章复

---

① 毛亨传，郑玄笺，孔颖达疏：《毛诗正义》，第46、47页。
② 毛亨传，郑玄笺，孔颖达疏：《毛诗正义》，第53页。
③ 毛亨传，郑玄笺，孔颖达疏：《毛诗正义》，第62、63页。

沓在西周风诗中则是一种比较普遍的现象。①西周风诗重章复沓大约分三种情形：第一种情形是全篇运用重章复沓，如《周南·芣苢》："采采芣苢，薄言采之。采采芣苢，薄言有之。采采芣苢，薄言掇之。采采芣苢，薄言捋之。采采芣苢，薄言袺之。采采芣苢，薄言襭之。"②全诗三章，诗人只是换了"采""有""掇""捋""袺""襭"六个动词，就写出农妇采摘芣苢过程的种种情状，倍受方玉润的激赏③。从读者角度来说，这样的诗篇显然是较易理解的。全篇重章复沓的例子还有《周南》中的《樛木》《螽斯》《桃夭》《兔罝》《麟之趾》，《召南》中的《鹊巢》《甘棠》《殷其雷》《摽有梅》《江有汜》《驺虞》，《豳风》中的《破斧》。第二种情形是部分章节运用重章复沓，如《周南·关雎》共有五章，除第一章、第三章之外，其余三章运用重章复沓："参差荇菜，左右流之。窈窕淑女，寤寐求之。……参差荇菜，左右采之。窈窕淑女，琴瑟友之。参差荇菜，左右芼之。窈窕淑女，钟鼓乐之。"④诗人通过重复运用相近章法，从"求"到"友"再到"乐"，层层深入，曲折淋漓地表达了对淑女的追求、交友、相乐的渴望。其他部分重章复沓的西周风诗是：《周南》中的《葛覃》《卷耳》《汝坟》，《召南》中的《采蘩》《草虫》《行露》《羔羊》《何彼襛

---

① 加拿大汉学家杜百胜在《中国早期诗歌韵律的起源与发展》（"The Origin and Development of Prosody in Early Chinese Poetry"）中认为，整齐化的复沓章节是《诗经·小雅》中最明显的特征。复沓结构是指多章节诗歌中有两章或以上的章节结构相似、大部分音律言辞相同的形式，其特征为渐进式地实现主题句的回环重复。据杜百胜统计，在七十四首《小雅》作品中，有四十七首属于复沓结构，其余的也多为该结构的变形。他注意到《国风》的重章复沓形式，认定一百六十首《国风》作品中，有一百四十四首为重章复沓结构。杜百胜将重章复沓的首创之功归之于《小雅》，认为《国风》的重章复沓是对《小雅》的继承与发展。杜百胜之所以持此观点，与他对《诗经》四类诗创作年代的看法有关，他认为《颂》诗创作年代最早，其次是《大雅》，再次是《小雅》，《国风》创作年代最晚。本书已经证明，风诗中部分作品的创作年代可能较早，风诗中有西周甚至是先周作品。在"周南""召南""豳风"等西周风诗中，诗人们已经纯熟地运用重章复沓结构。某些风诗的创作年代较《小雅》要早。这样，杜百胜关于《国风》继承并发展《小雅》重章复沓的观点就值得商榷。
② 毛亨传，郑玄笺，孔颖达疏：《毛诗正义》，第 51、52 页。
③ 方玉润在《诗经原始》中说："夫佳诗不必尽皆征实，自鸣天籁，一片好音，尤足令人低回无限。若实而按之，兴会索然矣。读者试平心静气，涵咏此诗，恍听田家妇女，三三五五，于平原绣野，风和日丽中群歌互答，余音袅袅，若远若近，忽断忽续，不知其情之何以怡而神之何以旷。则此可不必细绎而自得其妙焉。"
④ 毛亨传，郑玄笺，孔颖达疏：《毛诗正义》，第 25—27 页。

矣》。《何彼襛矣》的重章复沓别有新意，第二章"平王之孙，齐侯之子"，到第三章变成"齐侯之子，平王之孙"，①语序变了，诗句还是原来的诗句。第三种情形是一篇之中部分诗句重复出现，严格地说，这种情形不能算典型的重章复沓，但可以视为重章复沓的变例。例如，《周南·汉广》"汉之广矣，不可泳思。江之永矣，不可方思"②在全诗三章末尾部分重复出现，收到一唱三叹的艺术效果，强化了读者关于"汉水游女难以追求"主题的理解。又如，《召南·小星》共分两章，每章五句，两章只有开头三句"嘒彼小星，三五在东。肃肃宵征""嘒彼小星，维参与昴。肃肃宵征"③重复出现，后两句诗各有不同。再如，《豳风·七月》中只有"七月流火，九月授衣"④两句诗重复出现，《豳风·东山》中只有"我徂东山，慆慆不归。我来自东，零雨其濛"⑤四句诗重复出现。西周风诗在章法上运用重章复沓，可能与曲调有关，这种章法在客观上使诗句更易理解。

第五，西周风诗词与词、句与句之间的语言逻辑关系较雅颂要明显一些。一句之内词语之间关系是否清楚，上下句之间的语言逻辑关系是否清楚，这是阅读商周文献时经常遇到的问题。雅颂有不少诗句的逻辑关系不太明显，在一句诗当中，这个词与邻近那个词之间究竟是什么关系，在两句当中，上一句诗与下一句诗之间有什么内在逻辑联系，往往看不清楚。这一点在某些颂诗中尤其突出。前文已经举了《周颂·维清》的例子，这里再以《周颂·赉》为例："文王既勤止，我应受之。敷时绎思，我徂维求定。时周之命，於绎思！"《毛诗序》："《赉》，大封于庙也。赉，予也，言所以赐予善人也。"郑玄笺："大封，武王伐纣时，封诸臣有功者。"孔颖达疏："谓武王既伐纣，于庙中大封有功之臣以为诸侯。周公、成王太平之时，诗人追述其事而为此歌焉。"⑥现据毛传、郑笺和孔疏，对本诗语词作

---

① 毛亨传，郑玄笺，孔颖达疏：《毛诗正义》，第 104 页。本诗中的"平王"，郑笺解为"德能正天下之王"。如果"平王"是指东周的平王，那么此诗就应该是春秋初年之作。
② 毛亨传，郑玄笺，孔颖达疏：《毛诗正义》，第 53—56 页。
③ 毛亨传，郑玄笺，孔颖达疏：《毛诗正义》，第 94—96 页。
④ 毛亨传，郑玄笺，孔颖达疏：《毛诗正义》，第 491—494 页。
⑤ 毛亨传，郑玄笺，孔颖达疏：《毛诗正义》，第 519—524 页。
⑥ 毛亨传，郑玄笺，孔颖达疏：《毛诗正义》，第 1373 页。

一训释：勤，劳；止，语助词；我，指周武王；应，当；受，接受，拥有；敷，遍；时，此；绎，陈；思，思而行之；徂，往；维，语助词；求定，追求安定天下；时，是，此；命，天命；於：叹词。诗中词语虽然一一诠释了，但是我们仍然无法读懂这首诗。首先是难以把一句讲通，如"敷时绎思"一句，可以逐字解释为"遍此陈思行"，这显然不成句子。孔颖达的翻译是："我遍于是文王劳心之事，皆陈而思行之。"①幸亏孔颖达将句子中失落的环节补足，才勉强将此句讲通。句子与句子之间的逻辑关系更是模糊，如开头"文王既勤止，我应受之"，前一句讲文王的勤劳，后一句讲武王的接受。读者不禁要问：武王接受什么？是接受文王的勤劳风范，还是接受文王勤劳打下的王业？抑或两者兼而有之？至于后面"时周之命，於绎思"两句，更是不知从何而来，表达何意。②从《周颂·赉》可以看到，雅颂语言高度精练，它如同朝廷文诰一样，省略了许多意思环节，跳跃性太大，上一个词与下一个词，上一句与下一句，彼此之间的内在关联看不明白，导致诗句语意不明。可见诗歌词与词、句与句之间的语言逻辑关系清楚与否，在一定程度上决定了诗歌语言的难易。与雅颂相比，西周风诗诗句的逻辑关系要紧密得多。在一句诗之中，词与词之间的逻辑关系非常清楚。例如，"维鹊有巢"（《召南·鹊巢》），"维"是发语词，"鹊有巢"，即喜鹊有窝，这是一个让人一看就懂的主谓宾完整的句子结构。即使句子结构在语法上不完整，但也不会影响读者的理解。例如，"公侯之事"（《召南·采蘩》），这是一个偏正词组，用"公侯"修饰、限定"事"，词汇逻辑关系一目了然。风诗句子与句子之间的逻辑关系也非常明显。例如，"未见君子，我心伤悲"（《召南·草虫》），上一句是因，下一句是果。又如"陟彼高冈，我马玄黄"（《周南·卷耳》），上一句交待地点，下一句描写事物情态。风诗在结构上分章，诗人在表达情感时，或者是递进，或者是并列，一层一层地抒情写物。风诗有一种章法最为值得注意，这就是两句一

---

① 毛亨传，郑玄笺，孔颖达疏：《毛诗正义》，第1374页。
② 孔颖达对这两句诗的解释是："言是者，上之劳心也。上天之命，命不解怠者，故知劳心是周之所以受天命，而王之所由。此诗为大封而作，故知'於绎思'是敕诸臣受封，使陈而思行之。文王之道，可永为大法，故以文王之功业敕劝之。'於'亦叹辞也。"

联、四句一章、联章为篇。①如《周南·关雎》分为四章，每章四句。在这种章法的作品中，两句表达一个完整的意思，如"关关雎鸠，在河之洲"，意为一对鸠鸟在河边沙洲上关关和鸣；又如"窈窕淑女，君子好逑"，意为娴静美丽的淑女是君子的好配偶。采用这种两句一联、四句一章、联章为篇法的诗篇还有《周南》中的《樛木》《螽斯》《桃夭》《兔罝》《芣苢》《汝坟》，《召南》中的《鹊巢》《采蘩》《采蘋》《羔羊》《摽有梅》《野有死麕》，《豳风》中的《伐柯》《狼跋》。进入东周以后，这种两句一联、四句一章、联章为篇的章法就极为常见了。

第六，风诗的形象性、故事性要比雅颂强得多，而形象化有助于读者理解诗意。雅颂用于国家重大典礼，风诗则用于一般礼仪或文化娱乐，两者用途不同，决定了各自创作路向的不一样。雅颂主要歌颂祖宗神和王公大人的盛德，将现实政治的成功禀告祖宗神，这样言志写意就成为雅颂创作的追求目标，它不需要多少形象，只需将祭祀者对祖宗神的景仰、崇拜、感激以及祭祀者祀福、求寿、祈年等意旨表达清楚就行了。兹以《周颂·酌》为例："於铄王师，遵养时晦。时纯熙矣，是用大介。我龙受之，蹻蹻王之造。载用有嗣，实维尔公允师。"於，叹词；铄，美；王师：周王朝军队；遵，率；养，取；时，是，此；晦，昧，指昏昧君主；纯，大；熙，兴；介，助；龙，宠；蹻蹻，武貌；造，为也；有嗣，嗣续。关于这首诗旨，《毛诗序》说："《酌》，告成《大武》也。言能酌先祖之道，以养天下也。"按照此说，《酌》是《大武》乐章中的一首歌诗。郑玄对诗的大意作了诠释："於美乎文王之用师，率殷之叛国以事纣，养是暗昧之君，以老其恶，是周道大兴，而天下归往矣，故有致死之士助之。""来助我者，我宠而受用之。蹻蹻之士，皆争来造王，王则用之。有嗣传相致。"②根据郑玄的解释，这首颂诗表达了以下几层意思：一是赞美周文王能够在灭殷条件尚不成熟的情况下委曲求全服事殷纣王；二是歌颂周道大兴并因此得到天下敢死之士相助；三是称赞周国能够招贤

---

① 参见陈伯海：《唐前诗歌意象艺术的流变》，《社会科学战线》2013年第7期。
② 毛亨传，郑玄笺，孔颖达疏：《毛诗正义》，第1368—1370页。

纳士，贤士陆续归于周国。全诗基本没有形象创造，也没有故事情节可言，它歌颂的是文王盛德和武王的成功。如果不了解它的历史背景和礼乐形式，读者就不知道这首诗究竟是想表达什么。风诗的情况就不同了。"风者，多出于里巷歌谣之作，所谓男女相与咏歌，各言其情者也。"[①]风诗所描写的是上至王侯下到庶民的生活，所展现的是民俗风情，风诗中往往有一些故事情节的影子，它的语言也就因此充满感性。兹以《豳风·东山》为例，诗中以一个跟随周公东征三年之后凯旋的老兵口吻，描述他的征战生活以及回归途中百感交集的心情：

> 我徂东山，慆慆不归。我来自东，零雨其濛。我东曰归，我心西悲。制彼裳衣，勿士行枚。蜎蜎者蠋，烝在桑野。敦彼独宿，亦在车下。
> 
> 我徂东山，慆慆不归。我来自东，零雨其濛。果臝之实，亦施于宇。伊威在室，蟏蛸在户。町疃鹿场，熠耀宵行。不可畏也，伊可怀也。
> 
> 我徂东山，慆慆不归。我来自东，零雨其濛。鹳鸣于垤，妇叹于室。洒扫穹窒，我征聿至。有敦瓜苦，烝在栗薪。自我不见，于今三年。
> 
> 我徂东山，慆慆不归。我来自东，零雨其濛。仓庚于飞，熠耀其羽。之子于归，皇驳其马。亲结其缡，九十其仪。其新孔嘉，其旧如之何？[②]

全诗共分四章，首章是征战归来的老兵痛苦地回忆东征生活的艰苦，如行军打仗时嘴里要含一根筷子以免发出声音，晚上像蚕蛹一样蜷曲着身体睡在车下；二章是老兵想象家中情景的荒凉：果臝的果实蔓延到屋檐之下，屋子里长满了土鳖，门窗上结了蛛网，地面上留下了野兽的足迹，晚上磷火明灭闪烁，这些想象中的荒凉情景加剧了老兵对家人的担忧；三章是老兵想象妻子在家中盼望自己归来，妻子在家因思念自己而长叹，正在收拾屋子准备迎接丈夫；四章是老兵忆想当年新婚情景：自己骑着一匹赤黄色的马去迎亲，丈母娘亲手给女儿系上同心结。诗中通过老兵片断的叙述和回忆，大致构成了一个故事梗概：一个农村青年刚刚结束美好的新婚蜜月，便赶上周公平叛战争，他接受国家征召，跟随周公走上东征前线。

---

① 朱熹：《诗经集传》，"序"第1页。
② 毛亨传，郑玄笺，孔颖达疏：《毛诗正义》，第518—526页。

在三年东征岁月中，他随着大军风餐露宿，艰辛备尝。而家中的妻子日夜思念征人，期待着丈夫安全归来。作品交织着老兵对家中亲人的怀念、担忧、焦虑种种情绪。诗中虽然没有写夫妻团圆的情景，但读者可以通过自己的联想来补写诗歌的结局。这个夹杂有幸福与感伤、期待与恐惧、欣慰与痛苦的老兵故事，一步步将读者引入诗的意境之中，加深读者对诗意的理解。其他风诗也都包含有一定的故事情节，如《关雎》叙述男子对一位采摘荇菜淑女的迷恋，《葛覃》描写一位贵族女子的归宁，《卷耳》述说女子对游子的思念，《野有死麕》描写怀春女子与"吉士"在林中野合，《草虫》写女子未见"君子"时的焦躁和既见之后的欣喜，《小星》叙述低级小吏日夜劳作的艰辛……这些作品都是运用感性的语言各言其情，读者通过具体可感的意象进入诗境。

风诗语言平易的奥秘在于上古天子"观风"[①]。在通讯、交通不发达的上古时代，天子通过"陈诗""采风"各种途径，从风诗中了解各诸侯国的政治好坏和民风厚薄。由于天子要"观风"，所以风诗务必要原汁原味地保留民众生活原貌，包括保留民众口语，以便天子能够原生态地了解各诸侯国的民情风俗。风诗用于天子闲居之时观赏，以及用于燕、射等娱乐性礼仪，朝廷对风诗歌词的典雅要求远不及雅颂之高，周太师只需要对采集来的各诸侯国风诗进行一些必要的形式整理，比其音律，就可以献给周天子了。而这样做反而成就了风诗语言的浅易生动。

## 第三节 《国语》西周散文语言

西周穆王时期，出现一种用"文言"书写的"语"体散文——后人将此类"语"体散文按国别编为一书，称为《国语》。在讨论《国语》语言之前，需要廓清在《国语》写作年代、作者、性质等问题上的迷雾。

---

[①] "观风"之说见于《礼记·王制》《孔丛子·巡狩》《汉书·食货志》《汉书·艺文志》等文献，这些都是战国秦汉人们对上古采诗观风制度的描述，其中不乏理想化的色彩，究竟上古是否实行过"观风"制度，因为没有第一手文献资料，所以不便论定。《左传·襄公二十九年》载吴公子季札观乐，是中国历史上第一次"观风"记录。

关于《国语》的写作年代，某些中国文学史将其断于战国初年。例如，游国恩等教授主编的《中国文学史》说："它的作者和《左传》一样，也是战国初期一个熟悉历史掌故的人则无问题。"[1]这里所说的是《国语》作者，但作者与写作年代是相联的，作者既然是战国初年人，那也就意味着将《国语》写作年代定在战国初期。这个说法存在一些问题，与《国语》写作年代的真实情况不符，不利于人们准确认识《国语》在中国文学发展中的真实地位。因此，有必要探讨《国语》究竟写作于什么年代。要讨论《国语》的写作年代，就不能不涉及它的性质。从汉代至今，学术界对《国语》一书性质有四种代表性看法：

一是认为它是"《春秋》外传"。《汉书·艺文志》于六艺略《春秋》类著录《国语》，这种处理表明，《汉书·艺文志》视《国语》为《春秋》的传记。《汉书·律历志》、王充《论衡》和刘熙《释名》都说《国语》是"《春秋》外传"。所谓"外传"，是相对于"《春秋》内传"亦即《春秋左氏传》而言。既然《国语》《左传》一是外传，一是内传，那么这两部书就都是解释孔子《春秋》的。汉人甚至进一步认为，这两部书同出于一个作者——左丘明——之手。这是汉人对《国语》性质的普遍看法，对先秦历史文化专精如司马迁者也在《史记·十二诸侯年表》《太史公自序》《报任安书》中，多次说鲁君子左丘明作《左传》和《国语》。左丘明是一个什么样的人呢？孔子曾经提及左丘明其人，《论语·公冶长》载："子曰：巧言、令色、足恭，左丘明耻之，丘亦耻之。匿怨而友其人，左丘明耻之，丘亦耻之。"[2]这个与孔子同好恶的左丘明似乎是孔子平辈，而《史记·十二诸侯年表》中作《左传》的鲁君子左丘明，则显然是孔子晚辈后学。有论者进一步指出，古代有"左"与"左丘"两姓，因此，太史公《报任安书》"左丘失明，厥有《国语》"的左丘氏，与作《左传》的"左氏"，或许是两个人。其实经过辨析就可以发现，所谓左丘明作《国语》的说法，是视《国语》为"《春秋》外传"的产物，既然"《春秋》内传"的作者是左丘明，

---

[1] 游国恩等主编：《中国文学史》（一），第 53 页。
[2] 何晏注，邢昺疏：《论语注疏》，第 67 页。

那么"《春秋》外传"的作者想必是同一人。《国语》与《春秋》在体例、记事起讫年代诸方面多有不同，说《国语》是"《春秋》外传"，稍有历史文献常识的人都不会同意。经过傅玄、刘炫、陆淳、叶梦得、四库馆臣等历代学者的辨驳，特别是现代以来破除了儒家经学的尊崇地位，今人绝大多数不再相信《国语》是"《春秋》外传"。但汉人关于《左传》《国语》内外表里关系之说仍在有意无意之间影响着后人，君不见，在绝大多数中国文学史论著中，论者或将《左传》《国语》两书加以比较，或论《左传》而兼及《国语》，或将《国语》附在《左传》之后讨论，这种思维定势的根源盖出于汉人关于经传、内外、表里之说。

二是将它断为"杂史"。《四库全书总目提要》驳斥了《国语》为"《春秋》外传"之说，而将其置于"杂史"一类。这个处理解除了《国语》与《春秋》之间所谓的经传关系以及《国语》与《左传》之间的所谓内外传关系，为我们重新认识《国语》性质扫除了经学障碍。

三是将它划分为"国别史"。刘知幾在《史通·六家》中指出，《国语》在编纂体例上自成一家，不同于《尚书》等其他五家。清人浦起龙在《史通通释》中根据刘知幾六家之说，将《国语》断为"国别家"。此后，《国语》为"国别史"便成为学界共识。"国别史"之说准确地指出了《国语》的编纂体例，有助于我们认识《国语》文章的不同地域特色。

四是将它视为史料汇编。中国社会科学院文学研究所编写的《中国文学史》说："《国语》二十一卷，旧说以为是左丘明所作。它其实是一部经过整理加工的史料集，整理者是谁，已不可确考。"[1]袁行霈主编的《中国文学史》也说，《国语》"是各国史料的汇编"[2]。

在以上四种说法之中，第四种看法最接近历史实际，如果沿着它再前进一步，就可以触摸到《国语》作者、性质及其写作年代的真相。既然《国语》的性质是"史料汇编"而不是"著"，那么就应该将《国语》史料的真正作者与最后的编者区分开来。《国语》的真正作者是写作每条史料的人，

---

[1] 中国社会科学院文学研究所：《中国文学史》（上），北京：知识产权出版社，2000年，第50页。
[2] 袁行霈主编：《中国文学史》（第一卷），北京：高等教育出版社，1999年，第96页。

它的作者不是一个人，而是一群人，它不是写于同一时代，而是不同年代的作者写的。具体地说，周穆王时期的史料是他那个时代周王室史官写的，周宣王时期的史料是他那个时代周王室史官写的，周厉王时期的史料是他那个时代周王室史官写的，以此类推，齐桓公时期的史料是他那个时代齐国史官写的，晋文公时期的史料是他那个时代晋国的史官写的，楚庄王时期的史料是他那个时代楚国史官写的，吴王夫差、越王勾践时期的史料是他们那个时代吴、越两国的史官写的。《国语》每一条史料所经历的写作时间长短不等，如《周语上》"邵公谏厉王弭谤"章发生在公元前845年，文章结尾又记载："王不听，于是国莫敢出言，三年，乃流王于彘。"周厉王被流放是在公元前842年。所以，"邵公谏弭谤"一文的写作前后经历了三年。《国语》一共收录了二百三十五条史料，上自周穆王下迄鲁悼公，历时五百一十四年，从最早的一条史料，到最晚的一条史料，《国语》全书的写作年代跨越五百一十四年，它们的作者是周王室史官和各诸侯国史官，战国初期某国史官将这些史料汇编为一书。此前在《国语》写作年代问题上最大的误区，就是误"编"为"作"，以为那个汇编史料的人就是《国语》的作者，史料汇编的时代也就被误认为是《国语》的写作年代。其实，创作历史散文与编辑一部史料，这两者的艺术价值是不可同日而语的。一篇历史散文创作出来，其中凝聚着思想价值与艺术价值，在思想、结构、语言文字诸方面都打上了时代的标记，代表着那个时代历史散文的艺术水平。而汇编一部史料，其间虽然也寄寓了编者的学术思想与审美情趣，但编书的主要建树还是体现在书籍的编辑体例之上——《国语》按照国别汇编史料，这在当时确实是一个创举。从散文创作年代可以判断那个时代包括语言在内的散文发展水平，从书籍汇编年代可以看出那个时代的书籍编辑水平，这是必须区分的两个问题。学术界对《国语》写作年代存在分歧意见，对《国语》艺术价值及其在中国文学史的地位认识不够，其源盖出于将《国语》每篇散文的真正原始作者与最后编书者混为一谈。

　　将覼其论，必征言焉。我们将《国语》视为周王室史官和各诸侯国史官在五百一十四年期间写的，而不是战国初期某一位作者所作，其主要理由是：

（一）从横向来看，各国文风不尽相同。前人对此已经有所体会，如朱彝尊在《经义考》卷二百九引陶望龄曰："《国语》一书，深厚浑朴，《周》《鲁》尚矣。《周语》辞胜事，《晋语》事胜辞。《齐语》单记桓公霸业，大略与《管子》同。如其妙理玮辞，骤读之而心惊，潜玩之而味永，还须以《越语》压卷。"崔述《洙泗考信录·余录》也认为《国语》各国文风不同："周、鲁多平衍，晋、楚多尖颖，吴、越多恣放。"《周语》《鲁语》风格比较接近，均以浑朴平实见长。其文持论正统，语言朴实，不夸张，不诡激，立论重视遗训故实，多引经据典，显示出深厚的历史文化底蕴。周、鲁文风之所以相近，是因为它们拥有共同的礼乐文化。与周、鲁文风相近的还有《郑语》，这是因为郑桓公向史伯咨询之时尚在担任西周王朝的司徒，而与郑桓公对话的史伯则是周王室的史官，对话的地点是在西周都城。《齐语》八条材料主要记载管仲的治国言论，文风一如管仲改革一样干练明断。《晋语》前半部分记载晋国五世动乱，后半部分记载六卿专权，其文风像政局一样波谲云诡，其中蕴含着阴险狠毒的杀机和深不可测的权术。楚国本为蛮夷之邦，令人惊异的是它的文章价值取向和文风颇近周、鲁。但是切勿认为《楚语》就是《周语》《鲁语》的翻版，《周语》《鲁语》多少带有一些因循守旧的年迈暮气，而《楚语》则于浑厚古朴之中蕴含着一个新崛起的泱泱大国所特有的大气、朝气和颖锐之气。《吴语》《越语》历来并提，两国文章也各有特色：《吴语》文风突怒偃蹇，拗倔恣放；《越语》上下篇分别出于两位越国史官之手，上篇概述勾践灭吴经过，下篇记述范蠡为勾践筹划灭吴的谋略，其中蕴含着一种深沉的哲理意味，文章洋洋洒洒极为畅达，如同风行水上。如果《国语》是一人所作，那么全书的语言风格应该是统一的。《国语》各诸侯国不同文风的文章表明，它不可能出于同一作者之手。

（二）从纵向考察，《国语》语言向平易化方向发展，其中西周散文语言古朴简练，春秋时期鲁、晋、齐、楚等国散文语言整饬流利，而春秋末年的《越语》语言流畅程度已经接近《战国策》，通读《国语》，读者自会从中深切地感受到历史散文语言的演进，可以深切感受到《国语》语言由古朴到畅达、由简练到流利的演进。这种语言演进的历史痕迹不是同一作者所能

（三）《国语》中存在一事两记而内容各不相同的现象。例如，《周语中》载有"阳人不服晋侯"，《晋语四》又有"文公出阳人"记载。两处所载仓葛说辞各有不同：《周语中》所载仓葛的说辞是："王以晋君为能德，故劳之以阳樊，阳樊怀我王德，是以未从于晋。谓君其何德之布以怀柔之，使无有远志？今将大泯其宗祊，而蔑杀其民人，宜吾不敢服也！夫三军之所寻，将蛮、夷、戎、狄之骄逸不虔，于是乎致武。此羸者阳也，未狎君政，故未承命。君若惠及之，唯官是征，其敢逆命，何足以辱师！君之武震，无乃玩而顿乎？臣闻之曰：'武不可觌，文不可匿。觌武无烈，匿文不昭。'阳不承获甸，而祇以觌武，臣是以惧。不然，其敢自爱也？且夫阳，岂有裔民哉？夫亦皆天子之父兄甥舅也，若之何其虐之也？"①《晋语四》所载仓葛的说辞是："君补王阙，以顺礼也。阳人未狎君德，而未敢承命。君将残之，无乃非礼乎！阳人有夏、商之嗣典，有周室之师旅，樊仲之官守焉，其非官守，则皆王之父兄甥舅也。君定王室而残其姻族，民将焉放？敢私布于吏，唯君图之！"②前者劝谏晋文公不可穷兵黩武，后者则以礼义折服晋人。两篇记载同一事件的文章，内容言辞却不尽相同，对此只能有一个合理解释，这就是它们分别出于周王室史官和晋国史官之手。又如《周语中》"襄王拒杀卫成公"章，记载晋文公想借周襄王之手杀死卫成公，周襄王以君臣伦理不可违反而委婉地予以拒绝。《鲁语上》"臧文仲说僖公请免卫成公"章记载臧文仲说服鲁僖公，用玉璧贿赂晋文公和周襄王，以此替卫成公赎罪。这两篇文章记载同一件事，而记载侧重点各有不同，它们应该分别出于东周王室和鲁国史官之手。再如《鲁语下》"叔孙穆子不以货私免"章，记载鲁国卿士孙穆子作为鲁国使者参加诸侯虢地会盟，会议期间，季武子伐取莒国郓邑，莒国到诸侯盟会上控诉鲁国，作为盟主的楚人将鲁国使者叔孙穆子抓起来，拟杀死叔孙穆子以惩罚鲁国。晋国大夫乐王鲋以帮助叔孙穆子说情为名，向其索取贿赂，穆子断然予以拒绝。《晋语八》"赵文子请免叔

---

① 上海师范大学古籍整理研究所校点：《国语》，第 57 页。
② 上海师范大学古籍整理研究所校点：《国语》，第 375 页。

孙穆子"章，记载晋卿赵文子劝说叔孙穆子逃走免祸，叔孙穆子表示宁可以自己身死来换取社稷安全，乐王鲋因求贿不成而主张杀死叔孙穆子，赵文子被叔孙穆子大义凛然所感动，坚决要求楚人赦免叔孙穆子。这两篇文章记事相同，而各有侧重，前者重在写叔孙穆子，后者重在写赵文子，这两篇应该分别出于鲁国史官和晋国史官之手。

（四）《国语》存在一事异记的现象。这典型地体现在《吴语》与《越语》之中，不仅《吴语》《越语》之间记事不同，就是《越语上》与《越语下》记事也不一致。这三个版本虽然在吴越会稽议和、夫差北上争霸、勾践最终灭吴这些大的关节上彼此一致，但在许多重要的历史细节上却多有不同：一是夫椒之战的发起者不同。《吴语》载吴王夫差起师伐越，越王勾践被动起师迎战。《越语下》载勾践即位三年兴师伐吴，勾践是主动挑战者。《左传·哀公元年》载吴王夫差败越于夫椒，以报两年前檇李之战阖闾被伤之仇，可见夫椒之战是夫差为父复仇之役，《吴语》记载不误，误载的是《越语下》。二是灭吴谋主不同。《吴语》中为勾践筹划灭吴的谋主是越大夫文种，夫椒战败后文种建议勾践与吴行成，最后越人兴师灭吴也是出于文种的"唱谋"。范蠡在《吴语》只出现过两次，第一次是以越师将领身份受命率兵作战："于是越王勾践乃命范蠡、舌庸，率师沿海溯淮以绝吴路。"[1]第二次是作为"五大夫"之一的身份出现的，文中越王勾践问计于五大夫，范蠡仅说了一句话："大夫蠡进对曰：'审备则可以战乎？'"[2]可见《吴语》中的范蠡在灭吴斗争中所起的作用远不及文种，尤其看不出范蠡的谋划之功。《越语上》中的文种只是在栖居会稽时建议勾践向吴人求和，最后决定发动灭吴战役的是勾践本人，范蠡的名字在《越语上》中没有出现。《越语下》的灭吴主谋则自始至终是范蠡一人。三是求和越使不同。《吴语》中求和越使是诸稽郢，而在《越语》上下，求和者是文种。四是越人求和次数不同。《吴语》《越语上》载越使一次求和，《越语下》则载越使文种第一次求和被拒，第二次求和才得到吴王许可。五

---

[1] 上海师范大学古籍整理研究所校点：《国语》，第604页。
[2] 上海师范大学古籍整理研究所校点：《国语》，第622页。

是求和之辞不同。《吴语》中诸稽郢表示越王勾践子女愿意做吴王臣妾,吴王如果放过越国,可以让天下诸侯看到吴国宽大为怀,心悦诚服地侍奉吴国。《越语上》载文种软硬兼施,表示越人愿意用金玉、子女贿赂吴国,同时强调如果求和不成,越人将与吴人拼死一战。《越语下》载文种第一次承诺越国愿意赂以金玉、子女,第二次表示越人愿意将国库钥匙交给吴国,越王愿意入吴做吴王的臣仆。六是伍子胥谏词内容不同。《吴语》记载伍子胥两次进谏。第一次伍子胥揭露越人"婉约其辞,以从逸王志"[1]的本心,第二次伍子胥说越患才是吴国的腹心之疾,而齐、鲁仅是吴国的疥癣之患,并以楚灵王穷兵黩武导致身亡的历史事件警醒吴王。《越语上》载伍子胥从吴越地理位置方面劝谏吴王:"三江环之,民无所移,有吴则无越,有越则无吴,将不可改于是矣。"[2]《越语下》不载伍子胥进谏内容。七是吴太宰伯嚭在吴越议和中所起的作用不同。《越语上》载越人用八个美女贿赂吴太宰伯嚭,并表示如果得到吴人许和,越人还会进贡伯嚭更美的女子。于是伯嚭向吴王进谏说:"嚭闻古之伐国者,服之而已。今已服矣,又何求焉。"下文记载:"夫差与之成而去之。"[3]可见伯嚭在吴越议和中起到关键作用。伯嚭的名字在《吴语》和《越语下》中都没有出现。八是对伍子胥结局的记载不同。《吴语》专门用"申胥自杀"一篇文章,详细记载吴王夫差逼杀伍子胥、将其尸体装入皮口袋投入江中的经过。《越语上》未载伍子胥结局。《越语下》仅以"今申胥骤谏其王,王怒而杀之"[4]一语带过。九是对吴王北上与齐、晋争霸的记载不同。《吴语》用四篇文章的篇幅,详细记载了吴王北上伐齐、与晋人争霸的经过。《越语上》《越语下》都没有记载夫差征伐齐、晋之事。十是对勾践入吴做夫差臣仆的记载不同。《吴语》不载勾践入吴为臣仆之事。《越语上》载:"然后卑事夫差,宦士三百人于吴,其身亲为夫差前马。"[5]《越语下》对此记载

---

[1] 上海师范大学古籍整理研究所校点:《国语》,第 595 页。
[2] 上海师范大学古籍整理研究所校点:《国语》,第 633 页。
[3] 上海师范大学古籍整理研究所校点:《国语》,第 634 页。
[4] 上海师范大学古籍整理研究所校点:《国语》,第 650 页。
[5] 上海师范大学古籍整理研究所校点:《国语》,第 634 页。

略有不同："令大夫种守于国，与范蠡入宦于吴。三年，而吴人遣之。"[1]十一是对勾践休养生息措施的记载不同。《吴语》中没有关于越王勾践休养生息、矢志复仇的内容。《越语上》记载勾践在经历会稽之败后，对越国国人自责致歉，表示要改弦更张。其后勾践采取"葬死者，问伤者，养生者，吊有忧，贺有喜，送往者，迎来者，去民之所恶，补民之不足"[2]等一系列收买民心的措施。勾践还在越国推行繁衍人口、减免赋税、厚养贤士等政策，于是越国父兄"父勉其子，兄勉其弟，妇勉其夫"[3]，发誓以死来为勾践雪耻。《越语下》仅载范蠡劝谏勾践耐心等待天时、地利、人和时机的成熟，篇中没有记载勾践处心积虑地为复仇创造条件的具体举措。十二是对勾践兴师灭吴的战前准备记载不同。《吴语》记载了勾践兴师之前与楚使申包胥暨越国五大夫的战略探讨，描述了勾践出发之前对夫人、大夫的叮嘱以及斩有罪立军威、辞退独子和眩瞀之疾者的情景。按理来说，勾践战前准备应该由越国史官记载，可是《越语》上下两卷均未及此，反而由吴官史官详细记载越王战前部署，这种情况实在令人不得其解。十三是对勾践灭吴进程的记载不同。《吴语》记载勾践趁夫差北上与晋争霸期间，起兵断绝吴师的退路，攻入吴都外城。勾践此次伐吴缘何退兵，《吴语》未作交代。后来吴国遭受饥荒，越王勾践再次兴师伐吴，在松江北岸、没地和姑苏城郊三次打败吴师，最后灭吴。《越语上》未载勾践第一次伐吴之事，仅载越师"败吴于囿，又败之于没，又郊败之"[4]。《越语下》载勾践于公元前487年9月兴师伐吴，[5]至于五湖，吴师起兵迎战，越人采取避其锋芒的战术，"居军三年，吴师自溃"[6]。三个版本的说法互不

---

[1] 上海师范大学古籍整理研究所校点：《国语》，第644页。
[2] 上海师范大学古籍整理研究所校点：《国语》，第634页。
[3] 上海师范大学古籍整理研究所校点：《国语》，第637页。
[4] 上海师范大学古籍整理研究所校点：《国语》，第637页。
[5] 公元前487年为鲁哀公八年。据《春秋·哀公八年》载，是年二月，吴国征伐鲁国。勾践选择此时伐吴，是趁吴国伐鲁、国内守备空虚之机。
[6] 上海师范大学古籍整理研究所校点：《国语》，第655页。按，据《左传》记载，勾践灭吴在鲁哀公二十二年（公元前473年），上距鲁哀公八年越人伐吴尚有14年。《越语下》此处叙事有疏略之处。杨伯峻在《春秋左传注》中说："据《传》，自哀元年夫差败越于夫椒至此越灭吴，凡历二十二年，即哀元年伍员所谓'二十年之外，吴其为沼乎'；而依《越语》所叙，则自夫椒之役至吴亡，仅历十年，即《越语下》范蠡所谓'十年谋之'。两说不同，自当以《左传》为正。"

相同。十四是对勾践灭吴态度的记载不同。《吴语》《越语上》中勾践在灭吴问题上自始至终没有丝毫犹豫和仁慈。《越语下》则记载越王勾践不忍心拒绝礼恭辞卑的吴国使者，曾经一度想与吴国议和，是范蠡毅然决然地拒绝吴使，击鼓兴师，终灭吴国。像这些一事异记的现象，绝不可能出于同一作者之手。《国语》每篇文章的作者是当事国家的当时史官。

（五）《礼记·檀弓上》收录了《国语·晋语二》"骊姬潜杀太子申生"章中关于申生不愿逃死的内容，《礼记·檀弓下》又收录了《国语·晋语三》"里克杀奚齐而立惠公"章关于重耳辞谢秦使的内容，《礼记·檀弓下》还收录了《国语·鲁语下》"孔丘谓公父文伯之母知礼"的内容，以及《国语·晋语八》"赵文子称贤随武子"的内容，这表明《国语》所收文章最初是单篇传播的，《礼记·檀弓》编者认为这几篇史文符合礼义，故而将其收录，以此作为传播礼义的材料。

确立了《国语》散文的真正写作年代，我们就不能笼统地说《国语》是战国初期的作品，而要把它们看成是上自周穆王下讫鲁悼公五百一十四年间的作品。从这个意义上说，《国语》是一部从西周中期到战国初年的散文史。

按照上述划分标准，《国语》共收录十一篇西周散文。其中《周语上》收录十篇：周穆王时期的"祭公谏穆王征犬戎"，周恭王时期的"密康公母论小丑备物终必亡"，周厉王时期的"邵公谏厉王弭谤""芮良夫论荣夷公专利""邵公以其子代宣王死"，周宣王时期的"虢文公谏宣王不籍千亩""仲山父谏宣王立戏""穆仲论鲁侯孝""仲山父谏宣王料民"，周幽王时期的"西周三川皆震伯阳父论周将亡"。《郑语》收录一篇，即周幽王时期的"史伯为桓公论兴衰"。①

《国语》散文是史官在履行记载君主言行职责过程中诞生的，它不是朝廷的正式公文，所以史官们不必运用佶屈聱牙的"殷商古语"，而是用西周

---

① 各篇文章标题取自吴绍烈标点本《国语》。

流行的"文言"从事写作。①当西周史官这样做的时候,他们没有意识到这实际上是一场历史散文语言的革命——它使得散文语言由脱离口语的"殷商古语"而变为更接近人们实际生活中所使用的语言。

我们从《周书》和《国语》十一篇西周散文中,找到一批意义相同或相近的词汇进行比较。《尚书·周书》是"殷商古语"文献,《国语》则是西周"文言"文献。以下主要从名词、动词、形容词、代词、连词、副词、语助词、叹词等八类词汇进行比较。

## (一) 名词

(1)"百工"

《周书·康诰》:"侯、甸、男邦、采、卫,百工播民和,见士于周。"孔安国传:"五服之百官,播率其民和悦,并见即事于周。"②此处"百工"意为"百官"。

《国语·周语上》"邵公谏厉王弭谤"章:"百工谏。"韦昭注:"百工,执技以事上者也。"③此处"百工"意为"各类工匠"。

这是《周书》《国语》中词语相同而意义不同的例子。下面再看两书用不同词语表示同一意思的情形:

(2)"予一人"与"吾"

《周书·康诰》:"则予一人以怿。"孔颖达疏:"则我一人以此悦怿汝德。"④"予一人"为周王在发表文诰时自称。

---

① 《国语》少数语汇取自"殷商古语"。例如,《国语·周语下》"膺保明德","膺保"即《周书·康诰》中的"应保"。《国语·周语上》"慈保庶民,亲也。""慈保"即《周书·洛诰》中的"子保"。《国语·周语》"实有爽德",与《商书·盘庚中》"爽德"为同一词语,意为"贰德"。《国语·周语中》"犹恐陨越",《国语·齐语》"恐陨越于下","陨越"意同《商书·盘庚中》"颠越"。《国语·吴语》"今王播弃元老","播弃"即《周书·多方》中"屑播"。《国语·晋语六》"乱在内为轨,在外为奸","奸轨"即《尚书》中"奸宄"。《国语·鲁语下》中的"少采""大采",多见于殷商甲骨文。不过《国语》中的殷商古语词汇只是极少数。
② 孔安国传,孔颖达疏:《尚书正义》,第358页。
③ 上海师范大学古籍整理研究所校注:《国语》,第11页。
④ 孔安国传,孔颖达疏:《尚书正义》,第369页。

《国语·周语上》"邵公谏厉王弭谤"章："**吾**能弭谤矣，乃不敢言。"①此处"吾"是周厉王自称。

"予一人"与"吾"都是周王自称，两者用词不同。

（3）"邦"与"国"

《周书·康诰》："侯、甸、男**邦**。"孔颖达疏："言'邦'见其国君焉。"②

《周书·洪范》："而**邦**其昌。"孔安国传："汝国其昌盛。"③

《国语·周语上》"西周三川皆震伯阳父论周将亡"章："源塞，**国**必亡。"④

"邦""国"意义相同，前者语言色彩较后者古老。

（4）"朔"与"北"

《周书·洛诰》："我卜河**朔**黎水。"孔颖达疏："我使人卜河北黎水之上。"⑤

《国语·郑语》"史伯为桓公论兴衰"章："**北**有卫、燕、狄、鲜虞、潞、洛、泉、徐、蒲。"⑥

"朔"意为"北"，词语色彩较"北"要古老。

（5）"御事"与"司事"

《周书·大诰》："大诰尔多邦，越尔**御事**。"孔颖达疏："我今以大道诰汝天下众国，及于众治事之臣。"⑦

《国语·周语上》"虢文公谏宣王不籍千亩"章："史帅阳官以命我**司事**。"韦昭注："司事，主农事也。"⑧"司事"即相关主管官员。

"御事"与"司事"都是指治事之臣，用今天新闻的语言说，就是"有

---

① 上海师范大学古籍整理研究所校点：《国语》，第 9 页。
② 孔安国传，孔颖达疏：《尚书正义》，第 359 页。
③ 孔安国传，孔颖达疏：《尚书正义》，第 309 页。
④ 上海师范大学古籍整理研究所校点：《国语》，第 27 页。
⑤ 孔安国传，孔颖达疏：《尚书正义》，第 405 页。
⑥ 上海师范大学古籍整理研究所校点：《国语》，第 507 页。
⑦ 孔安国传，孔颖达疏：《尚书正义》，第 343 页。
⑧ 上海师范大学古籍整理研究所校点：《国语》，第 17 页。

关方面负责人"，不过"御事"一词比"司事"更显得古老。

（6）"辟""后"与"君"

《周书·洪范》："惟**辟**作福，惟**辟**作威，惟**辟**玉食。"孔安国传："言惟君得专威福，为美食。"①

《周书·洛诰》："朕复子明**辟**。"孔安国传："言我复还明君之政于子。"②

《周书·立政》："宅乃事，宅乃牧，宅乃准，兹惟后矣。"孔安国传："居内外之官及平法者皆得其人，则此惟君矣。"③

《国语·郑语》"史伯为桓公论兴衰"章："唯谢、郏之间，其冢**君**侈骄，其民怠沓其**君**。"④

"辟""后"都是指"君"，但比"君"要古老。

（7）"耇成人""寿耉"与"耆艾"

《周书·康诰》："汝丕远惟商**耇成人**。"⑤"耇成人"意谓老年人。

《周书·召诰》："今冲子嗣，则无遗**寿耉**。"孔安国传："无遗弃老成人之言，欲其法之。"⑥"寿耉"指高寿老人。

《国语·周语上》"邵公谏厉王弭谤"章："**耆、艾**修之。"⑦六十曰耆，五十曰艾。此外还有其他说法。

"耇成人""寿耉""耆艾"都是指老年人，"耆艾"相对浅近一些。

（8）"衣"与"商"

《周书·康诰》："绍闻**衣**德言。往敷求于殷先哲王，用保乂民。"⑧江声、于省吾认为，"衣""殷"上古通用。

《国语·周语上》"祭公谏穆王征犬戎"章："**商**王帝辛，大恶

---

① 孔安国传，孔颖达疏：《尚书正义》，第 312 页。
② 孔安国传，孔颖达疏：《尚书正义》，第 404 页。
③ 孔安国传，孔颖达疏：《尚书正义》，第 468 页。
④ 上海师范大学古籍整理研究所校点：《国语》，第 514、515 页。
⑤ 孔安国传，孔颖达疏：《尚书正义》，第 361 页。
⑥ 孔安国传，孔颖达疏：《尚书正义》，第 396 页。
⑦ 上海师范大学古籍整理研究所校点：《国语》，第 10 页。
⑧ 孔安国传，孔颖达疏：《尚书正义》，第 361 页。

于民。"①

"衣""殷"通用，商朝自盘庚迁殷之后又称殷朝，故殷、商并用，不过很少有人将"殷朝"说成"衣朝"。

（9）"邦君"与"诸侯"

《周书·大诰》："尔庶**邦君**，越尔御事。"孔安国传："叹今伐四国必克之故，以告诸侯及臣下御治事者。"②

《国语·周语上》"穆仲论鲁侯孝"章："**诸侯**从是而不睦。"③

"邦君"意指"诸侯"，较"诸侯"更为古老。

（10）"正人"与"百吏"

《周书·洪范》："凡厥**正人**。"④伪孔传将"正人"解释为"正直之人"，这是望文生义。《尔雅·释诂》释"正"为"长"。据王引之《经义述闻》，"正人"是指长官。

《国语·周语上》"虢文公谏宣王不籍千亩"章："王乃使司徒咸戒公卿、**百吏**、庶民。"⑤

"正人"与"百吏"都是指官长，"正人"只在商周"殷商古语"文献中使用，"百吏"是对诸位官员的浅近称谓。

（11）"庶"与"众"

《周书·洛诰》："**庶**有事。"⑥伪孔传释"庶"为"庶几"，非。戴钧衡《尚书补商》释"庶"为"众"。

《国语·郑语》："君若以成周之**众**，奉辞伐罪，无不克矣。"⑦

"庶"意为"众"，见于"殷商古语"文献。"庶"在后来作为"庶几"的省略，伪孔传就是在后起的意义上为《洛诰》作注。

---

① 上海师范大学古籍整理研究所校点：《国语》，第 3 页。
② 孔安国传，孔颖达疏：《尚书正义》，第 351 页。
③ 上海师范大学古籍整理研究所校点：《国语》，第 23 页。
④ 孔安国传，孔颖达疏：《尚书正义》，第 309 页。
⑤ 上海师范大学古籍整理研究所校点：《国语》，第 17 页。
⑥ 孔安国传，孔颖达疏：《尚书正义》，第 407 页。
⑦ 上海师范大学古籍整理研究所校点：《国语》，第 507 页。

第三章　西周的非主流文学语言："文言"　213

（12）"宁王"与"文王"

《周书·大诰》："宁王遗我大宝龟。""不可不成乃宁考图功。""天休于宁王。""宁王惟卜用。""尔知宁王若勤哉！""予不敢不极卒宁王图事。""予曷敢不于前宁人攸受休毕？""肆予曷敢不越卬敉宁王大命？""天亦惟休于前宁人。""率宁人有指疆土。"《周书·君奭》："我道惟宁王德延。"孔颖达疏："言'宁王'者，即文王也。"[①]

《国语·郑语》"史伯为桓公论兴衰"章："武实昭**文**之功，文之祚尽，武其嗣乎！"[②]

"宁"即"文"，"宁王"即"文王"，《大诰》中十个"宁"意思都是"文"。

（13）"辟""丽"与"法"

《周书·洛诰》："乱为四方新**辟**。"[③]伪孔传释"辟"为"君"，非。《尔雅·释诂》："辟，法也。"此处"辟"当释为"法"。

《周书·多方》："慎厥**丽**乃劝。"[④]前人对"丽"有"施""著""罹""罗""旅""思""离"等种种解释。孙星衍释"丽"为"丽于狱"，引申为"法"。

《国语·郑语》"史伯为桓公论兴衰"章："周**法**不昭，而妇言是行。"[⑤]

"辟""丽"都是"法"的古语。

（14）"依"与"隐"

《周书·无逸》："则知小人之**依**。"[⑥]伪孔传释"依"为"依怙"，非。王引之《经义述闻》：依，隐也。

《国语·周语上》："是先王非务武也，勤恤民**隐**而除其害也。"韦昭

---

① 孔安国传，孔颖达疏：《尚书正义》，第441页。
② 上海师范大学古籍整理研究所校点：《国语》，第523页。
③ 孔安国传，孔颖达疏：《尚书正义》，第415页。
④ 孔安国传，孔颖达疏：《尚书正义》，第459页。
⑤ 上海师范大学古籍整理研究所校点：《国语》，第518页。
⑥ 孔安国传，孔颖达疏：《尚书正义》，第429页。

注:"隐,痛也。"①

"依""隐"都是指痛苦,前者较后者难度要大,也更为古老。

以上都是名词的例子,可见对于同一事物,"殷商古语"与"文言"各自运用不同的词语。

## (二)动词

动词可以分为两种情形:

一是《周书》中的双音节动词,《国语》用一个单音节词。

(1)"昏弃"与"弃"

《周书·牧誓》:"**昏弃**厥肆祀弗答,**昏弃**厥遗王父母弟不迪。"②伪孔传释"昏弃"为"乱弃"。

《国语·郑语》"史伯为桓公论兴衰"章:"今王**弃**高明昭显。"③

"昏弃"与"弃"意义相同,后者较前者更为简易。

(2)"言曰""若曰"与"曰"

《周书·洪范》:"王乃**言**曰。"④

《周书·大诰》:"王**若**曰。"⑤

《国语·周语上》"邵公谏厉王弭谤"章:"告邵公曰。"⑥

"言曰"是同义词连用,"王若曰"是商周甲骨文、铭文、文诰中记载帝王言论第一次用语,第二次以下便用"王曰"。"言曰""若曰"都有公文套语的特点。无论是"言曰"还是"若曰",都比不上一个"曰"字简明扼要。

(3)"逋逃"与"逃"

《周书·牧誓》:"乃惟四方之多罪**逋逃**,是崇是长。"孔安国传:

---

① 上海师范大学古籍整理研究所校点:《国语》,第3、4页。
② 孔安国传,孔颖达疏:《尚书正义》,第285页。
③ 上海师范大学古籍整理研究所校点:《国语》,第515页。
④ 孔安国传,孔颖达疏:《尚书正义》,第297页。
⑤ 孔安国传,孔颖达疏:《尚书正义》,第342页。
⑥ 上海师范大学古籍整理研究所校点:《国语》,第9页。

"言纣弃其贤臣，而尊长逃亡罪人，信用之。"①

《国语·郑语》"史伯为桓公论兴衰"章："夫妇哀其夜号也，而取之以逸，**逃**于褒。"②

"逋逃"就是"逃"，只是词语色彩古老而已。

（4）"格知"与"知"

《周书·大诰》："矧曰其有能**格知**天命？"③伪孔传释"格知"为"至知"。

《国语·周语上》"芮良夫论荣夷公专利"章："夫荣公好专利而不**知**大难。"④

"格知"就是"知"，"格"虽然可以释为"来"或"至"，但此处"格知"之"格"与"格物"之"格"，应该有所区别，"格物"之"格"是谓语动词，此处的"格"只是起到加重语气的作用。

（5）"稽谋"与"咨"

《周书·召诰》："矧曰其有能**稽谋**自天。"⑤伪孔传释"稽谋"为"考谋"。于省吾认为"稽谋"意为"咨访"。

《国语·周语上》"穆仲论鲁侯孝"章："赋事行刑，必问于遗训而**咨**于故实。"⑥

"稽谋"意近"咨"，其语言色彩比"咨"显得古老。

（6）"念闻"与"虑"

《周书·多士》："惟时天罔**念闻**。"⑦"念闻"犹言"考虑"。

《国语·周语上》"邵公谏厉王弭谤"章："夫民**虑**之于心而成之于口。"⑧

---

① 孔安国传，孔颖达疏：《尚书正义》，第286页。
② 上海师范大学古籍整理研究所校点：《国语》，第519页。
③ 孔安国传，孔颖达疏：《尚书正义》，第342页。
④ 上海师范大学古籍整理研究所校点：《国语》，第12页。
⑤ 孔安国传，孔颖达疏：《尚书正义》，第396页。
⑥ 上海师范大学古籍整理研究所校点：《国语》，第23页。
⑦ 孔安国传，孔颖达疏：《尚书正义》，第423页。
⑧ 上海师范大学古籍整理研究所校点：《国语》，第10页。

"念闻"意为"考虑",它在后代很少使用。

(7)"殄戮"与"戮"

《周书·召诰》:"亦敢殄戮用乂民。"①伪孔传释"殄戮"为"绝戮"。

《周书·多方》:"殄戮多罪。"②

《国语·郑语》"史伯为桓公论兴衰"章:"王使执而戮之。"③

"殄戮"就是"戮",其语气较"戮"要重一些。

(8)"于伐"与"伐"

《周书·大诰》:"于伐殷逋播臣。"④孔安国释"于伐"为"往伐",实际上就是"征伐"。

《国语·郑语》"史伯为桓公论兴衰"章:"若伐申,而缯与西戎会以伐周,周不守矣!"⑤

"于伐"就是"伐",加一个"于"字,词语色彩要古老一些。

(9)"诰教""化诱"与"教"

《周书·酒诰》:"文王诰教小子有正有事。"⑥"诰教"即"教育"。

《周书·大诰》:"肆予大化诱我友邦君。"孔颖达疏:"故我大为教化,劝诱我所友国君,共伐叛逆。"⑦

《国语·周语上》"仲山父谏宣王立戏"章:"今天子立诸侯而建其少,是教逆也。"⑧

"化"意为"教化","诱"意为"劝诱""诱导","化诱"意为"教化劝诱"。"化诱"与"教"是近义词,由于词语古老,因此在《尚书》之后"化诱"一词很少使用。

---

① 孔安国传,孔颖达疏:《尚书正义》,第 400 页。
② 孔安国传,孔颖达疏:《尚书正义》,第 459 页。
③ 上海师范大学古籍整理研究所校点:《国语》,第 519 页。
④ 孔安国传,孔颖达疏:《尚书正义》,第 345 页。
⑤ 上海师范大学古籍整理研究所校点:《国语》,第 519 页。
⑥ 孔安国传,孔颖达疏:《尚书正义》,第 375 页。
⑦ 孔安国传,孔颖达疏:《尚书正义》,第 348、349 页。
⑧ 上海师范大学古籍整理研究所校点:《国语》,第 22 页。

中国早期汉语本以单音节词居多，后来渐渐地发展为一些双音节词。《周书》作为国家文诰，为了追求书面语效果，作者往往有意识地将单音节词化为双音节词，如将"逃"说成"逋逃"，将"教"说成"诰教"，将"伐"说成"于伐"，等等，这些都是从事记录的史官为了郑重起见而有意识地运用双音节词。从《周书》双音节词到《国语》单音节词，这并不意味着汉语的逆向发展，而是出于国家正式文诰与史官日常记载用语的不同。《周书》是当时周王朝"中央红头文件"，用语古奥庄重，而《国语》文章则是史官的日常记载，其重要性远不及《周书》，故用词浅易简洁，接近当时生活口语。

二是《周书》中不少动词要通过专家的研究训释才能为读者所知，《国语》则改用相对浅易的动词。

（1）"祗""寅"与"敬"

《周书·金縢》："罔不**祗**畏。"①孔安国释"祗畏"为"敬畏"。

《周书·多方》："弗永**寅**念于祀。"②孔安国释"寅"为"敬"。

《国语·周语上》"穆仲论鲁侯孝"章："肃恭明神而**敬**事耇老。"③

"祗""寅"都有"敬"意，这两个词比"敬"更具古老色彩。

（2）"釐""甸""乂"与"治"

《周书·康诰》："用保**乂**民。"④孔安国释"乂"为"治"。

《周书·立政》："丕**釐**上帝之耿命。"⑤伪孔传释"釐"为"赐"，非。苏轼、孙星衍、朱骏声均释"釐"为"治""理"。

《周书·立政》："奄**甸**万姓。"⑥孔安国释"甸"为"治"。

《国语·周语上》"仲山父谏宣王料民"章："**治**民恶事，无以赋令。"⑦

---

① 孔安国传，孔颖达疏：《尚书正义》，第334页。
② 孔安国传，孔颖达疏：《尚书正义》，第457页。
③ 上海师范大学古籍整理研究所校点：《国语》，第23页。
④ 孔安国传，孔颖达疏：《尚书正义》，第361页。
⑤ 孔安国传，孔颖达疏：《尚书正义》，第470页。
⑥ 孔安国传，孔颖达疏：《尚书正义》，第471页。
⑦ 上海师范大学古籍整理研究所校点：《国语》，第24页。

"乂""釐""甸"都有"治"意,语词色彩比"治"显得古老。

（3）"替"与"废"

《周书·康诰》:"勿**替**敬典。"①孔安国释"替"为"废"。

《周书·召诰》:"式勿**替**有殷历年。"②

《国语·周语上》"祭公谏穆王征犬戎"章:"其无乃**废**先王之训而王几顿乎!"③

"替""废"是同义词,不过"替"比"废"要古老一些。

（4）"服"与"用"

《周书·召诰》:"王先**服**殷御事。"④伪孔传释"服"为"服治",非。刘起釪释"服"为"任使"。

《国语·周语上》"芮良夫论荣夷公专利"章:"荣公若**用**,周必败。"⑤

"服""用"都有"任用"之意,"服"为古语。

（5）"伻"与"使"

《周书·洛诰》:"**伻**来以图及献卜。"孔颖达疏:"我即使人来以所卜地图及献所卜吉兆于王。"⑥据此"伻"意为"使"。

《国语·周语上》"祭公谏穆王征犬戎"章:"**使**务利而避害。"⑦

"伻""使"为同义词,"伻"为古语,春秋战国以后不再使用,"使"仍活在白话当中。

（6）"相"与"观"

《周书·洛诰》:"公不敢不敬天之休,来**相**宅。"⑧"相"意为"观察"。

---

① 孔安国传,孔颖达疏:《尚书正义》,第 372 页。
② 孔安国传,孔颖达疏:《尚书正义》,第 402 页。
③ 上海师范大学古籍整理研究所校点:《国语》,第 7 页。
④ 孔安国传,孔颖达疏:《尚书正义》,第 398 页。
⑤ 上海师范大学古籍整理研究所校点:《国语》,第 13 页。
⑥ 孔安国传,孔颖达疏:《尚书正义》,第 405 页。
⑦ 上海师范大学古籍整理研究所校点:《国语》,第 1 页。
⑧ 孔安国传,孔颖达疏:《尚书正义》,第 406 页。

《国语·郑语》"史伯为桓公论兴衰"章："及厉王之末，发而观之。"①

"相""观"为近义词，"相"字古老一些，"观"至今仍在使用。

（7）"刘"与"杀"

《周书·君奭》："咸**刘**厥敌。"②孔安国释"刘"为"杀"。

《国语·周语上》"邵公谏厉王弭谤"章："以告，则**杀**之。"③

"刘""杀"为近义词，"刘"为古语，春秋战国以后已经不再使用。"杀"在"文言"和"白话"中一直使用。

（8）"敷"与"布"

《周书·君奭》："前人**敷**乃心。"④伪孔传释"敷"为"布"。

《国语·周语上》"芮良夫论荣夷公专利"章："夫王人者，将导利百物而**布**之上下者也。"⑤

"敷""布"为近义词，"敷"较"布"要古老一些。

（9）"叙"与"顺"

《周书·康诰》："越厥邦厥民，惟时**叙**。"⑥伪孔传释"叙"为"教"，非。王引之《经义述闻》释"叙"为"顺"。

《国语·周语上》"仲山父谏宣王立戏"章："不**顺**必犯。"⑦

用"叙"表示"顺"，是殷商古义。

（10）"畋"与"耕"

《周书·多方》："尚永力**畋**尔田。"⑧"畋"意为"治田"。

《国语·周语上》"虢文公谏宣王不籍千亩"章："王**耕**一墢。"⑨

"畋"意为"耕种"，与"耕"是近义词。"耕"至今仍在使用，

---

① 上海师范大学古籍整理研究所校点：《国语》，第519页。
② 孔安国传，孔颖达疏：《尚书正义》，第446页。
③ 上海师范大学古籍整理研究所校点：《国语》，第9页。
④ 孔安国传，孔颖达疏：《尚书正义》，第448页。
⑤ 上海师范大学古籍整理研究所校点：《国语》，第12页。
⑥ 孔安国传，孔颖达疏：《尚书正义》，第360页。
⑦ 上海师范大学古籍整理研究所校点：《国语》，第22页。
⑧ 孔安国传，孔颖达疏：《尚书正义》，第465页。
⑨ 上海师范大学古籍整理研究所校点：《国语》，第18页。

"畋"是古语。

（11）"播"与"弃"

《周书·多方》："尔乃屑**播**天命。"①孔安国释"播"为"播弃"。

《国语·周语上》"西周三川皆震伯阳父论周将亡"章："夫天之所**弃**，不过其纪。"②

"播""弃"是近义词，"播"之"弃"的义项后世已不再用，"弃"至今仍在使用。

（12）"殄"与"诛"

《周书·多方》："我乃其大罚**殄**之。"③孔安国释"殄"为"诛"。

《国语·周语上》"仲山父谏宣王立戏"章："是事也，**诛**亦失，不诛亦失，天子其图之。"④

"殄""诛"是同义词，"殄"是古语，"诛"至今仍在使用。

（13）"俾"与"使"

《周书·吕刑》："**俾**我一日。"⑤"俾"意为"使"。

《国语·周语上》"邵公谏厉王弭谤"章："故天子听政，**使**公卿至于列士献诗。"⑥

"俾"的一个古语义项是"使"，它在后世"文言"文献中仍在使用，"使"则使用至今。

（14）"俾"与"从"

《周书·顾命》："**俾**爰齐侯吕伋。"⑦伪孔传释"俾"为"使"，非。俞樾《群经平议》释"俾"为"从"。

《国语·周语上》"虢文公谏宣王不籍千亩"章："百吏、庶民毕**从**。"⑧

---

① 孔安国传，孔颖达疏：《尚书正义》，第462页。
② 上海师范大学古籍整理研究所校点：《国语》，第27页。
③ 孔安国传，孔颖达疏：《尚书正义》，第463页。
④ 上海师范大学古籍整理研究所校点：《国语》，第22页。
⑤ 孔安国传，孔颖达疏：《尚书正义》，第543页。
⑥ 上海师范大学古籍整理研究所校点：《国语》，第9页。
⑦ 孔安国传，孔颖达疏：《尚书正义》，第499页。
⑧ 上海师范大学古籍整理研究所校点：《国语》，第18页。

"俾"的另一个古语义项是"从",这个义项在后世很少使用。"从"在"文言"文献中经常使用。

(15)"造"与"遭"

《周书·大诰》:"弗**造**哲。"①刘起釪释"造"为"遭"。

《周书·文侯之命》:"**造**天丕愆。"②孔安国释"造"为"遭"。

《国语·郑语》"史伯为桓公论兴衰"章:"府之童妾未既龀而**遭**之。"③

"造"意为"遭",为古语。"遭"至今仍在使用。

(16)"诰"与"告"

《周书·酒诰》:"文王**诰**教小子有正有事。"④"诰"意为"告"。

《国语·周语上》"邵公谏厉王弭谤"章:"邵公**告**曰:'民不堪命矣。'"⑤

"诰"是古语,有时也写作"告",如《多士》"猷告尔多士。""告"至今仍在使用。

(17)"棐"与"非"

《周书·大诰》:"天**棐**忱辞。"⑥"棐"是"匪"的假借,意为"非"。

《国语·郑语》"史伯为桓公论兴衰"章:"非亲则顽。"⑦

"棐"作为"匪"假借字,为"非"的古语。"非"至今仍在使用。

(18)"蕝"与"耨"

《周书·大诰》:"厥父**蕝**。"⑧"蕝"意为"除草"。

《国语·周语上》"虢文公谏宣王不籍千亩"章:"**耨**获亦如之。"⑨"耨"意为"除草"。

"蕝""耨"都是指除草,"蕝"为古语。"耨"至今仍在使用,有些

---

① 孔安国传,孔颖达疏:《尚书正义》,第342页。
② 孔安国传,孔颖达疏:《尚书正义》,第557页。
③ 上海师范大学古籍整理研究所校点:《国语》,第519页。
④ 孔安国传,孔颖达疏:《尚书正义》,第375页。
⑤ 上海师范大学古籍整理研究所校点:《国语》,第9页。
⑥ 孔安国传,孔颖达疏:《尚书正义》,第348页。
⑦ 上海师范大学古籍整理研究所校点:《国语》,第507页。
⑧ 孔安国传,孔颖达疏:《尚书正义》,第349页。
⑨ 上海师范大学古籍整理研究所校点:《国语》,第20页。

农村将除草称为"耨草"。

（19）"憝"与"怨"

《周书·康诰》："罔弗**憝**。"①伪孔传释"憝"为"恶"，不确。《说文解字》释"憝"为"怨"。

《国语·周语上》"邵公以其子代宣王死"章："夫事君者险而不怼，**怨**而不怒，况事王乎？"②

"憝"的一个义项是"怨"，为古语。"怨"在"文言""白话"中一直使用。

（20）"字"与"爱"

《周书·康诰》："于父不能**字**厥子。"③"字"意为"爱"。

《国语·郑语》"史伯为桓公论兴衰"章："其隩**爱**太子亦必可知也。"④

"字"的上古义项之一是"爱"。

（21）"怿"与"说（悦）"

《周书·康诰》："则予一人以**怿**。"⑤"怿"意为"悦"。

《国语·周语上》"芮良夫论荣夷公专利"章："厉王**说**荣夷公。"⑥

"怿"表示"悦"，这是古代用法。"说"通"悦"。春秋战国以后"文言"文献多用"说"表示"悦"。

（22）"諴"与"和"

《周书·召诰》："其丕能**諴**于小民。"⑦孔安国释"諴"为"和"。

《国语·周语上》"虢文公谏宣王不籍千亩"章："若是，乃能媚于神而**和**于民矣。"⑧

"諴"是古语，"和"一直用在"文言"和"白话"之中。

---

① 孔安国传，孔颖达疏：《尚书正义》，第 366 页。
② 上海师范大学古籍整理研究所校点：《国语》，第 14 页。
③ 孔安国传，孔颖达疏：《尚书正义》，第 367 页。
④ 上海师范大学古籍整理研究所校点：《国语》，第 519 页。
⑤ 孔安国传，孔颖达疏：《尚书正义》，第 369 页。
⑥ 上海师范大学古籍整理研究所校点：《国语》，第 12 页。
⑦ 孔安国传，孔颖达疏：《尚书正义》，第 396 页。
⑧ 上海师范大学古籍整理研究所校点：《国语》，第 21 页。

（23）"胤"与"继"

《周书·洛诰》："予乃**胤**保。"①孔安国释"胤"为"继"。

《国语·郑语》"史伯为桓公论兴衰"章："夫和实生物，同则不**继**。"②

"胤"的一个义项是"继"，为古语。"继"一直用在"文言"和"白话"之中。

（24）"敎"与"解（懈）"

《周书·洛诰》："我惟无敎其康事。"③伪孔传释"敎"为"厌"，非。朱骏声释"敎"为"懈"。

《国语·周语上》"虢文公谏宣王不籍千亩"章："不**解**于时。"④"解"通"懈"。

"敎"的一个义项为"懈"，不过"敎"在春秋战国以后"文言"文献中很少使用。"懈"则一直在"文言"和"白话"文献中使用。

（25）"弋"与"有"

《周书·多士》："非我小国敢**弋**殷命。"⑤伪孔传释"弋"为"取"，非。于省吾释"弋"为"有"，"弋殷命"即《君奭》"受有殷命"。

《国语·周语上》"祭公谏穆王征犬戎"章："**有**不祭则修意。"⑥

"弋"为殷商古语，"有"则在"文言"和"白话"中使用。

（26）"将"与"奉"

《周书·君奭》："后暨武王，诞**将**天威。"⑦孔颖达释"将"为"行"，意为"奉行"。

《国语·周语上》"祭公谏穆王征犬戎"章："**奉**以忠信。"⑧

"将"的义项之一是"奉"。"奉"至今仍在使用。

---

① 孔安国传，孔颖达疏：《尚书正义》，第404页。
② 上海师范大学古籍整理研究所校点：《国语》，第515页。
③ 孔安国传，孔颖达疏：《尚书正义》，第414页。
④ 上海师范大学古籍整理研究所校点：《国语》，第20页。
⑤ 孔安国传，孔颖达疏：《尚书正义》，第422页。
⑥ 上海师范大学古籍整理研究所校点：《国语》，第4页。
⑦ 孔安国传，孔颖达疏：《尚书正义》，第446页。
⑧ 上海师范大学古籍整理研究所校点：《国语》，第3页。

（27）"宅"与"择"

《周书·立政》："**宅**乃事，**宅**乃牧，**宅**乃准。"①伪孔传释"宅"为"居"，此解望文生义。刘起釪据《释名》释"宅"为"择"。

《国语·郑语》"史伯为桓公论兴衰"章："**择**臣取谏工而讲以多物。"②

"宅"的义项之一是"择"。"择"至今仍在使用。

（28）"式"与"用"

《周书·立政》："**式**敬尔由狱。"③"式"意为"用"。

《国语·周语上》"芮良夫论荣夷公专利"章："荣公若**用**，周必败。"④

"式"的义项之一是"用"，词意古老。"用"至今仍在使用。

（29）"师"与"效"

《周书·康诰》："司**师**，兹殷罚有伦。"⑤伪孔传断句为"司师，兹殷罚有伦"，刘起釪据《荀子·正名》"刑名从商"之说，断为"师兹殷罚有伦"。"师"意为"效法"。

《国语·周语上》："仲山父谏宣王立戏"章："若鲁从之而诸侯**效**之，王命将有所壅。"⑥

"师"有"效法""取法"之意。"效"至今仍在使用。

## （三）形容词

（1）"戎""冢""丕""图""诞""洪""荒""元""纯""弘""皇"与"大"

《周书·康诰》："殪**戎**殷。"⑦伪孔传释"戎"为"兵"，非。《尔雅·释诂》："戎，大也。"

---

① 孔安国传，孔颖达疏：《尚书正义》，第468页。
② 上海师范大学古籍整理研究所校点：《国语》，第516页。
③ 孔安国传，孔颖达疏：《尚书正义》，第478页。
④ 上海师范大学古籍整理研究所校点：《国语》，第13页。
⑤ 孔安国传，孔颖达疏：《尚书正义》，第364页。
⑥ 上海师范大学古籍整理研究所校点：《国语》，第22页。
⑦ 孔安国传，孔颖达疏：《尚书正义》，第360页。

《周书·牧誓》："我友邦冢君。"①《尔雅·释诂》释"冢"为"大"。

《周书·大诰》："尔丕克远省。"②丕，孔安国传："大能远省识古事。"

《周书·大诰》："予翼以于敉文武图功。"③伪孔传释"图"为"谋"，非。"图"意为"大"。

《周书·洛诰》："诞保文武受民乱。"④孔安国释"诞"为"大"。

《周书·多方》："洪惟图天之命。"⑤孔安国传："大惟为王谋天之命。"

《周书·吕刑》："荒度作刑以诘四方。"⑥伪孔传将"荒"连上句，读为"耄荒"，释"荒"为"荒忽"，非。苏东坡释"荒"为"大"。

《周书·吕刑》："自作元命。"⑦孔安国释"元"为"大"。

《周书·文侯之命》："侵戎我国家纯。"孔安国传："侵兵伤我国及卿大夫之家，祸甚大。"⑧

《周书·顾命》："弘济于艰难。"孔安国传："大渡于艰难。"⑨

《周书·顾命》："张皇六师。"孔安国传："言当张大六师之众。"⑩

《国语·郑语》"史伯为桓公论兴衰"章："若加之以德，可以大启。"⑪

"殷商古语"文献中表示"大"之意的词语甚多，周人"文言"文献则以一个"大"表示，收到由博返约之效。

---

① 孔安国传，孔颖达疏：《尚书正义》，第 283 页。
② 孔安国传，孔颖达疏：《尚书正义》，第 348 页。
③ 孔安国传，孔颖达疏：《尚书正义》，第 344 页。
④ 孔安国传，孔颖达疏：《尚书正义》，第 414 页。
⑤ 孔安国传，孔颖达疏：《尚书正义》，第 457 页。
⑥ 孔安国传，孔颖达疏：《尚书正义》，第 534、535 页。
⑦ 孔安国传，孔颖达疏：《尚书正义》，第 542 页。
⑧ 孔安国传，孔颖达疏：《尚书正义》，第 557 页。
⑨ 孔安国传，孔颖达疏：《尚书正义》，第 497 页。
⑩ 孔安国传，孔颖达疏：《尚书正义》，第 518 页。伪古文《尚书》将《顾命》分为《顾命》和《康王之诰》两篇，"张皇六师"在《康王之诰》之中。
⑪ 上海师范大学古籍整理研究所校点：《国语》，第 523 页。

（2）"徽""休"与"美"

《周书·立政》："予旦已受人之**徽**言，咸告孺子王矣。"孔安国传："叹所受贤圣说禹汤之美言，皆以告稚子王矣。"①

《周书·召诰》："今**休**，王不敢后用。"②孔安国释"休"为"美"。

《国语·周语上》"密康公论小丑备物终必亡"章："夫粲，美之物也。"③

"徽""休"都表示"美"，属于古语。"美"至今仍在使用。

（3）"哲"与"吉"

《周书·大诰》："弗造**哲**。"④伪孔传释"哲"为"智道"，非。"哲"意为"吉"。

《国语·郑语》"史伯为桓公论兴衰"章："夏后卜杀之与去之与止之，莫吉。"⑤

"哲"的一个古语义项是"吉"。"吉"至今仍在使用。

（4）"逖"与"远"

《周书·牧誓》："**逖**矣，远土之人！"孔安国传："逖，远也。"⑥

《周书·多方》："离**逖**尔土。"孔颖达疏："使离远汝之本土。"⑦

《国语·周语上》"祭公谏穆王征犬戎"章："是以近无不听，远无不服。"⑧

以"逖"表示"远"，这是"殷商古语"。"远"至今仍在白话中使用。

（5）"竞"与"强"

《周书·立政》："乃有室大**竞**。"孔安国传："乃有卿大夫室家大强。"⑨

---

① 孔安国传，孔颖达疏：《尚书正义》，第476、477页。
② 孔安国传，孔颖达疏：《尚书正义》，第396、397页。
③ 上海师范大学古籍整理研究所校点：《国语》，第8页。
④ 孔安国传，孔颖达疏：《尚书正义》，第342页。
⑤ 上海师范大学古籍整理研究所校点：《国语》，第519页。
⑥ 孔安国传，孔颖达疏：《尚书正义》，第283页。
⑦ 孔安国传，孔颖达疏：《尚书正义》，第466页。
⑧ 上海师范大学古籍整理研究所校点：《国语》，第4页。
⑨ 孔安国传，孔颖达疏：《尚书正义》，第468页。

《国语·郑语》"史伯为桓公论兴衰"章："申、吕方**强**。"①

"竞"的古义之一是"强"。"强"至今仍在白话中使用。

（6）"延"与"久"

《周书·召诰》："我不敢知曰，不其**延**。"孔安国传："言桀不谋长久。"②

《周书·无逸》："既**诞**。"③伪孔传释"诞"为"欺诞"，非。《汉石经》此句作"既延"。延者，久也。

《国语·郑语》"史伯为桓公论兴衰"章："天之生此**久**矣。"④

"延"的古语义项之一是"久"。"久"至今仍在白话中使用。

## （四）代词

（1）"厥"与"其"

《周书·洪范》："相协**厥**居。"⑤"厥"意为"其"。

《国语·周语上》"祭公谏穆王征犬戎"章："先王之于民也，懋正**其**德而厚**其**性。"⑥

"厥""其"都是指示代词，"厥"较"其"要古老。

（2）"时"与"此"：

《周书·洪范》："**时**人斯其惟皇之极。"⑦"时"意为"是"，此也。

《周书·召诰》："其自**时**配皇天。……其自**时**中乂。"⑧孔安国释"时"为"是"。

《国语·周语上》"邵公以其子代宣王死"章："是以及**此**难。"⑨

---

① 上海师范大学古籍整理研究所校点：《国语》，第519页。
② 孔安国传，孔颖达疏：《尚书正义》，第399页。
③ 孔安国传，孔颖达疏：《尚书正义》，第429页。
④ 上海师范大学古籍整理研究所校点：《国语》，第519页。
⑤ 孔安国传，孔颖达疏：《尚书正义》，第297页。
⑥ 上海师范大学古籍整理研究所校点：《国语》，第1页。
⑦ 孔安国传，孔颖达疏：《尚书正义》，第308页。
⑧ 孔安国传，孔颖达疏：《尚书正义》，第397页。
⑨ 上海师范大学古籍整理研究所校点：《国语》，第14页。

《尔雅·释诂》："时，是也。""时""是"作为代词都相当古老。"此"则使用至今。

（3）"卬""台"与"吾""余""予""我"

《周书·大诰》："不卬自恤。"① "卬"即"俺"。

《周书·大诰》："天棐忱辞。"②据于省吾《双剑誃尚书新证》，"辞"当为"台"，意为"我"。

《国语·郑语》"史伯为桓公论兴衰"章："王室多故，**余**惧及焉。"③

《国语·周语上》"祭公谏穆王征犬戎"章："昔**我**先王世后稷。"④

《国语·周语上》"祭公谏穆王征犬戎"章："**予**必以不享征之。"⑤

《国语·周语上》"祭公谏穆王征犬戎"章："**吾**闻夫犬戎树惇。"⑥

"卬""台"都是"殷商古语"的第一人称代词，"卬"即"俺"，之所以写作"卬"，可能是商周时期文字尚不固定，有时用同音字代替。我国北方方言至今仍自称"俺"。"余""予""吾""我"则是"文言"文献中的代词，"我"在白话中仍在使用。

## （五）连词

（1）"越""暨"与"与"

《周书·大诰》："大诰尔多邦，**越**尔御事。"⑦"越"意为"与"。

《周书·梓材》："以厥庶民**暨**厥臣，达大家。"⑧"暨"意为"及""与"。

《国语·郑语》"史伯为桓公论兴衰"章："君若以周难之故，寄孥与

---

① 孔安国传，孔颖达疏：《尚书正义》，第 347 页。
② 孔安国传，孔颖达疏：《尚书正义》，第 348 页。
③ 上海师范大学古籍整理研究所校点：《国语》，第 507 页。
④ 上海师范大学古籍整理研究所校点：《国语》，第 2 页。
⑤ 上海师范大学古籍整理研究所校点：《国语》，第 7 页。
⑥ 上海师范大学古籍整理研究所校点：《国语》，第 7 页。
⑦ 孔安国传，孔颖达疏：《尚书正义》，第 342 页。
⑧ 孔安国传，孔颖达疏：《尚书正义》，第 384 页。

贿焉，不敢不许。"①

"越"作为连词"与"，用在"殷商古语"文献之中。"暨"作为连词，从"殷商古语"一直到"文言""白话"都在使用。"与"则用于"文言"和"白话"之中。

（2）"惟时""丕则"与"于是"

《周书·洪范》："**惟时**厥庶民于汝极。"②"惟时"意为"于是"。

《周书·康诰》："**丕则**敏德。"③伪孔传释"丕则"为"大法"，非。王引之《经义述闻》释"丕则"为"于是"。

《国语·周语上》"邵公谏厉王弭谤"章："**于是**国莫敢出言。"④

"惟时""丕则"仅用在"殷商古语"文献之中，《国语》"于是"可以释为"在这种情况之下"，它渐渐演化成连词，至今仍在使用。

## （六）副词

（1）"矧"与"况"

《周书·大诰》："**矧**曰其有能格知天命？"⑤"矧"意为"何况"。

《国语·周语上》"密康公论小丑备物终必亡"章："王犹不堪，**况**尔小丑乎？"⑥

疑问副词"矧"用在"殷商古语"文献和"文言"文献之中。"况"用于"文言"文献，演变成"何况"，使用至今。

（2）"爰"与"乃"

《周书·洪范》："土**爰**稼穑。"⑦"爰"意为"乃"。

《国语·周语上》"邵公以其子代宣王死"章："**乃**以其子代宣王。"⑧

---

① 上海师范大学古籍整理研究所校点：《国语》，第507页。
② 孔安国传，孔颖达疏：《尚书正义》，第307页。
③ 孔安国传，孔颖达疏：《尚书正义》，第371页。
④ 上海师范大学古籍整理研究所校点：《国语》，第10页。
⑤ 孔安国传，孔颖达疏：《尚书正义》，第342页。
⑥ 上海师范大学古籍整理研究所校点：《国语》，第8页。
⑦ 孔安国传，孔颖达疏：《尚书正义》，第301页。
⑧ 上海师范大学古籍整理研究所校点：《国语》，第14页。

"爱"作为副词多用于"殷商古语"文献，在"文言"文献中亦有运用。"乃"一般用于"文言"文献之中。

（3）"胥"与"相"

《周书·无逸》："古之人犹**胥**训告，**胥**保惠，**胥**教诲。"①"胥"意为"相"。

《国语·郑语》"史伯为桓公论兴衰"章："实与诸姬代**相**干也。"②

"胥""相"都是副词，"胥"较"相"更为古老。

（4）"克"与"能"

《周书·多方》："不**克**灵承于旅。"③"克"意为"能"。

《国语·周语上》"祭公谏穆王征犬戎"章："故**能**保世以滋大。"④

"克"用在"殷商古语"和"文言"文献之中，"能"用在"文言"和"白话"文献之中。

（5）"罔"与"无"

《周书·金縢》："王其**罔**害。""罔"意为"无"。⑤

《国语·周语上》"祭公谏穆王征犬戎"章："玩则**无**震。"⑥

"罔"用在"殷商古语"和"文言"文献之中，在"白话"文献中偶有使用，"无"则用于"文言"和"白话"文献之中。

## （七）语助词

《尚书·周书》中的语助词有："矣"（《牧誓》）、"焉"（《牧誓》）、"体"（《金縢》）、"大"（《大诰》）、"越"（《大诰》）、"诞"（《大诰》）、"若"（《大诰》）、"率"（《大诰》）、"翼（翳）"（《大诰》）、"惟"（《康诰》）、"肆"（《康

---

① 孔安国传，孔颖达疏：《尚书正义》，第 436 页。
② 上海师范大学古籍整理研究所校点：《国语》，第 511 页。
③ 孔安国传，孔颖达疏：《尚书正义》，第 457 页。
④ 上海师范大学古籍整理研究所校点：《国语》，第 1 页。
⑤ 孔安国传，孔颖达疏：《尚书正义》，第 335 页。
⑥ 上海师范大学古籍整理研究所校点：《国语》，第 1 页。

诰》)、"迪"(《酒诰》)、"后(司)"(《梓材》)、"有"(《召诰》)、"丕"(《召诰》)、"知"(《召诰》)、"哉"(《洛诰》)、"猷"(《多方》)、"言"(《多方》)、"所"(《君奭》)、"思"(《顾命》)、"曰"(《文侯之命》)、"徂"(《费誓》)、"猷大"(《大诰》)、"洪惟"(《大诰》)、"洪大"(《康诰》)、"亦惟"(《康诰》)、"爽惟"(《康诰》)、"丕惟"(《酒诰》)、"诞惟"(《酒诰》)、"辞惟"(《酒诰》)、"越若"(《召诰》)、"夫知"(《召诰》)、"肆惟"(《召诰》)、"其惟"(《召诰》)、"乃惟"(《召诰》)、"越惟"(《多方》)、"迪惟"(《立政》)等。这些语助词大都用于句首或句中，只有"矣""焉""所""哉"几个语助词用于句末。

与《周书》语助词多用于句首或句中不同，《国语》西周散文中用于句首的语助词很少，只有一个"夫"字，其他语助词多用在句末，如"也""乎""矣""之""者也""者""焉"等。《国语》作为早期"文言"散文，语助词运用较少。春秋末年以后，散文中才大量使用语助词。

### （八）叹词

《尚书·周书》中独立使用的叹词有"呜呼"(《洪范》)、"噫(已)"(《金縢》)、"吁"(《吕刑》)、"嗟"(《费誓》)等，《国语》西周散文中没有独立使用的叹词。

我们还找到了两书中语意相近的句子，例如：

在今后嗣王诞罔显于天，矧曰其有听念于先王勤家；诞淫厥泆，罔顾于天显民祗。惟时上帝不保，降若兹大丧。[1]

——《周书·多士》

---

[1] 顾颉刚、刘起釪：《尚书校释译论》（第三册），第1513页。

商王帝辛，大恶于民。庶民不忍，欣戴武王，以致戎于商牧。①

——《国语·周语上》

这两节文字大意都是说，殷纣王暴政导致天怒人怨，最终走向覆灭。《周书·多士》中"诞（语气词）""罔显（不明白）""听念（清楚思考）""勤家（勤劳天下）""厥泆（放纵淫逸）""天显（上天意志）""民祇（民心神意）"等词语，如果不经过专家训释，一般读者是没有办法读懂的。"今后"也不能从现代意义去理解，其中的"后"应该指的是君主，它与后面的"嗣王"是同位语，具体指殷纣王。《国语》的语言则基本不需要解释就可以基本理解，其中"欣戴（热烈拥戴）""致戎（发兵）""商牧（商邑牧野）"从字面上也可以准确地把握词意，它的语言与春秋战国以后的文言文没有多少差别。

下面再摘录两节《周书》和《国语》文章：

呜呼！疾大渐，惟几。病日臻，既弥留，恐不获誓言嗣，兹予审训命汝。昔君文王、武王宣重光，奠丽陈教则肄。肄不违，用克达殷，集大命。在后之侗，敬迓天威，嗣守文武大训，无敢昏逾。今天降疾殆，弗兴弗悟。尔尚明时朕言，用敬保元子钊，弘济于艰难，柔远能迩，安劝小大庶邦。思夫人自乱于威仪，尔无以钊冒贡于非几。②

——《周书·顾命》

恭王游于泾上，密康公从，有三女奔之。其母曰："必致之于王。夫兽三为群，人三为众，女三为粲。王田不取群，公行下众，王御不参一族。夫粲，美之物也。众以美物归女，尔何德以堪之？王犹不堪，况尔小丑乎？小丑备物，终必亡。"康公不听。一年，王灭密。③

——《国语·周语上》

---

① 上海师范大学古籍整理研究所校点：《国语》，第 3 页。
② 孔安国传，孔颖达疏：《尚书正义》，第 497—498 页。
③ 上海师范大学古籍整理研究所校点：《国语》，第 8 页。

前一节文字摘自《周书·顾命》，是周成王临终之前命令辅臣拥立嗣子姬钊的训诰。从文章学角度来看，这节文字具有相对的独立性。在短短一百五十字的篇幅中，有古老名词"侗（童）""誓言（誓命）""丽（法）""元子（长子）""重光（并耀光辉）"，有古老动词"渐（进）""审训（审慎训示）""宣（显示）""肄肄（不断肄习）""陈（敷陈）""迓（迎）""乱（治）"，有古老形容词"几（危）""弘（大）""冒（贪）"，有古成语"柔远能迩"，有上古语气词"思"，有通假字"弥（通'靡'）""达（通'挞'）""逾（通'渝'）""几（通'机'）"。文章是用"殷商古语"写成的，对后代读者来说可谓充满障碍，困难重重。例如"在后之侗"一句语意是什么，后人有各种解释：马融解"侗"为"共"，意指周天子为天下共主；苏东坡释"侗"为"愚"；戴钧衡释"侗"为"童"；杨筠如引《论语集解》孔安国传："侗，未成器之人也。"以为"侗"意思是"蒙昧不明"，"在后之侗"为周成王自谦之辞。又如"尔无以钊冒贡于非几"，专家释"冒"为"贪"，释"贡"为"献"，释"几"为"机"，又释"机"为"理"，这一句大意是说"你们不要使嗣子姬钊陷于贪图贡享的非理之地"。经过专家的训释，虽然好不容易把这一句讲通了，但仍旧让人感到这些文字太艰深了。后一节文字取自《国语·周语上》，是周恭王时期的一篇独立作品。虽然文中也有几个词语需要解释，如"粲（美貌）""下众（遇众凭轼致意）""御（嫔妃）""小丑（小人之类）"等，此外还有"恭王""密康公"两个历史人物需要介绍，"王田不取群，公行下众，王御不参一族"几句还涉及西周田猎、出行、宫廷嫔妃方面的礼制，但总体上它的语言难度，略通"文言"的人可以通过半读半猜，不借助注释也能略知大意，它表明《国语》作者确实是在运用一种不同于《尚书》的语言从事写作。

从以上比较可以看出，《尚书·周书》与《国语》西周散文在语言方面确有诸多不同：《尚书·周书》所用的语汇较《国语》西周散文要更为古老，虽然它们都是西周作品，但《尚书·周书》所用的语汇在语言形态上比《国语》西周散文明显要早得多，《尚书·周书》语汇需要学力深厚的专家才能给予正确的解释，而《国语》语言要浅近得多，对于具备一定"文言"

知识的人来说,《国语》西周散文的记言文字大体可以读懂,它的叙述文字尤其明白流畅;《尚书·周书》绝大多数词汇在春秋战国以后不再被人们使用,只有少数语汇在"文言"文献中继续使用,而《国语》西周散文中所用的绝大多数语汇在春秋战国以后"文言"文献中继续得到运用;《尚书·周书》中所用的双音节动词,《国语》只用一个单音节词表示。这种由双音节词向单音节词转化的倾向,并不表明语言的逆向发展,而是说明《国语》西周散文较《尚书》更接近日常生活口语,它所显示的是文学语言由凝重、古奥、艰涩向轻松、浅易、自由的转变。人们很难相信,同为西周时期的历史散文作品,两书语汇差距竟然如此之大。之所以如此,乃是因为《尚书·周书》刻意沿袭前朝的"殷商古语",而《国语》中的西周散文是用周人的"文言"写成的。由于"殷商古语"艰深难懂,因此它被后人抛弃是必然的。倒是《国语》的浅易语言在后世呈现出无限的生机。

## 第四节 西周史官格言语言

西周史官格言是一种"隐文体"。之所以称西周史官格言为"隐文体",是因为这种文体在西周时期确实存在过,但是由于相关文献典籍亡佚,因此它在后人学术视野中消失了,成为一种被历史遮蔽的隐藏文体。通过钩沉索隐,我们从西周史官格言片言只语材料之中,可以部分地还原史官格言这种文体的原貌。先秦文献载有《仲虺之志》和《史佚之志》,志者,书也,[①]这说明春秋时代尚有上古史官格言著作流传。《汉书·艺文志》没有收录《仲虺之志》和《史佚之志》,这说明它们在汉代以前就已经失传

---

[①] "志"有记忆、记载、记录的意义,引申为书籍之称。杨伯峻先生在《春秋左传注》中说:"古书多名为志,《楚语上》云:'教之《故志》,使知兴废者而戒惧焉。'韦注云:'《故志》谓所记前世成败之书。'文六年及成十五年《传》之《前志》,恐即《楚语》之《故志》;成四年《传》之《史佚之志》,则《史佚之书》也。"(杨伯峻:春秋左传注,第 520 页。)他征引《汲冢书》中之《周志》,并引朱希祖《汲冢书考》,以为《汲冢书》之《周志》所引一语见于今之《周书·大匡篇》。

了。①在春秋流传的上古史官格言之中，最引人注目的是以迟任、仲虺、周任、史佚等人为代表的商周史官格言。迟任、仲虺是商代史官，周任、史佚则是西周史官。殷商史官格言暂不讨论，此处只谈西周史官格言。西周史官在履行宫廷职责之余，往往将他们对宇宙、自然、社会、历史、人生的深刻观察，概括、凝练、浓缩成短小精辟的格言警句，以此昭告当世，警示后人。记言记事是西周史官必须履行的王事职责，格言创作则完全出于他们个人的爱好，他们拥有历史文化知识，智慧高于常人，属于先知先觉者，从长期的观察与思考中获得了不少真知，他们觉得有必要将其形成文字，与人交流，因此才创作了这些格言。由于这些格言创作完全出于他们个人的自觉，所发表的是个人独立学术见解，因此我们可以视《仲虺之志》《史佚之志》这些史官格言著作为上古子书。

史佚和周任是西周著名史官。从他们流传后世的格言片断来看，他们的格言是用"文言"创作的。史佚的格言已见前述，他的格言在政治、军事、外交界广为流传，或被后人奉为言行准则，或被论者当做观察分析问题的理论基点，或被政治家们作为重要决策的经典依据。周任的影响力虽不及史佚广泛，但其言论也常被后人征引。他的格言大多是从政智慧的结晶，如《左传·隐公六年》载："周任有言曰：'为国家者，见恶，如农夫之务去草焉，芟夷蕴崇之，绝其本根，勿使能殖，则善者信矣。'"②它告诫治国者要像农夫除草一样，做到除恶务尽，这样才能树立国家正气。《左传·昭公五年》载："周任有言曰：'为政者不赏私劳，不罚私怨。'"③这条格言要求执政者大公无私。《论语·季氏》载孔子征引周任之言："陈力就列，不能者止。"④这是说在其位要谋其政，不可尸位素餐。孔子以周任格言驳斥冉求不能阻止季氏征伐颛臾的辩解。

从上述例句可以看到，史佚、周任格言所用的词汇都比较浅易，没有特

---

① 先秦文献大凡能够流传到汉代的，都有赖于战国诸子百家的传习与保护。西周史官格言既不属于六经异传，也不属于诸子百家中的任何一家，因此它难逃亡佚的命运。
② 杨伯峻：《春秋左传注》，第 50 页。
③ 杨伯峻：《春秋左传注》，第 1263 页。
④ 何晏注，邢昺疏：《论语注疏》，第 221 页。

别的文法，虽然用语简洁，但与"殷商古语"语句浓缩方式明显不同。有意思的是，史佚本人同时又是西周初年文诰的代表作家，《周书·洛诰》就是出于他的手笔。①他给后人留下了文诰和格言两种文体作品。我们从《洛诰》中摘录一段文字，将《洛诰》与史佚格言进行比较，就可以知道他是用两种不同历史时态的语言从事创作：

> 公曰："已！汝惟冲子惟终。汝其敬识百辟享，亦识其有不享。享多仪，仪不及物，惟曰不享。惟不役志于享，凡民惟曰不享，惟事其爽侮。乃惟孺子，颁朕不暇，听朕教汝于棐民彝。汝乃是不蘉，乃时惟不永哉！笃叙乃正父，罔不若予，不敢废乃命。汝往敬哉！兹予其明农哉！彼裕我民，无远用戾。"②

——摘自《洛诰》

> 动莫若敬，居莫若俭，德莫若让，事莫若咨。

——摘自《国语·周语下》所载史佚格言

史佚的《洛诰》文字，古奥艰深，晦涩难懂。其中有生僻字"蘉（máng，意为'勉力'）"，有古老名词"冲子（年轻人）""辟（君）""孺子（小孩）""彝（法）""正父（官长）"，有古老动词"终（尊崇）""享（朝享）""役（营）""爽侮（差忒慢易）""颁（分取）""叙（顺）""明（经营）"，有古老形容词"永（长久）""笃（厚）"，有古老叹词"已（噫）"。有些文字虽然可以认识，但并不能理解它的准确意义。如"汝惟冲子惟终"中的"终"，孔安国、蔡沈都是就字解字，将其释为"终其美业"。此解虽然从字面上勉强可以讲通，但不符合古代帝王对于政权万世传承的愿望。俞樾《群经平议》指出，《君奭》"其终出于不祥"，马融本"终"作"崇"，"终"与"崇"声近义通。按照俞樾之解，"汝惟冲子惟终"的意思是说："您虽然年轻，但作为天子，

---

① 《洛诰》："王命周公后，作册逸诰。""逸"通"佚"，即史佚。"作册"是史佚的官名。
② 孔安国传，孔颖达疏：《尚书正义》，第410、411页。

您的地位崇高。"由于俞樾对"终"这个关键字作出了卓越的解释,"汝惟冲子惟终"这一句才有合理的解释。《洛诰》难解也体现在词组之上。如"滋予其明农哉"中的"明农",伪孔传释为"明教农人",蔡沈《书集传》解为"惟明农事",他们认为此时周成王亲政,周公表示要告老还乡务农。孔、蔡之解虽然从字面上说得通,但不符合西周礼俗,古代礼制虽然有大夫七十致仕的规定,但像周公这样地位崇高的摄政王,即使告老致仕,也绝不至于产生回乡务农的想法。王夫之则将"明农"解为"经理疆甽"。这个解释完全符合当时局势:洛邑刚刚建成,接下来的要务就是组织庶民经理疆甽,开展农业生产。《洛诰》问世近两千年之后,"明农"词组才得到合理的解释。有些句子每个字都可以认识,但读者却不明白句意。例如"亦识其有不享",这六个字都不是难字,但是全句却令人不知所云。蔡沈认为"不享"是指"不诚于享"。周公告诉年轻的成王:天下诸侯都会按照礼制向西周天子朝贡,但在他们当中,有诚与不诚的区别,有的诸侯是诚心献贡,有的诸侯虽然朝贡,但心意不诚。由此周公告诫成王,要善于识别诸侯朝贡时是否出于诚意。蔡沈加了一个"诚"字,才使"亦识其有不享"变为可解。又如"无远用戾"一句,孔安国说,此句意为天下老百姓无论多远都会来归附天子;王夫之说,此句意为周公称不能扈从成王远归镐京,因为他要留在洛邑经理农田疆甽;刘起釪则以为,此句意为长远不会有乖戾。以上这三种说法都能自圆其说,但究竟哪一种解释是正解,这就要靠读者自己的判断了。从文字到词组到句子,《洛诰》都非常难懂。与史佚记录的文诰语词艰深不同,史佚的格言则简洁明了,用词浅显易懂,四字一句,形式整齐明快。为什么同一作者的文字,竟会出现如此巨大的差异?其中的原因在于:史佚这两篇文章是用两种不同形态的语言创作的,《洛诰》是用"殷商古语"记录,而他的格言是用"文言"写作。史佚之所以用两种语言形态写作,是因为《洛诰》是国家公文,而格言则是他个人思想心得。史佚两种文风的文章表明,西周文坛确实存在两种不同历史时态的语言,它们分别在不同的场合使用。"殷商古语"距离西周日常生活已经很远,之所以采用"殷商古语",既是因为文体语言的需要,也是出于当时人们特定的文化心理。"文言"虽然也是书面语言,但它距离西周日常生活口语较近,在形态上与

"殷商古语"不是处于同一层次。

## 第五节 "文言"特点及语言优势

以上讨论了四种西周"文言"样本:《易经》、《诗经》西周风诗、《国语》西周散文、西周史官格言,这说明在先周和西周前期,"文言"就已经用在诗歌、散文、格言及卜筮文献之中。"文言"是继"殷商古语"之后又一种新形态的文学语言。在文字字形方面,它不像商周甲骨文、铜器铭文那样具有很多难识的字符;①在字义方面,它不像"殷商古语"那样具有众多古义的常字,它的字义难度较"殷商古语"要低出一个层次,西周"文言"作品中的文字,在《说文解字》《尔雅》等工具书中大都可以查到,我们之所以说"文言"是一种新形态的文学语言,主要对于字词意义而言的;在通假字、假借字运用方面,"文言"作品虽然也会运用通假字或假借字,但其运用频率远不及"殷商古语"之高;②在词语方面,西周"文言"以表情达意为主,不刻意追求双音节词语,也没有创造出大批成语,这种情形与"殷商古语"有一批以两字为主的成语大不相同,"文言"有一套不同于"殷商古语"的语气词,它们一般用于句尾,而不像"殷商古语"的语气词大都用在句首和句中,"殷商古语"文献中的词汇很少用于"文言"作品,西周"文言"作品中的词汇则多用于春秋战国以后作品之中;在语法方面,西周"文言"语句较为规范,不像"殷商古语"那样具有某些特殊的语法;在修辞手法方面,西周"文言"有比喻、起兴、叠字、复沓、对比、设问、反问、用典、摹绘等手法,语言表达手段明显较"殷商古语"为多,这有助于语言艺术水平的提高;在句子方面,"文言"语句一般结构完整,意义清楚,不像"殷商古语"的句子存在许多没有规则可循的浓缩和省略。无论从哪个方面,西周"文言"都与"殷商古语"划出了

---

① 西周"文言"作品文字都经过后世隶定,且经过后人校勘整理,因此不存在文字辨认识读问题。
② 西周"文言"作品中之所以较少运用通假字和假借字,可能是因为《易经》《诗经》《国语》这些作品经过后人反复传抄整理,其中不少通假字和假借字都被后人改为本字。

一道界限，表明它们是两种不同形态的文学语言。在以上诸多不同之中，两者最基本的区别是语汇底色的不同，同一个词语，在"殷商古语"和"文言"中，分别有不同的意义；同一个思想，在"殷商古语"和"文言"中，会采用不同的词语来表达；"文言"的语言底色远不像"殷商古语"那样古老深奥。

虽然"文言"在西周属于非主流文学语言，用于一般文献和文化娱乐活动，其重要性不能与"殷商古语"相比，但它易写易懂，生动形象，长于叙述和描写，是通过有代表性的文献体现的，春秋铜器铭文、《诗经·鲁颂》和鲁国《春秋》的语言可以作为这个特定历史时期文学语言变革的范本。

# 第四章　历史性的巨变："文言"取代"殷商古语"

"文言"成为文坛主流文学语言，应该是进入春秋以后的事情。从文体角度来看，春秋文学语言发展呈现出四大走向：一是商周某些运用"殷商古语"的文体在此时走向式微或者消亡。例如，甲骨卜辞早已不再有人写作，《尚书》文诰誓命也大幅度减少，今本《尚书》仅存《秦誓》一篇，铸于铜器的文诰虽然绵绵不绝，但无论从实际影响还是文章成就都无法与西周初年及中期文诰相比，这些文体是"殷商古语"的载体，它们的消亡或式微直接导致"殷商古语"走向衰落。二是某些文体在商周时期是用"殷商古语"创作的，但在春秋时期却改用"文言"创作，典型的例子是《诗经·鲁颂》，这说明其中有一种无形的文化力量在制约着文学语言的发展。三是某些源于西周运用"文言"的文体在春秋时期得到继续发展。如《国语》中二百一十四篇春秋散文和《诗经》中的春秋风诗，这些诗文作品巩固并发展了西周"文言"的成就。四是出现一种运用"文言"创作的新文体——"春秋"。① 从数量上看，春秋时期运用"文言"进行创作的作品远比"殷商古语"要多，在传世春秋作品中，《国语》春秋散文、《诗经》春秋风诗、各国《春秋》都是用"文言"写作，用"殷商古语"写作的文体仅《尚书》中的《秦誓》和春秋铜器铭文。从质量上看，春秋时期"殷商古语"作品光辉不再，逐步走向枯萎凋零，而"文言"作品在西周既有成就基础上蓬勃发展，艺术水平不断提升，呈现出生机勃勃、欣欣向荣的景象，显示出无比的生命力。春秋时期文学语言的总体发展大趋势，是"殷商古语"持续走

---

① 1973 年长沙马王堆汉墓出土帛书《春秋事语》，裘锡圭以为是《铎氏微》一类的书，唐兰怀疑它是《汉书·艺文志》所载的《公孙固》，李学勤认为它是早期《左传》学的正宗作品。《左传》大约作于战国初年，而《春秋事语》作于《左传》之后，因此它不在本章讨论范围之内。

向没落衰亡，而"文言"方兴未艾。虽然"殷商古语"尚未完全退出文坛，但以春秋铭文为代表的"殷商古语"作品表明，"殷商古语"到此时已经日薄西山，气息奄奄，已经无法与朝阳般的"文言"相抗衡。据此我们可以作出如下判断：中国文学史上具有重大意义的文学语言的因革——"文言"取代"殷商古语"——基本上在春秋时期宣告完成。

《国语》中的春秋散文、《诗经》中的春秋风诗语言虽然各有不同程度的新进展，但大体是同类西周文献语言的延续，此处不再讨论。新语言深受作者和读者所喜爱。

## 第一节　春秋战国铭文语言的蜕变

青铜器铭文在经历了几百年西周兴盛期之后，伴随着西周礼乐制度的崩坏，在春秋进入蜕变期。其蜕变体现在：形制以中短铭为主，铭文语言的历史文化内蕴大为缩减，语言艺术表现力明显衰退，铭文字形也从西周中晚期温润厚重变为单线化。

由于王权衰微、礼坏乐崩，昔日那种对扬王休、歌颂王室恩宠、寄托孝子贤孙情思的历史文化氛围不再，因此记载周王训诰、册命、赏赐的铭文大为减少。铭文的伦理色彩较西周也有所消退，有些铭文说作器目的是娱乐，如《子璋钟铭》："用匽（宴）以喜，用乐父兄者（诸）士，其眉寿无基（期）。"《王孙遗者钟铭》："用乐嘉宾父兄，及我倗（朋）友。"《邾公牼钟铭》："台（以）乐其身，以宴大夫，以喜者（诸）士。"《邾公华钟铭》："台（以）乐大夫，台（以）宴士庶子。"[1]铸作器铭不是答扬王休，不是为了表示对父母祖宗的孝心，不是显扬器主所得到的恩宠荣光，而是让宾客父兄"乐"和"喜"，娱乐审美代替了铭记恩荣表达孝思，这些表述在西周铭文中是很少见的。西周青铜器器主多是周王室的公侯卿士大夫，而春秋时期，东周王室已经沦为政治破落户，他们已经没有心力和经济实力来铸造彝器，青铜器器主多为各诸侯国君臣。现存的春秋青铜器，所属的诸

---

[1] 马承源主编：《商周青铜器铭文选》（第四卷），第 406、427、524、525 页。

侯国有吴、越、徐、陈、蔡、邳、胡、许、番、息、江、黄、邛、郜、楚、曾、邓、郐、戴、宋、杞、滕、鲁、费、薛、邾、郳、铸、郜、齐、纪、燕、中山等国。各诸侯国政治、经济、宗教、文化、物产条件不尽相同，因此各国铭文呈现出不同特色。例如，东南吴、越以善铸青铜钩剑闻名于世，他们多勒铭于戈、矛、剑、戟之上，这些兵器本身面积就小，铭文字数自然就少，而短小的标记性铭文是无法展示其文采和它的历史文化意蕴的。楚为南方新崛起的泱泱诸侯大国，刻意学习北方文化，因此春秋南楚铭文形式多样，不拘一格，既有像《王子午鼎铭》那样以崇孝祈寿为宗旨的铭文，也有像《邵王簋铭》那样标记性的短铭。齐国自西周以来为东方大国，一些世卿家族有一定的文化积累，为后人留下了较有历史文化内涵的铭文。如《叔夷镈铭》《叔夷钟铭》是春秋时期罕见的长铭，铭文记载齐灵公对正卿叔夷的三次训诰，颇有西周训诰铭文的某些遗风，只不过此类铭文在春秋时期数量很少，难以构成宏大的时代气候。

春秋铭文语言的发展大趋势是由繁趋简，内涵平淡，与西周铭文相比，它们的语言艺术水平明显地倒退了。现存春秋铭文以中短篇居多。例如，《邗王是野戈铭》："邗王是埜（野）乍（作）为元用。"《大王光戈铭》："大王光爰自乍（作）用戈。"《攻吴王夫差鉴铭》："攻吴王夫差择厥吉金，自作御鉴。"《越王勾践剑铭》："越王勾践自乍（作）用剑。"《王子于戈铭》："王子于之用戈。"《吴王孙无壬鼎》："吴王孙无壬之胜鼎。"《江小中母生鼎铭》："江小中母生自乍（作）甬（用）鬲。"《楚王孙渔戈铭》："楚王孙渔之用。"《曾伯宫父鬲铭》："唯曾白（伯）宫父穆逦用吉金自乍（作）宝尊鬲。"《郐妘鬲铭》："会（郐）始（妘）乍（作）媵鬲。"《宋公戍钟铭》："宋公戍之䚻（歌）钟。"《滕侯吴戟铭》："滕侯吴之造戟。"《虢太子元徒戈铭》："虢太子元徒戈。"[1]此类铭文仅标明器主，谈不上有什么历史文化内涵，更没有语言艺术成就可言。有些铭文简单地表达了器主愿望，如《郑伯盘铭》："奠

---

[1] 马承源主编：《商周青铜器铭文选》（第四卷），第 364、366、367、371、369、370、413、424、452、502、505、515、603 页。

(郑)白(伯)乍(作)盘也(匜),其子子孙孙永宝用。"《鲁大左司徒元鼎铭》:"鲁大左司徒元乍善(膳)鼎,其万年眉寿,永宝用之。"[①]这些铭文由某人作某器以及祝福套语组成,语言质木无文,实际上只能算标记性铭文。其他如《王子于戈铭》《吴王孙无壬鼎铭》《陈侯鼎铭》《陈侯壶铭》《蔡侯方壶铭》《蔡侯朱之缶铭》《蔡公子果戈铭》《蔡公子加戈铭》《王子婴次炉铭》《楚王孙渔戈铭》《楚子鼎铭》《邓子午鼎铭》等都只有寥寥数字,用来标明器主或作器目的,偶尔也表达一些"子子孙孙永宝用"之类的愿望,似乎又回到殷末铭文状态。

如果一定要在春秋铭文中寻找一些亮点,那就是铭文用韵。有些春秋铭文沿袭西周中后期以来四言押韵传统,将铭文往四言韵文方向推进一步。兹举数例:《吴王光鉴铭》:"用享用孝,眉寿无疆。往已叔姬,虔敬乃后,孙孙勿忘。"《陈公子瓶铭》:"用征用行,用蒸稻粱,用祈眉寿万年无疆,子子孙是尚。"《蔡侯尊铭》:"威义(仪)游游(攸攸),霝颂(容)诧商(彰)。康娱和好,敬配吴王。不讳考寿,子孙蕃昌。永保用之,冬(终)岁无疆。"《曾大工尹戈铭》:"穆侯之子,西宫之孙。曾大攻尹,季怡之用。"[②]这些语句基本上都是四言,句句押韵。将这些押韵铭文放在《诗经》大小雅之中,在形式上几可乱真。《蔡侯钟铭》铭文凡二十句,只有两句是五言,其余十八句全为四言。《王孙遗者钟铭》共二十六句,除四句之外,其余二十二句全为四言。可以明显看出春秋铭文有意学习《诗经》音韵形式。

青铜器铭文在战国时期继续沿袭凌迟颓势,至战国末叶宣告衰亡。从殷商到春秋时期,铜器铭文一直都是铸范文字,到了战国,除了铸范文字之外,还出现了刀刻文字,这说明文字铭铸技术走向简易化甚至是随意化。战国前中期有几篇大型铭文。如《曾侯乙编钟铭》共六十四篇,凡两千八百二十八字。各件编钟铭文标明此钟的音阶名称,详细记载该钟所置律名、阶名和变化音名,铭文中多音乐术语,这是战国时期弥足珍贵的音乐文献。《鄂

---

[①] 马承源主编:《商周青铜器铭文选》(第四卷),第498、520页。
[②] 马承源主编:《商周青铜器铭文选》(第四卷),第365、390、394、451页。

君启节铭》分为车节铭和舟节铭，车节铭一百四十七字，舟节铭一百六十四字。这是楚怀王颁发给鄂君启运输货物的免税通行凭证，属于典型的应用文字。这些铭文经济、音乐文献价值虽高，但谈不上有多少语言艺术成就。语言艺术价值较高的是《中山王鼎铭》，这篇铭文四百六十九字，赞美中山国相赒（即司马憙）辅佐幼主、伐燕得地的功绩。铭文中有一些名言警句，如"与其汋（溺）于人施（也），宁汋（溺）于渊"，"事少女（如）长，事愚女（如）智，此易言而难行施（也）"。铭文用充满情感气势的语句赞美国相赒开拓疆宇的功绩："含（今）吾老赒亲帅参（三）军之众，以征不宜（义）之邦，奋桴振铎，辟启封疆，方数百里，剌（列）城数十，克敌大邦。"①这些语言显然打上了战国铺张扬厉、辩丽恣肆的时代印记。《中山王方壶铭》是《中山王鼎铭》的姊妹篇，全文四百五十字，铭文赞美司马憙的功绩，但采用了四言押韵的形式。例如："节于禋齐，可法可尚；以卿（飨）上帝，以祀先王。穆穆济济，严敬不敢怠荒。因载所美，邵（昭）察皇工（功），诋郾（燕）之讹，以儆嗣王。""佳（惟）逆生祸，佳（惟）顺生福，载之简策，以戒嗣王。惟德附民，惟宜（义）可长。子之子，孙之孙，其永保用亡（无）疆。"②结合当时情势推测，这两篇铭文虽然系于中山王名下，实则可能是出于权臣司马憙的精心运作，司马憙希望将他的功业勒于金石，以流芳千古，因此才组织文士写下如此精彩的铭文。不过，像《中山王鼎铭》《中山王方壶铭》这样有文采的长铭在战国毕竟是极少数，绝大多数战国铭文语言持续走向萎缩。主要表现是：勒铭变铸为刻，不少铭文字迹粗劣草率，简陋随意，形式简短，质木无文，有的铭文仅记载铜器斤两容量，或者记载铸器工人之名，这些铭文完全失去了崇孝纪勋的铸铭宗旨，似乎又重新回到殷商标记式铭文的原始状态。少数铭文简单地说明铸器宗旨，如《曾姬无恤壶铭》说作壶是"望安兹漾陵"，《邻伯罍铭》说铸器目的是"用祈眉寿无疆"，《陈逆簠铭》说簠是为"皇祖大宗"所作，"台（以）匄羕（永）令（命）眉寿"，《十四年陈侯午敦铭》说为皇妣孝大妃

---

① 马承源主编：《商周青铜器铭文选》（第四卷），第 567—569 页。
② 马承源主编：《商周青铜器铭文选》（第四卷），第 574、575 页。

## 第四章 历史性的巨变:"文言"取代"殷商古语"   245

作器是"台(以)烝台(以)尝,保又(有)齐邦",这些铭文虽然不能说意蕴深厚,但语言文字之后多少寄寓有一些思想。更多的战国铭文没有思想文化底蕴,缺少宗教、政治、伦理、历史、文化内涵。如《大后厨官鼎铭》:"铸客为大后脰官为之。"《王后六室豆铭》:"铸客为王后六室为之。"《集厨鼎铭》:"铸客为集脰为之。"① 这些铭文仅简单地标明铸客为器主制作。有些铭文更为简单,如战国早期《越王者旨於睗剑铭》:"越王者旨於睗。"②"越王者旨於睗"就是越王与夷。《越王剑铭》在剑柄正反方向铸了四个"戊王",未铸越王之名,这样的铭文只是标记器主,连一个完整的句子都算不上。有些铭文标明铜器之所属,例如,《曾侯乙戈铭》:"曾侯乙之寝戈。"《哀成叔豆铭》:"哀成叔乍豆。"《宋公得戈铭》:"宋公得之造戈。"《陈侯因咨戟铭》:"陈侯因咨造。"《商鞅戟铭》:"十三年,大良造鞅之造戟。"③这些铭文仅具标识意义。有些铭文连器物名称也予以省略,如《郾侯载矛铭》:"郾(燕)侯载乍(作)左军。"④ 铭文意思是说燕侯载所作器为左军用矛,省去关键性词语"矛"字。与此类似的还有《郾王职戈铭》:"郾(燕)王职乍(作)御司马。"⑤ 有些铭文仅记载铜器的斤两容量,如《廿八年平安君鼎铭》《卅二年平安君鼎铭》《梁上官鼎铭》等。有些铭文虽然略长一点,但也只是简单地记事,如战国晚期《楚王酓章镈铭》:"隹(惟)王五十又六祀,返自西阳,楚王酓章乍(作)曾侯乙宗彝。奠之于西阳,其永寺用享。"⑥ 铭文简要叙述了楚王酓章行动踪迹、为曾侯乙铸作宗彝以及安放彝器的经过几件事,如同记流水账,从内容到形式都无足观瞻。既无社会内涵,又不具艺术审美价值,青铜器铭文至此走向衰亡。进入汉代以后,铭文还是一直有人在做,不过历史文化背景变了,铭文的内容和语言形式变了,铭文载体也变了——它们不是铸刻在青铜器之上,而是载于简帛或纸上,这些铭文已经不是本书所讨论

---

① 马承源主编:《商周青铜器铭文选》(第四卷),第440、441、443页。
② 马承源主编:《商周青铜器铭文选》(第四卷),第375页。
③ 马承源主编:《商周青铜器铭文选》(第四卷),第455、501、508、561、611页。
④ 马承源主编:《商周青铜器铭文选》(第四卷),第565页。
⑤ 马承源主编:《商周青铜器铭文选》(第四卷),第565页注文。
⑥ 马承源主编:《商周青铜器铭文选》(第四卷),第430页。

的青铜器铭文了。

铭文是春秋战国时期"殷商古语"的主要载体,春秋战国铭文已从西周内涵厚重、风格典雅温润蜕变为内涵枯萎、风采不再,这表明铜器铭文到春秋时期已经日薄西山,它的光辉岁月已经成为历史的记忆。"殷商古语"主要载体尚且如此,其命运也就可想而知了。

## 第二节 《鲁颂》借名为颂而体实国风

颂诗是西周时期"殷商古语"的重要载体,前文已经指出,《周颂》就是用"殷商古语"进行创作,它的语言与《周书》文诰以及铜器铭文语言彼此影响互相渗透。颂诗用语情形到春秋时期有所改变,在周公的封国鲁国,周公的后人虽然创作了颂诗,但所用的语言却悄悄地由"殷商古语"向"文言"转化。这一点非常耐人寻味,值得认真探讨。

《诗经·鲁颂》有四篇作品:《駉》《有駜》《泮水》《閟宫》。《毛传》将这四篇作品全部断为歌颂鲁僖公之作:"《駉》,颂僖公也。""《有駜》,颂僖公君臣之有道也。""《泮水》,颂僖公能修泮宫也。""《閟宫》,颂僖公能复周公之宇也。"[①]鲁僖公是春秋时期鲁庄公之子,为鲁国第十九任君主,公元前659年至前627年在位。不过后人并不完全认同《毛传》之说,朱熹在《诗经集传》中说:"旧说皆以为伯禽十九世孙僖公申之诗,今无所考。独《閟宫》一篇为僖公之诗无疑耳。"[②]朱熹只承认《閟宫》一首是鲁僖公时期作品,因为《閟宫》中有"周公之孙,庄公之子"诗句,其他三首无所考证,这种态度较为审慎。不过朱熹并没有将他的审慎态度坚持到底,他在注释《駉》时说:"此诗言僖公牧马之盛。"[③]这个注释与他所说的"无所考"自相矛盾,看来他是不自觉地接受了《毛传》的说法。《駉》《有駜》《泮水》三首颂诗创作年代不可详

---

① 毛亨传,郑玄笺,孔颖达疏:《毛诗正义》,第1384、1392、1396、1407页。
② 朱熹:《诗经集传》,第161页。
③ 朱熹:《诗经集传》,第162页。

考，将它们视为春秋时期作品，应该不会大错，因为鲁僖公在当政时期，委派大夫奚斯重修周人始祖姜嫄庙宇，这被鲁人视为一件可与当年周公制作颂诗歌颂祖宗神媲美的大事，所以鲁人创作《閟宫》对鲁僖公予以颂美。《礼记·曲礼下》说："君子将营宫室，宗庙为先，厩库为次，居室为后。"①鲁僖公重修姜嫄庙宇，符合礼的要求，堪称是崇敬先祖的大孝行为，这是鲁人制作《閟宫》颂诗的一个契机。或许其他三篇《鲁颂》作品，也是在这样的背景之下创作的。因此我们姑且按照《毛传》之说，将它们视为鲁僖公时期作品。

按照礼制，非天子不议礼，不制度，不考文，制作颂诗本是周天子的权利，鲁国是西周一个诸侯国，为什么它有资格制作颂诗呢？这是因为，周武王去世以后，周成王年幼，周公作为西周新生政权摄政王，一身系天下之安危，他对外扫平武庚叛乱，对内制礼作乐，为巩固新生的周王朝政权作出了特殊贡献。为此，周成王给周公所封国鲁国以享受天子礼乐的殊荣作为褒奖："于是成王乃命鲁得郊祭文王。鲁有天子礼乐者，以褒周公之德也。"②鲁国既然可以享受周天子礼乐，而颂诗是周礼的组成部分，那么鲁国也就因此获得了制作颂诗的权利。只不过鲁人在西周时期没有制作颂诗，他们作颂的年代是在春秋时期。

将《鲁颂》与《周颂》《商颂》相比，就可以发现《鲁颂》虽然名为颂诗，实际上它的体制却接近风诗。从语言角度来看，《鲁颂》不是用"殷商古语"进行创作，它的语言更接近"文言"。《鲁颂》体制风格不同于《商颂》和《周颂》而是接近风诗，这一点是唐代学者孔颖达第一次指出的，他在评论《鲁颂·駉》时说："此虽借名为《颂》，而体实《国风》，非告神之歌，故有章句也。"③孔颖达这段话有两层意思：第一层是说，颂诗一般不分段落和停顿单位（即章句），④而国风则分章节和停顿单位，《鲁

---

① 郑玄注，孔颖达疏：《礼记正义》，北京：北京大学出版社，1999年，第114页。
② 司马迁：《史记》，第1523页。
③ 毛亨传，郑玄笺，孔颖达疏：《毛诗正义》，第1385页。
④ 典型的颂诗较少分章。《周颂》三十一首，全部不分章，即使是像《载芟》《良耜》这样篇幅较长的作品也是一气呵成。《商颂》五首，只有《长发》和《殷武》分章。

颂·駉》共分四章，每章八句，具备了风诗章句的形式特征。第二层是说颂诗一般都是敬神乐歌："颂者，美盛德之形容，以其成功，告于神明者也。"①这里所说的神明，主要是指祖宗神，如周人祖宗神姜嫄、后稷、公刘、太王、王季、周文王、周武王等，也包括天地山川诸神。《鲁颂·駉》描写鲁国马匹繁盛，通过描述马匹兴盛来歌颂鲁僖公仁心深远。鲁僖公此时是在位君主，他不应该被当作祖宗神来歌颂。朱熹认为："此诗言僖公牧马之盛，由其立心之远。故美之曰，思无疆，则思马斯臧矣。"②《駉》只写鲁国马匹之盛而未提及鲁僖公，马匹繁盛与鲁僖公之间有什么关系呢？朱熹举《鄘风·定之方中》"秉心塞渊，騋牝三千"为例，说明正是由于鲁僖公仁心深远，才有国家富强、马匹兴盛的盛况。尽管如此，通过写马来歌颂鲁僖公的仁心，仍然与颂诗"美盛德之形容，以其成功告于神明"有很大的区别，前者是歌颂活人鲁僖公，后者是颂美在天祖宗神灵。朱熹在《诗经集传》中进一步指出："成王以周公有大勋劳于天下，故赐伯禽以天子之礼乐，鲁于是乎有颂以为庙乐。其后又自作诗以美其君，亦谓之颂。""盖其体固列国之风，而所歌者乃当时之事，则犹未纯于天子之颂。"③细绎朱熹语意，是说鲁国本为诸侯国，《鲁颂》本来应该像其他十五国风那样称为《鲁风》，只是由于鲁国享有天子礼乐，因此周王室乐师才将《鲁风》称为《鲁颂》。"亦谓之颂"四字值得玩味，这就是说《鲁颂》并不是传统意义上的颂诗，它不去歌颂祖宗神而颂美在位诸侯，不赞美祖宗的盛德而写马匹，相对于"美盛德之形容，以其成功告于神明"的《周颂》和《商颂》来说，产生于诸侯国"自作诗以美其君"的《鲁颂》作为颂诗显然不够纯粹。④

孔颖达举出"非告神之歌""故有章句"两点证据，来证明《鲁

---

① 毛亨传，郑玄笺，孔颖达疏：《毛诗正义》，第18页。
② 朱熹：《诗经集传》，第162页。
③ 朱熹：《诗经集传》，第161、162页。
④ 风诗与雅颂除了在语言上有"殷商古语"与"文言"的区别，还有一系列的差异：在音乐上，雅颂为华夏正声，而风诗音乐为地方性乐调；在内容上，"颂者，美盛德之形容，以其成功告于神明者也"（《毛诗序》），"《大雅》言王公大人而德逮黎庶，《小雅》讥小己之得失，其流及上"（《史记·司马相如列传》），"风者，多出于里巷歌谣之作，所谓男女相与咏歌，各言其情者也"（朱熹《诗经集传》）；在句式章法上，风诗多用重章复沓形式，雅诗虽少用重章复沓但有章句，周代颂诗则不分章。在表现手法上，风诗多用比兴手法，雅颂则多用赋法。

颂·駉》借名为颂而体实国风，这两点讲的是《駉》的体制性质与形式特征，虽然与本书讨论《鲁颂》语言并不完全在同一个聚焦点上，但彼此之间有一定联系，因为《鲁颂》借名为颂而体实国风，并不局限于"非告神之歌""故有章句"这两点，它同时也体现在语言方面。孔颖达关于《鲁颂》借名为颂而体实国风之说，为我们研究《鲁颂》语言打开了一条思路。前文在论述《诗经》西周风诗"文言"特征时，曾经从语汇平易、接近口语、多用比兴、重章复沓、诗句逻辑关系清楚五个方面入手。西周风诗这些"文言"特征仍然可以作为我们探讨《鲁颂》"文言"特征的几个观察点。根据这几个观察点，四首《鲁颂》作品大致可以分为三种情形：《駉》《有駜》为第一种情形，基本符合风诗"文言"特征；《泮水》为第二种情形，它主要运用"文言"写作，但也吸收了一些"殷商古语"因素；《閟宫》为第三种情形，它吸收"殷商古语"因素比前三首作品都要多，但其中也有某些"文言"特征。我们先来讨论第一种情形。为了论述方便，特将《鲁颂·駉》全篇抄录如下：

  駉駉牡马，在坰之野。薄言駉者，有骄有皇，有骊有黄，以车彭彭。思无疆，思马斯臧。
  駉駉牡马，在坰之野。薄言駉者，有骓有駓，有骍有骐，以车伾伾。思无期，思马斯才。
  駉駉牡马，在坰之野。薄言駉者。有驒有骆，有骝有雒，以车绎绎。思无斁，思马斯作。
  駉駉牡马，在坰之野。薄言駉者，有駰有騢，有驔有鱼，以车祛祛。思无邪，思马斯徂。①

我们说《鲁颂·駉》用"文言"写作，是基于以下理由：第一，《鲁颂·駉》如同风诗一样，在章法上采用重章复沓的形式。《駉》第一章奠定了全诗语句格局，后面三章只是换了几个字，如第一章中的"骄（黑马白股）""皇（黄白相杂的马）""骊（黑马）""黄（黄马）"，到第二章

---

① 毛亨传，郑玄笺，孔颖达疏：《毛诗正义》，第 1385—1392 页。

变为"骓（苍白杂色马）""駓（黄白杂色马）""骍（赤黄色的马）""骐（青黑色的马）"，第三章变为"驒（连钱骢）""骆（黑鬣白马）""骝（赤身黑鬣的马）""雒（黑身白鬣的马）"，第四章变为"骃（浅黑带白的马）""騢（赤白色的马）""驔（脚胫有长毛的马）""鱼（两眼外长白毛的马）"；第一章"彭彭（盛貌）"，到第二章变为"伾伾（有力貌）"，到第三章变为"绎绎（快貌）"，到第四章变为"祛祛（强健貌）"；第一章"思无疆"，到第二章变为"思无期"，到第三章变为"思无斁"，第四章变为"思无邪"；第一章"臧"，第二章变成"才"，第三章变为"作"，第四章变为"徂"。全篇四章都是由重章复沓构成。重章复沓在语言上的好处是，用字较少，可以有效地降低语言的难度，读者只要理解了第一章的内容，那么也就基本上掌握了以下各章的意思。第二，《鲁颂·駉》如同风诗一样，在句式上以两行诗作为一个完整句子意义单位。如"駉駉牡马，在坰之野"，"駉駉牡马"是主语，"在坰之野"是谓语，两行诗构成一个主谓结构的完整句子，译为白话文就是"肥壮的公马行走在林外的郊野"。这种诗句结构与《周南·关雎》"关关雎鸠，在河之洲"完全一样。以两行诗作为一个句子意义单位，与读者阅读期待视野大体一致，可以帮助读者理解作品。第三，《鲁颂·駉》的某些语汇与风诗相同或相近。例如，诗中语助词"薄言"多见于风诗。"薄"和"言"是两个发语词，在风诗中它们有时分开使用，如《周南·葛覃》："言告师氏，言告言归。"这是独立使用语助词"言"。《周南·葛覃》："薄污我私，薄浣我衣。"这是风诗独立使用语助词"薄"。风诗作品有时是将"薄言"连用，如《周南·芣苢》："薄言采之。"《邶风·柏舟》："薄言往诉。"《召南·采蘩》："薄言还归。"《鲁颂·駉》也是"薄言"连用："薄言駉者。"第四，《鲁颂·駉》语言底色不属于"殷商古语"而是使用"文言"，它所用的语汇是常字常义，这是最重要的一点。《駉》的一大特色是，在描写马匹种类时使用了不少难字，但这些难字只是今人感到困难，春秋时期马与人们生活关系密切，这些描写马匹种类和毛色的字在当时经常出现，因此当时人们并不会感到这些字是多么难认。而对今人而言，这些生僻字在古代汉语词典中一般都可以查到。如果读者在词典上查阅一下这些难字，那么这首诗也就不难理解了。《駉》的语汇不存在常字古义问题,像"骊""皇""骊""黄"之类的字,每个字都有清楚、单一、稳定的涵义。第五,《駉》的字与字、上句与下句的逻辑关系是清楚的。每章八句,分为三层意思:前两句写肥壮的马儿行走在林外郊野,中间四句描述马匹各个种类,从中可看出鲁国马多且壮,后两句写鲁君仁心深远带来马匹繁盛。读者可以清楚地把握作品内容与情感脉络。这一点与《周颂》不同,《周颂》中不少诗句,上一个字与下一个字,上一句与下一句,彼此之间逻辑关系不太清楚,读者不明白作者为什么这么写。

下面再来讨论《鲁颂·有駜》的语言。《有駜》也是一首风诗色彩非常明显的作品:

> 有駜有駜,駜彼乘黄。夙夜在公,在公明明。振振鹭,鹭于下。鼓咽咽,醉言舞。于胥乐兮。
> 有駜有駜,駜彼乘牡。夙夜在公,在公饮酒。振振鹭,鹭于飞。鼓咽咽,醉言归。于胥乐兮。
> 有駜有駜,駜彼乘駽。夙夜在公,在公载燕。自今以始,岁其有。君子有穀,诒孙子。于胥乐兮。①

《有駜》同样不是告神之歌,而是歌咏鲁国君臣在处理公务之余欢聚宴饮、醉歌酣舞的快乐生活。将《有駜》与《駉》进行比较,就可以发现凡是《駉》所具有的风诗特点,诸如重章复沓、划分章节、多用语气词、常字常义等,《有駜》大体上都具备了。《有駜》某些诗句和词语也见于其他国风诗作品。如"夙夜在公",同样诗句见于《召南·小星》。"駜彼乘黄"一句,接近《郑风·大叔于田》"乘乘黄"。又如"振振"一词,见于《周南·螽斯》:"宜尔子孙,振振兮。"《周南·麟之趾》:"振振公子。"《召南·殷其雷》:"振振君子。"除此之外,《有駜》还有一个明显的风诗特色,这就是运用比兴手法。郑玄在"有駜有駜,駜彼乘黄"之下笺云:"此喻僖公之用臣,必先致其禄食。禄食足,则臣莫不尽忠。"孔颖达则

---

① 毛亨传,郑玄笺,孔颖达疏:《毛诗正义》,第1393—1395页。

曰："言有禄有驷然肥强之马，此驷然肥强者，彼之所乘黄马也。将欲乘之，先养之以刍秣，故得肥强，乘之则可以升高致远，得为人用矣。以兴僖公有贤能之臣，将任之，先致其禄食，故皆尽忠任之，则可以安国治民，得为君用矣。"[1]郑笺与孔疏对开头这两句表现手法的看法有所不同，郑笺以为是比喻，而孔疏则以为是起兴。《诗经》中有纯粹的比或兴，但也有"比而兴"或"兴而比"的情形，《有駜》开头两句表现手法属于"兴而比"。诗人首先以四匹肥壮的黄马起兴，车马在古代是乘车人身份、地位、贫富的象征，这就同今人以豪车来展示自己财富地位一样，从驾车马匹的肥壮可以看出鲁国君臣生活的富足优裕。在"振振鹭，鹭于下。鼓咽咽，醉言舞。于胥乐兮"之下，毛亨传云"鹭，白鸟也，以兴洁白之士咽咽鼓节也"。孔颖达疏："此鹭鸟于是下而集止于其所，以喻洁白者众士也，此众士于是来而集止于君朝。既集君朝，与之燕乐，以鼓节之咽咽然，至于无算爵而醉，为君起舞，以尽其欢，于是君臣皆喜乐兮，是其相与之有道也。"[2]在对这五句诗表现手法的看法上，毛传与孔疏也有分歧：毛传认为关于白鹭的描写是运用起兴手法，孔疏则以为是比喻。他们之间的矛盾可以用"比而兴"来调和。鲁国君臣办公之余观乐畅饮，舞者手持鹭羽，或坐或伏，如一群美丽的白鹭从天空翩然降落在洁净的沙滩。此情此景，不正是众多士大夫集于鲁君朝廷的写照么？"鼓咽咽，醉言舞"，这两句诗描写带有几分醉意的鲁国群臣离开坐席，投身舞池之中，他们踏着鼓点的节拍，在醉意微醺之中尽情欢歌曼舞。结尾处诗人发出一句由衷感叹："这种生活是多么欢乐啊！"全诗所展示的是鲁国君臣公务之余酣歌劲舞娱乐生活的情景，他们工作起来是那样干练，那样投入，而在公务之余，退朝下班了，他们就去喝点美酒，欣赏歌舞，喝醉了，他们就索性自己也投身舞场，看他们那脚步配合鼓点的娴熟的舞姿，他们也是活得那样潇洒，那样惬意！比兴是化抽象为形象、激发读者联想的艺术表现手法，它可以降低语言的难度，增添语言的形象，提高语言艺术水平。《诗经》颂诗多用赋法，而风诗多用比兴，《有駜》运用比

---

[1] 毛亨传，郑玄笺，孔颖达疏：《毛诗正义》，第1393页。
[2] 毛亨传，郑玄笺，孔颖达疏：《毛诗正义》，第1393页。

兴，是《鲁颂》借名为颂而体实国风的又一体现。

现在再来看《鲁颂》语言的第二种情形，即主要运用"文言"，同时又有一些"殷商古语"因素，《泮水》是这方面的代表作。《泮水》歌咏鲁侯修建泮宫实施教化从而使淮夷归服的功德，同样不是告神之歌。朱熹注云："泮水，泮宫之水也。诸侯之学，乡射之宫，谓之泮宫。其东西南方有水，形如半璧，以其半于辟雍，故曰泮水，而宫亦以名也。"[①]泮宫是鲁侯举行教化之处，也是举行乡饮酒礼、乡射礼、献俘仪式的场所。《泮水》全诗共分八章，每章八句，前三章是歌颂鲁侯的文教，语言平易轻快，风格接近运用"文言"的风诗。《泮水》："言观其旂。""鲁侯戾止。""式固尔犹。""言""止""式"都是语气助词，多见于《诗经》风诗。后五章歌颂鲁侯的武功，语言难度加深，风格接近运用"殷商古语"的雅颂。《泮水》有部分重章复沓的因素，但不像《駉》那样四章全用复沓，它的复沓只用在前三章开头两句："思乐泮水，薄采其芹。""思乐泮水，薄采其藻。""思乐泮水，薄采其茆。"《泮水》的比兴也很有特色，在前三章，诗人用鲁人在泮水旁欢乐地采摘水菜起兴，朱熹评曰："赋其事以起兴也。"诗人以在泮宫前水池中欢乐地采摘芹菜，来兴起鲁侯驾临泮宫。在鲁人采芹的欢乐祥和氛围中，鲁侯车驾来到泮宫水畔，迎风飘扬的仪仗旗帜，清脆悦耳的鸾铃，还有大大小小的随从官员，共同烘托出一个热闹美好、君臣同乐的融洽氛围。从第四章至第七章，诗人改用赋的手法，歌颂鲁侯穆穆和善、勤勉理政的美德和征服淮夷的武功。后几章不仅表现手法变了，而且它的某些诗句和词语也取自雅颂。例如，"穆穆"一词又见于《周颂·雍》"天子穆穆"、《商颂·那》"穆穆厥声"和《大雅·假乐》"穆穆皇皇"；"明明"一词又见于《大雅·常武》"赫赫明明"；"群丑"一词见于《小雅·吉日》"从其群丑"；"旨酒"一词见于《小雅·鹿鸣》"我有旨酒"；"昭假"一词见于《周颂·噫嘻》"既昭假尔"、《商颂·长发》"昭假迟迟"、《大雅·云汉》"昭假无赢"和《大雅·烝民》"昭假于下"；"无斁"一词又见于《周颂·振鹭》"在此无斁"和《大雅·思

---

① 朱熹：《诗经集传》，第 163 页。

齐》"古之人无斁";"虎臣"一词又见于《大雅·常武》"进厥虎臣";"桓桓"一词又见于《周颂·桓》"桓桓武王";"皇皇"一词又见于《大雅·假乐》"穆穆皇皇"。它的某些诗句也见于雅颂,例如,"济济多士"诗句又见于《大雅·文王》和《周颂·清庙》;"敬慎威仪,维民之则"诗句又见于《大雅·抑》;"自求伊祜"意同《大雅·文王》"自求多福";"克明其德"诗句见于《大雅·皇矣》"其德克明"。有意思的是,在《泮水》最后一章,诗人又重新运用比兴手法:"翩彼飞鸮,集于泮林,食我桑黮,怀我好音。憬彼淮夷,来献其琛。元龟象齿,大赂南金。"①诗人以恶鸟飞鸮集于泮林食我桑黮来比喻淮夷的骚扰,但这些"飞鸮"在鲁侯美德感召之下幡然醒悟,他们前来归顺鲁侯,献上元龟、象齿、宝玉、黄金作为贡物。据《左传》记载,鲁僖公十三年、十六年都有征伐淮夷之举,《泮水》所歌咏的或许就是这些伐夷战争。

《閟宫》代表了《鲁颂》语言的第三种情形,即主要运用"殷商古语",同时又适当运用"文言"。《閟宫》全诗共有九章,②其中五章每章十七句(第四章脱一句),两章每章八句,另有两章每章十句,凡一百二十句,是《诗经》中罕见的长篇。《閟宫》虽有章句但却不用重章复沓。关于它的主旨,《毛传》说:"颂僖公能复周公之宇也。"③朱熹说:"时盖修之,故诗人歌咏其事,以为颂祷之辞,而推本后稷之生,而下及于僖公耳。"④閟宫本是周人始祖姜嫄的庙宇,鲁僖公时期派大夫奚斯加以修葺,鲁人认为这是鲁国一大盛事,符合周公当年作颂诗歌颂祖宗神的初衷,故作颂诗予以颂美。全诗从周人始祖姜嫄诞生后稷写到太王迁岐、文武灭商、周公建国,从第三章开始重点歌颂鲁僖公"复周公之宇"⑤。四首《鲁颂》,只有《閟宫》接近"美盛德之形容,以其成功告于神明"的颂诗宗旨。即便

---

① 毛亨传,郑玄笺,孔颖达疏:《毛诗正义》,第 1404—1405 页。
② 此处是按照朱熹《诗经集传》的划分。传统的划分是将《閟宫》分为八章,其中两章每章十七句,一章十二句,一章三十八句,两章每章八句,两章每章十句。
③ 毛亨传,郑玄笺,孔颖达疏:《毛诗正义》,第 1407 页。
④ 朱熹:《诗经集传》,第 164 页。
⑤ 孔颖达指出:"其言复周公之宇,主以境界为辞,但僖公所行善事皆是复,故非独土地而已。"参见毛亨传,郑玄笺,孔颖达疏:《毛诗正义》,第 1407 页。

如此，《閟宫》与《周颂》仍有不小区别，诗中歌颂祖宗神的内容其实很少，主要篇幅都用来颂扬鲁僖公，为鲁僖公祝寿祈福。《閟宫》吸收了不少《诗经》雅颂语言。它的有些诗句是对雅颂作品的缩写，例如，"赫赫姜嫄，其德不回。上帝是依，无灾无害。弥月不迟，是生后稷"几句，就是《大雅·生民》开头两章的浓缩："厥初生民，时维姜嫄。生民如何？克禋克祀，以弗无子。履帝武敏歆，攸介攸止，载震载夙。载生载育，时维后稷。诞弥厥月，先生如达。不坼不副，无灾无害。""上帝是依"是点化"履帝武敏歆"，"无灾无害"直接取自《生民》，"弥月不迟"是暗用"诞弥厥月"，"是生后稷"意即"时维后稷"。《閟宫》单句取自雅颂的更多。例如，《閟宫》："如冈如陵。"同样语句见于《小雅·天保》。《閟宫》："其德不回。"同样诗句见于《小雅·钟鼓》。《閟宫》："孝孙有庆。"同样诗句见于《小雅·楚茨》。《閟宫》："居岐之阳。"同样诗句见于《大雅·皇矣》。《閟宫》："不亏不崩。"语近《小雅·天保》及《小雅·无羊》"不骞不崩"。《閟宫》："万有千岁，眉寿无有害。"这与《小雅·天保》《楚茨》《信南山》等诗"万寿无疆"、《小雅·南山有台》"万寿无期"、《小雅·信南山》"寿考万年"、《小雅·鸳鸯》、《大雅·既醉》"君子万年"语意相同或相近。《閟宫》："俾尔炽而昌，俾尔寿而臧。""俾尔昌而炽，俾尔寿而富。""俾尔昌而大，俾尔耆而艾。""俾尔"这一祝福句式见于《小雅·天保》"俾尔单厚""俾尔多益"以及《大雅·卷阿》"俾尔弥尔性"。《閟宫》："是断是度。"语近《商颂·殷武》"是断是迁"。《閟宫》："松桷有舄。"此语近于《商颂·殷武》"松桷有梴"。《閟宫》："降之百福。"此语近于《小雅·天保》"受天百禄，降尔遐福"。《閟宫》："无贰无虞，上帝临女。"语近《大雅·大明》"上帝临女，无贰尔心"。《閟宫》诗句所用的词语取自雅颂。例如，《閟宫》："天锡公纯嘏。""纯嘏"一词见于《周颂·载见》"俾缉熙于纯嘏"。《閟宫》："赫赫姜嫄。""赫赫"一词见于《大雅·大明》"赫赫在上"、《小雅·节南山》"赫赫师尹"、《出车》"赫赫南仲"。《閟宫》"奄有下国""奄有下土"之"奄有"，多见于雅颂，如《周颂·执竞》"奄有四方"、《大雅·皇矣》"奄有四方"、《商颂·玄鸟》"奄有九有"。《閟宫》虽然大量吸收了雅颂语言，但也不乏某些风诗语言的因素。作为告神乐歌，《閟宫》像风诗一样具有章句。《閟宫》语言中也有一些风诗因素。例如，"黍稷重穋，稙稚菽麦"两句，取自《豳风·七月》："黍稷重穋，禾麻菽麦。"《閟宫》"万舞洋洋"之"洋洋"，见于《卫风·硕人》"河水洋洋"。《閟宫》"眉寿无有害""眉寿保鲁"之"眉寿"，见于《豳风·七月》"以介眉寿"。《閟宫》"二矛重弓"，近于《郑风·清人》"二矛重英"。《閟宫》："周公之孙，庄公之子。"同样句式见于《召南·何彼襛矣》："平王之孙，齐侯之子。"

《鲁颂》名为颂诗而体实国风，本书从语言角度进行了论述。本来《鲁颂》是最应该用"殷商古语"创作的，它应该像《周颂》一样写得古色古香，但事实上《鲁颂》作者主要用的是风诗语言。从正宗颂诗的文体要求来看，《鲁颂》语言确实不合标准，甚至有些不伦不类。是鲁国史官不具备"殷商古语"的修养？抑或是出于某种无形的文化力量制约？综合各方面因素来看，后者应该是《鲁颂》名为颂诗而实体国风的根本原因。时代变了，诗歌的政治文化环境不一样了，颂诗语言也就随之变化。《鲁颂》的语言现象与春秋铜器铭文共同透露出"殷商古语"江河日下的信息。

## 第三节 《春秋》对"文言"的提升

前文讨论的春秋铜器铭文和鲁国颂诗都是沿袭商周的文体，"《春秋》"则是春秋时期新出现的历史散文文体。从《墨子》提到"周之《春秋》""燕之《春秋》""宋之《春秋》""齐之《春秋》""百国《春秋》"来看，当时各诸侯国都有自己的《春秋》，这些《春秋》一部分由于有些诸侯"恶其害己"而"皆去其籍"[1]，剩下来的各国史书遭到秦始皇的焚毁[2]，只有鲁国《春秋》得以幸存于世，这是因为鲁国《春秋》被战国儒

---

[1] 焦循：《孟子正义》（诸子集成本），北京：中华书局，1954年，第399页。
[2] 《史记·六国年表》说："秦既得意，烧天下《诗》《书》，诸侯史记尤甚，为其有所刺讥也。"太史公所说的"诸侯史记"就是各国《春秋》。

家视为孔子所作的经典,[①]他们冒着生命危险将其保存下来。鲁国《春秋》是一部提纲挈领的历史大事记,记事上自鲁隐公元年(公元前 722 年),下讫鲁哀公十四年(公元前 481 年),总共二百四十二年,全文一万六千多字。它按照某年、某月、某日、某地发生某事的方式记载,记事以鲁国为主,兼及东周王室和其他诸侯国。

《春秋》是用"文言"写成的。作者用的都是常见词汇,基本没有"殷商古语"中那些生僻难字,特别是没有"殷商古语"的常字古义,它的语汇意义是春秋时期的意义,其语言难度甚至在《国语》《左传》之下,具备大学本科水平的人都基本可以读懂大意。《春秋》的语法也是文言文中常见的规范语法,没有"殷商古语"文献中那些特殊的文法。《春秋》在记事时按照礼义,句式有一些公式化的色彩,某些句式被反复运用。例如,对于春秋时期各国诸侯及大夫数百次会盟活动,《春秋》运用"公及邾娄仪父盟于眛"(隐公元年)这一句式,变换的只是参与会盟者和会盟地点,"公"都要放在句首,是因为这是鲁国的历史记录。又如,对春秋时期周天子、各国诸侯暨夫人、大夫去世,《春秋》使用"公子益师卒"(隐公元年)这一句式,所变换的只是去世人物名字,其中"卒"字会根据去世人物级别而分别替换为"崩"或"薨"。又如,凡鲁公从外地归国,《春秋》都运用"公至自伐卫"(庄公六年)这一句式。再如,凡春秋时期各诸侯国攻伐活动,《春秋》都使用"郑人伐卫"这一句式,所变换的只是攻伐国和被攻伐国的名字。其他如诸侯即位、婚丧、篡弑、朝聘、筑城、灾异等,《春秋》都有一个相对稳定的记载句式。《春秋》记事语句的公式化,提高了某些词语的使用频率,由于某些词语被反复使用,使《春秋》实际使用的词语数量大为降低,这是《春秋》语言浅显易懂的一个重要原因。

作为一部历史大事记,《春秋》没有感性形象的刻画,没有文学作品常

---

① 孔子是否作《春秋》,是中国经学史上一大学案,历代经师提出了种种肯定和否定的理由,至今学术界对此尚无统一认识。本书认为,《春秋》作者应该是春秋时期鲁国历代史官。战国秦汉时期,儒家有一个重塑孔子形象的系统工程,他们将克己复礼的孔子重塑成删述六经、为后王制定一王之法的孔子。孔子作《春秋》之说,与孔子删《诗》、序《书》、正乐、作《易传》、述《礼》一起,共同构成这个系统工程的基本内容。

用的抒情、议论和描写，也不用夸张、反复、对偶、设问、对比、双关、拟人、排比、借代等文学修辞手法，它唯一的手法就是记叙。《春秋》中用得最多的词汇是名词和动词，其次是介词、数词、代词、连词和副词，很少运用描述性的形容词和表示语气的词。除了准确地记载历史事件，《春秋》几乎摒除了所有的文学修饰成分，看不出有任何特殊的文学色彩，似乎枯燥乏味。无论从哪一方面来看，《春秋》都不是现代意义上的文学作品。但是，《春秋》在中国文学史上却具有一席之地，任何一位编写中国文学史的人都不能不提到它。为什么一部历史大事记能够获得文学史研究者的重视？其中的奥秘，就存在于《春秋》的语言艺术之中。

《春秋》的语言艺术成就，集中到一点，就是精心用词，寓褒贬情感态度于词语之中。《春秋》以前，"殷商古语"喜欢运用古老的语汇和奇奇怪怪的语言组合，造成一种艰难奇崛的语言效果，以此显示帝王之家文献的高深莫测。周人的"文言"极大地改变了"殷商古语"的缺陷，但周人用"文言"写作的历史散文（如《国语》西周散文）以表情达意为主，尚未注意到语言的表现力问题。与《国语》西周散文相比，《春秋》在"文言"发展史上占有重要的历史地位，因为它在语言表现力上有一个巨大的提升，这就是作者认真斟酌每一个字词，不动声色地在词语之中寄寓自己的情感态度。《春秋》是有强烈的好恶爱憎感情的，但作者的感情态度隐含在一字一词之中，初读的人一点也看不出来，需要专家仔细研究才能体会其奥妙。

《春秋》在用词上拿捏十分精准，在什么场合下该用什么词，作者都有特别的讲究。例如，《春秋·隐公八年》载："八年，春，宋公、卫侯遇于垂。"《春秋穀梁传》解释说："不期而会曰遇。遇者，志相得也。"[1] 会见当事国双方没有经过事先安排，不期而会，叫作"遇"，这种"遇"符合当事国双方的愿望，让双方感到愉快。《春秋·隐公九年》载："冬，公会齐侯于防。"《春秋穀梁传》解释说："会者，外为主焉尔。"[2] "会"是一国诸侯应另一国之邀而相见，具体地说，此次鲁、齐之会的主导方是齐国，鲁公是应

---

[1] 范宁集解，杨士勋疏：《春秋穀梁传注疏》，北京：北京大学出版社，1999年，第25页。
[2] 范宁集解，杨士勋疏：《春秋穀梁传注疏》，第28页。

齐侯之邀而在鲁国防地会见。同样是两国君主相见，《春秋》根据不同情境而选用"遇""会"这两个字，准确地记载了春秋时期两次国务活动，前一次宋、卫两国不期而遇，彼此见面轻松友好，后一次则是鲁公应齐侯之约会见，想来不会轻松。这种用字的分寸感在《春秋》中随处可见。例如，《春秋·襄公九年》载："九年，春，宋火。"《春秋公羊传》解释说："曷为或言灾？或言火？大者曰灾，小者曰火。"[1]宋国发生火灾，但是灾情不重，所以《春秋》用"火"而不用"灾"。又如《春秋·隐公二年》载："无骇帅师入极。"无骇即展无骇，为鲁国大夫。极是鲁国的一个附属小国。展无骇帅师灭极，将这个附属小国纳入鲁国版图。《春秋公羊传》解释说："无骇者何？展无骇也。何以不氏？贬。曷为贬？疾始灭也。……此灭也，其言入何？内大恶，讳也。"[2]本来是展无骇灭极，但《春秋》却不言"灭"而言"入"，这是《春秋》为鲁国过恶避讳。又如，《春秋·襄公十二年》载："十有二年，春，王三月，莒人伐我东鄙，围台。"《春秋公羊传》解释说："邑不言围，此其言围何？伐而言围者，取邑之辞也。伐而不言围者，非取邑之辞也。"[3]《春秋》先用"伐"后用"围"，表明此次莒人夺取了鲁国的台邑。再如，《春秋·庄公四年》载："纪侯大去其国。""大去其国"就是被灭国，为什么《春秋》不用"灭"而用"大去"？《春秋穀梁传》解释说："纪侯贤而齐侯灭之，不言灭而曰大去其国者，不使小人加乎君子。"[4]"大去"[5]一词写出纪侯永远离开了自己的宗庙和故国，再也回不来了，词中包含了作者对纪侯灭国的无奈、同情和感伤。再如《春秋·僖公八年》载："郑伯乞盟。"《春秋穀梁传》解释说："以向之逃归乞之也。乞者，重辞也，重是盟也。乞者，处其所而请与也。盖汋之也。"[6]鲁僖公五年八月，齐桓公在卫国首戴主持盟会，郑伯由于偏向楚国而逃归不盟。在其后两年（鲁僖公六年、七年），齐桓公两次帅师伐郑，以问郑伯逃归不盟之罪。鲁僖公八年，

---

[1] 公羊寿传，何休解诂，徐彦疏：《春秋公羊传注疏》，北京：北京大学出版社，1999年，第427页。
[2] 公羊寿传，何休解诂，徐彦疏：《春秋公羊传注疏》，第30—31页。
[3] 公羊寿传，何休解诂，徐彦疏：《春秋公羊传注疏》，第434页。
[4] 范宁集解，杨士勋疏：《春秋穀梁传注疏》，第68页。
[5] 王应麟《困学纪闻》引刘质夫说，"大"是纪侯之名。可备一说。
[6] 范宁集解，杨士勋疏：《春秋穀梁传注疏》，第121页。

齐桓公在曹国洮地会盟诸侯，郑伯本人不敢亲自参与会盟，派使者前来，请求舀一勺牲血，回去让郑伯歃血为盟。一个"乞"字，准确地写出小国之君郑伯畏惧、屈服、无奈的心态。在记载各国军事行动方面，《春秋》尤其体现出用字的准确性。《春秋》用于记载军事行动的词汇有"克""入""伐""取""围""败""战""侵""灭""溃""平""袭""歼""堕""获"等。《春秋公羊传》和《春秋穀梁传》对《春秋》在什么情境下运用什么词汇作了一些阐释："入者何？得而不居也。"（《春秋公羊传·隐公二年》）"入者，内弗受也。"（《春秋穀梁传·隐公二年》）"苞人民，殴牛马，曰侵。斩树木，坏宫室，曰伐。"（《春秋穀梁传·隐公五年》）"粗者曰侵，精者曰伐。战不言伐，围不言战，入不言围，灭不言入，书其重者也。"（《春秋公羊传·庄公十年》）"《春秋》敌者言战。"（《春秋公羊传·庄公三十年》）有时只要看《春秋》用了什么词，就可以知道交战双方的军情。如《春秋·襄公八年》载："郑人侵蔡，获蔡公子燮。"《春秋公羊传》解释说："此侵也，其言获何？侵而言获者，适得之也。"[1]"侵"字记载郑国兴师侵蔡，"获"字记载郑国轻易俘获蔡国公子燮，说明蔡国军事防御非常松懈，不堪一击。

《春秋》在用词次序上认真推敲，什么字应该用在前面，什么字适宜放在后面，都有独到的匠心。例如，《春秋·襄公二十三年》载："秋，齐侯伐卫，遂伐晋。八月，叔孙豹帅师救晋，次于雍渝。"《春秋公羊传》说："曷为先言救而后言次？先通君命也。"[2]《春秋》先用"救"字表明叔孙豹是奉鲁君之命而帅师救晋，再用"次"字记载鲁军的驻扎行动，以此表明《春秋》支持鲁国公室的立场。与此形成对照的是《春秋·僖公元年》的记载："齐师、宋师、曹师次于聂北，救邢。"《春秋公羊传》解释说："曷为先言次，而后言救？君也。"[3]《春秋》记载齐桓公救邢是先用"次"后用"救"，这是因为此次救邢是齐侯亲自率兵，不存在"先通君命"的问题。通过词语次序的安排，《春秋》维护了伸君屈臣之大义。又如《春

---

[1] 公羊寿传，何休解诂，徐彦疏：《春秋公羊传注疏》，第426页。
[2] 公羊寿传，何休解诂，徐彦疏：《春秋公羊传注疏》，第451、452页。
[3] 公羊寿传，何休解诂，徐彦疏：《春秋公羊传注疏》，第199、200页。

秋·定公二年》载："夏，五月，壬辰，雉门及两观灾。"《春秋公羊传》解释说："其言雉门及两观灾何？两观微也。然则曷为不言雉门灾及两观？主灾者两观也。主灾者两观，则曷为后言之？不以微及大也。"①雉门是鲁国都城的南门。此次鲁国南门前的两观失火，大火延烧到南门。《春秋》不说两观和南门失火，也不说两观失火殃及南门，而是说南门和两观失火，这是因为南门的地位比两观重要，记事不是由小及大，而是由大及小，让人们首先关注大的方面。语序安排最精彩的例子是《春秋·僖公十六年》的记载："十有六年，春，王正月，戊申，朔，陨石于宋五。是月，六鹢退飞，过宋都。"《春秋公羊传》解释说："曷为先言陨而后言石？陨石记闻，闻其磌然，视之则石，察之则五。……曷为先言六而后言鹢？六鹢退飞，记见也；视之则六，察之则鹢，徐而察之则退飞。"②记载陨石是由"闻"到"视"再到"察"，记载鹢鸟是从"视"到"察"再到"徐察"，《春秋》用字的章法次序于此可见一斑。

　　《春秋》用词严格体现礼仪的内外尊卑秩序。例如，周天子去世，《春秋》用"崩"字表示；鲁公和夫人去世，《春秋》用"薨"字表示；鲁国大夫和其他国诸侯及夫人去世，《春秋》用"卒"字表示。按照礼仪规定，诸侯及其夫人去世都应该用"薨"字，但《春秋》出于内外之别而有意用"卒"，将其他国诸侯及夫人降了一级。楚国和吴国都僭越称王，而《春秋》仍然称吴、楚之君为"吴子""楚子"。对势力弱小的宋国，《春秋》仍称其君为"宋公"。春秋时期周王室衰微，各诸侯国都不再奉行周王室正朔，但《春秋·隐公元年》首载："春，王正月。""王正月"三字意味着《春秋》仍然奉行周王室正朔，尊周天子为天下共主。《春秋·隐公元年》载："冬，十有二月，祭伯来。"《春秋公羊传》解释说："祭伯者何？天子之大夫也。何以不称使？奔也。奔则曷为不言奔？王者无外，言奔，则有外之辞也。"③东周大夫祭伯此次来鲁，不是奉王命履行出使任务，而是前来投奔。《春秋》记载其他诸侯国大夫投奔鲁国，都用"来奔"表示，诸如

---

① 公羊寿传，何休解诂，徐彦疏：《春秋公羊传注疏》，第552、553页。
② 公羊寿传，何休解诂，徐彦疏：《春秋公羊传注疏》，第233、234页。
③ 公羊寿传，何休解诂，徐彦疏：《春秋公羊传注疏》，第23、24页。

文公十四年载"宋子哀来奔",襄公二十八年载"齐庆封来奔",等等。此次祭伯奔鲁,《春秋》却只用一个"来"字。这是因为,普天之下莫非王土,如果用"来奔",那就是两个诸侯国之间的人员平级流动。只用"来"不言"奔",说明祭伯无论投奔哪一个诸侯国,都在周王室的版图之内。《春秋·成公十二年》载:"春,周公出奔晋。"《春秋公羊传》解释说:"周公者何?天子之三公也。王者无外,此其言出何?自其私土而出也。"①周公出奔与祭伯是同样性质的事件,但此处《春秋》却用了"出奔"一词,这似乎是违背了"王者无外"的义例,其实不然,因为周公是从自己的采邑出奔的。公元前636年,周王室发生王子带之乱,周襄王逃奔到郑国。《春秋·僖公二十四年》载:"天王出居于郑。"《春秋穀梁传》解释说:"天子无出,出,失天下也。居者,居其所也。失其天下,莫敢有也。"②《春秋》不用"奔"字,而用了一个"出"字,委婉地表示周襄王失去京师。接着又用了一个"居"字,说明周襄王虽然失去京师,但他仍居住在郑地,根据"王者无外"的礼仪,他所居的郑地也就成为新的王畿。一"出"一"居",既尊重历史事实,又维护了周天子的尊严。省略词语,也能表示《春秋》的立场态度,如《春秋·僖公二十一年》载:"秋,宋公、楚子、陈侯、蔡侯、郑伯、许男、曹伯会于霍,执宋公以伐宋。"《春秋公羊传》解释说:"孰执之?楚子执之。曷为不言楚子执之?不与夷狄之执中国也。"③"执宋公以伐宋"是个无主句,它的主语应该是"楚子",《春秋》有意省略主语,以此来宣示夷夏之别,表明不赞成夷狄楚国抓捕、囚禁华夏诸侯的立场。

《春秋》用词的最大特色,是寓褒贬于词汇之中,不书爱憎而情感态度自见。《春秋·隐公元年》载:"夏五月,郑伯克段于鄢。"《春秋公羊传》解释说:"克之者何?杀之也。杀之,则曷为谓之克?大郑伯之恶也。曷为大郑伯之恶?母欲立之,己杀之,如勿与而已矣。"④郑庄公之弟共叔段

---

① 公羊寿传,何休解诂,徐彦疏:《春秋公羊传注疏》,第393页。
② 范宁集解,杨士勋疏:《春秋穀梁传注疏》,第143、144页。
③ 公羊寿传,何休解诂,徐彦疏:《春秋公羊传注疏》,第243页。
④ 公羊寿传,何休解诂,徐彦疏:《春秋公羊传注疏》,第16、17页。

在其母武姜纵容之下觊觎君位，老谋深算的郑庄公运用欲擒故纵的方法，先是不动声色，放任共叔段骄纵，待到时机成熟，他以迅雷不及掩耳之势，捕杀觊觎君位的亲弟共叔段，《春秋》用一个"克"字来聚焦、放大郑庄公不教而诛的过恶。公元前694年，鲁桓公出访齐国，他的妻子齐姜与哥哥齐襄公通奸，受到鲁桓公的斥责，齐襄公派力士拉杀鲁桓公。《春秋·桓公十八年》载："夏，四月，丙子，公薨于齐。"①"薨"本来表示鲁公及夫人正常死亡，《春秋》用"薨"字是讳言鲁桓公被奸人谋杀之事。事隔四年之后，鲁桓公之子鲁庄公与齐襄公一起打猎。《春秋·庄公四年》载："冬，公及齐人狩于郜。"《春秋穀梁传》解释说："齐人者，齐侯也。其曰人，何也？卑公之敌，所以卑公也。何为卑公也？不复仇而怨不释，刺释怨也。"②齐襄公是鲁庄公的舅舅，也是鲁庄公的杀父仇人，鲁庄公不思复仇，反而认敌为友，与齐襄公一起狩猎，所以《春秋》用了一个"人"字，既表明对齐襄公行同禽兽行为的否定态度，同时又表示对鲁庄公认敌为友的鄙视。同样的例子又见于《春秋·僖公二十八年》："晋人执卫侯归之于京师。"《春秋公羊传》解释说："此晋侯也，其称人何？贬。曷为贬？卫之祸，文公为之也。文公为之奈何？文公逐卫侯而立叔武，使人兄弟相疑，放乎杀母弟者，文公为之也。"③晋文公重耳当年在流浪途中受到卫国的冷遇，卫国在晋楚争霸之中又站在楚国一边，因此晋文公逐卫侯而立其弟叔武，人为地制造卫侯兄弟相疑的矛盾，最终导致叔武被卫侯杀害。《春秋》用"晋人"表示对刚刚登上春秋霸主宝座的晋文公的贬损。对于以下杀上的行为，《春秋》用一个专门动词"弑"，不用谴责而诛讨之义自见。如《春秋·隐公四年》载："卫州吁弑其君完。"同年又载："卫人杀州吁于濮。"④州吁杀卫君用"弑"，卫人杀州吁则用"杀"，同样是杀人行为，前者是以臣弑君，后者是惩罚弑君者，不同的字表明了不同的情感态度，州吁在弑君之后自立为君，但《春秋》仍书"卫人杀州吁于濮"，这表明《春秋》并不认同州吁的

---

① 公羊寿传，何休解诂，徐彦疏：《春秋公羊传注疏》，第109页。
② 范宁集解，杨士勋疏：《春秋穀梁传注疏》，第68页。
③ 公羊寿传，何休解诂，徐彦疏：《春秋公羊传注疏》，第260、261页。
④ 公羊寿传，何休解诂，徐彦疏：《春秋公羊传注疏》，第42、44页。

君主身分。《春秋》通过用词来维护王侯尊严。公元前 632 年，新霸主晋文公在温地召集周王和诸侯会盟，开启了以臣召君的恶例。《春秋·僖公二十八年》载："天王守于河阳。"《春秋穀梁传》解释说："全天王之行也，为若将守而遇诸侯之朝也。为天王讳也。"①一个"守（狩）"字为周天子遮盖。不过，《春秋》对周王的非礼行为同样予以讥刺，如《春秋·文公九年》载："九年，春，毛伯来求金。"②按照礼制，天子不私求财，此次周王却派大夫毛伯赴鲁求金，《春秋》用一个"求"字讥刺周王非礼行为。又如《春秋·桓公十五年》载："十有五年，春，二月，天王使家父来求车。"《春秋穀梁传》解释说："求车，非礼也。求金，甚矣。"③《春秋》没有直接批评周王非礼，而是通过用词来显示"贬天子，退诸侯，讨大夫"④的批评态度。以上诸例表明，《春秋》语言的难度基本不在词语之上，因为它所用的都是常见词语，《春秋》的难度在于词语所包含的意义之上。《春秋》被尊为经典之后，后人就通过探寻《春秋》词语之中蕴含的褒贬意义，来确定对春秋时期某一历史人物的评价，这就是所谓"一字之褒，宠逾华衮之赠。片言之贬，辱过市朝之挞"⑤。

  《春秋》语言之所以取得令人瞩目的成就，是因为它经过后人精心的推敲和修饰。《春秋·庄公七年》载："夏，四月，辛卯，夜，恒星不见。夜中，星陨如雨。"《春秋公羊传》解释说："如雨者何？如雨者，非雨也。非雨，则曷为谓之如雨？'不修春秋'曰'雨星不及地尺而复'，君子修之曰'星陨如雨'。"⑥《春秋公羊传》所说的"不修春秋"，是指未经修饰的鲁国《春秋》初稿。庄公七年关于陨石雨的记载，在《春秋》初稿中是"雨星不及地尺而复"，初稿的写法会使人误以为真的是天下流星雨，此外流星雨是不可以用尺来丈量的。修改后的《春秋》将其改为"星陨如雨"，就比"雨星不及地尺而复"要准确多了。这给读者透露出一个信息：《春秋》的语言是经过千锤百

---

① 范宁集解，杨士勋疏：《春秋穀梁传注疏》，第 149 页。
② 公羊寿传，何休解诂，徐彦疏：《春秋公羊传注疏》，第 291 页。
③ 范宁集解，杨士勋疏：《春秋穀梁传注疏》，第 55 页。
④ 司马迁：《史记》，第 3297 页。
⑤ 范宁集解，杨士勋疏：《春秋穀梁传注疏》，第 7 页。
⑥ 公羊寿传，何休解诂，徐彦疏：《春秋公羊传注疏》，第 131 页。

炼的。太史公在《史记·孔子世家》中说《春秋》"笔则笔,削则削,子夏之徒不能赞一辞"①,从选词用语角度来看,情形确实如此。

《春秋》寓褒贬于词语之中,字里行间蕴含着微言大义,这极大地丰富了《春秋》语言的内涵,扩大了《春秋》语言的信息量,提升了语言的表现力。《史记·太史公自序》说:"《春秋》文成数万,其指数千。万物之散聚皆在《春秋》。"②这些话虽然不无夸张之处,但是说《春秋》语言意蕴丰富,则是完全可以的。刘勰在《文心雕龙·宗经》中说:"《春秋》则观辞立晓,而访义方隐。"③这是说《春秋》文字一看就懂,但仔细琢磨,却发现其中隐含丰富的意义。因此阅读《春秋》,在其语言的字面意义之后,需要进一步寻绎它所蕴含的第二义、第三义。文学语言忌直、忌浅、忌露、忌尽,优秀文学作品的思想倾向不是由作者直接说出来,而是从字里行间流露出来,《春秋》虽然不是典型的文学作品,但在这一点上却完全符合文学作品的要求,中国文学语言到了《春秋》,才在词语运用上呕心沥血,赋予词语以无比丰富的情感色彩和多重思想意义,这是《春秋》受到文学史研究者重视的根本原因。《春秋》用语确立了一种传统,后人将《春秋》这种暗寓褒贬的用语方式称为"《春秋》笔法"。

以上选择了春秋时期三种文学语言范本,从春秋战国铭文语言的蜕变可以看出"殷商古语"的没落,从《诗经·鲁颂》名为颂诗体实国风可以看出"殷商古语"不得不让位于"文言",从《春秋》提升"文言"水平可以看出"文言"如同旭日东升。"殷商古语"的没落和"文言"兴起,都是不可阻挡的时代趋势。

## 第四节 "文言"取代"殷商古语"的原因

与近现代文学革命期间"白话"取代"文言"相比,商周春秋时期"文

---

① 司马迁:《史记》,第1944页。
② 司马迁:《史记》,第3297页。
③ 刘勰著,周振甫:《文心雕龙注释》,北京:人民文学出版社,1981年,第19页。

言"取代"殷商古语",既没有经过任何新旧文化势力的学术较量,也没有文坛领袖出面振臂提倡,更没有什么理论宣言和行动纲领,给人的感觉是一个渐变的缓慢过程。"殷商古语"从表面上看是自动退出文坛,自动地让位于"文言",实则在其波澜不惊之后,有着深刻的宗教、政治、审美风尚、社会接受心理等原因。

从宗教方面看,神学地位动摇直接导致卜辞刻写的终结。一部先秦史是从原始宗教逐步走向文明的历史,是一部人神易位——亦即人文精神觉醒、跃动、进步、发展的历史。据《礼记·表记》记载,殷商王朝笃信天命神学,率民敬天事神,事无大小都要求神问卜,取决于冥冥之中的天命神意,试图依靠宗教鬼神的力量维护统治。殷商甲骨卜辞就是殷人敬天事神的产物。《尚书·商书·盘庚上》载商王盘庚动员民众迁都,所提出的最根本理由就是"天其永命我于兹新邑"[1]。到殷商末年,这种敬天事神的宗教神学意识形态遭到了空前的挑战。《尚书·西伯戡黎》记载西伯姬昌消灭黎国之后,大臣祖伊奔告纣王,纣王竟然说:"呜呼!我生不有命在天?"[2]面临着灭顶之灾,这个独夫民贼还妄想着以天命作为最后的救命稻草。事实上,上天丝毫没有眷顾这个罪恶累累的政权。克商之后的周人没有也不可能完全否定神学,我们读《尚书·周书》和《诗经·周颂》、《大雅》,到处都可以看到周人在津津乐道地宣传周人获得天命,但是,周人确实看到了天命靡常的无情现实,认识到民心在社会变革中的伟大力量,他们一再发出"天难忱斯"(《大雅·大明》)[3]、"惟命不于常"(《周书·康诰》)[4]的呼声。在记录西周初年两大政治家周公与召公谈话的《周书·君奭》中,周公一则言"天棐忱",二则言"天难谌",三则言"天不可信"。[5]周公此次是对自家人说话,因此他不像在其他场合反复宣讲"诞受厥命,越厥邦厥民""惟王受命""我有周佑命"[6]等天命佑周理论,而是对召公表达了怀

---

[1] 孔安国传,孔颖达疏:《尚书正义》,第 226 页。
[2] 孔安国传,孔颖达疏:《尚书正义》,第 260 页。
[3] 毛亨传,郑玄笺,孔颖达疏:《毛诗正义》,第 966 页。
[4] 孔安国传,孔颖达疏:《尚书正义》,第 372 页。
[5] 孔安国传,孔颖达疏:《尚书正义》,第 439、440、441 页。
[6] 孔安国传,孔颖达疏:《尚书正义》,第 360、394、422 页。

疑天命的深刻情绪。这种对天命的怀疑情绪深刻地影响到卜辞刻写。虽然西周春秋时期筮占、龟卜活动绵绵不绝，《周书·大诰》载周公对王朝官员进行东征动员，其根本依据就是"宁王遗我大宝龟"，"朕卜并吉"，"今卜并吉"，①《洛诰》载周公选定洛邑作为东都地址，也是经过三次占卜之后才做出决定，②但结合周公其他文诰来看，我们相信这是周公在特定历史情境下所采取的一种策略，从总体上看，周人的占卜热情与昔日殷商那种诸事问卜的情形已经不可同日而语，而且不必将占卜结果刻于龟甲兽骨。考古发掘表明，周人卜辞无论在规模还是在数量上都远远无法与殷商相比。现在我们看到的周人卜辞都是周初作品，西周中期以后不再有甲骨卜辞。在这种新的历史形势之下，在殷商和先周曾经盛极一时的甲骨卜辞刻写也就自然寿终正寝。

从政治方面看，王权盛衰直接影响到"殷商古语"的命运。结合西周王朝盛衰与"殷商古语"兴废来看，两者的兴衰轨迹似乎基本重合：王权兴则"殷商古语"兴，王权衰则"殷商古语"衰。这种重合不是偶然的巧合，事实上佶屈艰深的"殷商古语"正是强盛王权的象征，王朝统治者的意志正是借助于"殷商古语"这种古奥语言得到宣示。先看西周文诰发展情形。西周初年，周公发表了《大诰》《康诰》《酒诰》《梓材》《召诰》《洛诰》《多士》《无逸》《君奭》《多士》《多方》《立政》等一系列文诰，这些文诰宣示新兴王朝的大政方针，在稳定政局斗争中发挥了巨大威力，文诰这一文体也在此时达到兴盛期。随着西周王权由盛转衰，王朝颁布的文诰日趋减少，③文诰的书写载体从简帛转移到彝器，④供贵胄子孙赏玩。再来看颂诗制作情况。平定武庚叛乱胜利之后，西周政权稳定，政治进入黄金时代，

---

① 孔安国传，孔颖达疏：《尚书正义》，第 342、344、352 页。《大诰》中九次提及占卜："宁王遗我大宝龟"，"朕卜并吉"，"予得吉卜"，"王害不违卜"，"宁王惟卜用"，"矧亦惟卜用"，"予曷其极卜"，"矧今卜并吉"，"卜陈惟若兹"。
② 《洛诰》载周公曰："我卜河朔黎水；我乃卜涧水东瀍水西，惟洛食；我又卜瀍水东，亦惟洛食。"
③ 在《尚书·周书》之中，成王以后的作品只有《吕刑》《文侯之命》《秦誓》三篇。《费誓》旧称鲁公伯禽之作，但此说有反证材料。
④ 在传世西周青铜器中，存在大量类似于文诰之类的作品，这说明西周贵族热衷于将周王诰命铸于青铜彝器之上，作为永久宝藏。

周公在此情况下制礼作乐，《史记·周本纪》载："兴正礼乐，度制于是改，而民和睦，颂声兴。"①这说明《周颂》是周公制礼作乐的产物。不过，颂诗制作是新兴王朝阶段性的行为，不可能无限期延续下去，实际上康、昭之后周王朝便不再有颂诗制作。②从创作队伍来看，政治形势的变化直接影响史官队伍的异动，自周平王东迁到春秋末年，东周王朝史官因对王室失望而重新演绎夏、商末年史官奔逃故事。《左传·昭公十五年》载："及辛有之二子董之晋，于是乎有董史。"③辛有是西周初年"殷商古语"代表作家辛甲的后人，为周平王时期史官，辛有之二子由周奔晋，应该是在平王前后。董从周到晋，晋国因此有了董史一系，晋文公时期董因，晋灵公时期董狐，晋平公时期董叔，都是董史一系之中的知名人物。《左传·昭公二十六年》载："王子朝及召氏之族、毛伯得、尹氏固、南宫嚣奉周之典籍以奔楚。"④尹氏固是西周初年"殷商古语"代表作家尹佚之后。辛、尹家族是西周史官的代表，从辛、尹后人的举动可以看出当时史官的心态。《史记·太史公自序》载："惠襄之间，司马氏去周适晋。晋中军随会奔秦，而司马氏入少梁。自司马氏去周适晋，分散，或在卫，或在赵，或在秦。"⑤就是在这一次历史性的变动，司马氏中断了自重、黎以来的天官家世。《史记·老子韩非列传》载，东周王室柱下史老子"居周久之，见周之衰，乃遂去"⑥。老子这位大哲选择的是以隐遁作为人生归宿。与殷末奔周的史官不同，东周奔逃史官不是走向新生和希望，他们或放弃史官职守改操他业，或走向隐逸。史官是商周春秋时期"殷商古语"的创作主体，而今史官人散了，心也散了，还能靠谁来恪守"殷商古语"呢？

从审美风尚来看，王侯卿士大夫的审美情趣在春秋战国之际发生重大变

---

① 司马迁：《史记》，第133页。
② 关于《周颂》的创作年代，郑玄《诗谱》将其定于周公摄政、成王即位之初。孔颖达《毛诗正义》持相同观点。朱熹《诗经集传》说："《周颂》三十一篇，多周公所定，而抑或有康王以后之诗。"魏源《诗古微》、范家相《诗沈》以为《昊天有成命》《执竞》《噫嘻》几首诗提及"成王""成康"，认为《周颂》中有成康以后作品。
③ 左丘明传，杜预注，孔颖达疏：《春秋左传正义》，第1344页。
④ 左丘明传，杜预注，孔颖达疏：《春秋左传正义》，第1472页。
⑤ 司马迁：《史记》，第3285、3286页。
⑥ 司马迁：《史记》，第2141页。

化。《国语·晋语八》载,晋平公爱好新声。据韦昭注,晋平公所悦的"新声"是一种"靡靡之乐",是一种亡国之音,它与"雅乐"相对。用今天的话说,"新声"是与商周古乐相对的春秋时期"流行音乐"。这说明上古三代以来的"雅乐"正遇到"新声"的有力挑战。《史记》载赵烈侯以"好音"著称,准备厚赏演唱郑卫乐曲的歌手:"夫郑歌者枪、石二人,吾赐之田,人万亩。"①《礼记·乐记》载魏文侯曰:"吾端冕而听古乐,则唯恐卧。听郑卫之音,则不知倦。"②据文献记载,魏文侯受子夏经艺,在战国初期最称好古,可是他却厌倦古乐,喜听郑卫之音,这在当时诸侯卿士大夫阶层当中有相当的代表性,昭示着王侯卿士大夫的审美风尚正在经历着由崇尚古代艺术到欣赏当代艺术的变化。这种厌倦古乐喜欢新声的审美风尚愈演愈烈,战国中期孟子游说齐国,齐宣王对孟子说:"寡人非能好先王之乐也,直好世俗之乐耳。"③"先王之乐"是指上古三代雅乐,"世俗之乐"是指风靡一时的郑卫之音。文物考古以实物的形式证明了春秋战国之际所经历的审美意识的变化。郭沫若在《两周金文辞大系》一书中,将商周青铜器铸造划分为滥觞期(殷商前期)、勃古期(殷商后期至西周成、康、昭、穆之世)、开放期(西周恭、懿至春秋中叶)、新式期(春秋中叶至战国末年)四个时期。④其中第四期器物可以分为堕落式与精进式两种,堕落式沿着前期路线而日趋简陋,多无纹缋;精进式则轻灵而多奇构,纹缋刻镂更为细浅。李泽厚在《美的历程》一书中对此发挥说:"这两种式样恰好准确地折射出当时新旧两种体系、力量和观念的消长兴衰,反映着旧的败亡和新的崛起。所谓无纹缋的'堕落式',是旧有巫术宗教观念已经衰颓的反映;而所谓'轻灵多巧'的'精进式',则代表一种新的趣味、观念、标准和理想

---

① 司马迁:《史记》,北京:中华书局,1959年,第1797页。
② 郑玄注,孔颖达疏:《礼记正义》,第1119页。
③ 朱熹:《四书章句集注》,北京:中华书局,1983年,第213页。
④ 后来郭沫若在《青铜器时代》一文中,根据铜器的花纹、形制、文体、字体,对先秦青铜器发展又有新的划分:一是鼎盛期,为殷代及周室文、武、成、康、昭、穆诸世,铭文文体字体端严而不苟且;二是颓败期,为西周恭、懿至春秋中叶,铭文文体字体异常草率,字数较前期为多;三是中兴期,为春秋中叶至战国末年,铭文文体多韵文;四是衰落期,为战国末叶以后,文体字体简陋不堪。比较郭氏前后两种说法,可以发现前者更合适一些。

在勃兴。尽管它们还是在青铜器物、纹饰、形象上的变换花样，但已具有全新的性质、内容和含义。它们已是另一种青铜艺术、另一种美了。"①"殷商古语"是商周古文化艺术的一个组成部分，如颂诗与古乐联系在一起，铭文与铸造雕刻艺术联系在一起，而今王侯卿士大夫竞相抛弃商周古艺术，喜爱新艺术，"殷商古语"还有什么艺术魅力可言！

从社会接受心理来看，春秋以后读者不愿读"殷商古语"。先秦诸子著书立说，都刻意绕开"殷商古语"艰深的文句。例如，先秦文献《国语》《左传》《论语》《墨子》《孟子》《荀子》《管子》等都不同程度地征引过《尚书》，但是，"他们称引这些篇的文句，都是一些好读的句子，如《康诰》的'怨不在大，亦不在小'，'父不慈，子不祗'，'若保赤子'，《太誓》的'民之所欲，天必从之'，'我武维扬'，'天视自我民视，天听自我民听'，《洪范》的'三人占，从二人'，'无偏无党'，《吕刑》的'一人有庆，兆民赖之'，'皇帝清问下民'，《尧典》的'流共工于幽州'，'二十有八载帝乃殂落'之类，和后代文字差不了多少。而《尚书》原是典型的佶屈聱牙最难读的古书，上面这些篇中就有很多难读的句子，他们都不肯引用"②。据《孔丛子·居卫》载，乐朔对子思抱怨《尚书》"故作难知之辞"，乐朔说"凡书之作，欲以喻民也，简易为上"③。乐朔希望读简易的文章，这个说法也是当时士大夫的共同愿望。

就是在以上诸多因素的综合作用之下，"殷商古语"悄然走完了它的历程，渐渐成为历史的陈迹，让位于更有生命力的"文言"。

---

① 李泽厚：《美的历程》，北京：文物出版社，1981年，第46页。
② 刘起釪：《尚书学史》，北京：中华书局，1989年，第63页。
③ 孔鲋：《孔丛子》，上海：上海古籍出版社，1990年，第23页。

# 几点结论

第一，中国文学语言从殷商时期开始起步。殷商时期文学语言的代表文献是殷商甲骨文、铭文和《商书》（此外还有疑点重重的五首《商颂》），这些文献的语言可以称为"殷商古语"，它代表了中国文学语言的最早形态。古奥艰深是"殷商古语"的基本特征。"殷商古语"语音应该是区别于西方岐周方言语音的东方殷商古音。殷商处于汉字的创造阶段，字形与后世汉字差距甚大，至今还有几千个甲骨文、铭文的字符不能辨识。由于中国早期文字运用尚未约定俗成，因此"殷商古语"文献中的通假字和假借字比后世文献要多得多。语汇古老是殷商甲骨文、铭文、《商书》文诰的共同特征，不少词语是常字古义。"殷商古语"中的成语与后世成语也有较大的差别。这些古老语汇构成后人阅读殷商文献的最大障碍。本书认为"殷商古语"是中国文学语言最早形态，主要是就语汇而言。"殷商古语"文法与后世文言大体相同，但也会有一些特殊的文法。受文体和书写工具的限制，"殷商古语"仅有少量的处于萌芽状态的修辞手法。"殷商古语"奠定了书面汉语语音、文字、词汇、语法的基本格局。

第二，西周文坛存在着两套文学语言：一是从殷商王朝沿袭而来的晦涩艰深的"殷商古语"；二是在周人书面语言基础上发展起来的相对简洁平易的"文言"。采用"文言"的是《易经》、《国语》西周散文、《诗经》西周风诗和西周史官格言。

第三，西周因袭"殷商古语"的原因是多方面的：既有文学语言自身稳定性和延续性的原因，也有殷商末年众多史官奔周、直接将"殷商古语"带到西周的因素，还有西周初年周人仰慕殷商文化的心理在起作用。由于以上诸种因素，西周前期主要文体都选用深奥的"殷商古语"。

第四，周人卜辞、铭文、雅颂歌词和文诰都在不同程度上因袭"殷商古语"。周原卜辞的刻写风格接近帝乙、帝辛时期的殷人卜辞。西周铭文是沿着殷商铭文的路子走下来的。《周书》保留了《商书》使用古老语汇、通假、成语、假借、浓缩等语言因素。周人对"殷商古语"并非亦步亦趋，而是在因袭基础上锐意开拓，使"殷商古语"在西周呈现出两大新变。新变之一，是某些殷商文体（如铭文）语言在周人手中得到全面发展。新变之二，是《周书》《周颂》《大雅》《小雅》、西周铭文几种文体语言互相渗透。西周某些文体（如铭文），其语言艺术成就要远远超越殷商。不过，"殷商古语"在西周并非长盛不衰。西周中叶是一个文化转折点。西周中期以后的文诰和《大雅》中"变雅"，语言的艰深程度都在变低，这说明"殷商古语"自身也在向浅易方向变化。

第五，西周"文言"是继"殷商古语"之后中国文学语言的第二个形态。它的形成取决于两个因素：一是"殷商古语"的影响；二是周民族有着自己的语言文化传统。在先周和西周前期，"文言"就已经用在诗歌、散文、格言及卜筮文献之中。"殷商古语"和"文言"在语音、文字、词汇、语法、修辞、句子以及语言用途、风格各方面都存在重要差别。西周"文言"与"殷商古语"是两种不同形态的文学语言。虽然"文言"在西周属于非主流文学语言，但它的文学艺术性要远远高于其"殷商古语"作品。无论从哪个方面来看，"文言"都有取代"殷商古语"的优越条件。

第六，"文言"在进入春秋以后成为文坛主流文学语言。《国语》中春秋散文、《诗经》中春秋风诗特别是《鲁颂》、鲁国《春秋》、春秋铜器铭文等，都用"文言"写作。中国文学史上第一次具有重大意义的文学语言的因革——"文言"取代"殷商古语"——基本上在此时宣告完成。

第七，与"白话"取代"文言"相比，"文言"取代"殷商古语"，既没有经过任何新旧文化势力的学术较量，也没有文坛领袖出面提倡。"殷商古语"从表面上看是自动退出文坛，实则其中有着深刻的宗教、政治、审美风尚、社会接受心理等原因。从宗教方面看，神学地位动摇直接导致卜辞刻写的终结。从政治方面看，王权盛衰直接影响到"殷商古语"的命运。随着西周王权由盛转衰，王朝颁布的文诰日趋减少，文诰的书写载体从简帛转移到彝器，供贵胄子孙赏玩。从平王东迁到春秋末年，东周王朝史官纷纷奔逃到各诸侯国,这使王室熟练掌握"殷商古语"的人越来越少。从审美风尚来看,春秋时期王侯卿士大夫竞相抛弃商周古雅艺术而欣赏新兴艺术。此外,春秋以后作家很少再用"殷商古语"写作,读者也不愿读"殷商古语"。中国文学语言的第一次因革就是在以上背景之下发生的。

  第八,在经历了七八百年辉煌之后,"殷商古语"终于在春秋时期结束了它的历史使命,悄然地、渐渐地退出中国文坛,让位于"文言"。这场历史性语言变革,标志着中国文学语言第一次大解放、大进步。"文言"取代"殷商古语",它的意义不亚于中国现代文学语言革命。开弓没有回头箭,从春秋战国到中国现代文学语言革命,几千年的文学语言就是沿着《周易》、《国语》、《诗经》风诗、《春秋》的"文言"走下来的。

# 主要参考文献

曹玮：《周原甲骨文》，北京：世界图书出版公司，2002年。
陈梦家：《尚书通论（外二种）》，石家庄：河北教育出版社，2000年。
陈梦家：《殷虚卜辞综述》，北京：中华书局，1988年。
陈炜湛：《甲骨文论集》，上海：上海古籍出版社，2003年。
范宁集解，杨士勋疏：《春秋穀梁传注疏》，北京：北京大学出版社，1999年。
傅亚庶：《孔丛子校释》，北京：中华书局，2011年。
高诱注：《吕氏春秋》，诸子集成本，北京：中华书局，1954年。
公羊寿传，何休解诂，徐彦疏：《春秋公羊传注疏》，北京：北京大学出版社，1999年。
顾颉刚、刘起釪：《尚书校释译论》，北京：中华书局，2005年。
管燮初：《西周金文语法研究》，北京：商务印书馆，1981年。
管燮初：《殷虚甲骨刻辞的语法研究》，北京：中国科学院，1953年。
郭沫若：《青铜时代》，北京：科学出版社，1957年。
郭沫若主编，胡厚宣总编辑：《甲骨文合集》，北京：中华书局，1978—1983年。
何晏注，邢昺疏：《论语注疏》，北京：北京大学出版社，1999年。
胡厚宣主编：《甲骨文合集释文》，北京：中国社会科学出版社，1999年。
胡厚宣、胡振宇：《殷商史》，上海：上海人民出版社，2003年。
黄怀信：《逸周书汇校集注》，上海：上海古籍出版社，1995年。
黄天树：《黄天树甲骨金文论集》，北京：学苑出版社，2014年。
焦循：《孟子正义》，诸子集成本，北京：中华书局，1954年。
孔安国传，孔颖达疏：《尚书正义》，北京：北京大学出版社，1999年。
雷淑娟：《文学语言美学修辞》，上海：学林出版社，2004年。
李荣启：《文学语言学》，北京：人民出版社，2005年。
李泽厚：《美的历程》，北京：文物出版社，1979年。

刘起釪：《尚书学史》，北京：中华书局，1989 年。

马承源主编：《商周青铜器铭文选》，北京：文物出版社，1988 年。

马如森：《甲骨金文拓本精选释译》，上海：上海大学出版社，2010 年。

毛亨传，郑玄笺，孔颖达疏：《毛诗正义》，北京：北京大学出版社，1999 年。

彭邦炯、谢济、马季凡：《甲骨文合集补编》，北京：语文出版社，1999 年。

钱宗武：《今文尚书语法研究》，北京：商务印书馆，2004 年。

上海师范大学古籍整理研究所校点：《国语》，上海：上海古籍出版社，1998 年。

沈之瑜：《甲骨学基础讲义》，上海：上海古籍出版社，2011 年。

司马迁：《史记》，北京：中华书局，1959 年。

孙诒让：《墨子间诂》（诸子集成本），北京：中华书局，1954 年。

孙诒让：《尚书骈枝》，济南：齐鲁书社：1988 年。

王弼、韩康伯注，孔颖达疏：《周易正义》，北京：北京大学出版社，1999 年。

王国维：《观堂集林（外二种）》，石家庄：河北教育出版社，2001 年。

王晖：《商周文化比较研究》，北京：人民出版社，2000 年。

王聘珍、王文锦点校：《大戴礼记解诂》，北京：中华书局，1983 年。

王引之：《经义述闻》，南京：江苏古籍出版社，2000 年。

王宇信：《西周甲骨探论》，北京：中国社会科学出版社，1984 年。

王宇信、杨升南：《甲骨学一百年》，北京：社会科学文献出版社，1999 年。

王宇信、杨升南、聂玉海主编：《甲骨文精粹释译》，昆明：云南人民出版社，2004 年。

王蕴智：《殷商甲骨文研究》，北京：科学出版社，2010 年。

徐锡台：《周原甲骨文综述》，西安：三秦出版社，1987 年。

徐元诰：《国语集解》，北京：中华书局，2002 年。

许倬云：《西周史》（增订本），北京：生活·读书·新知三联书店，1994 年。

严志斌：《商代青铜器铭文研究》，上海：上海古籍出版社，2013 年。

杨逢彬：《殷墟甲骨刻辞词类研究》，广州：花城出版社，2003 年。

杨伯峻：《春秋左传注》，北京：中华书局，1981 年。

杨筠如：《尚书覈诂》，西安：陕西人民出版社，2005 年。

杨宽：《西周史》，上海：上海人民出版社，2003 年。

俞樾：《群经平议》，上海：上海古籍出版社，1996 年。

于省吾：《双剑誃尚书新证》，北京：中华书局，2009 年。

张玉金：《20 世纪甲骨语言学》，上海：学林出版社，2003 年。

张玉金：《甲骨文语法学》，上海：学林出版社，2001 年。

赵诚：《甲骨文与殷商史》，上海：上海古籍出版社，1986 年。

郑玄注，贾公彦疏：《仪礼注疏》，北京：北京大学出版社，1999 年。

郑玄注，孔颖达疏：《礼记正义》，北京：北京大学出版社，1999 年。

中国社会科学院考古研究所编：《殷周金文集成》，北京：中华书局，1984—1994 年。

中国社会科学院考古研究所编：《殷周金文集成释文》，香港：香港中文大学出版社，2001 年。

周振甫：《周易译注》，北京：中华书局，1991 年。

朱熹：《诗经集传》，上海：上海古籍出版社，1987 年。

邹晓丽等：《甲骨文字学述要》，长沙：岳麓书社，1999 年。

左丘明传，杜预注，孔颖达疏：《春秋左传正义》，北京：北京大学出版社，1999 年。